Elogios par

DONDE SE AC

"*Donde se acaba el Norte* es una novela … uando entré en el mundo de la misión de Nuevo México y la … los apaches no dejé de buscar datos y mapas que me ilustrasen aún ma… ndo lejano al que se me invitaba pertenecer. Fue un viaje en el tiempo mucho más divertido que leer un libro de historia, pero sin abandonar el rigor de los hechos ocurridos y, a veces, imaginados. Eso es, al fin y al cabo, una buena novela."

—Dr. Juan C. Toledano, profesor de Lewis & Clark College
y co-editor de la revista académica *Alambique*

"Magistral novela . . . cautivante, entretenida y extremadamente bien elaborada . . . [D]enota una maestría impresionante y refinada de todos los elementos que hacen un buen libro: una trama cautivante, virajes sorpresivos, personajes memorables y diálogos ricos en contenido que dan un gran placer de leer."

—Jesús Betancourt, *Goodreads*

"Atrapante, Misteriosa, Enigmatica. Desde el comienzo hasta el final, no decae la energía vibrante que mantiene en vilo al lector. Con singular maestría, Hugo Moreno logra que los personajes de esta novela nos vayan llevando poco a poco hasta quedar sumergidos, junto con ellos, en los laberintos más oscuros y recónditos del alma humana, obligándonos a replantear, una y otra vez, los grandes problemas existenciales que han preocupado al hombre desde el comienzo de la vida misma."

—Paula Carle, *Goodreads*

"¡Extraordinaria novela! El talentoso escritor Hugo Moreno, posee la virtud de lograr a través de sus sabias y elocuentes palabras que nos introduzcamos dentro del mundo de su fantástica obra de tal manera que, por momentos, llegamos a olvidar nuestro propio entorno. Nos lleva a transitar lugares diferentes, épocas distantes, a transformarnos en algunos de sus personajes para sentir como ellos, para sufrir como ellos, para esperanzarnos como ellos. Y así vamos penetrando en la alucinante caverna satisfechos de haber elegido bien nuestra lectura, cuando de pronto descubrimos una mina de diamantes ocultos dentro de una palabra o de un personaje o de una imagen y nos damos cuenta que *Donde se acaba el Norte* superó con creces nuestras expectativas. Y salimos enriquecidos, felices y agradecidos por haber podido disfrutar de la imperdible lectura de la obra de Hugo Moreno, un escritor sorprendente, dúctil, perspicaz e inteligente."

—Blanca Alonso, reseña en sitio de Barnes & Noble

"Una novela compleja. Una historia intrincada con muchos detalles. Disfruté especialmente de la narración de los sueños de vida del protagonista entre los misioneros de Nuevo México durante la época colonial, su interacción con los pueblos indígenas y los conflictos con la Iglesia institucional, así como con las autoridades civiles. El autor también investigó claramente las costumbres y el folclore de los indios apaches de esa época. Las reflexiones filosóficas sobre el significado de los sueños y la realidad son un desafío para el lector. La vida de Diego en el siglo XVII y su personaje del siglo XX, Uriel, se entrelazan en la narrativa que se cuenta con una riqueza de imágenes, vocabulario y detalles."

—Profesora Margot K. Martin, *Goodreads*

"Asombrosa lectura. Este libro lo llevará a un emocionante viaje en el tiempo. El autor hace un trabajo impresionante en proporcionar detalles delicados y específicos para cada período de tiempo o escenario por el que está pasando el protagonista. Lo que más me encantó fue que, cuando uno cree saber lo que está pasando, la narrativa cambia por completo y desemboca en otra época, escenario o pensamiento."

—Diego Mejorado. Reseña en Amazon.com, EEUU

"Novela de profunda raigambre, se hunde en la trayectoria de la Iglesia católica en tierras de México poco después de la Conquista. Un viaje por un sueño del que el lector saldrá nutrido y maravillado."

—Escritor, corrector, asesor literario y editor
J. Humberto Pemberty, Miami, Florida, EEUU

Donde se acaba el Norte

una novela

HUGO MORENO

Portland, Oregon • 2021

ISBN-978-1-7370611-1-3

Diseño de portada: Valerie Gyorgy
Diseño de interior: Claudine Mansour Design

Primera edición: agosto, 2020
Segunda edición: mayo, 2021

Glyph Publishing
P.O. Box 82461
Portland, Oregon 97282, EEUU

Donde se acaba el Norte es una obra de ficción. Todos los nombres, personajes, empresas, datos, lugares, eventos e incidentes son ficticios o son utilizados de manera ficticia por el autor. Cualquier parecido que tengan con personas (vivas o fallecidas), empresas, lugares, eventos o incidentes reales, es mera coincidencia.

Para Debbie Castillo

¿Cuánto tiempo hará que estoy así? ¿Horas? ¿Días? ¿Años? ¿Siglos? ¿Estoy muerto o dormido? A veces abrigo la esperanza de que uno de estos días me despertaré; otras veces temo que ese día nunca llegará.

Aparecí una noche en un bosque neblinoso. Caminaba como un sonámbulo en la penumbra sin saber adónde. Hacía viento, pero no frío. Vestía un frac negro y unos mocasines pardos. Sentía el cuerpo pesado como si fuera de plomo. Una marcha fúnebre marcaba el ritmo de mis pasos. Avanzaba con dificultad y desgano escuchando la solemne música con el entendimiento nublado.

Cuando la aurora comenzó a rasgar el telón de la noche llegué a una encrucijada. Era un claro de bosque que tenía en el centro un viejo enebro retorcido cimentado en un saliente de roca. De una de sus ramas colgaba un cartel de madera con una inscripción borrada por la lluvia. Me acerqué para descifrarla. Decía: "Conocer el origen es hallar el camino." Hice una pausa para decidir qué rumbo tomar. Miré a mi alrededor y me di cuenta de que, en realidad, no estaba solo. El claro de bosque se había transformado repentinamente en el escenario de un carnaval. Había una multitud de personas de distintas épocas y culturas vestidas de manera extravagante. Una orquesta sinfónica tocaba un *ländler* encantador. Distinguí a Alma entre la muchedumbre. Estaba vestida de maja andaluza. Cuando me vio, se me acercó para saludarme. Se paró frente a mí sin decir nada. Simplemente me miró, me sonrió y me extendió la mano para que bailara con ella. Acepté desganado, pero, al estrechar su mano, el gran peso que cargaba y mi tristeza desaparecieron como por arte de magia.

Bailamos como María y el Capitán en el *Sonido de la Música* tanto el *ländler* como un exquisito *scherzo* que tocó la orquesta para el deleite del público. Gozábamos el uno del otro como dos jóvenes enamorados y, cuando estábamos casi por besarnos, ella se hizo para atrás repentinamente y me dijo alarmada: <<no sé quién eres, ¡déjame!>> y se esfumó. Lo mismo ocurrió a todos los concurrentes. El claro de bosque quedó nuevamente vacío y yo me quedé parado junto al enebro sin saber qué hacer ni adónde ir.

—¡¿Dónde estás, Alma?!

Una ráfaga de viento me respondió con un silencio frío e impersonal que me caló hasta los huesos. No supe qué hacer y me puse a llorar como un niño. Entonces una voz fantasmal me interpeló. Intentó convencerme que me regresara por donde vine. No sé por qué le respondí: <<Estoy en un lugar de la vida donde no hay retorno posible.>>

Al cabo de un rato, cuando creí que ya estaba todo perdido, un canto angelical estalló en el cielo y me abrió milagrosamente un claro sendero por entre la espesura.

¡Oh, pequeña rosa roja!
¡Los hombres sufren gran necesidad!
¡Los hombres sufren con gran pena!
He estado alejado del cielo.

Venía por un ancho camino,
cuando un angelito intentó hacerme retroceder.
¡Oh, no! ¡Rechacé regresar!
¡Provengo de Dios y regresaré a Dios!
El misericordioso Dios me dará una lucecita,
¡para iluminar mi camino hacia la eterna gloria![1]

Creyendo que por allí iba a encontrar la salvación, seguí la senda que me trazó aquella música. Atravesé la maleza hasta que me topé con un río caudaloso y una altísima montaña. Ascendí por la escabrosa ribera siguiendo aquella sinfonía sublime que envolvía la sierra como un denso manto de niebla otoñal. Fieras, alimañas, silfos, hadas, ninfas, faunos, dríades y espectros

1 O Röschen rot!/ Der Mensch liegt in größter Not!/ Der Mensch liegt in größter Pein!/ Je lieber möcht' ich im Himmel sein./ Da kam ich auf einen breiten Weg:/ Da kam ein Engelein und wollt' mich abweisen./ Ach nein! Ich ließ mich nicht abweisen!/ Ich bin von Gott und will wieder zu Gott!/ Der liebe Gott wird mir ein Lichtchen geben,/ Wird leuchten mir bis in das ewig selig Leben! Traducción al español: www.kareol.es.

de toda clase trataron de obstruirme el paso y desviarme del camino. Pero la fuerza de la música me jaló y su espíritu me guió por este tenebroso escarpado.

Entre más me acercaba al pie de la montaña, las aguas del río se volvían más blancas. Cuando ya casi llegaba, vi a lo lejos una figura humana junto al río. Me acerqué con sigilo. Se trataba de un anciano de mediana estatura, cuerpo espigado, melena gris rala y barba blanca. Era calvo, de frente amplia y tenía una protuberancia en la parte superior del cráneo. Su rostro era alargado y huesudo; tenía los ojos cafés, grandes, ojerosos y caídos, las pestañas largas y las cejas gruesas y arqueadas. Estaba desnudo y sostenía una rama florida a modo de bastón. Contemplaba la aurora y cantaba a todo pulmón en alemán:

> Con alas que he conquistado,
> en ardiente afán de amor,
> ¡levantaré el vuelo
> hacia la luz que no ha alcanzado ningún ojo!
> ¡Moriré para vivir![2]

Su voz de tenor armonizaba con el coro invisible. Estaba absorto en el canto y no se percató de mi presencia. El coro entero estaba sumido en el éxtasis del final de esta sinfonía a la vida eterna. El fragor de platillos, timbales, trompetas, cuernos y campanas encumbró las elevadas voces de la soprano y la mezzo soprano y solemnizó el canto triunfante del coro. Cuando concluyó la sinfonía hubo un silencio absoluto en la montaña que duró sólo unos instantes pues un manto de murciélagos estrepitosos comenzó a eclipsar la luz del alba. Al voltear a ver aquel fenómeno hice un leve ruido que le produjo un sobresalto a aquel hombre o ser fantasmal. Visiblemente contrariado, se volteó y se me quedó mirando por unos momentos, completamente quieto y sin decir una palabra.

—Tenga misericordia de mí, sea usted de carne y hueso o una vana sombra. Socórrame, por favor, no sé dónde estoy.

—¿Qué hacéis aquí? ¿No sabéis que está prohibido ascender el Zafón? —me preguntó malhumorado.

—Lo siento, no era mi intención infringir ninguna ley. No sé dónde estoy ni adónde voy.

---

2 Mit Flügeln, die ich mir errungen,/ in heißem Liebesstreben,/ werd' ich entschweben/ zum Licht, zu dem kein Aug' gedrungen!/ Sterben werd' ich, um zu leben!

—Llegasteis a la cumbre de las nubes donde se acaba el Norte. Pisáis suelo sagrado. Quitaos los mocasines y la ropa y daos un chapuzón en el divino Id. Andáis hechos una piltrafa—. Su vosotros arcaico parecía más que una simple formalidad. Me hablaba como si realmente yo fuera varias personas.

—Pero, ¿no es peligroso? -le pregunté con cierta incredulidad al ver que me estaba pidiendo que me bañara en aquellas aguas turbulentas.

—Ése es problema vuestro. Tenéis que purificaros si queréis que os ayude.

Vencí el miedo y la vergüenza. Al desabotonoarme la camisa me di cuenta de que estaba manchado de sangre. Me toqué la cabeza y sentí el pelo húmedo y pegajoso. ¿Qué me habrá pasado?, pensé horrorizado. Pero no me dolía nada. ¡Algo muy raro! Al desabrocharme el cinturón noté que emanaba de mí un fétido olor. Cerré los ojos para no ver mi propia sangre y suciedad. Aventé mi ropa tras unos matorrales y me sumergí con terror en el río.

No sé cuánto tiempo estuve en el agua pero, al salir, me sentí transformado y lleno de fortaleza. El hombre me ayudó a salir con su bastón.

—Pasasteis la prueba. El río no os devoró. Sois inocentes. Alcanzó una toalla que estaba sobre una roca y me la dio.

—¿Inocentes de qué? —le pregunté mientras me secaba.

—Eso no me lo preguntéis a mí. Preguntádselo a Él. Yo sólo cumplo con mi deber -me dijo en tono condescendiente apuntando hacia el cielo. Me dio un abrazo. Al separarse, me tomó de los brazos y, mirándome de frente, añadió: —Decidme quiénes sois.

—No lo sé -le dije sorprendido al percatarme de que no recordaba nada sobre mí.

—Si no sabéis nada de vosotros mismos, ¿cómo queréis que os ayude? Vuestra ignorancia os impedirá llegar a vuestro destino -me dijo alejándose.

—¡Espere! Yo sólo sé que no pertenezco a este mundo —respondí instintivamente sin reflexionar. Y recordando el canto que me guió hasta allí y tratando de agenciarme a aquel hombre misterioso, agregué señalando al sol: —Mi patria no está aquí. Está allá.

—¡Ah! —me dijo con un tono de alivio y satisfacción. Cruzó los brazos y sosteniéndose la barbilla con la mano izquierda me preguntó asumiendo un aire grave y solemne. —¿Cumplisteis la misión que el Señor os encomendó? Sabéis bien que no podréis levantar el vuelo hacia la luz hasta que no cumpláis vuestra misión en la Tierra.

Me sinceré con él y le confesé que no, que nunca supe cuál era mi misión ni mi propósito en la Tierra.

—Entonces, no es vuestro destino ir todavía a la patria celestial. Vais a tener que regresar al mundo de las sombras para descubrir quien sois y de donde venís. Tendréis que descubrir vuestra trama existencial para conocer y cumplir vuestra sagrada misión. Sólo hasta entonces podréis ahuyentar las tinieblas y gozar el resplandor incomparable de la luz eterna. —¿Me permitís examinar vuestra mentalidad con algunas preguntillas para saber cómo puedo ayudaros?

—Claro, pregúnteme lo que desee.

—¿Sabéis cuál es el fin de todas las cosas y el blanco a que mira la naturaleza?

—No, no lo sé –le respondí de inmediato con toda franqueza.

Me miró consternado.

—A ver, déjeme pensarlo –agregué preocupado. Hice una larga pausa para reflexionar.

Se apoyó en el bastón esperando mi respuesta.

—Fuera de querer realizar su infinito potencial, no sé si la naturaleza tenga un blanco determinado en su acto creativo.

—Interesante –me dijo acariciándose la barba con la mano derecha y haciendo un gesto de preocupación.

Después de hacer una pausa, asumió una actitud didáctica y me preguntó:

—¿Creéis que este mundo se rige por el azar o por la razón?

—No lo sé, es algo que siempre me he preguntado. A mí me parece que la madre naturaleza es inteligente e imaginativa y que se guía tanto por la razón como por el azar.

Hizo un gesto de desaprobación y se volvió a cruzar de brazos.

—¿Sabéis cuál es el origen de todas las cosas?

—No, no lo sé –le contesté con total naturalidad.

—¡Ah! –exclamó alzando las cejas y el brazo derecho y apuntando al cielo con el dedo índice –Entonces ya sé la causa de vuestro mal. Tenéis ofuscada la clara vista de la verdad. No sólo ignoráis el origen y el fin de todas las cosas, sino que creéis también que los demonios del azar son los amos y señores del universo. Venid conmigo. Os daré posada, vestido y alimento, pues todo extranjero y mendigo es enviado por Él. Procuraré aplicar unos ligeros y medianos fomentos para ayudaros a ahuyentar las tinieblas de vuestra mente para que así podáis entonces comenzar a ver el resplandor de la verdadera luz.

Me tomó de la mano y me llevó hacia un árbol del amor que estaba tupido de flores púrpuras. Alcanzó una túnica larga que estaba colgada en una rama de aquel árbol. Se la enrolló sobre el lado izquierdo y se la amarró dejándose descubierto el hombro derecho y el pecho. Tomó unas sandalias que estaban acomodadas junto al tronco. Se las puso y se las ató. Luego tomó otra túnica blanca y larga con mangas amplias y unas sandalias que estaban bajo el mismo árbol y me las dio. Me pidió que me las pusiera y que lo siguiera.

Descendimos por una escarpada vertiente poblada de encinas, abetos y enebros y habitada por toda clase de fieras cuyos vigilantes ojos de vez en cuando iluminaban la densa niebla. Bajé dificultosamente y aterrado. Me hubiera muerto de miedo si no fuera por el canto de una guitarra que nos acompañó por todo el trayecto interpretando piezas tristes como "Estrellita," "Lágrima," "Melancolía" y "Una limosna por el amor de Dios."

—¿Quién es el guitarrista?

—¿Veis cómo los árboles se alinean, las rocas de suavizan y las fieras se refrenan al vernos? Es Orfeo, el ángel de la guarda de aquellos que creen que "la verdadera vida está ausente"—me respondió. Continuamos nuestro descenso en silencio.

Una vez que atravesamos el banco de niebla se nos desplegó un valle montañoso. Volteé a ver al anciano y quedé desconcertado. Ahora tenía la cabeza tonsurada, la barba rasurada y vestía hábito franciscano. Se apoyaba con un palo de madera alto en forma de cruz. Estábamos en la cima de una montaña.

—No te asustes, hijo; son los tiempos. –Me comenzó a tutear por alguna razón. Trató de reconfortarme. —Los indios no conocen el Evangelio y hay que salvarlos de las garras del Enemigo Infernal.

—Pero ¿dónde estamos? ¿Adónde me lleva? —le pregunté contrariado y sintiéndome engañado.

—Vamos a casa. Necesitas reposo, hijo.

—¿Y quién es usted? —le dije tratando de esconder mi angustia.

Se detuvo y, mirándome fijamente a los ojos, me contestó:

—Soy fray Antonio de San Pablo, fraile profeso de la Orden de Nuestro Seráfico Padre San Francisco de Asís, provincial de Convento Grande y nativo de Belvís de Monroy.

—¡Ah! —contesté sin saber qué decir. Miré hacia el valle.

De norte a sur había una cadena de montañas. Hacia el norte la cadena era alta y frondosa; hacia el sur, pálida y estéril. Detrás había otra cadena de montañas que se perdía en el horizonte. Abajo, un cañón con formaciones de roca rojiza y un río que corría de norte a sur. En las márgenes, hacia el norte, se podía apreciar una franja boscosa; hacia el sur, un páramo interminable. El sol comenzaba a quemar.

—¿Dónde estamos? —le pregunté con timidez.

—Estamos en la cima de la Sierra de San Mateo. Aquella alta al noreste es la Sierra de Magdalena —me dijo apuntándome hacia ella—. Detrás está la sierra de Manzano; al sudoeste podemos ver la Sierra de San Gregorio y al fin del horizonte se vislumbra la Sierra Obscura; al sur está la Sierra de San Cristóbal y, allá lejos, la de los Caballos. El desierto aquel es la Jornada del Muerto.

Aquel paisaje y aquellos nombres me sacaron de mi estado amnésico. Me despertaron recuerdos de cuando vivía en Albuquerque con Alma. Solíamos hacer excursiones en esta región. Mientras el hombre me hablaba del lugar, recordé que una vez ella y yo habíamos acampado en esta misma montaña. Ella se estaba preparando para sus exámenes de doctorado y estaba tan agotada y estresada que no podía dormir. Le propuse que fuéramos al Bosque Nacional de Cíbola. Habíamos hecho anteriormente una excursión por la sierra de Sandía, al noreste de Albuquerque, y yo tenía ganas de conocer la parte sur del Bosque Nacional, en particular las Montañas de San Mateo. Me ilusionaba la idea de encontrar algún búho manchado en su hábitat natural. También quería conocer el Bosque del Apache Kid donde las riquezas de la flora, la fauna, la geología y la historia de Nuevo México se entrelazan íntimamente. Alma al principio se rehusó alegando que tenía mucho qué estudiar; pero la idea de ir a un lugar remoto y poco visitado por los excursionistas la convenció.

Acampamos cerca de aquí, pensé, junto al sendero del Barquero. La misma noche que llegamos salí, linterna en mano, en busca de un tecolote manchado. Alma trató de disuadirme, pero le recordé que era una de las razones por las que había venido a este lugar. Tenía un mapa y una guía detallada de todos los senderos de la montaña y no temía perderme; además, le aseguré, sólo exploraría los alrededores del campamento. Me dijo buenas noches y se acostó.

Tuve la suerte de escuchar el ululato de un tecolote muy cerca de nuestra tienda casi en cuanto salí. Caminé con extrema cautela hacia el lugar donde escuchaba el canto, pero me tropecé y el búho voló a otro árbol. Me detuve y esperé a ver si lo escuchaba de nuevo. Así fue. Comenzó a ulular de nuevo sobre la rama de un árbol más alto y más adentro del bosque. Decidí seguirlo sabiendo que podría perderme, pero diciéndome a mí mismo que no me alejaría demasiado del campamento.

El tecolote ululaba y ululaba como si se hubiera percatado que lo estaba buscando:

—aúúúúúúú, aúúúúúúú, aúúúúúúú, aúúúúúúú.

Me fui acercando al tecolote sigilosamente. Por fortuna el terreno era relativamente plano y no corría peligro de caerme por algún barranco. Me acerqué al árbol donde estaba posado el tecolote. Ya casi estaba por alumbrarlo con mi linterna cuando, de nuevo, voló a otro árbol, esta vez hacia un terreno más accidentado.

No dudé en seguirlo. Ahora el tecolote emitía chillidos estridentes que parecían carcajadas o cacareos. Guiado por la luz de mi linterna y los chirridos me fui adentrando cada vez más en el bosque hasta llegar a un roquedal desnivelado. Procedí con suma cautela, asegurándome que no se tratara de algún risco. Sabía que me resultaría difícil regresar a la tienda, pero no me importó. El cielo estaba estrellado, había luna llena, traía mi mochila con provisiones, no hacía frío y habían pronosticado buen tiempo. No podía dejar escapar esta rara oportunidad de ver con mis propios ojos un búho manchado en su hábitat natural.

Seguí desplazándome por el peñasco con suma cautela, pero di un paso en falso y solté la linterna. Ésta cayó golpeando las rocas hasta desaparecer. El tecolote seguía posado en el mismo árbol azuzándome con sus chirridos y mofándose de mí.

Pensé que con la luz de la luna iba a poder encontrarlo, pero no fue así. Me tuve que consolar con el dudoso mérito de haber escuchado a un tecolote, no sé si manchado o no, en su hábitat natural. Cuando el tecolote dejó de chirriar y se alejó, decidí volver al campamento.

Como era de esperarse, no encontré el sendero de regreso, ni ningún otro. Vagué por la montaña toda la noche hasta que llegué a una pradera y, sin darme cuenta, me quedé dormido. Tuve un sueño que nunca olvidaré.

Un apache me perseguía por el bosque. Él andaba a caballo y yo corría descalzo. A veces parecía que me le había escapado, pero él siempre reaparecía montado en su caballo. Después de una larga persecución, caí rendido sobre una pradera. Tenía las plantas de los pies llagadas y cubiertas de lodo. El apache reapareció y me gritó desde lejos:

—¿Te acuerdas de mí? Soy Refugio.

Un tecolote que se cernía sobre él voló hacia mí. Se paró sobre un peñasco que estaba detrás de mí y me dijo:

—¡Imbécil! ¿Por qué huyes? Si quiero te desgarro o te dejo libre. ¡Sólo los necios luchan contra sus superiores!

Me desperté. Estaba amaneciendo.

—Recuerdo muy bien que me quedé dormido en una cima como ésta —pensé al terminar mi remembranza. —Tenía un paisaje idéntico a éste.

Fray Antonio estaba todavía junto a mí. Contemplaba el paisaje al igual que yo.

—¿Estamos en Nuevo México?

—Sí, estas montañas están en las provincias de El Nuevo México.

—¿Conoce Albuquerque? —le pregunté para mostrarle que yo conocía la región.

— ¿Alburquerque? ¿En la Provincia de Extremadura?

—No, en Nuevo México.

—Debes estar confundido, hijo. Aquí ningún lugar lleva ese nombre.

—Albuquerque queda entre Socorro y Santa Fe —le dije con certeza.

—¿Santa Fe? ¿Hablas de la Villa Real de la Santa Fe de San Francisco de Asís? —me preguntó como pidiéndome que me expresara con mayor propiedad.

—Supongo que así se llamaba antiguamente.

—¿Antiguamente? La villa fue fundada por Don Pedro de Peralta hace sólo cincuenta y cinco años.

—Este hombre debe haberse escapado del manicomio —pensé. —O debo estar soñando.

Intenté despertarme. Solía hacerlo siempre que analizaba mi situación en medio de una pesadilla o un sueño angustioso. El hecho de saberlo me ayudaba a despertarme. Menos mal que sólo fue un sueño, me solía decir a mí mismo, aliviado, al despertarme. A veces me volvía a dormir y la pesadilla se repetía; pero al percatarme nuevamente de que era sólo un sueño me despertaba y listo. No más pesadilla. Volvía a la normalidad, a mi vida cotidiana.

Sin embargo, aquella vez no pude despertarme. Por más que me pellizqué el brazo y me restregué los ojos, fray Antonio siguió allí parado junto a mí, mirándome como un psiquiatra que se esfuerza por ayudar a un paciente desmemoriado.

Es verdad que olvidé momentáneamente quién soy, pensé. Pero eso le puede pasar a cualquiera después de haber sufrido un testarazo.

—¿Tienes hambre, Diego? —me preguntó fray Antonio pronunciando un nombre que me pareció reconocer como el mío.

—Sí, hambre y sed. ¿Y cómo supo mi nombre?

—¿Y cómo no iba a saberlo si soy tu padre?

—¿Usted mi padre? —le pregunté con incredulidad. Pero fray Antonio se hizo el sordo. Sacó de su morral una tuna. La peló diestramente con su cuchillo y me la ofreció. Saboreé el suculento fruto que me pareció arrancado del mismo Árbol de la Vida. Luego me dio a beber agua de su calabazo. Miré sus pies callosos y polvosos, su sayal sucio, su morral, su rostro enjuto y arrugado; la cruz.

—¿Vamos a casa? Pronto el calor se volverá insoportable.

Escudriñé el divisadero y no encontré poblado alguno.

—Pues yo no veo nada, sólo montañas y tierra baldía —le contesté poniéndome nervioso.

—No te aflijas, hijo. La Divina Providencia lo tiene todo previsto. Cuando vine por primera vez con fray Isidro Ordóñez y otros hermanos a estas provincias yo también creí que nunca saldría vivo de aquí. Y ya me ves, ahora me pregunto si alguna vez podré irme. En este reino hay que tener mucha paciencia. Aquí el tiempo avanza a veces más lento que un escarabajo y a veces vuela más rápido que un halcón peregrino.

—¿Y cómo vamos a llegar a casa?

—Iremos a caballo. Refugio nos está esperando.

Y en ese preciso instante apareció en la cima el apache de mi pesadilla montado en un caballo pinto y jalando a una yegua mora. Tenía melena negra y no llevaba camisa. Era delgado pero sólido como un cedro. Aunque no parecía tener más de cincuenta años, su rostro estaba marcado por la crueldad de los elementos y de la vida. Había perdido el ojo izquierdo y una gran cicatriz en la mejilla izquierda deformaba su rostro de facciones angulares y quijada prominente.

—¡Tenía usted razón! —le dijo fray Antonio. —¡Lo encontré en sendero-con-enebros-se-bifurca-y-desaparece-en- cresta!

—¡*Gozhoo doleet*!

—Sí —contestó fray Antonio, —¡las bendiciones nos alcanzarán!

Me tomó del brazo para que nos acercáramos a él, pero me rehusé.

—Es un hechicero —le dije tratando de bajar la voz, —me quiere matar.

—No temas. Es tu pariente. Además, tú no has hecho nada malo. Entraste a territorio apache por error. Fue él mismo quien me avisó que estabas aquí.

—¿Y él cómo lo supo? Me ha estado persiguiendo.

—Tuvo una revelación—. Me dijo fray Antonio bajando la voz, como si se tratara de un secreto peligroso.

—¡Qué revelación ni qué ocho cuartos! Debe estar usted confundido —le contesté enojado. —O debo estar soñando —me dije a mí mismo.

—Has tenido una conmoción seguramente. Vamos, en el camino te lo explicaré todo —. Me jaló ligeramente del brazo.

—¿Y cómo sabe usted que ese hombre no lo está engañando? —le pregunté resistiendo su jaloneo.

—Refugio es digno de confianza. Préciase mucho de decir siempre la verdad. Además, yo a nadie le he hablado de ti —me dijo mirándome a los ojos. —Vamos, que la jornada es larga.

Asentí con desgano. Nos acercamos a Refugio. Éste me dijo: —*Dá'an-só*

—mirándome a los ojos, alzando el antebrazo derecho y mostrándome la palma de la mano.

—*Dáan-só* —le contesté haciendo el mismo gesto, aunque cabizbajo.

Fray Antonio y yo nos dispusimos a montar la mora que Refugio venía jalando de las riendas. El franciscano me pidió que le detuviera la cruz y se subió al caballo con destreza. Le devolví la cruz, la tomó con la derecha y me ofreció el brazo izquierdo para que me apoyara en él. Haciendo un enorme esfuerzo, me subí torpemente al caballo y me senté detrás de él avergonzado de mi impericia.

—Hacía mucho que no me subía a un caballo —le expliqué. Pero fray Antonio pareció no escucharme.

—¡*Kadi-í*! —exclamó Refugio y emprendimos la cabalgada.

Descendimos en silencio por un sendero angosto y escarpado que en trechos seguía el curso de un arroyamiento pedregoso. Llegamos a una pradera donde había un arroyo y nos acercamos para beber agua y llenar los calabazos. Fray Antonio sacó de su morral un pedazo de carne seca y nos ofreció unos trozos a Refugio y a mí.

—*Ijedn* —dijo Refugio.

—Gracias —dije yo.

Ambos comimos nuestra porción. Fray Antonio sólo bebió agua y nos repartió en partes iguales el resto de la carne.

Una vez que los caballos saciaron su sed y pastaron continuamos nuestro descenso por la montaña. Al cabo de un rato me quedé dormido.

Soñé que estaba muerto. Me estaba velando mi familia en una funeraria de Ciudad Juárez. Mi hermano mayor, Virgilio, hablaba con Sergio, uno de mis mejores amigos de la infancia a quien yo no veía desde el ochenta y ocho cuando me fui de Juárez. Sergio era profesor de letras hispanoamericanas y mi hermano le estaba contando que yo había dejado incompletos muchos manuscritos de diversa índole. Virgilio estaba interesado en saber si había algo publicable entre las cajas con cuadernos y apuntes que había yo dejado al morirme. Le preguntó a Sergio si podía ayudarlo en esta tarea. Sergio le respondió que en los próximos meses iba a estar muy ocupado, pero que posiblemente tendría tiempo a principios del año próximo.

No pude soportarlo. —¡No necesito ayuda! —pensé. —¡Puedo editar mi novela yo solo! Será mejor desengañarlos.

Empujé la tapa del ataúd y me incorporé. Di un salto acrobático al piso y me puse a cantar y a bailar:

y no estaba muerto,
andaba de parranda . . .

Pero nadie pareció verme o escucharme. Seguían todos velándome como si en verdad estuviera muerto. Yo les decía: —¡Aquí estoy! ¡Aquí estoy! ¡Acaso están sordos y ciegos! ¡Alégrense! ¡Váyanse a sus casas! ¡Están velando a un fantasma! —Pero nadie me hizo caso.

En eso me despertaron unas voces y unos vítores. Una docena de indios nos había rodeado para darnos la bienvenida a su ranchería. Evidentemente nos estaban esperando. Nos bajamos de los caballos e intercambiamos saludos y otros ademanes de amistad y buena voluntad. Su líder, un anciano que parecía tener más de cien años, se nos acercó y nos dio de beber agua de sandía en unos jarros de barro. El poblado se llamaba San Marcial. Tenía unos rústicos bloques de viviendas de dos pisos que juntas formaban una pequeña fortaleza hexagonal. Entramos a la aldea por un pasillo angosto que nos condujo a la plaza central. Al fondo, frente a algunas casas, había unos domos de adobe semisubterráneos que tenían una apertura en el centro y una escalera para acceder a su interior. Luego me enteré de que los franciscanos llaman a estas kivas "estufas" y que las consideran templos del demonio. En el centro de la plaza había algunos tejabanes hechos de troncos y ramas hacia donde nos dirigieron el cacique y su comitiva. Allí había unas mesas con ollas y cazuelas de barro con comida. Nos pidieron que nos sentáramos sobre unos petates y nos sirvieron de comer tamales, frijoles y calabazas tatemadas. Refugio y yo comimos hasta saciarnos, pero fray Antonio no probó bocado.

Cuando terminamos de comer fray Antonio se paró y les dio las gracias a nuestros anfitriones por el buen recibimiento. Les contó la parábola de la oveja perdida. Gracias a la labor de un intérprete, algunos de ellos parecieron entender y recibir con entusiasmo su mensaje. Otros, sin embargo, nos observaban con curiosidad y extrañeza. Debió haberles parecido inverosímil tanto nuestro trío como el relato de fray Antonio, quien lo concluyó diciendo: <<Alegraos conmigo porque hallé a la oveja que se me había perdido.>>

Luego habló el líder de San Marcial. Nos dio las gracias por nuestra visita y pidió a los suyos que estimaran mucho nuestra llegada. Al terminar su breve discurso, todos aplaudieron e hicieron un gran alboroto.

El cacique y fray Antonio, acompañados de algunos de los comensales, nos condujeron hacia una capilla rústica y pequeña que estaba empotrada en el ala oriental de uno de los edificios principales del pueblo. Fray Antonio me pidió que caminara junto con él y cuando entramos a la capilla nos dirigimos de inmediato a la pila bautismal. Se nos acercaron tres jóvenes parejas pulcramente vestidas, cada una con un bebé en los brazos, para que fray Antonio los bautizara. Fray Antonio me pidió que fuera yo el padrino. Acepté con entusiasmo olvidando que yo ya no era católico. Me preguntó qué nombre quería ponerles a los párvulos y le dije los primeros que se me ocurrieron: María Guadalupe, María Lourdes y José Antonio, lo cual complació a fray Antonio. Al terminar de bautizarlos nuestros anfitriones nos pidieron que nos quedáramos para celebrar con ellos.

Seguramente ya sabían que sólo íbamos de pasada, pues no insistieron y de inmediato nos trajeron cuatro caballos, incluyendo el pinto de Refugio y la mora de fray Antonio. Sin embargo, la mora sólo traía riendas pues su montura se la habían puesto a un viejo caballo bayo que me entregaron a mí. A fray Antonio le trajeron uno ceniciento que llevaba colgadas algunas bolsas con provisiones para el camino.

Serían las cinco de la tarde cuando nos fuimos. El sol ya no estaba incinerando el llano, pero todavía calaba. Refugio sólo nos acompañó hasta que llegamos a la ribera del río. De allí se despidió llevándose consigo al pinto y a la mora.

Fray Antonio y yo continuamos nuestra cabalgada siguiendo un camino que corría paralelo al río. Me comentó que se trataba del Camino Real y me aseguró que yo lo había recorrido desde la Ciudad de México montado en un mulo. Yo para aquel entonces estaba ya dudando si lo que estaba viviendo con fray Antonio era un largo sueño, o si los recuerdos de mi vida anterior eran meras fabulaciones que algún espíritu juguetón o maligno me había metido en la cabeza.

—Es un milagro que hayas sobrevivido —me dijo muy serio. —Todo se lo debemos al gloriosísimo y piadosísimo taumaturgo y apóstol San Antonio de Padua, protector de viajeros y de objetos perdidos.

—Este, sí, claro —le contesté sin convicción.

—Yo le debo muchísimo a San Antonio: la vida misma, que me la habían desahuciado los médicos cuando llegué a la Ciudad de México; le debo la entrada a la orden de los franciscanos y la venida a estas misiones índicas. Y ahora le debo tu viaje a este reino y el haberte encontrado vivo en la Sierra de San Mateo. ¡Estuviste extraviado siete días! El asentista me dijo que te perdiste al apartarte de la cuadrilla de carros habiendo pasado ya la Jornada del Muerto, a menos de diez leguas de aquí. ¿En qué estabas pensando? ¿Por qué no seguiste el Camino Real?

—Me perdí en un bosque extraño —le contesté recordando mi primer encuentro con él.

—Por suerte Refugio sabía el lugar exacto donde te encontraría. Tuvo que habérselo revelado un ángel, el mismo que se me apareció hace unos meses diciéndome que vendrías a Nuevo México. En cuanto lleguemos a Senecú le mandaré avisar a tu madre que ya te encontramos. Se pondrá muy contenta.

—¿Mi madre está aquí? –le pregunté sorprendido.

—Vive en la villa de la Santa Fe. La conocerás uno de estos días que venga a Senecú. Conocerás a tu madre y seguramente también a tu tía Juana y a otros parientes. Los Romero son gente principal de Río Abajo pues tu bisabuelo, Don Bartolomé Romero, que en paz descanse, fue capitán de Don Juan de Oñate.

—¿Y el hombre que nos acompañó, quién es?

—Es un hijo bastardo de Bartolomé, tu bisabuelo. Se llama Iłní'yee, pero aquí lo conocemos como Refugio. Vive a catorce leguas de Senecú, al oeste de la sierra de Magdalena, con su gente, los Xila. Su abuelo materno era un físico navajo llamado Sanaba, a quien convertí hace unos treinta y cinco años. Vivía en Ojo Caliente porque se casó con una mujer Xila. Refugio oye misa en Senecú de vez en cuando y está facilitando nuestra labor en su ranchería. Estamos tratando de catequizar a los Xila, pero los apaches son muy renuentes a la conversión. Han sido el crisol de nuestros esfuerzos en estas provincias.

—¿Y qué hacía usted en la montaña con él? —le pregunté aún incrédulo de la historia que me estaba contando.

—Cuando te perdiste todos te habían dado por muerto, menos yo. Aquella noche se me apareció un ángel en un sueño y me dijo que pronto tendría noticias de tu paradero. Esta mañana visité la ranchería de Refugio y éste me contó que anoche había tenido una revelación después de haber tomado peyote. No sólo se enteró de que venías con la cuadrilla de carros desde la Ciudad de México y que desapareciste en la Sierra de San Mateo sino también le fue revelado el lugar exacto donde te encontraría. Supe de inmediato que el Señor había hecho a Refugio un instrumento de su infinita grandeza y misericordia. Le pedí que me condujera donde estabas y me dijo que lo haría si le daba mi caballo y mi montura a cambio. Acepté el trato, por supuesto. Subimos la montaña y el resto de la historia ya lo conoces.

Paramos a descansar y a refrescarnos en un área boscosa antes de que anocheciera. Allí me habló del origen de los indios americanos. Me aseguró que eran descendientes de las diez tribus que Yavé expulsó de Israel en los tiempos del rey Oseas:

—Yavé los arrancó de su suelo y luego los arrojó a estas tierras remotas llamadas Arzareth en las Sagradas Escrituras. Hasta que los españoles llegamos aquí estas tribus habían estado adorando al demonio. Todavía practican todo género de ceremonias, fiestas y ritos idolátricos. Pero gracias a nuestra labor evangelizadora ya comienzan a respetar la alianza que sus antepasados hicieron con Yavé y poco a poco van adoptando creencias y costumbres cristianas. ¿Notaste cómo recibieron y agradecieron la Palabra de Dios? —volteó a verme para que yo corroborara sus observaciones.

—Si, padre —le contesté tratando de sonar convencido.

—La nación de los piros ha sido una de las postreras en ser convertidas. Son gente vestida y de república y labran como los mexicanos. Tienen sementeras de riego y temporal con muy buenas sacas de agua. Hace treinta y seis años los padres fray Antonio de Arteaga y fray García de San Francisco comenzaron la labor de catequización de los piros fundando la misión de San Antonio de Padua en Senecú. Como seguramente sabes, fray García está ahora construyendo una misión en Paso del Río del Norte para catequizar a los mansos. Fray Antonio de Arteaga falleció el año pasado y fray Román de la Cruz es ahora el guardián de la misión de Senecú. Pero se enfermó y el custodio me pidió que me hiciera cargo de la misión por unos meses.

Reanudamos nuestra cabalgada al poco tiempo. Por el camino siguió hablándome de la labor misionera de los españoles en Nuevo México. También me habló de su larga trayectoria misionera en Nuevo México. Me dijo que él había llegado en mil seiscientos doce a la Villa Real de la Santa Fe y que había fundado misiones en el pueblo taño de Galisteo y en el pueblo tompiro de San Isidro. Me habló de la importancia que él siempre le había dado a la enseñanza de la doctrina cristiana a través de la música.

—No es cierto eso que dicen que la letra entra con sangre. La letra entra con canto—aseveró. Elogió el ingenio y la habilidad que tienen los indios para aprender todo lo que se les enseña, desde los oficios mecánicos hasta las ciencias y las artes.

—En los oficios mecánicos han deprendido a forjar hierro y a trabajar la madera. Hay indios carpinteros, canteros y entalladores. Los hijos de caciques, capitanes, fiscales y otras gentes principales aprenden a leer y a escribir, tanto en romance como en latín. Recitan el catecismo en voz alta y en coro. Saben el Pater Noster, el Ave María, el Salve Regina y dicen bien el Credo. Y el canto lo aprenden tan bien algunos de ellos que forman parte de la escolanía. Su director, Antonio Lorenzo, compuso una misa entera con música de flautas concertadas. Fue cosa de maravilla escucharle oficiar en la misa de Pascua.

Continuamos nuestra cabalgada a Senecú. A eso de la medianoche pasamos por unos sembradíos resecos. Fray Antonio comentó que no había llovido desde abril, pero me aseguró que cuando llovía se ponía todo muy verde.

Al poco tiempo doblamos a la derecha y finalmente nos aproximamos al pueblo de Senecú. Ascendimos por unos escollos pedregosos hasta que nos topamos con algunos perros famélicos que nos ladraron con indiferencia. A la derecha del sendero había un bloque de viviendas con apartamentos de dos o tres pisos. Al llegar a la cima doblamos a la derecha por un callejón. A la izquierda había un camposanto amurallado y enseguida, en el ala oriente, estaban la iglesia, el convento y, un poco más adelante, la Casa Real. A la derecha del callejón continuaba el bloque de apartamentos y, enfrente de los edificios de la misión, había una plaza que daba acceso a las calles y a los demás bloques de viviendas del pueblo.

Entramos a la misión por un portón grande de madera. Nos dieron la bienvenida dos hombres armados que nos ayudaron a apearnos. El recinto tenía una plazoleta arbolada con una estatua de madera de San Antonio de Padua. La iglesia era rústica como las casas del pueblo.

Fray Antonio no parecía estar cansado pese a su vejez. Yo, en cambio, apenas podía moverme; tenía las piernas entumidas y el coxis y la parte interior de los muslos rosados y adoloridos. Uno de los guardias tuvo que ayudarme a caminar. Era un hombre fornido de bigote ralo. Llevaba puesto un jorongo y un paliacate rojo que le cubría la melena. Tendría unos treinta años. Me dijo que se llamaba Pedro Granillo.

En el costado este de la iglesia estaba el convento. Entramos por lo que Pedro llamó la portería. Me condujo hacia el ambulatorio, el cual circundaba un patio interior sembrado con flores y plantas de ornato. Doblamos a la derecha y caminamos por un pasillo hasta llegar al claustro donde estaban las celdas del convento. Cuando llegamos al final del pasillo me mostró mi celda y se despidió.

La celda tenía una sala pequeña con algunos muebles rústicos de madera y una diminuta alcoba al fondo donde había una tarima de madera sin colchón cubierta con una cobija negra de lana. Allí me acosté y me quedé dormido de inmediato.

Aquella noche soñé que estaba caminando por el sendero del arroyo Cascadilla. —Qué alivio —me dije. Hacía un intenso calor y tenía seca la boca. Unas muchachas se estaban tirando clavados y refrescándose en el arroyo y me detuve a observarlas. Una de ellas me saludó. Era Heather, una estudiante de Cornell muy alegre y simpática a quien conocí en la biblioteca donde trabajo acomodando libros. Me invitó a nadar. Le dije que no podía, pero que me encantaría hacerlo en otra ocasión. Me despedí y seguí caminando junto al río pensando en ella.

Luego el paisaje cambió. Ahora iba caminando con Alma al lado de un barranco siguiendo el curso del Río Bravo. Íbamos tomados de la mano, felices y en silencio, disfrutando del bello paisaje y del suave calor de un atardecer otoñal. Pero el repiqueteo de unas campanas y el redoble de unos tambores me despertaron.

Debo estar todavía en Senecú. ¡Maldición! No podía creerlo. Seguía la pesadilla. Mi cabeza estaba llena de imágenes confusas: el barranco en el Río Bravo, Alma, Heather, Albuquerque, fray Antonio, Refugio, la misión de Senecú. Las campanadas y los tamborazos reverberaban en mi cabeza.

Apenas comenzaba a amanecer. Me dolía todo el cuerpo, sobre todo la espalda y el coxis. Tenía un fuerte dolor de cabeza, seguramente por no haber dormido lo suficiente y por abstinencia de cafeína.

Fray Antonio entró a la habitación sin avisarme y se paró al pie del camastro.

—Buenos días, Diego. Debes estar fatigado y adolorido. ¿Tienes hambre?

—Quisiera tomarme un café —le dije restregándome los ojos. Estaba resignado a jugar mi papel en esta pesadilla, aunque con la vaga ilusión de que un café me ayudaría a volver a la realidad.

—¿Un café? ¿Y eso qué es? —me preguntó un tanto extrañado.

Me incorporé y me senté al filo del camastro. Con dificultad pude explicarle lo que era el café. –Es una bebida oscura y aromática. Se bebe caliente. Lo ayuda a uno a despertarse.

—¡Qué raro! —observó haciendo un gesto entre la sorpresa y el extrañamiento. —Eso nunca lo bebí en la Ciudad de México. Debe ser una nueva costumbre. Pero los franciscanos avivamos el espíritu de manera distinta. Todas las mañanas, en cuanto suena la campana nos levantamos y, antes de que la pereza nos quiera señorear y para que el demonio no tenga lugar de hacernos alguna molestia, hacemos de presto una puntual disciplina de veinte latigazos en la espalda. El día de hoy, por ser festivo y por haber recién llegado, te he permitido que te levantes tarde, pero, comenzando mañana, te levantarás a la medianoche para rezar los maitines y, posteriormente, a las cinco, para el oficio de laudes. Esta tarde te daré instrucciones sobre el oficio divino y sobre cómo comportarte en el coro. Cuando me dijo esto, no comprendí lo que esto significaba e implicaba. Preferí cambiar el tema.

—¿Celebran algo hoy? —le pregunté con tono casual.

—¿Lo dices por el zarambeque que se escucha afuera? Hoy es el día de San Lorenzo. Unos piros cristianos están danzando con sus máscaras y atuendos tradicionales como hacíanlo en el pasado para sus ídolos. Están suplicándole a San Lorenzo que interceda por ellos ante Dios nuestro Señor para que nos mande lluvia y pidiéndole otras mercedes.

—Ah, claro —le respondí recordando que el pueblo juarense también celebra este día con bailes tradicionales.

—¿Claro? –me contestó sorprendido y con tono serio—. Puede ser que estos zarambeques sean comunes en Ciudad de México y en otras partes de la Nueva España, pero aquí en Nuevo México están estrictamente prohibidos. Se están aprovechando que el padre de la Cruz está en el hospital de San Felipe. Saben que estando yo solo a cargo de la misión no los reprenderé.

—¿A usted no le molesta que dancen?

—Yo soy uno de los pocos franciscanos en estas tierras que piensa que es mejor permitirles a los indios que dancen con tal de que rindan tributo a nuestros santos y no a sus ídolos.

—Creo que tiene usted razón —le comenté con toda la ingenuidad del recién llegado.

—Si quieres evitarte problemas con el Santo Oficio será mejor que te guardes tus opiniones —me advirtió en tono severo, —sobre todo cuando se trata del tema de las danzas de los indios.

—Gracias por el consejo, padre. No pensé que fuera un tema controversial —. Y aprovechando que necesitaba hacer mis necesidades le pregunté dónde estaba el baño.

—Aquí no hay baños, Diego. No estamos ni en Jémez ni en Argel. Si precisas hacer tus menesteres la letrina está en el traspatio, aquí enseguida. Ponte tu túnica y ese hábito mío que te dejé sobre la mesa mientras llega tu menaje. La cuadrilla de carros está todavía en San Felipe pues Don Juan Manso, el asentista, no permitió que descargáramos nada ni aquí ni en Socorro. El muy bellaco utilizó la cuadrilla para su lucro personal. Espero que podamos resolver el asunto de tu menaje en los próximos días. En cuanto te vistas te mostraré dónde está la letrina.

—Gracias, padre.

Salió del cuarto y cerró la puerta. Me levanté del camastro y desdoblé la ropa. Eran un hábito franciscano color azul añil, un cordón de algodón con tres nudos, una tau de madera y un escapulario. Había también unas sandalias de cuero duro. El hábito era áspero como un costal de papas y tenía manto y capucha separables.

En parte por curiosidad y en parte para evitarme problemas, decidí ponerme aquel atuendo. Me sentí incómodo y molesto en él. Yo de fraile franciscano no tenía ni los callos, me dije a mí mismo irritado. Aunque de niño y adolescente había sido un católico devoto, a los veintitrés años me volví agnóstico. El catolicismo y todas las religiones monoteístas ahora me parecían religiones tiránicas y retrógradas, invenciones de espíritus fanáticos, intolerantes y ávidos de poder terrenal.

Salí del cuarto malhumorado. Fray Antonio me condujo al traspatio y me mostró la letrina. Estaba en la parte posterior de mi celda, del otro lado del muro de mi alcoba. Luego fuimos al ambulatorio y me indicó dónde estaba el refectorio. Me dijo que allí me iba a esperar y se despidió.

Regresé solo por el pasillo del claustro y fui a la letrina. Era un pequeño cuarto, ancho y angosto. Tenía cuatro bacines de cantera sin divisiones que estaban alineados junto a la pared. Me senté a hacer mis necesidades. Escuché las voces y las risas de unos niños y los gritos de un adulto que les ordenaba se callaran y formaran dos filas. Luego se escuchó la voz de un hombre pasando lista:

—Francisco Granillo Azoloye.

—¡Presente!

—Juan Pablo García Elogua.

—¡Presente!

—Joseph López Gualtoye.

—¡Presente!

—Tomás Carvajal Tzitza.

—¡Presente!...

Al salir de la letrina me lavé las manos en un aguamanil de madera que estaba en el traspatio. Tenía una palangana de bronce y un jarro de barro. Me dio gusto encontrar una barra de jabón, agua clara y una manta limpia para secarme.

Caminé hacia el ambulatorio donde fray Antonio estaba esperándome regando unas flores. Antes de cruzar el umbral hicimos una mediana inclinación al crucifijo que estaba puesto encima de la puerta. Pasamos al refectorio y me condujo al lugar que estaba más alejado de la puerta. La sala era pequeña. Tenía una serie de mesas angostas alineadas de forma paralela con respecto a las paredes. Los asientos eran de adobe y estaban empotrados en las paredes, las cuales estaban encaladas. A lo largo de dos de ellas estaba pintada, en letras góticas, la inscripción "*Edent pauperes, et satur abuntur: et laudabunt Dominum qui requirunt eum: vivent corda eorum in seculum seculi.*" En otra pared había una pequeña ventana en el centro y una chimenea de adobe en la esquina posterior. El piso era de lodo compactado y el techo, de vigas rústicas.

El desayuno estaba servido. Antes de probar bocado me pidió que recogiera las manos en las mangas, una en otra, y que las pusiera sobre el pecho; que bajara los ojos y que, con el corazón en Dios Nuestro Señor, encomendara a Dios mentalmente aquellos de cuyos sudores y limosnas iba a comer.

Viendo que no había platos frente a él, al terminar la oración, le pregunté si no iba a desayunar. Me contestó que él siempre ayunaba. Yo, en cambio, no pude esperar más. Le dije —con permiso —y le di un sorbo al chocolate espumoso que se me estaba enfriando. Fray Antonio me reprendió porque no había esperado a que bendijera los alimentos.

–Veo que no aprendiste nada en el convento—me dijo irritado.

Me ordenó que me levantara de la mesa y que me pusiera de rodillas e inclinara la cabeza hacia él. Me dijo que no me moviera hasta que terminara de rezar y que debía mantener inclinada la cabeza profundamente hasta que él me indicara y que, antes de levantarme para volver a sentarme, debía decir <<Amén>>.

Cuando volví a mi asiento me hizo saber que el chocolate era un lujo reservado para las ocasiones especiales. Le pregunté tímidamente en qué año estábamos. Volteó a verme con un discreto gesto de incredulidad mezclada con desaprobación y me informó que era <<el martes en que se cuentan diez días del mes de agosto de mil seiscientos y sesenta y cinco años>>.

Le di otro trago al chocolate y en ese momento creí comprender lo que estaba pasando. Todo esto debe ser un sueño, me dije. Posiblemente he sido hospitalizado después del accidente de bicicleta y estoy ahora en estado de coma. O tal vez estoy drogado. Tiene que ser así. De lo contrario, ¿cómo explicar estas alucinaciones? ¡Claro!, pensé. Mi abuelo publicó hace algunos años un artículo sobre la historia de las misiones de Senecú, Socorro e Ysleta. Lo recuerdo muy bien. En una nota al pie afirmaba que uno de nuestros antepasados había llegado de Socorro a Paso del Norte en 1680 cuando los indios pueblo se levantaron y expulsaron a los españoles de Nuevo México. ¿Será fray Antonio mi antepasado? Afirma ser mi padre. Pero, si es así, ¿por qué me ha traído a su misión? ¿No correrá riesgo de que lo expulsen de la orden por haber violado su voto de castidad? ¿A su edad? No lo creo. Esto ya pasó hace mucho tiempo y seguramente ya lo han perdonado.

—¿En qué piensas, Diego? ¿Has perdido el apetito? No has probado los tamales.

—No, en nada, padre. Mmmm—. Saboreé la blanda y densa textura de la masa mezclada con pasas y piñones tostados. —Están muy buenos.Nunca los había comido con piñones. ¿Cómo me dijo que se llama la cocinera?

—Se llama Concha. Es una india tlaxcalteca. ¡Coooonchaaaaa! —La llamó para presentármela.

Entró una mujer de cabello canoso, largo y entrenzado. Vestía una blusa blanca de algodón finamente bordada con figuras de venados y flores de color rojo. Su falda era toda negra y la traía sujetada con un ceñidor bordado como la blusa.

—Concha, le gustaron mucho tus tamales a fray Diego.

—Sí, Concha, gracias. Hace usted muy ricos tamales.

—Muchas gracias, padre —me contestó con una sonrisa dibujada en los labios. Luego inclinó la cabeza, dobló ligeramente las rodillas y se retiró.

Cuando la cocinera ya no estaba, fray Antonio me comentó que ella había venido con su esposo, Pablo Baxcajay, y otros parientes a Nuevo México hacía más de cincuenta años. Me dijo que habían trabajado en esta misión desde que fray Antonio de Arteaga y fray García de San Francisco la fundaron en mil seiscientos veintiséis y que sus paisanos construyeron la Ermita de San Miguel en Analco, un poblado que está al sur de la villa de Santa Fe donde viven muchos de sus paisanos.

—¿No viven en Senecú?

—No, Concha y Pablo viven aquí en el convento. Los piros y todos los pueblos indios comarcanos no permiten que los fuereños vivamos en sus comunidades. Quieren seguir manteniendo su autonomía.

—¿A sí? ¿Y por qué, padre? —le pregunté para poder seguir disfrutando mi desayuno.

—Porque quieren conservar sus costumbres y tradiciones. Y seguramente también porque quieren seguir practicando en secreto sus ritos y supersticiones idolátricos. Son como enfermos que no quieren curarse. Pese a todo lo que han sufrido en el exilio por adorar demonios, hambres, pestilencias, sequías, tempestades, granizo, guerras y mil maneras de trabajos y angustias, siguen aferrándose a sus ídolos. Pero poco a poco vamos curándoles el alma con el Evangelio y con buenas obras. Catequizándolos con amor y bondad se curarán. Así podrán gozar del bien eterno que les espera. Pues está escrito que Dios Nuestro Señor nos ha prometido el Reino de Jerusalén. Les digo y les repito: estén listos para recibir los regalos de este Reino. Cuando Cristo nuestro Señor regrese, una luz perpetua nos iluminará para siempre. Ya no tendremos que trabajar ni preocuparnos de nada. El Árbol de la Vida perfumará con su fragancia todos los pueblos y el campo. Árboles cargados de frutos y sementeras colmadas de granos y hortalizas nos nutrirán; ríos de leche y miel nos refrescarán. Todas las montañas estarán perpetuamente adornadas con lirios y rosas.

—¿Y ellos qué dicen?

—Aquellos que no tienen el corazón duro se llenan de ilusión y reciben la Palabra de Dios como las plantas beben el agua en tiempo de seca. Pero otros tienen el ánima endemoniada y son reacios a la conversión. A aquellos que quieren seguir practicando sus nefandas idolatrías no tenemos más remedio que castigarlos. Por fortuna sólo son unos cuantos. Los más de ellos aceptan nuestra medicina espiritual cuando se la endulzamos con beneficios temporales. Aceptan que bauticemos a sus párvulos y asisten a misa para que Dios les dé buenas cosechas y para que los españoles los protejamos contra los apaches.

—¿Los apaches?

—Sí, a veces nos atacan y nos saquean. Para evitarlo y para mantener la paz con ellos, les damos periódicamente maíz y algodón. También estamos enseñándolos a sembrar y, por supuesto, a conocer y a apreciar la Palabra de Dios. Ahora que has llegado tú, Bendito sea el Señor, podremos intensificar esta labor de pacificarlos y evangelizarlos.

—¿A qué se refiere, padre? —le pregunté al no poder dar crédito a lo que me estaba insinuando.

—Fray Alonso de Benavides comenzó la labor de pacificación de los xileños hace más de treinta años. Convirtió al capitán mayor de una ranchería que está a catorce leguas de aquí. Desde entonces se han vuelto cristianos algunos de ellos. Ahora, con tu llegada, confiamos en que muchos más se convertirán —me dijo fray Antonio dando por hecho que yo ya estaba enterado de lo que había venido a hacer a estas tierras.

—¿Yo convertir a los apaches? ¿Cristianizarlos?

—Sí, por supuesto. A eso has venido, ¿no? —me dijo sorprendido y un tanto irritado. —Tendrás muchas oportunidades de servir a Dios y de ganarte el cielo quitando al demonio el imperio de esas almas. Los apaches de Xila están muy dispuestos para la conversión. Las más de las veces que les hablo de Dios me oyen con agrado. Aunque son belicosos, una vez que te ganas su confianza son pacíficos y generosos.

—¡Esto es absurdo! ¿Yo de misionero? ¡Qué ridiculez! —pensé.

Empujé la silla hacia atrás y me levanté de la mesa. Caminé hacia la ventana y miré hacia afuera. Había un patio interior sembrado de hortalizas: tomates, sandías, lechugas, calabacitas y chiles. ¿Y qué si no estoy soñando?, reflexioné. ¿Qué le voy a decir a este hombre? ¿Que no creo en Dios?, ¿que no sé qué hago aquí?, ¿que pertenezco a otra época?

Pero todo me parecía real. Nada parecía ser etéreo o una mera ilusión.

Fray Antonio estaba sentado, cruzado de brazos, esperando a que yo dijera algo. Yo estaba parado junto a la ventana, estupefacto y confundido. Comencé a sentir miedo. Fijé la mirada en la huerta y me hundí en mis pensamientos.

Fray Antonio se levantó de la silla y se me acercó. Me puso la mano sobre el hombro y me dijo, mirándome a los ojos:

—Te comprendo, hijo. Todos los que venimos a Nuevo México por primera vez queremos regresarnos. Aquí no hay nada sino desolación y pobreza. Son cuatro meses de invierno y ocho de infierno. Aquí no hay oro ni plata ni riquezas naturales como en otras partes de la Nueva España. Vivimos de la limosna que el rey y el virrey nos dan cada tres años. Pero los misioneros no estamos aquí para encontrar riquezas terrenales. Estamos aquí para salvar las almas de los indios. Es cosa de gran lástima ver a estos seres que fueron creados a la imagen y semejanza de Dios vivir como si fuesen brutos animales. Y lo que es peor: sirviendo al demonio. Estamos aquí para hacerle la guerra al Enemigo Infernal y para quitarle su imperio sobre las almas de los indios.

—Pero yo no sé por qué estoy aquí —le confesé con candidez.

—Dudas las tienen todos los recién llegados. Cuando vine por primera vez a Nuevo México por el Camino Real, montado en una mula como tú, yo también quise desertar como los otros hermanos recién ordenados. El trayecto desde Zacatecas hasta acá nos pareció interminable: un infierno. Pura tierra baldía, sin árboles, ni refugios, ni agua, ni nada. Uno de nuestros hermanos legos no pudo aguantar tanta desolación y carencias y nos abandonó cuando arribamos a Santa Bárbara. Sabe Dios qué fue de él. Estábamos todos furiosos con el procurador, el padre fray Isidro Ordóñez, quien nos había reclutado en Convento Grande a base de engaños. Nos habló de una tierra fertilísima que da con muy grande abundancia todo lo que en ella se siembra; llena de muy grandes tesoros de minas muy ricas y prósperas de plata y oro, mayores y mejores que en todas las Indias; nos habló de pobladores numerosísimos y harto predispuestos a la conversión y que, una vez bautizados, quedaban tan bien adoctrinados que en breve parecían cristianos antiguos. Y nada de eso encontramos en estas provincias. Y lo que es peor, Ordóñez era un tirano. Por todo nos gritaba y nos amonestaba, a veces enfrente de los fieles. Una vez nos humilló a mí y a otro hermano de tal manera que decidimos regresarnos a Ciudad de México para denunciarlo a nuestros superiores. Estábamos dispuestos a todo, inclusive matarlo si fuese necesario. Contratamos a un sirviente para que nos acompañase en el viaje a México, pero el muy bellaco nos delató con Ordóñez sabiendo que el ahora comisario de la Inquisición le pagaría mucho más que nosotros. Ordóñez nos tendió una trampa y nos aprehendió. Nos confinó en celdas separadas y nos puso a ayuno riguroso de pan y agua por cuatro meses. Allí mi espíritu estaba tan agitado que comencé a cuestionar la sabiduría de Dios Nuestro Señor. Le pregunté por qué había puesto nuestra misión al mando de hombres tan viles y corruptos. Desde que había llegado a Nuevo México no había visto sino conflictos y divisiones entre el custodio y el gobernador. Ambos parecían estar más interesados en adquirir mayor poder, riquezas y privilegios para sí mismos que en servir a Dios o al rey. Le pregunté a Dios por qué dondequiera que yo iba encontraba en el poder hombres corruptos y pecadores, cometiendo impunemente toda clase de abusos y arbitrariedades contra los más débiles e incluso contra aquellos que seguimos su ley. Le pregunté por qué parece castigar a los inocentes y premiar a los injustos. Lo cuestioné todo: ¿Por qué permitía que el demonio dominara tan sin contradicción en estas tierras? ¿Por qué había permitido que el Enemigo Infernal se apoderara de las almas de las diez tribus de Israel? ¿Acaso no había prometido a todos los descendientes de Abraham que jamás los abandonaría? Cuestioné incluso por qué nos había dado el poder de razonar si no era para cuestionarlo. Así pasé siete días y siete noches. Hasta que se me apareció en mi celda un ángel vestido de franciscano y me dijo: <<Tu entendimiento te ha fallado sobre las cosas de este mundo. ¿Acaso crees que puedes comprender el proceder de Dios? He sido mandado para darte tres problemas. Si resuelves uno de ellos te revelaré todo lo que deseas saber>>. Le respondí: <<lo que el Señor ordene>>. Y el ángel me contestó: <<Dime cuánto pesa el fuego, o cuánto mide una ráfaga de viento, o cuántos granos de arena hay en el fondo del mar>>. Yo le respondí que no hay nadie en este mundo que pueda saber esas cosas. Y el ángel me amonestó: <<Si ignoras las cosas de este mundo, ¿cómo pretendes entender el proceder de Dios? ¿Cómo puede una mente que ha sido corrompida con las cosas del mundo entender lo incorrupto?>>. Entonces el ángel desapareció. De inmediato comprendí mi grave error e impertinencia. Le pedí perdón a Dios. Le prometí hacer su voluntad de allí en adelante, aunque no comprendiera la naturaleza de las cosas. A partir de ese momento comprendí el significado del voto de la obediencia que hacemos los franciscanos y me puse al servicio de Ordóñez de manera incondicional. Pero, como a cada cerdo le llega su San Martín, no pasó mucho tiempo para que el comisario fuera destituido y disciplinado por sus ardides. En su lugar pusieron a otro más recto y bondadoso, al padre fray Esteban de Perea.

—Padre, yo no he hecho ningún voto religioso ni sé cuál es la voluntad de Dios —le respondí pensando que era el momento oportuno de aclararle que yo no estaba allí para servir a Dios ni a la Iglesia.

Fray Antonio me invitó a que me sentara de nuevo. Le pidió a Concha que me sirviera más chocolate y me dijo con tono severo:

—No creas que no estoy enterado de que casi fuiste expulsado de la Orden. El padre custodio fray Juan de Paz me entregó un informe completo de tus actividades y conducta en el convento. Sé también que encontraron en tus cuadernos pasajes completos del *Encomion Moriae* y otras ideas peligrosas. El excomisario fray Alonso de Posadas y el propio guardián del convento intercedieron para que el concejo no enviara tu expediente al Santo Oficio. Gracias a ellos, el concejo aprobó tu traslado a Nuevo México para que aquí puedas terminar el noviciado y realizar el apostolado bajo mi tutela. Pero quedas advertido: si abandonas o eres expulsado del noviciado serás enviado a la Ciudad de México para que rindas cuentas al Santo Oficio por tus transgresiones, las cuales, no obstante, confío que podrás expiar plenamente con tu apostolado y con tus demás labores en esta misión. El padre fray Román de la Cruz y yo te hemos estado esperando con gran expectación. Aquí podrás hacer grandes obras y sacrificios. Pues, así como el Señor se precia del fruto de la cruz, que son las ánimas de los que se han de salvar, así tú, fray Diego Romero, como cuerdo y leal siervo de Jesucristo, y como hijo y heredero mío, gozarás en salvar las ánimas de los gentiles y remediar las de los convertidos en esta provincia de Nuevo México.

Al decirme estas palabras se levantó y se inclinó para darme un abrazo, el cual yo no pude corresponder. Me quedé paralizado en la banca. No sabía qué pensar ni qué decir ante esta inverosímil y ridícula situación en la que me encontraba.

—Y ahora tengo que retirarme a hacer mis oraciones. En unos minutos tocarán la campana convocándonos a misa. Puedes pasar a tu celda para que tú también reces. En cuanto suene la campana pasaré por ti para que vayamos a misa juntos. Al final de la misa te reunirás conmigo en la sacristía. Te mostraré la misión y te daré mayores detalles de tus tareas y responsabilidades en esta casa. Comenzarás a cumplirlas a partir de mañana. Después de misa regresarás a tu celda. Tendrás libre el resto del día para que puedas orar, recuperarte del viaje y poner tus pensamientos en orden.

Fray Antonio se fue y yo me quedé unos minutos sentado en el refectorio, perdido en mis pensamientos. Al rato me levanté de la mesa y me fui a la celda.

Me recosté en la tarima y traté de calmarme. Me sentía mareado. Tenía náuseas, calor. El hábito me picaba. Me lo quité para rascarme.

Debo estar en el hospital, pensé mientras me rascaba. Fray Antonio debe ser mi médico. No es un fraile franciscano, ni es mi padre. De seguro me fracturé el cráneo a consecuencia del accidente. ¡Sí, eso debe ser! Me operaron y estoy todavía bajo los efectos de la anestesia. O estoy en estado de coma, dormido y conectado a aparatos. ¿O será que estoy muerto? ¿Será posible? ¿Será esto el Purgatorio? ¿El Infierno? ¿Me estará castigando Dios? ¿Y yo qué he hecho para merecer esto?

Todo me daba vueltas. Necesitaba calmarme, relajarme, dormirme, volver a la realidad. Intenté meditar. Cerré los ojos. Primero me enfoqué en la respiración. Inhalé y exhalé con calma; luego murmuré en silencio el mantra Om. Intenté visualizar y enfocarme en el tercer ojo. Dibujé mentalmente un círculo con dos pétalos de loto a los lados. Traté de enfocarme en esta imagen para dejar de distraerme. Pero fue en vano. Una cacofonía de voces y pensamientos venció mis esfuerzos:

—Todo extranjero y mendigo es enviado por Él . . . No te asustes, hijo. Son los tiempos. Los indios no conocen el Evangelio. Tenemos que salvarlos de las garras del demonio . . . El Enemigo Infernal . . . Los apaches han sido el crisol de nuestros esfuerzos en estas provincias . . . El crisol de nuestros esfuerzos . . . El crisol . . . ¿Qué significa crisol? . . . Tenemos que salvarlos . . . Ya están listos para la conversión . . . Debes servir a Dios . . . Debes ganarte el cielo quitando al demonio el imperio de esas almas . . . Dudas las tienen todos los recién llegados . . . Encontraron ideas peligrosas en tus cuadernos . . . Expiarás tus pecados haciendo el apostolado en Nuevo México . . . Si no, tendrás que rendirle cuentas al Santo Oficio . . . Quedas advertido.

Traté de no sentir miedo. Pensé que todo esto era absurdo. Eran puras fabulaciones mías. Fray Antonio era un médico, o quizás era un psiquiatra. ¿Dónde había visto yo ese rostro enjuto y demacrado? ¿Esos ojos almendrados que parecían velas derretidas a punto de extinguirse? ¿Era este hombre el asesor de Alma, el profesor Roggiero? Sí, reflexioné, él había sido el crisol de sus esfuerzos en el doctorado. Por él había tenido que posponer sus investigaciones para la tesis.

—Deje la filosofía de la liberación para cuando adquiera un puesto permanente — le sugirió Roggiero el día que ella le presentó su proyecto de tesis por primera vez. —Alma, voy a serle sincero. Si quiere dedicarse a la filosofía en este país debería estudiar otro tema. ¿Por qué mejor no escribe algo sobre la filosofía de Ortega y Gasset?

Recordé también el encargo que me hizo mi madre en un correo electrónico antes del accidente:

—Protege lo tuyo. Él no tiene por qué apropiarse de la herencia que te dejó tu abuelo. No dejes de firmar y devolvernos los documentos cuanto antes.

—¿Y a mí qué diablos me importa ese asunto? —recordé lo que había pensado en Ítaca cuando recibí el email de mi madre. Yo no quería firmar la demanda civil que mi madre y sus hermanas iban a presentar contra el Acán de la familia por fraude y despojo. —Si él se quiere quedar con todo, allá él. A mí que no me metan en ese lío. Yo no quiero nada. Yo ya hice mi vida aparte.

—Querer vender las tierras de la familia a nuestras espaldas y engañándonos a todos no tiene perdón —me escribió mi madre en el email. — ¡Irá a la cárcel; aunque sea mi hermano y aunque manchemos nuestro apellido!

Me hubiera gustado llamar a mi madre por teléfono, decirle que sí firmé los documentos, que iba rumbo a National Express cuando tuve el accidente. <<Lo siento, mamá. Tuve un accidente. Dejé el sobre en mi apartamento. Espero que alguien se lo haya enviado al abogado. Aquí no hay teléfono, ni electricidad, ni mucho menos internet.>> De cualquier manera, es mejor. Prefiero mantenerme al margen de los dramas familiares. Ya habrán seguramente publicado la carta en los periódicos locales. Todo Juárez deberá estar al tanto de nuestros asuntos.

—Conocida familia envuelta en escándalo por herencia — dirá *El Diario de la Frontera.*

—El abuelo deberá estar revolcándose en la tumba. A lo que hemos llegado los Romero.

—¿Qué será de mi abuelo? ¿Habrá muerto ya? Pobre, lleva veinticinco años sin salir de su casa, enfermo de demencia senil, desconectado del mundo, viviendo en el pasado. ¿Como yo ahora? No. Él no recuerda nada después de que López Portillo nacionalizó la banca. Yo no he perdido la memoria. Todo lo contrario. El accidente me ha hecho recordar cosas que ya había olvidado o que leí en algún momento. Al abuelo se le olvidó que Leonid Brézhnev ya murió. Para él, la Guerra Fría continúa. El muro de Berlín no ha caído. México es un país no alineado en vías de desarrollo. Ciudad Juárez es la mejor frontera de México. La Escuela de Agricultura, su alma máter, sigue produciendo ingenieros agrónomos que ayudarán a México a ser autosuficiente en materia alimentaria. El Valle de Juárez sigue cultivando y exportando su fino algodón. Sus ranchos siguen produciendo; sus negocios prosperan; toda su familia es muy unida; todos sus hijos viven en armonía y son ciudadanos ejemplares. Sus nietos son muy buenos muchachos . . . Si se enterara. Una periodista de El Paso está haciendo una investigación. Dicen las malas lenguas que Miguel mi primo está asociado con el Luisfer y el Damián. Dicen que han asesinado a varias mujeres, inclusive a algunas niñas. Que mi primo anda en malos pasos, eso no es ninguna novedad; pero eso de que practique con sus amigos ritos satánicos y que filmen películas *snuff*, me parece difícil de creer . . . No lo sé. Supongo que no es del todo imposible. Con esos amigos que se carga, sobre todo el Luisfer y el Damián. Yo siempre se lo dije: el que con lobos anda a aullar aprende. Pero nunca me hizo caso. Debió haberse ido conmigo a Las Cruces. Debió haberse alejado de sus amigos los narcojuniors. Nunca le interesaron los estudios ni tampoco quiso trabajar en los ranchos ni en nada. Pura buena vida. De socialitos siempre con sus amigos: puros hijos o hermanos de narcos o de políticos o de millonarios. Sexo, drogas y rock and roll; y también algo de country y de norteñas. Black Sabbath. Queen. David Bowie. Willie Nelson. Vicente Fernández. Los Tigres del Norte. Tranquilo, pajita y sereno. Easy money. Easy women. Vivo de tres animales: mi perico, mi gallo y mi chiva. En lo que ha acabado Miguel. El consentido del abuelo. Y de mi tío. En lo que hemos acabado los Romero.

Pude olvidarme de fray Antonio y de la misión por unos momentos, pero las campanadas de la iglesia me sacaron de mi mundo de recuerdos.

—Talán, talán. Talán, talán. Talán, talán. Talán, talán . . .

Me incorporé y me puse el hábito de prisa. Rápido, rápido, rápido. Fray Antonio entró justo cuando me estaba poniendo las sandalias.

—Te ves agitado. ¿No estabas rezando? ¿Por qué no traes el cordón puesto? —me reprendió.

—Tuve que recostarme. Me duele la cabeza. No dormí bien anoche —le expliqué mientras intentaba amarrarme el cordón del hábito.

—Veo que todavía no has aprendido a hacerte el nudo. ¿Acaso no te enseñaron en el convento cómo hacerlo?

—No.

—Entiendo. Casi se me olvidaba que no has emitido los votos temporales. En otras circunstancias no vestirías el sayal todavía, pero, dado que prácticamente habías terminado el noviciado, el concejo del convento aprobó que lo usaras aquí. A ver, déjame enseñarte a hacer el nudo.

Fray Antonio tomó el cordón y me mostró, paso por paso, cómo atarme el cordón de manera que los tres nudos que simbolizan los votos franciscanos de pobreza, castidad y obediencia colgaran sobre mi pierna derecha sin arrastrar.

—¿Ves qué ingeniosa manera de amarrar y ajustarse el cordón? Puedes apretarlo y desapretarlo con toda facilidad sin tener que deshacer el nudo una vez que está hecho. Mira, te queda justo a la medida. Y una vez que quieras quitártelo simplemente lo extiendes y te lo deslizas por las piernas. Y ahora vayámonos que se nos hace tarde.

Caminamos hacia la iglesia por los pasillos del convento y entramos por una puerta lateral. Él se fue a la sacristía a prepararse para la misa y yo me dirigí hacia uno de los reclinatorios de enfrente.

El templo estaba todavía vacío. La nave central era pequeña y estaba austeramente decorada. El piso era de lodo compactado y el techo, de madera. Lo sostenían gruesas vigas talladas con figuras de rombos y flores.

El altar tenía un retablo modesto pero vistoso. El cuerpo del retablo estaba seccionado en tres calles por medio de columnas de capitel corintio y fuste entorchado. En la calle central había una estatua de San Antonio de Padua con el Niño Jesús en los brazos. En la calle lateral derecha había un cuadro de San Francisco de Asís y, en la lateral izquierda, uno de San Buenaventura. El ático tenía un óleo de la Inmaculada enmarcado entre un par de columnas entorchadas y rematadas en frontón partido con un escudo de María en el centro.

El altar también custodiaba un cuadro del Juicio Final. Al centro estaba el Arcángel San Miguel pesando las almas con una balanza y, junto a él, estaba la Virgen María abogando por la salvación de los justos. A la derecha iban los condenados al infierno y, a la izquierda, los bienaventurados subían al cielo. En la parte superior estaba Cristo Rey rodeado por los coros celestiales entre quienes destacaban Moisés y San Pedro.

Me sentía extraño estar en una iglesia y, mucho más, en hábito franciscano. Hacía tiempo que no me paraba en un templo católico. Años, si no décadas. Hice memoria y me di cuenta que la última vez había sido cuando me casé con Alma en la capilla de la Misión de San Antonio de Senecú, en Ciudad Juárez. Tenía yo veintidós años en aquel entonces. Era el año mil novecientos ochenta y ocho. Un abismo temporal de trescientos veintitrés años me separaba de aquel momento de mi vida cuando yo todavía era católico y pensaba que una vida sin Dios no tiene sentido. Recordé cierto momento durante la boda en que estaba hincado frente al altar. Nos acababan de poner el lazo a Alma y a mí y yo rezaba con fervor. Al centro del altar había una estatua de San Antonio de Padua idéntica a la que ahora tenía frente a mí. ¿Sería acaso la misma? Recordé que mi abuelo Baudelio decía que la única reliquia que los franciscanos habían podido rescatar del templo original de Senecú, cuando los apaches la incendiaron en mil seiscientos setenta y cinco, fue precisamente una estatua de San Antonio.

Un grupo de niños vestidos de blanco y dirigidos por un sacristán entraron por la puerta principal del templo y subieron al triforio. Poco después comenzaron a llegar los feligreses y los niños cantores les dieron la bienvenida cantando el *Juste judex Jesu Christe*. Recordé con nostalgia que yo también había formado parte de un coro infantil en Ciudad Juárez y que en un par de ocasiones cantamos en la misión de Guadalupe, un templo muy similar a éste.

Recordé la vez que cantamos en el día de San Lorenzo, el año en que habían derribado la catedral para reconstruirla. Tenía yo diez años. La misión de Guadalupe estaba inundada de gente. Un caudal de personas circulaba por aquel pequeño templo. Mientras nosotros cantábamos desde el triforio, el padre Payán rociaba agua bendita sobre aquel río humano desde el presbiterio. El redoble de unos tambores proveniente de afuera desarmonizaba igual que ahora con el canto de nuestro tímido coro.

Imaginé que afuera había un mar de gente congregada frente al templo y que varios grupos de danzantes rendían culto a San Lorenzo, como es costumbre en Ciudad Juárez. Escuché lo que parecieron ser fuegos artificiales de celebración. Pero aquellas detonaciones silenciaron de inmediato al coro. Los feligreses que estaban dentro del templo caminaron angustiados hacia la puerta principal del templo. Yo hice lo mismo. Se escucharon un griterío caótico y más detonaciones hasta que fue sofocado el bullicio. Un franciscano acompañado de unos hombres armados había llegado a interrumpir la danza de los piros frente al templo.

—¡Largo de aquí! ¡Esta es la casa del Señor! ¡Aquí no se adora al demonio! —gritó el fraile dándole un latigazo en la espalda a uno de los danzantes.

—¿Por qué le pega? —protestó uno de los percusionistas. —¡No estamos adorando al demonio!

—¡No me respondas, perro mal nacido! —le replicó el fraile dándole un certero chicotazo, el cual le rajó el abdomen y rebotó contra el cuero del tambor haciéndolo resonar. Luego agregó el franciscano con tono solemne: —Dice Dios en la Escriptura: Mi casa será llamada Casa de Oración. ¡Vosotros queréis convertirla en cueva del demonio!

—¡Estamos pidiéndole a San Lorenzo que nos conceda lluvia! —dijo el percusionista herido tratándose de tapar la llaga que sangraba. —¡Estamos perdiendo nuestras cosechas porque no ha llovido!

—¡Pedídselo como Dios manda! —replicó el fraile. —¡Estas danzas y estas máscaras invocan al demonio! ¡Caerá del cielo fuego si seguís haciéndole culto al Enemigo Infernal! ¡Dios os castigará! ¡Se lanzará sobre vosotros con toda su furia!

—Nosotros no queremos ofender a Dios —intervino el otro percusionista. —Estamos aquí para adorarlo a Él y a San Lorenzo.

—Pues hacedlo rezando y siguiendo nuestros ritos cristianos. Sabéis perfectamente que estas danzas, y sobre todo esas máscaras infernales, están prohibidas.

—Dios no ha escuchado nuestras plegarias! —dijo uno de los danzantes. —Los campos siguen secos. No ha llovido una gota desde abril. El río casi no lleva agua. ¡No sabemos ya qué hacer!

—¡Necesitáis rezar con más convicción! ¿Acaso creéis que con vuestros ritos paganos vais a conmover a Dios? Con estas danzas y estas máscaras rendís culto al demonio y a sus repugnantes súbditos—. Y dirigiéndose a uno de los hombres armados que lo acompañaban, añadió: —¡Alguacil mayor! ¡Llévese a estos idólatras al calabozo y confísqueles sus máscaras e instrumentos!

—Sí, señor Secretario.

Ya para entonces unos hombres tenían bien sujetados a los cuatro danzantes y a los dos percusionistas. Los esposaron y los subieron a golpes a una carreta enjaulada tirada por cuatro mulas.

Una vez que se los llevaron al calabozo, el franciscano se dirigió a todos los congregados:

—Y ahora entremos todos a la casa del Señor que vamos a rendir culto a San Lorenzo como Dios manda. San Lorenzo recibió la corona del martirio por su inquebrantable fidelidad al Papa y al auténtico culto cristiano. Aprendamos de él y sigamos su ejemplo.

Fray Antonio presenció este atropello al igual que todos nosotros, sin intervenir de ninguna manera. Pero se veía más abatido y consternado que nadie, como si a él también lo hubieran vejado y golpeado.

Yo volví a mi asiento y fui seguido por el resto de los feligreses. Fray Antonio volvió a la sacristía acompañado por el acólito. El fraile que participó en el incidente se sentó junto a mí y me saludó desganadamente. Luego me enteré de que se trataba de fray Salvador Guerra, el secretario de la Santa Custodia de la Conversión de San Pablo de Nuevo México. Era un cincuentón alto y recio. Le brillaba la calva y el poco pelo que le crecía se lo rasuraba escrupulosamente. Tenía los ojos verdes, la nariz respingada y los labios carnosos. Sus manos, grandes y velludas, descansaban sobre su regazo como migalas amaestradas. Cuando volteó a verme se le dibujó en el rostro una sonrisa displicente que me inquietó. Sus ojos emanaban fuego.

En ese momento el organista garabateó unas notas y comenzó a tocar una tocata que sirvió de preludio al himno procesional. Salió de la sacristía un niño pubescente ataviado de sibila. Llevaba una capucha escarlata que le cubría una peluca. Una amplia túnica, también escarlata, le cubría el cuerpo y rozaba el suelo. El púber enarbolaba frente a él, con ambas manos, una espada. Era seguido por dos niños vestidos de ángeles; ambos sostenían un candelero con un cirio encendido. Acompañados por la música del órgano, los tres niños caminaron en procesión hacia la parte posterior del templo y regresaron por el pasillo central. Al llegar a la barandilla del presbiterio hicieron una genuflexión y se dirigieron al púlpito. El niño que cargaba la espada subió los escalones y, cuando llegó al púlpito, el coro entonó los primeros versos del "Canto de la Sibila:"

Audite quid dixerit Sibilla:
Iudici signum, tellus sudore madescet.

—Oigan lo que dijo la sibila como señal del Juicio —advertía este niño con su dulce canto: —la tierra se empapará de sudor.

Luego la sibila entonó en canto llano los versos de esta famosa profecía de lo que ocurrirá el día del Juicio Final.

Me sorprendió escuchar este cántico medieval en Senecú. Me fascinó desde que lo descubrí en los estantes de la biblioteca de la Universidad de Nuevo México. Estaba en un disco con una "Misa del Fin del Mundo" que me gustaba escuchar en mi apartamento mientras escribía. Una vez asistí a una representación de una versión catalana de este canto en la catedral de Mallorca cuando fui a Palma a visitar a mi amigo Jaime en la época navideña. En aquel hermoso e imponente templo gótico el *cant de la Sibil-la* me pareció solemne y majestuoso; pero escucharlo en Senecú bajo aquellas extrañas circunstancias me inspiró terror. Comencé a temblar y se me escapó un sollozo como si en ese momento aquellos niños estuvieran dictándome mi condena. Fray Salvador me sujetó con firmeza y me miró con reprobación; pero no pude controlarme. El ataque de pánico me duró casi todo el transcurso del canto. Al terminar de cantar la sibila dibujó con la espada una cruz en el aire y se retiró junto con los ángeles de la misma manera que entraron. Cuando cruzaron el umbral de la sacristía yo ya me había repuesto casi del todo, pero sentía una honda vergüenza. Afortunadamente la misa no está muy concurrida, me dije a mí mismo tratando de reanimarme.

Fray Salvador se aseguró de que no me tranquilizara. Constantemente volteaba a verme con sus ojos de víbora ponzoñosa. Yo no sabía qué hacer conmigo mismo. Ignoraba la parte que me tocaba actuar en esta pesadilla. Tenía unas ganas infinitas de huir, pero no sabía adónde. Mi instinto de conservación me forzó a aceptar mi situación y dejarme llevar por la corriente. No había perdido del todo la fe que pronto me despertaría.

El acólito tocó la campanilla al entrar a la capilla y todos nos pusimos de pie. Se dirigió hacia el altar seguido por fray Antonio, quien llevaba toda la indumentaria tradicional, incluyendo un bonete. Cargaba el cáliz con la mano izquierda y apoyaba la mano derecha sobre la bolsa del corporal. Al pasar por el sagrario ambos hicieron una genuflexión y continuaron la procesión hacia el centro del altar donde fray Antonio se quitó el bonete y se lo dio al acólito. Después de colocar el cáliz en el altar y de hacer otras preparaciones, se bajó al pie del altar, giró de nuevo para mirar de frente al sagrario y, santiguándose, comenzó a orar en latín en voz alta secundado por el acólito. Éste estaba arrodillado a su izquierda y rezaba también en latín con desenvoltura. Todos los feligreses parecían también saber de memoria las oraciones. Yo, en cambio, me vi obligado a permanecer en silencio y a mirar de reojo a fray Salvador para remedar sus movimientos, lo cual agudizó su descontento hacia mí.

La misa tridentina prosiguió con su formalismo litúrgico y solemnidad habituales. Sin embargo, cuando fray Antonio se subió al púlpito acompañado del acólito para dar la homilía, la ceremonia cobró de nuevo vigor y lobreguez.

Habló de los rumores que circulaban en Senecú sobre la inminente llegada del fin del mundo y de la aparición del Anticristo en mil seiscientos sesenta y seis. También habló de una aparición profética:

—En días recientes un gigante apareciósele a un indio de Socorro. Dicho gigante dijo ser un soldado del rey Gog, de Magog, el antiguo señor de todos los indios. Anunció que el Rey Gog iba a aliarse con todas las naciones gentiles para atacar y destruir a la Santa Madre Iglesia y así poder reinar en todo el mundo. Ordenó que todos los indios se juntasen y diesen sobre los españoles, y en especial sobre los religiosos, no perdonándonos la vida. Prometió que con la ayuda del ejército de Gog los indios retornarán a su antigua libertad y saldrán de tanta sujeción. Avisóles que se preparasen, que esto sucederá en una próxima luna nueva de agosto.

Cada vez que fray Antonio hacía una pausa, Santiago Mutanama, el acólito, traducía el sermón al idioma piro. Era un cuarentón apuesto de gestos férreos y ojos saltones. Su voz grave resonaba en el templo con contundencia.

En vez de negar o refutar los rumores, fray Antonio afirmó que estos eventos ya habían sido anunciados en la Carta-Apocalipsis de San Juan:

—El Apocalypsi es una historia profética disfrazada con figuras. Muchas personas creen que no es inteligible o que es sólo una alegoría. Mas yo os pregunto, si no se ha de entender, ¿para qué lo dio Nuestro Redemptor a su Iglesia? Sepáis todos que estamos ahora en el tiempo del Apocalypsi. ¡Bienaventurados sean los que lo conozcan y oigan las palabras de esta profecía! El que tiene orejas de buen entendimiento que oiga lo que el Espíritu Santo nos dice en el Apocalypsi: el que pelee varonilmente contra Satanás, que quiere decir adversario, darle he de comer del Árbol de la Vida. Y aún más: el que luche contra la Bestia, no será dañado de la muerte segunda, que es el Infierno. Por eso, hijos, no temáis de las persecuciones y trabajos que habremos de pasar los cristianos en Nuevo México, pues el Espíritu Santo desde hace siglos anunció que nos iba a enviar al Diablo para provecho nuestro.

Los feligreses escuchaban atentos el sermón y se veían consternados, como si fray Antonio y Santiago el acólito corroboraran los temores de las calamidades que ellos ya sabían tendrían que enfrentar pronto. Fray Salvador, en cambio, parecía estar enfurecido. A veces carraspeaba tapándose la boca con la parte superior del puño derecho; otras veces se sentaba al filo de la banca como si estuviera a punto de levantarse e irse; pero luego volvía a recargarse contra el reclinatorio. Parecía tranquilizarse por momentos; no obstante, sus manos entrelazadas y encrespadas sobre su regazo hacían patente su cólera.

Fray Antonio dio también una explicación de lo que son las siete copas que se mencionan en el Apocalipsis. Dijo que se trata de las siete adversidades que padeceremos antes del segundo advenimiento: sequía, hambruna, plagas, pestilencias, incursiones del enemigo, guerras fratricidas y persecución de los justos. Continuó el sermón recordando <<el glorioso martirio de San Lorenzo>>. Señaló que la Bestia que se describe al principio del capítulo trece del Apocalipsis es una figuración del emperador Valeriano, quien <<además de despedazar a los Santos, bramó contra Dios con blasfemias>>.

Concluyó la homilía invitando a todos a esperar con resignación y esperanza la segunda llegada de Cristo, declarando:

—Así como San Lorenzo derramó su sangre para proclamar su fidelidad a Jesucristo y al Papa, a quienes el emperador Valeriano hizo grandes oprobios, blasfemando su morada, que es la Iglesia, prohibiendo el culto cristiano y persiguiendo a sus siervos, así nosotros debemos gozar de esta ocasión para conseguir el dar la vida por nuestro Redemptor.

Se persignaron fray Antonio y el acólito, bajaron del púlpito y caminaron hacia el altar. El coro los acompañó cantando el *Domine, ad adjuvandum me festina* de Victoria. Luego la misa prosiguió con las oraciones y los ritos habituales.

Cuando llegamos al rito de la comunión, para evitar la mirada condenatoria de fray Salvador al no poder yo comulgar, opté por hincarme y meditar con los ojos cerrados y en silencio. Antes de que comenzara el rito de despedida, fray Salvador dejó su asiento.

Al concluir la misa me hizo un gesto con la cabeza ordenándome que lo siguiera. Salió sin esperarme por la misma puerta lateral por donde entré. Caminamos hacia el ambulatorio y me ordenó que entrara a una oficina que estaba cerca del refectorio. Al entrar sólo me dijo que lo esperara y se fue. Era una pequeña sala donde había un escritorio, un par de libreros y algunas sillas. Mientras lo esperaba, me puse a hojear algunos misales y libros religiosos que estaban en uno de los libreros.

Al rato volvió acompañado de fray Antonio. Fray Salvador traía unas tijeras en la mano izquierda, las cuales puso encima del escritorio. Ambos se pararon frente a mí y me miraron con un paternalismo ceremonioso que me incomodó. Fray Salvador me pidió que me pusiera de rodillas en medio de la sala y me preguntó a qué había venido a Nuevo México. Yo no supe qué contestar. Después de un incómodo y para mí angustioso silencio fray Antonio me pidió que repitiera:

—Padre, muchos días ha que deseo servir a Nuestro Señor en esta Santa Religión; y así, aunque indigno, pido y suplico humildemente a vuestra Reverencia y a todos los padres de esta Santa Custodia que me admitan a su santa compañía, en la cual con el favor Divino propongo y pienso perseverar hasta la muerte.

Después de repetir estas palabras, fray Salvador me habló de <<la grande merced que el Señor me estaba haciendo al admitirme a su servicio y ponerme entre tan particulares siervos>>. Me explicó que iban a ponerme a prueba <<solamente por espacio de un año>>.

—Exórtolo y anímolo a llevar con ánimo varonil los trabajos del apostolado, pues el yugo del Señor es suave y fácil de llevar a los que por su amor con prompta voluntad le desean servir. Avísole también que el demonio, capital enemigo nuestro, procura siempre molestar mucho más a los nuevos siervos del Señor con diversas tentaciones de pensamientos, que por aquel camino ha de pasar él, como todos los demás hemos pasado y pasamos.

Al terminar de decir esto fray Salvador me dio la bendición, me pidió que me levantara y me abrazaron él y fray Antonio. Luego tomó fray Salvador las tijeras y me dijo que era menester ahora administrarme la tonsura clerical como símbolo de mi entrada al estado religioso.

—De ahora en adelante se dedicará usted totalmente a Dios, a la edificación de la Iglesia y a la salvación del mundo. Deberá observar perfecta continencia en el celibato, así como llevar una vida desprendida de las riquezas terrenas y sometida a la voluntad de sus superiores, quienes hacen las veces de Dios cuando mandan algo según los reglamentos de nuestra orden.

Después de hacer unas oraciones procedió a cortarme varios mechones de la coronilla. Yo acepté la tonsura con la misma resignación que cuando me raparon en la Escuela de Agricultura al ingresar al bachillerato. Mientras me tonsuraba fray Salvador me reiteró lo que fray Antonio me dijo en el refectorio. Me advirtió que él personalmente iba a encargarse de consignarme a los tribunales del Santo Oficio si encontraba <<algún brote mínimo de las ideas judaizantes>> que mis superiores habían encontrado en mis cuadernos.

—No sé cómo se salvó usted de la hoguera —agregó fray Salvador con sarcasmo. —Debe sentirse afortunado de que precisamos de más religiosos en este reino. Si hubiese más gente virtuosa dispuesta a venirse a Nuevo México, usted no estaría aquí para contarla. Acá nos llega toda la escoria del virreinato. Para poder poblar, vigilar y gobernar estas provincias el virrey nos manda a los ladrones y a los criminales que lo estorban. Y ahora nuestros superiores quieren que aceptemos a un alboraico en nuestras misiones.

—Por favor, fray Salvador, sea más generoso. No olvide que fue la propia sor María de Jesús de Ágreda quien intercedió por él antes de pasar a mejor vida —intervino fray Antonio. —La Venerable se le apareció al padre custodio. Rogóle de parte del Señor que abogase por el novicio para que lo perdonasen sus superiores y anuncióle que ambos están destinados a servir a Dios en este reino.

—Conozco muy bien el caso de fray Diego Romero, padre Antonio. Inclusive sé quiénes son sus progenitores–lo dijo haciendo una pausa y poniendo un énfasis culpabilizador en la frase. —Sé también quiénes son sus padres adoptivos y dónde y cómo lo criaron. Tengo mis informantes. Por algo soy secretario de esta Santa Custodia. Tampoco olvidaré hacer una relación de los sucesos graves que he presenciado hoy en esta misión. Mostrarse indulgente con las danzas de los indios es como darles licencia de que rindan culto al demonio. Agregaré este incidente a su expediente, hermano fray Antonio. Cuando el Santo Oficio se entere de que usted les permitió a unos piros cristianos practicar sus danzas diabólicas frente a la Casa del Señor, sin duda ordenarán su arresto. Ya sabe lo que le pasó al exgobernador López Mendizábal. En cuanto regrese a San Diego de los Jémez le daré mi reporte al custodio. Queda usted notificado.

—Usted me está calumniando —respondió fray Antonio—. No levantarás falsos testimonios ni mentirás, reza el octavo mandamiento. Ni yo les di permiso de danzar ni ellos me lo pidieron. Ellos aprovecharon que el Padre de la Cruz no está en Senecú.

—Y usted, ¿acaso está pintado aquí? —dijo fray Salvador.

—Yo no soy el guardián de esta misión ni tampoco el guardián de la ley en Senecú. Soy un visita nada más —contestó fray Antonio.

—Eso no lo libra de la responsabilidad que tiene de ayudar a que esta misión cumpla su cometido.

—Mi responsabilidad en este reino consiste en cumplir con mi apostolado entre los gentiles predicándoles el Evangelio, dedicándome a la cura de sus almas y al ejercicio público del culto divino. Yo he consagrado mi vida a la oración y a la penitencia y he seguido siempre con rigor la disciplina de nuestra orden. No es mi función hacer cumplir las leyes de Nuevo México. Para eso están el gobernador, los alcaldes y los alguaciles mayores.

—Sus responsabilidades incluyen cumplir y hacer cumplir la ley divina.

—La ley divina, pero no la humana. Las Sagradas Escripturas no prohíben el culto a Dios por medio de la danza.

—Está usted equivocado. El Éxodo relata cómo Moisés se llenó de rabia y destruyó las Tablas de la Ley cuando descubrió que los israelitas estaban bailando frente al becerro de oro.

—Lo que enfureció a Moisés es que estaban adorando a un ídolo, no que bailaban. En las Sagradas Escripturas no se proscribe la danza en el culto a Dios. De lo contrario, San Pascual Bailón no sería un santo de nuestra iglesia. El Salmo ciento cuarenta y nueve, versículo tres, reza: "Alabéis su Nombre entre danzas, al son de arpa y tambor." Allí se nos invita a alabar a Dios no sólo con danzas sino también con tambores.

—Sea como fuere, como todos sabemos, las danzas paganas están estrictamente prohibidas en Nuevo México desde hace cuatro años.

—Las catzinas.

—Las catzinas y todas las danzas supersticiosas que practican los indios en este reino. El excomisario fray Alonso de Posadas las prohibió por el gran perjuicio que hacen a las almas de todos los que las observan, especialmente a las almas de los mestizos, mulatos y demás gente baja.

—Los danzantes estaban rindiéndole culto a San Lorenzo, le estaban pidiendo lluvia y otras mercedes.

—¡Mentiras! ¡Estaban personificando a las catzinas! ¿Por qué cree usted que tenían puestas esas máscaras diabólicas? Si quieren de verdad pedirle a Dios o a los santos que llueva, haríanlo con oraciones y penitencia. Y si usted quiere apoyarlos, podría dar misas extraordinarias para pedir la lluvia. Es lo que hacemos todos los ministros en Nuevo México. Y, por cierto, no sé si está usted enterado que el Concilio de Trento prohibió que se cantara el Canto de la Sibila en las iglesias.

—No es un mandato universal. En Córdoba el "Canto de la Sibila" se representa en las vísperas del día de Santa Victoria y San Acisclo, nuestros santos patronos. Y, como todos sabemos, en el Apocalypsi, la Bestia es Roma con su Imperio.

—Su interpretación del Apocalypsi es otro tema del que va a tener que rendirle cuentas al Santo Oficio.

—No es mi interpretación. La hizo un Siervo de Dios, el venerable Gregorio López. Me la enseñó en el noviciado el padre don Nicolás Martínez, un catedrático de Prima de Teología, canónigo de la Catedral de México y rector del Hospital de Santa Fe donde fueron una vez sanados mi cuerpo y mi alma. Sepa usted que al venerable López lo acusaron de judío o luterano sus enemigos. El Santo Oficio lo investigó, pero su delegado, el jesuita don Alonso Sánchez, informó al Inquisidor Mayor que no solamente estaba satisfecho del espíritu de Gregorio López sino que también quedaba muy aficionado y devoto suyo, como yo lo soy de él.

—A mí no tiene por qué darme tantas explicaciones. Resérveselas para cuando lo interrogue a usted el comisario.

—Harélo. También haréle ver que usted no busca sino vengarse de mí porque hace diez años testifiqué en contra suya por las muy grandes crueldades que cometió contra los indios en Songopavi. No olvidaré tampoco dar testimonio veraz de los latigazos que dio usted hoy a los danzantes.

—Ya sé que usted se da ínfulas de protector de los indios, pero sus amenazas me tienen muy sin cuidado. Nadie duda de la integridad católica de mi fe ni de mi completa devoción por todos y cada uno de los dogmas y sacramentos de nuestro sagrado oficio y de Nuestra Santa Madre Iglesia. En cambio, sobre usted, hay algunas dudas.

—Dudas que usted seguramente ha sembrado. Yo tengo ya más de cincuenta años ejerciendo la vida religiosa en estas tierras y nunca nadie ha puesto en duda, en lo más mínimo, ni mi fe, ni mi devoción, ni mis creencias.

—No esté tan seguro de ello. Conozco su historial de cabo a rabo. Pero dejémonos de discusiones. Vosotros tenéis seguramente mucho qué hacer y yo tengo que hacer algunas averiguaciones en el pueblo antes de regresar al Paso del Río esta misma tarde. Fray Diego, bienvenido a nuestra hermandad. Pasen ustedes muy buenas tardes. Con permiso.

Fray Salvador salió abruptamente de la oficina. Fray Antonio me pidió que me sentara en una silla, tomó las tijeras que fray Salvador dejó puestas sobre el escritorio y procedió a tonsurarme el resto de la cabellera. Al terminar salió por un momento y regresó acompañado de dos mujeres. Cada una traía un jarro, uno con agua fría y otro con agua caliente. Después de ponerlos sobre el escritorio se marcharon. El padre Antonio sacó unas navajas que estaban envueltas en un paño de lienzo y procedió a rasurarme la cabeza y la cara. Al terminar me secó con una toalla.

Sentí curiosidad de cómo me veía y le pregunté si tenía un espejo. Abrió nuevamente el baúl y sacó un pequeño espejo de mano. Me lo dio y lo puse frente a mí. Me impactó no reconocerme a mí mismo. Mi rostro me era extraño. Era el de un veinteañero de rostro alargado, ojos zarcos, cejas arqueadas, nariz recta, labios gruesos y quijada prominente. Los dientes los tenía disparejos y amarillentos, llenos de sarro.

—¿Qué pasa, fray Diego? Te miras como si nunca te hubieras visto en un espejo. ¿Te disgusta tanto mi labor de barbero? —lo dijo en tono socarrón.

—No, no es eso —le contesté atónito. -Es que con este corte de pelo no me reconozco.

—Pues mírate bien pues, desde ahora, eres de verdad una criatura nueva. Para ti lo antiguo ha pasado y un mundo nuevo ha llegado.

Era la tarde del jueves diez de agosto de mil seiscientos sesenta y cinco en el viejo pueblo de Senecú. Habiéndome tonsurado el pelo, fray Antonio me condujo a la celda. Allí me explicó cuáles iban a ser mis actividades y obligaciones en el convento. Fue entonces cuando me aclaró algunas de las más apremiantes dudas que yo tenía sobre la persona en quien yo había reencarnado misteriosamente.

Me explicó quién era ese muchacho comenzando con una extraña parábola:

—Érase una vez una verde oruga que andaba buscando un lugar seguro y propicio donde poder realizar su sueño de convertirse en una blanca mariposa. Encontró una rama en lo alto del árbol donde vivía que le pareció perfecta. Allí se quedó quieta y esperó con paciencia e ilusión a que emergiera la crisálida que crecía dentro de ella. Pero no se percató de que una avispa parásita rondaba aquella rama donde se había instalado. La avispa estaba buscando carne tierna donde depositar sus huevecillos. Al ver a la oruga posada en la ramita esperó a que llegara el lugar oportuno. Esperó y esperó y, en cuanto la crisálida comenzó a salir de su armazón, la avispa la montó y le inyectó sus huevecillos. Éstos incubaron en el capullo de la crisálida y los hijuelos de la avispa se la fueron devorando lentamente. Al final del ciclo, en vez de una radiante mariposa, nació una multitud de pequeñas avispas que se dispersaron por el campo buscando néctar y crisálidas para seguir propagando su parásita especie.

Yo no entendí el sentido de la parábola y le pedí que me la explicara. Me dijo:

—La crisálida es el alma pura que busca a Dios; la avispa es el apetito de la carne; los hijuelos son las múltiples tentaciones del alma que ha sido invadida por el espíritu del Maligno. Como los hijuelos de la avispa cuando van creciendo en el vientre se comen a la crisálida y la matan, quedándose ellos vivos a costa de ella, así los apetitos de la carne devoraron mi alma y casi la condenaron para siempre. Cuando tú naciste, yo estaba ya prácticamente muerto porque me dejé llevar por mis deseos carnales en múltiples ocasiones. Una de mis víctimas fue tu madre, quien era una inocente doncella ávida de conocimiento. Mi alma sucumbió en repetidas veces a los ardides del Enemigo Infernal; pero Dios nuestro Señor, que es misericordioso, me manifestó su infinito amor y me rescató del infierno del pecado por medio de la fe. La gracia de Dios me salvó y me dio la bienvenida de nuevo en su casa. Lo mismo te sucedió a ti, hijo

—No comprendo.

—Habiendo yo manchado el honor de su hija, y para evitar la deshonra, tus abuelos, Don Gaspar Bandama y Doña María Romero, obligaron a tu adolescente madre a darte en adopción. Cómplice fui yo en este asunto. Era el verano del año mil y seis cientos cuarenta y dos. En la cuadrilla de carros trienal había venido un mercader de origen portugués de nombre Don Valerio Rosales, quien estaba casado con una hija de los señores Don Tomás de Mendoza y Doña Elena Ramírez llamada Margarita. Don Valerio había venido para consolidar algunos tratos que había hecho con el nuevo gobernador, Don Alonso de Pacheco y Heredia. Debido a que Don Valerio no podía colmar de felicidad a su mujer dándole un hijo, pues al parecer era incapaz en asuntos amorosos, aceptó mi proposición de adoptarte a cambio de una indulgencia por ciertos pecados que había cometido. Compró a una nodriza genízara llamada Flora para que te amamantara en el camino. De modo que a los tres meses de haber nacido te arrebatamos de los brazos de tu madre y te enviamos a Parral bajo los cuidados de esta mujer y con la promesa de Don Valerio que haría de ti un buen cristiano y un hombre de bien. Por desgracia, cuando cumpliste los nueve años Doña Margarita contrajo una enfermedad mortal. Debido a que tu itinerante padre adoptivo te rodeó de lujos y te crió sin freno de razón, entraste a la adolescencia picado de los viles deleites de la carne. Cuando tenías quince años Don Valerio te llevó a la rica y grandiosa Ciudad de México donde acaudaló muchos bienes gracias a su industria y a sus relaciones con un miembro de la corte del Virrey Juan Francisco de Leyva. A los dieciocho años entablaste amistad con uno de sus hijos y, siguiendo su ejemplo, te cebaste en el juego y en la bizarría y, en un par de años, despilfarraste lo que a Don Valerio le costó ganar toda una vida. Esto lo mandó a la tumba y a ti al Convento de San Diego, gracias a que Don Valerio había depositado allí unas joyas. Un piadoso religioso, el padre fray Melchor Rondero, acordó hacerse cargo de ti. Con él aprendiste a amar la vida racional y tu alma se fue poco a poco llenando de los verdaderos arreos, que son la virtud y el saber. Con él también aprendiste a negar tu propia voluntad y a sujetarte a la de tus superiores, lo cual es un hecho más heroico que vencer y entrar por fuerza de las armas a la misma Jerusalén. Y, así como en el estado de error en el que anteriormente vivías, vestías el traje del Príncipe de las Tinieblas, el ropaje de la arrogancia, la vanagloria, el orgullo, la avaricia, la concupiscencia y todos los demás adornos del hábito del Mal, así también en tu nuevo estado has dejado atrás al hombre viejo, al hombre pecador, y has prometido seguir el ejemplo del Hombre Celestial, Jesucristo. Por eso ahora vistes el hábito de la fe, de la esperanza, el amor, la dicha, la paz, el bien y todos los demás adornos de las ropas divinas. Y, aunque es cierto que en el convento bebiste el agua de algunas fuentes de conocimiento vedadas, esta agua aumentó tu fervor por la oración, la contemplación y la sagrada misión franciscana.

Escuché el relato de fray Antonio en silencio y atento. Al terminar hizo una pausa y se me quedó viendo, esperando una reacción mía, pero yo permanecí quieto e inmuto pues no supe qué decir ni cómo reaccionar. Yo no podía dejar de pensar en mi primer encuentro con él a pie de aquella misteriosa montaña y en cómo se transformó repentinamente de un bucólico pastor a un franciscano. Tuve la tentación de preguntarle qué le había ocurrido aquel día, porque parecía no acordarse de aquel encuentro y para qué estaba inventando esta historia, pero me quedé callado. Él siguió mirándome con ojos inquisidores, como si estuviera tratando de descifrar un velado mensaje en mis ojos. Yo hubiera preferido levantarme de la silla para distraerme y reflexionar, pero fray Antonio me mantuvo fijo en mi asiento con su mirada examinadora.

—¿De verdad no te acuerdas de nada de lo que te he contado? –me preguntó manifestando incredulidad y escepticismo.

—No padre, no me acuerdo de nada –le contesté con firmeza, haciendo un enorme esfuerzo mental y físico de no manifestar un ápice de duda ni con la mirada ni con los gestos. Había decidido no despertar sospecha alguna sobre mi identidad verdadera. Estaba dispuesto a llevar esta mascarada hasta sus últimas consecuencias.

Me preguntó entonces si me acordaba de la instrucción y la doctrina que había recibido en el convento, a lo cual le respondí negativamente.

—¿Y los rezos?

—Tampoco.

—¿Las nobles Artes?

—Tampoco.

—¿Las sublimes Ciencias?

—Menos.

—¿La Moral Filosofía?

—Nada.

—¿Lógica? ¿Retórica? ¿Física?

—Absolutamente nada.

—¿Aritmética? ¿Geometría? ¿Historia? ¿Música?

Dada su insistencia dudé en reconocer que sí sabía algo de estas materias. Sin embargo, respondí negativamente de nuevo para no despertar sospecha alguna.

Perplejo por mi amnesia y por mi absoluta falta de conocimientos y autoconocimiento, fray Antonio abrió un libro que traía en la mano y me preguntó si podía todavía leer. Le dije que no estaba seguro. Abrió el libro y señaló con el índice unas líneas y me pidió que las leyera. Pensé que sería ventajoso admitir que no había perdido esta habilidad. Leí lentamente:

—De cómo el novicio se debe aparejar para el Oficio Divino.

Se le dibujó una sonrisa de oreja a oreja y me instó a continuar la lectura.

—No hay retrato en la tierra donde más al vivo no fe nos reprefente . . .

Me interrumpió para corregirme: —no-Se-nos-re-pre-Sente. No son efes, son eses, Diego –me dijo de manera enfática. Luego me pidió que continuara.

—No se nos represente lo que pasa en el Cielo delante el divino acatamiento, como en el Coro: porque con el Altísimo Dios, y Señor nuestro es en los cielos continuamente adorado, alabado, y glorificado de los Ángeles, y Moradores Celestiales; así lo es acá en el Coro de noche, y de día, de sus siervos, conforme a nuestra flaca posibilidad, según lo cual todo hombre se debe esforzar a imitar aquellos Espíritus Angélicos: Por lo cual te debes, hermano, siempre aparejar con grande diligencia, y humildad, para que con santo temor, y reverencia en el Coro, y fuera de él, en todo tiempo, y lugar, de noche, y de día le alabes, y bendigas . . .

Me interrumpió y me dijo muy animado: —bien, bien, Diego. Ahora examinemos tu memoria. —Y alejando el libro de mi vista, me pidió que repitiera lo que había leído.

Sin pensarlo dos veces repetí palabra por palabra todo lo que había leído.

—¡Bendito sea Dios! ¡Tienes la casa vacía, pero el techo está intacto! —exclamó sorprendido. Luego pronunció un pasaje del salmo treinta y uno. Me pidió que lo repitiera.

Esto mihi in Deum protectorem,
et in locum refugii, ut salvum me facias:
quoniam firmamentum meum, et refugium meum es tu:
et propter nomen tuum dux mihi eris, enutries me.
In te, Domine, speravi, non confundar in aeternum:
in justitia tua libera me, et eripeme.

Aunque no comprendí su significado, pude repetir estos versos correctamente. Fray Antonio me confesó su gran alivio al verificar que no había perdido aquella prodigiosa memoria de la cual le habían dado fe mis superiores en sus reportes. A mí este hecho no sólo me sorprendió, sino que me causó júbilo interior, pues yo siempre fui un desmemoriado. Era como si ya supiera de antemano ciertas cosas. Me bastaba escuchar, ver, o practicar algo una o dos veces para poder repetirlo o ejecutarlo de manera competente, sobre todo aquellas cosas que se suponía yo había aprendido en el convento. Comprendí aquello que dice Platón que aprender no es sino recordar lo que ya sabíamos en otra vida.

Al manifestarme su alivio de que yo no había perdido mis facultades me dijo algunas cosas que al principio no entendí, pero que hicieron alusión a nuestro primer encuentro. Me dijo:

—Aquella mañana estabas angustiado, tus ojos languidecían de tristeza, tu fuerza desfallecía entre tanto dolor. Se olvidaron de ti como de un muerto, te dejaron atrás como se deja un objeto inservible, tramaron con arrebatarte la vida.

—¿Quiénes padre?

—Tus enemigos, Diego.

—¿Mis enemigos?

—Los súbditos del Acusador, ellos te abandonaron.

—¿Me abandonaron? Yo pensé que había tenido un accidente.

—No fue un accidente. El Acusador le pidió a Él que te sometiera a la implacable ordalía del río. Los súbditos del Acusador te condujeron a la ribera del río sagrado. Fui yo mismo quien ejecutó la orden de sumergirte en las aguas del Id. ¿Ya no te acuerdas?

—Claro que me acuerdo –le dije aliviado. –No sabía que se trataba de una prueba.

—Todo el mundo sabe que a los culpables se los traga el Monstruo del Agua y los inocentes se salvan.

—Yo no lo sabía.

—Como recompensa por la ordalía, quien es acusado falsamente toma posesión de la casa de su acusador. El Altísimo, que es justo, te protegió. Él te salvó de la red que te tendieron tus enemigos.

—¿Quiénes son mis enemigos?

—Gente muy poderosa. Son los súbditos del Acusador, los custodios de los bienes de la Ciudad del Hombre y de la Iglesia Carnal. Pero Dios es tu protector y los custodios de su Ciudad y de su auténtica Iglesia, la Iglesia Espiritual, somos tus aliados. Aunque sigas siendo un súbdito del rey y del papa, el Señor Celestial es ahora tu roca angular, tu refugio y tu camino. En sus manos has encomendado tu espíritu. Tu porvenir está en sus manos. Él te ha dado una última oportunidad.

—¿Una última oportunidad? No comprendo.

—De que cumplas tu misión en este mundo. No podrás llegar a tu destino final hasta que la cumplas.

—¿Qué misión? –le dije con ingenuidad y franqueza.

—No hay peor ciego que el que no quiere ver, Diego. Dios trazó el camino que cada uno de nosotros debe seguir. Él grabó en nuestro corazón el mapa de este itinerario. Debes aprender a descifrar este mensaje. Aprende a escuchar el sabio silencio de tu corazón, allí encontrarás las señales que te guiarán a tu destino.

En este momento decidí sincerarme con él. Pensé que me comprendería y me ayudaría a encontrar la salida de esta misteriosa situación. No estaba seguro de que podía confiar en él, pero decidí tomar este riesgo. Me armé de valor y le dije:

—Padre, yo no quiero ser religioso. Yo sólo quiero despertarme de este sueño.

—El despertar es la corona del santo, Diego —me contestó. —Yo también estoy dedicado a la consecución del despertar. Deseo alcanzar el despertar perfecto y asistir a aquellos como tú que buscan el camino de la salvación. ¿Conoces la parábola de los dos hijos?

—No, padre.

—Un hombre que tenía dos hijos les pidió que fueran a trabajar a su viña. Uno le dijo que no, pero al final se arrepintió y fue. El otro le dijo que sí iría, pero nunca fue. Tú eres como el primero, Diego. Justo ahora cuando ya el día del mundo va declinando a la hora undécima, has venido a ayudar a tu padre a trabajar en la viña del Señor. Hijo mío, tú y yo no hemos venido a estas tierras para buscar nuestras propias cosas, sino las que son de Dios Nuestro Señor. Somos discípulos de San Pablo. Estamos aquí para anunciar a los pueblos paganos la incalculable riqueza de Cristo para que su salvación llegue hasta el último extremo de la tierra. A nosotros se nos ha encomendado traer a los indios la Buena Nueva. Deja que tu mente se haga más espiritual para que tengas una nueva vida. San Pablo te dice: <<Tú que duermes, despiértate, levántate de entre los muertos, y la luz de Cristo brillará sobre ti.>>

—Yo no vine aquí por mi propia voluntad. Usted me trajo aquí, padre -insistí. -Usted me prometió que me ayudaría a encontrar el camino a casa y ahora me quiere imponer una misión que no me corresponde.

—Diego, tienes que dejar atrás al hombre viejo. Esos deseos engañosos te van a llevar a tu propia destrucción. Ésta es tu casa. Aquí encontrarás el camino de la verdadera liberación. Para poder alcanzarla, tendrás que combatir y pelear contra el mayor enemigo que tienes, que es a ti mismo y tu propia voluntad. Deberás sujetarte a la voluntad de tus superiores, quienes actuamos en nombre y con la autoridad de Dios. No nos mires con menos ojos que a Dios, pues le tenemos en su lugar y te harás a ti mismo un gran daño si no te riges en todo por obediencia, pues Dios más quiere obediencia que sacrificio y las acciones del religioso son de la obediencia.

Me di cuenta de que no conseguiría nada con seguir insistiendo.

—Está bien, padre.

Durante aquellos meses casi todas las noches, mientras dormía, parecía regresar a mi vida anterior. En uno de mis sueños más recurrentes me encontraba en Albuquerque. Había sido desalojado de mi apartamento; todas mis cuentas habían sido canceladas: mi cuenta de banco, mis tarjetas de crédito, mis cuentas de AOL, Yahoo y Hotmail. No tenía ni unas monedas para poder hacer una llamada a mis parientes. Pedía ayuda a mis amigos, a mis compañeros de trabajo, al gobierno. Todo en vano. Nadie me hacía caso. No tuve otro remedio que instalarme en la plaza central para pedir limosna. Al principio era muy cortés y le deseaba a todo mundo un buen día y bendiciones del cielo. Pero todos me ignoraban. Decidí insultarlos y maldecirlos. Gritaba obscenidades, cantaba rancheras, bebía tequila; orinaba y defecaba donde me venía en gana. Nadie parecía percatarse de mi presencia ni parecía importarle lo que hacía o padecía.

En otro de mis sueños regresaba a Juárez, la ciudad donde crecí. Quería comenzar una nueva vida, cobrar la herencia que me había dejado el abuelo y comprar una casita en las afueras de El Paso. Soñaba dedicarme a la escritura, aprender a tocar la guitarra de nuevo en mis ratos libres, buscar una compañera con quien compartir el resto de mis días. Pero allá también todos me ignoraban como si no existiera. Me había instalado en casa de mis padres. No obstante, ni mi madre ni mi padre me dirigían la palabra. Parecían estar resentidos conmigo. Me hubiera ido de la casa si hubiera tenido adónde irme, pero mis hermanos, mis parientes y mis amigos tampoco me dirigían la palabra y yo no tenía en qué caerme muerto, pues mi tío se había apropiado de los bienes que me había dejado el abuelo.

Cuando me despertaba de aquellas pesadillas y me percataba de que seguía en Senecú, sentía una mezcla de alivio y desesperación. Irónicamente, esto que antes parecía ser una pesadilla se estaba convirtiendo en una especie de refugio del mundo de mis sueños; y la vida a la que añoraba regresar se había tornado en una serie de sueños angustiantes de los que me alegraba despertarme. Comencé a comprender que lo que estaba viviendo en Senecú era algo más que un simple sueño.

Pasaron los días y las noches y yo seguí en Senecú en el siglo diecisiete viviendo la vida de un desconocido y aferrado a la esperanza de que en cualquier momento me despertaría. Resolví refugiarme en mi celda para estudiar y memorizarme el manual para novicios que me prestó fray Antonio, a quien ahora debía llamar <<maestro>>. En aquel libro de bolsillo aprendí todas las normas necesarias para sobrevivir en aquel lugar los primeros meses de mi residencia en el convento.

Mi rutina diaria me pareció insoportable al principio, pero con el paso del tiempo me fui acostumbrando a ella. Además de ir a misa y al coro puntualmente varias veces al día, mi principal responsabilidad era rezar, meditar, hacer penitencia y estudiar la Biblia. Para ello tenía que permanecer encerrado en mi celda la mayor parte del tiempo, lo cual no me desagradó. Debía rezar por lo menos tres horas al día: una después de maitines, en la madrugada, otra durante la nona, a las tres de la tarde, y otra después de las completas y antes del descanso nocturno, a las veintiuna horas. Además, todos los días tenía que realizar una hora y media de trabajo manual en el convento. A veces ayudaba en la preparación y la administración de los servicios religiosos; otras veces barría, o lavaba lozas en la cocina, o ayudaba en la huerta, en los viñedos o en los corrales, o limpiaba la letrina.

Todos mis movimientos estaban meticulosamente reglamentados, no sólo en los espacios públicos sino inclusive en mi propia celda. Por ejemplo, tenía que dormir sobre el lado derecho con la capucha puesta y el hábito recogido y compuesto; la cuerda necesitaba estar extendida entre las rodillas y debía hacer una cruz con los brazos. Las posiciones boca arriba y boca abajo eran consideradas indecentes por estimular los pensamientos y los sueños eróticos. Por los pasillos del convento debía caminar cerca de la pared y siempre con la capucha puesta, la mirada baja, el rostro inclinado y los brazos cogidos y puestos ante el pecho. Y cada vez que pasara frente al maestro, o cualquier superior, debía hacerme a un lado, quitarme la capucha, hacer una inclinación profunda y dejarlo pasar. Asimismo, si el maestro o algún otro superior me llegaba a decir o a preguntar algo, tenía que contestar sí o no simplemente; y, si era necesario responder, debía hacerlo lacónicamente o con señas bajando la cabeza y señalando con la mano de manera discreta y humilde. Y, si me iban a reprender, debía hincarme y no levantarme hasta que me lo ordenaran. Tampoco podía responderle a ningún superior sino hasta que éste me lo preguntara dos veces, ni me era permitido defenderme o justificarme, aún si me estaban reprendiendo injustamente.

Pese a todo, no me costó demasiado acostumbrarme a la vida en el convento. En Ítaca ya me había desprendido del gusto por los lujos y otros objetos dispensables. La buhardilla de una sola pieza que yo alquilaba en una casa centenaria era modesta y pequeña. Allá tenía pocos muebles y pocas comodidades. Mi cama era un futón sin armazón que estaba tendido junto a mi escritorio. Tenía una mesita de centro con cojines que me servía de comedor. En la cocineta había una estufa eléctrica con cuatro quemadores, un pequeño refrigerador con congelador, un fregador sencillo y unos gabinetes de madera prensada donde guardaba cuatro platos, una docena de vasos, tazas y tarros, dos ollas, dos sartenes y los demás utensilios que completaban mi cocina. Mis escasos y esporádicos invitados tenían que sentarse en cojines pues sólo tenía una silla. En un armario con cajones de junco guardaba mi ropa doblada y, en un perchero de armazón metálico cubierto con una lona que se cerraba con una cremallera, colgaba mi abrigo de invierno, algunos sacos y chamarras y otras prendas necesarias para el mal tiempo.

Mi dieta tampoco era muy distinta. Exceptuando el café y los productos procesados que formaban parte de mi dieta, en Nuevo México comía casi lo mismo que en Ítaca, aunque en menores cantidades y con menos frecuencia. En Ítaca, para ahorrarme dinero, no comía casi nunca carne ni pescado ni bebía atole ni chocolate. Bebía agua, café, té e infusiones. Además de productos de cereales diversos, comía frijoles, lentejas, nueces de variados tipos, huevos, queso, frutas y verduras frescas o congeladas y, de postre o golosina, frutas secas, galletas y, de vez en cuando, chocolates finos.

Aunque en Senecú no había ninguna de las comodidades que yo antes había considerado indispensables, especialmente electricidad, drenaje y agua entubada abundante y potable, en Senecú casi todo lo que comía era fresco, hecho en casa y cultivado en el propio convento o en la localidad. Comía muchas habas y frijoles y, de vez en cuando, pescado fresco y mariscos secos (abadejo, tollo, camarones y ostiones), así como tocino. Y la carne casi nunca me faltaba, excepto los viernes, durante la cuaresma y en otros días santos, cuando el ayuno era obligatorio.

En el rancho El Porvenir, propiedad de mi abuelo materno, en el poblado de San Agustín, Valle de Juárez, había aprendido desde muy pequeño a apreciar la vida sencilla del campo. Aprendí a vivir sin las comodidades ni las complicaciones de la vida urbana. Cuando me gradué de la universidad en Las Cruces, a los veintiún años, mi primer y último trabajo en el ramo agrícola fue como administrador del rancho del abuelo. Aunque mi fracaso fue rotundo, pues éste terminó de quebrar bajo mi inexperto mando, aquella lejana experiencia me fue provechosa en el convento.

En Senecú convergieron de forma extraña diversas etapas y facetas de mi vida, como si hubiera llegado allí para redescubrirme o para autoconocerme, reviviendo la vida de algún antepasado remoto. El mayor reto que tuve fue seguir el régimen de silencio que, según el manual, debían guardar todos los novicios por un año entero. Dadas las circunstancias y la necesidad que la misión tenía de mis servicios, el maestro me dijo que sólo tenía que guardarlo por seis meses. En realidad, pese a lo difícil que fue seguirlo, este régimen me ayudó a adaptarme a la vida monástica y, sobre todo, al fanatismo religioso de la época y del lugar en donde estaba. Si hubiera podido hablar con alguien fuera del maestro, posiblemente habría dicho algo escandalizador o herético que me habría costado la libertad, si no es que la propia vida. Lo que más me costó fue no poder compartir con nadie mis penurias, mis dudas, mis recuerdos y mis creencias. Sabía que me tacharían de hereje, de poseído, o incluso de ser un demonio o el propio Anticristo. Yo mismo ya no estaba seguro quién era, ni por qué estaba allí.

Por fortuna, mi previa experiencia con la meditación me ayudó a mantener la calma en los momentos más críticos y desafiantes de mi estadía en el convento. Además, las oraciones y la doctrina católica me eran harto familiares y, mientras no perdiera la calma y la concentración, podía vaciar la mente y sumergirme en la purificadora nada tanto cuando rezaba en voz alta como cuando meditaba en silencio. Fuera de mi propia conciencia y mis sueños, el confesionario y mi diario fueron los únicos espacios donde pude verter, aunque de manera críptica y figurada, mis quejas y pensamientos censurados.

Fray Antonio era estricto, pero no era un tirano ni me exigía que siguiera todas y cada una de las reglas al pie de la letra. Y, para ser clérigo, en privado y en el confesionario era un interlocutor de criterio abierto y sabía escuchar sin escandalizarse ni condenar críticas a los dogmas y a las prácticas de la Iglesia, por muy heterodoxas o radicales que éstas fueran. Con sus subordinados nunca usaba la acostumbrada dureza y altanería que era la norma entre los que mandaban en esta tierra; al contrario, era casi siempre cortés, paciente y comprensivo. Tampoco era violento ni agresivo física o verbalmente. Aunque él practicaba la autoflagelación, me dijo que no era obligatorio que yo castigara la carne de esta manera si no lo deseaba. Y les tenía estrictamente prohibido al fiscal y al capataz de la misión que castigaran a chicotazos a los infieles o a los trabajadores, y a los maestros que golpearan a los alumnos, como era común en otras misiones. A mí raras veces me regañaba o me castigaba cuando cometía alguna falta, al menos que ésta le pareciera reprensible.

Una de estas ocasiones fue cuando me disciplinó por haberme quedado dormido para los maitines cuando me había asignado el oficio de campanero. No hubo en realidad ningún problema, pues Bernardo, el campanero de planta, se levantó a tiempo y tañó la campana a la hora acostumbrada. Pero fray Antonio consideró necesario castigarme. Además de sólo permitirme comer pan y beber agua durante las tres comidas del día, tuve que ponerme de rodillas junto a la mesa antes de que él bendijera los alimentos; luego tuve que comer <<alegremente>> mi ración de pan en cuclillas y con el pañizuelo sobre las rodillas. Después de cada servicio tuve que quitarme la capucha y dar un pequeño golpe con el cuchillo en el jarro. Al preguntarme el refitolero qué necesitaba tuve que contestar: <<pido misericordia por no haber tocado la campana para los maitines.>> Después, tuve que ponerme la capucha de nuevo y esperar a que todos terminaran de comer su siguiente plato. No me fue permitido levantarme hasta que todos terminaron su último plato y sólo después de que fray Antonio me dio licencia.

Bajo su benévolo pero firme mando e intachable ejemplo la misión funcionaba con puntual eficiencia. A la medianoche el campanero convocaba a maitines, a los cuales asistíamos todos los residentes que desempeñábamos tareas religiosas, exceptuando a los niños cantores. A la una volvíamos a nuestras respectivas alcobas para rezar y dormir un poco más. A las cuatro y cuarenta y cinco de la mañana nos levantábamos los religiosos para hacer la oración mental de laudes. Luego cada uno se ocupaba en lo suyo después de desayunar. Antes de las cinco, el portero, el panadero, la cocinera y sus ayudantes, el refitolero, las lavanderas, el hospedero, el enfermero, el capataz, los vaqueros, los pastores y todos los mozos de labranza y de crianza avícola ya estaban laborando. A las siete se levantaban los escolanes y se aseaban para participar en la oración litúrgica de las horas de las siete y media. Y, antes de las ocho, todos debíamos dejar nuestras actividades para asistir a misa. Aquellos que no iban se les ponía falta y, si reincidían, se les amonestaba y castigaba.

Como todo misionero en estas tierras, fray Antonio tenía que ser un hombre orquesta. Era primera y fundamentalmente un evangelizador, un ministro de la Iglesia y, muy a su pesar, un agente de la corona española. Pero, para cumplir con su deber, había tenido que ser muchas otras cosas más, a saber: arquitecto y constructor cuando tuvo que hacerse cargo de la edificación de la misión en el pueblo de las Humanas, a mediados de los años treinta, desde el diseño de los planos hasta la erección del edificio y su ornamentación. Muy a su pesar también debía ser un hábil administrador y un patrón explotador, pues dirigía una empresa agropecuaria sin fines de lucro con recursos limitadísimos y tenía órdenes de sus superiores de no pagarles a sus jornaleros el real diario que por ley les correspondía por trabajar de sol a sol en condiciones laborales arduas y hasta deplorables. Había tenido que hacer, además, en distintos momentos de su servicio misionero, labor de maestro de lengua, cultura, cocina y costumbres españolas, así como de música sacra, de hilatura, fábrica y corte y confección de telas de lana. También tenía que saber de carpintería, herrería y ganadería, así como técnicas agrícolas y cultivo de granos y hortalizas foráneos. Había sido también enfermero y boticario; aunque en este caso, cabe agregar, sus conocimientos y habilidades eran inadecuados, inútiles y, a veces, perjudiciales como lo era, por ejemplo, la aplicación de sangrías para el tratamiento de toda clase de padecimientos y dolencias. Como médico de cuerpos fray Antonio, como todos los médicos y enfermeros de la época, era un matasanos; por ello esta función se la delegaba sabiamente, en la mayoría de los casos, a los curanderos y a las curanderas indígenas cuyas artes curativas y medicinales eran con frecuencia, aunque no siempre, más eficaces que las de los misioneros. La eficacia del misionero como médico del alma era quizás aún más perjudicial que sus curas y remedios para el cuerpo. No obstante, en este ámbito el misionero típico no sólo prohibía la ayuda sino que la aniquilaba, pidiendo al Santo Oficio la ejecución de todos sus competidores, acusándolos de <<hechiceros>>. En este respecto, fray Antonio también se desviaba de la norma de sus correligionarios y coetáneos, pues él defendía y practicaba el apostolado pacífico. Decía que a los indios debería convertírseles por medio de buenas obras y sabias enseñanzas y no por medio de la intimidación, la fuerza o la violencia.

Fray Antonio, como todo misionero, no era sino un radio más de las ruedas del carruaje imperial que lo trajo a estas tierras remotas del orbe para adoctrinar a los indios y hacerlos súbditos sumisos y explotables. No obstante, dentro de este sistema opresivo y represivo, él encarnaba algunas de las virtudes más admirables del misionero franciscano. Aunque no era un santo, pues había violado sus votos de obediencia y castidad numerosas veces, era un hombre piadoso, abnegado y sumamente trabajador. Sobre todo, practicaba la pobreza y la vocación de servicio al prójimo que profesan los franciscanos. Él renunciaba día tras día a todo aquello que pudiera desviarlo de su misión. En el convento era el primero en levantarse y el último en acostarse y sólo comía lo necesario una vez al día para poder soportar la pesada carga de sus labores cotidianas. Nunca socializaba ni fraternizaba con nadie; sólo asistía a eventos sociales para administrar sacramentos y predicar. Se reunía con otros miembros de la custodia únicamente cuando era su obligación y eludía cualquier responsabilidad y plática que no estuviera relacionada con su labor misionera o religiosa. Su pasión era predicar y, su obsesión, la inminente llegada del fin del mundo. Quería, sobre todo, salvar las almas de los paganos justos o inocentes quienes, según él, por no conocer la Buena Nueva ni haber sido bautizados iban a perecer en el infierno.

Fray Antonio había servido en la Santa Custodia de la Provincia de San Pablo en Nuevo México desde mil seiscientos diecinueve y, desde el principio, manifestó una férrea determinación de llevar una vida congruente con sus creencias y votos franciscanos. Había venido a sembrar la viña del Señor en Nuevo México con la esperanza de seguir el régimen de oración, pobreza y caridad prescrito en el Evangelio. Sin embargo, pronto se dio cuenta de que no iba a poder vivir conforme a este ideal. El misionero franciscano era obligado a servir a dos patrones. Además de servir a Dios, tenía que servir al pueblo. Bajo el pretexto de ayudar a los pobres y adquirir autosuficiencia económica, las misiones se estaban convirtiendo en una fuente de riqueza material y poder político que competía con los intereses de los gobernantes y los encomenderos de la provincia, lo cual había provocado una larga serie de conflictos que habían puesto en peligro en diversas ocasiones la empresa misionera y colonizadora española en Nuevo México.

El propio guardián de la misión de Senecú, el padre fray Román de la Cruz, había sido acusado por el gobernador anterior de explotar a los indios y de utilizar los recursos de la misión para su beneficio personal. Conflictos como éste entre misioneros y gobernadores habían hundido a esta remota y desdeñada provincia en una crisis política severa al grado de que muchos franciscanos y españoles querían desertarla. Aunque fray Antonio seguía fiel a su misión y vocación, quería vivir al margen de estos conflictos. Por ello había pedido al custodio que le permitiera pasar el resto de sus contados días pacificando y evangelizando a los apaches de Gila, misión que él consideraba clave para la supervivencia del proyecto misionero en estas tierras. Pero como fray Román había contraído tosferina y había tenido que ser hospitalizado en la misión de San Felipe desde marzo, fray Antonio tuvo que hacerse cargo de la misión.

Fray Antonio consideraba que los religiosos deberían dejar que los propios indios se encargaran de sustentarse y se gobernaran a sí mismos sin la intervención ni el vasallaje de los españoles. Creía que los religiosos deberían dedicarse a la alabanza de Dios, a la oración, a la meditación y a la edificación del alma propia y de los indios y que los indios, por su parte y con la ayuda de Dios, deberían encargarse de proveer sus propias necesidades corporales y materiales y las de los religiosos. Asimismo, se oponía a que los encomenderos cobraran tributo a los indios. Creía además que el trabajo que realizaran los indios para la misión fuera remunerado debidamente, sin exceptuar a nadie. Todas estas ideas irrealizables eran vistas con condescendencia, y a veces escándalo, por sus hermanos y superiores. Lo que muchos de ellos encontraban intolerable era su insistencia en que los religiosos deberían llevar una estricta y escrupulosa disciplina ascética de absoluta pobreza enfocada exclusivamente en las cosas de Dios, la cual tachaban no sólo de impracticable sino inclusive de herética y agitadora.

Aunque fray Antonio cumplía cabalmente con sus responsabilidades, no le gustaba ser guardián de convento porque no le daba tiempo suficiente para evangelizar. Comentaba con frecuencia que Dios le había encomendado salvar almas y no administrar bienes materiales. Criticaba a algunos misioneros quienes, decía, con el pretexto de socorrer a los pobres, se dedicaban a las cosas de la tierra y descuidaban las cosas del cielo, olvidándose de que Jesús había dicho a los apóstoles que deberían ser como las aves del cielo, quienes ni siembran, ni cosechan, ni tienen despensa ni granero. A final de cuentas, afirmaba, todo lo que acumularan en las misiones iba a ser destruido y hurtado por las huestes del Enemigo.

Fray Antonio deseaba con todo fervor fundar una Ciudad de Dios en este mundo. Era uno de esos joaquinistas iluminados que formaban parte de la Orden y quienes creían que Nuevo México era la última esperanza de fundar una utopía en la que se practicara al pie de la letra la doctrina del Evangelio. En Nuevo México habían aparecido los descendientes de las diez tribus perdidas de Israel, lo cual significaba que el fin del mundo y el Juicio Final estaban ya muy cerca.

Las huestes de la Bestia iban a atacar en nuestro tiempo y había que estar preparados para ello. Iban a saquear y quemar las iglesias y las haciendas y casas de los cristianos e iban a intentar torturar y asesinar a todos los que amaran y temieran al Señor. Sin embargo, aseguraba, en ese momento se iban a abrir las fauces de la tierra y todos los impíos iban a caer en el infierno. Sólo los verdaderos creyentes iban a ser salvados y conducidos por los ángeles y los arcángeles a la Tierra Prometida donde recuperarán su naturaleza angélica y vivirán como Adán y Eva antes de la Caída en un estado de perfecta armonía con Dios, la naturaleza y la sociedad. Por eso había que prepararse y estar listos para la hecatombe como las crisálidas esperan el glorioso día de su transformación y elevación. Había que ayunar, rezar, meditar y hacer penitencia. Los piadosos que amaran al Señor y cumplieran sus leyes y los preceptos de la Iglesia no tenían nada que temer, pregonaba; no así todos los que estuvieran abrumados por sus pecados e iniquidades.

Dada su avanzada edad y la escasez de misioneros, el custodio y demás miembros del definitorio toleraban sus ideas con tal de que no intentara llevarlas a la práctica y los obedeciera. De todas maneras, como medida preventiva, optaron por asignarle cargos de visita en lugares remotos donde pudiera beneficiar más y causar menos daño a la Custodia. Sin embargo, ahora que no habían tenido otro remedio que hacerlo responsable de la misión de Senecú los tenía preocupados, y muy particularmente al vicecustodio, el padre fray García de San Francisco, quien era uno de los padres fundadores de esta misión y a la cual había dedicado numerosos años de su vida. Los recientes acontecimientos durante el día de San Lorenzo, y otras decisiones que había tomado fray Antonio, preocuparon a fray García porque, de acuerdo con un reporte que había recibido del Secretario de la Custodia, fray Salvador Guerra, estaba agitando al pueblo piro, el cual de todos los pueblos de la provincia era el más cristiano y el más leal a los franciscanos. Por ello fray García había solicitado al custodio que destituyera a fray Antonio y nos enviara cuanto antes a la Apachería. Sin embargo, como nadie más estaba disponible, iba a ser necesario esperar a que fray Román se curara, lo cual iba a tomar por lo menos tres meses más.

Durante mis horas de insomnio, solía leer *La Noche Oscura*. El maestro me lo había prestado para mi edificación y recreo. Además de "Las Canciones del Alma," el librito contenía una "declaración" en la que el autor comentaba su poema y explicaba diversos aspectos del camino a Dios por la vía negativa en la que el alma niega todo para poder unirse con Dios. Aunque a veces me entretenía leyendo la glosa, aquella noche, deseoso de conciliar el sueño, decidí meditar utilizando el poema como un mantra.

Cuando repetía "por la secreta escala, disfrazada" alguien tocó la puerta suavemente. Pensé que se trataba del maestro. Me levanté a abrirle un tanto extrañado. Eran eso de las once de la noche y él para esas horas ya solía estar dormido. Cuando abrí la puerta me quedé pasmado.

"¡Oh dichosa ventura!," me dije a mí mismo incrédulo de lo que mis ojos veían. ¡Era Alma vestida de novia! Aunque llevaba el rostro cubierto con un velo, la reconocí de inmediato. Me quedé inmóvil, sin saber qué hacer. No quería sucumbir al engaño de este sueño seductor, aun cuando me parecía lo más real y maravilloso que había visto en mucho tiempo. Debo estar soñando, pensé. Inferí que no era sino la realización de un deseo profundo, una superchería más de mi inconsciente necio que jamás había aceptado la muerte de Alma como un hecho final e irrevocable.

Alma sostenía con ambas manos un ramo de amapolas blancas. Me estaba esperando a que la dejara pasar. Hasta que se impacientó y me dijo:

—¿Me va a dejar aquí parada, vestida y alborotada?

—No, Alma, pasa, pasa por favor –le dije avergonzado por mi falta de cortesía e incredulidad.

Entró y me ofreció el ramo como regalo. Cerré la puerta cautelosamente y puse el ramo sobre una mesita de noche que había junto a la puerta. Se levantó el velo y nos miramos por unos instantes sin decirnos nada. Lucía hermosa. Llevaba un tocado de encajes florales incrustado con perlas y azucenas de porcelana. Sobre una camisa blanca de escote cuadrado y mangas virago, llevaba tejida una almilla verde bosque de talle vasco finamente bordada con figuras orgánicas y flores rojas. La falda era larga y de campana amplia, de seda color verde enebro; estaba ricamente bordada, como la almilla, con amapolas rojas y ramas de color verde oscuro.

—No puedo creer que estés aquí, Alma. Sé que estoy soñando, pero pareces tan real.

—Yo tampoco puedo creerlo. Ha sido un prodigio. Estaba yo añorando estar contigo, recordando la promesa de amor eterno que nos hicimos en la Alameda Central, imaginándome que hacía la marcha nupcial por un sendero boscoso y que tú me esperabas al otro lado de un denso banco de niebla. ¿Eres tú de verdad, Diego? Déjame tocarte para asegurarme.

Se me acercó y me acarició el rostro. Reconocí sus bellos ojos castaños, sus largas pestañas rizadas, sus cejas pobladas, su nariz aguileña, sus labios carnosos, su terso cutis ámbar. Estaba igual de joven que el día que nos conocimos.

—Sí, soy yo, Alma, ¿pero por qué me llamas Diego?

—¿Y cómo más te he de llamar, cielito? –me dijo utilizando mi apodo amoroso.

—Tú mejor que nadie sabes que me llamo Uriel.

—Perdóname, mi amor. Debo estar soñando. Al fin y al cabo, ¿qué más da si tu nombre es Diego o Uriel? ¿Qué importa si estoy soñando? Lo importante es que te tengo frente a mí. No quiero romper el hechizo.

—¿Por qué has venido, Alma? Tú y yo sabemos que estás muerta.

—Vengo a comunicarte el Espíritu Santo. En el convento he aprendido que Dios hace unión espiritual entre sus siervos mediante caricias amorosas.

Pese a todas nuestras dudas y pecados, nuestras almas todavía aspiran a conocer el bien supremo. El alma es lo único humano que se puede perfeccionar y sólo se perfecciona subiendo por la escala del amor. Unidos podemos subirla. Pasemos a tu alcoba, Diego. Rompamos de una vez la tela de este dulce encuentro.

Me tomó de la mano y me condujo a mi alcoba. Nos sentamos al filo de mi camastro y me dijo:

–Bésame, cielito. Quiero probar tu elixir exquisito, quiero que derrames tu bálsamo tibio y germinal.

Mi aposento se había transformado en una suntuosa habitación con columnas de mármol, vigas talladas, paredes altas y enormes ventanas decoradas con cortinas color violeta de seda bordada. Había perdido su habitual olor rancio gracias al perfume de las flores y las plantas exóticas que lo adornaban y le daban un refinado toque naturalista. Mi camastro se había convertido en una majestuosa cama tamaño King con respaldo, barrotes y techo de hierro forjado y adornado con cortinajes bordados en oro y perlas. El colchón y el edredón estaban rellenos de plumas y forrados con una fina seda de color lila pastel.

Nos acostamos y nos besamos con pasión. Sentí que el calor de su aliento se difundió y derramó por todo mi cuerpo. Su falda era tan fina y ligera que parecía flotar en el aire. Al abrazarnos, su traje de novia, el velo, la corona y demás adornos se desvanecieron. Al quitarme yo el hábito, el áspero sayal raspó su delicada piel. Miré su rostro y noté que era el de una joven que apenas había cumplido los diecisiete años. Alma había vuelto a la edad cuando la conocí.

Aquella noche sentí como si hubiera no sólo contemplado, gozado y palpado la belleza del cuerpo tierno y rejuvenecido de Alma, sino que había vislumbrado una belleza infinita y resplandeciente que no tenía rostro, ni figura, ni forma alguna, pero que tenía una unidad eterna como la de un sol inmaterial que vivifica, libera y perfecciona todo cuanto sus tibios rayos tocan. Cuando concluimos juntos aquel inolvidable coito me sentí tan feliz que me pareció insufrible la idea de volver a separarme de ella. No quería despertarme de aquel dulce sueño, pero no sabía cómo podía prolongarlo. Le expresé mis temores y me contestó:

— Es verdad que ahora tengo que partir, pero volveremos a encontrarnos en otra ocasión. Dios nos ha unido y nada puede separarnos. Somos una sola carne, Diego.

En cuanto se fue mi alcoba volvió a ser el mismo rústico cuartucho de siempre. ¡Mil demonios! Me rehusé a dar crédito a mis sentidos. Me palpé los muslos, el abdomen, el pecho. Sentí la áspera tela del sayal, el cordón del hábito. Me toqué el rostro, la barba y la cabeza con ambas manos. Cerré el puño y golpeteé la madera del camastro, la pared de adobe. Rocé con la palma de la mano la superficie rasposa del barro endurecido y de la argamasa petrificada; seguí con el índice una cuarteadura que estaba cerca de mí. Todo me pareció tan real que tuve que aceptar que no se trataba de otro sueño.

Me incorporé y encendí una vela. Observé la flama detenidamente. Era pequeña y vacilante. El interior era blanco y el exterior era de un amarillo pálido y opaco. Miré hacia arriba y observé con detenimiento los detalles del techo rústico, las rugosidades de los troncos que servían de vigas, las venas sinuosas de los tablones de pino agrietados y manchados por la humedad y la lluvia. Bajé la mirada y vi que mi pequeño cuaderno con tapas de piel manchada por el sudor estaba al pie del camastro. Decidí levantarme para escribir mi sueño.

Titulé la entrada "La noche boca arriba," una referencia que estaba seguro nadie entendería. Si el maestro o algún superior llegara a leerla pensaría que se trata de una noche en la que me dormí en esta posición prohibida. Me divertía escribir algunas de mis entradas en clave "boca arriba," el nombre que yo daba a la narración en la cual todo lo que escribía significaba lo contrario. Me costó traducir en esta clave el sueño que había tenido esa noche, pero valió la pena. Lo malo fue que, cuando terminé de escribirlo, ya era la hora de levantarme para rezar los maitines. Estaba agotadísimo.

El mes de octubre del año mil seiscientos sesenta y cinco fue para mí uno de los más difíciles. Me enfermé de disentería y me sentía débil tanto física como emocionalmente. Estaba deprimido. Sentía desasosiego y desesperación de no poder irme de allí, de no poder despertarme de aquella pesadilla. ¡Estaba tan lejos de mi época y de mi gente! La vida en el convento me parecía una especie de purgatorio.

¿Qué pude haber hecho en la vida para merecer esto?, me preguntaba. ¿Qué hago aquí? ¿Quién me trajo? ¿Cuándo me podré ir? ¿Qué necesitaré hacer para despertarme y liberarme de esta pesadilla? No tenía la más mínima idea.

Me fue imposible ocultar mi pésimo estado de ánimo, y fray Antonio trató de diversas maneras de sacarme algo. Me decía que era común que el diablo pusiera en el corazón de los novicios pensamientos turbios e imaginaciones descabelladas para sacarnos de la vida de la religión y volvernos <<al siglo>> donde podría más fácilmente enseñorearse de nosotros. Me decía que era importante que le revelara de manera llana y clara todos los pensamientos buenos y malos de mi corazón y cualesquiera tentaciones que el demonio y mi inclinación natural me trajesen. Me advertía que el demonio a veces se transfigura en Ángel de la luz para engañarnos, haciéndonos y revelándonos cosas que pueden confundirnos y perturbarnos fácilmente. Me dijo que no debería dar crédito a revelaciones, visiones, apariciones, sueños, y otras cosas semejantes; que siempre debería estar muy recatado y sospechoso de mí mismo, de mi parecer y de mi voluntad, y que siempre debería sujetarme de todo y en todo a su consejo; que le descubriera todos mis secretos sin discrepar un punto, pues por él el Señor me enseñaría la verdad y lo que me convenía hacer.

Yo permanecí cerrado en mi caparazón mental, sin embargo. En el confesionario recurrí a todas las fórmulas consabidas para reconocer mis numerosas faltas sin revelar mis más íntimos secretos, pensamientos y recuerdos. <<Acúsome maestro de no llevar la disposición debida para llegar a aquel tan alto Sacramento y de no haber examinado con la diligencia necesaria mi conciencia; de no haber puesto la enmienda con el cuidado que era menester; del descuido y negligencia que he tenido acerca del amor de Nuestro Señor.>> <<Acúsome maestro de la tibieza, remisión, poca atención y reverencia que he tenido en pagar el Oficio Divino y en todo lo demás que toca a mi santísimo servicio>>. <<Acúsome maestro por mis muchas faltas en las cosas de la santa obediencia, por no hacer las cosas bien, o por hacerlas con pesadumbre y disgusto; por mi poca humildad y paciencia, por mis descuidos y descontentos, por mis pensamientos de soberbia, vanagloria, ira, envidia, pereza, concupiscencia; por haber guardado mal la vista o el silencio, por haber comido más de lo necesario y sin licencia . . . >> Yo cometía todas las faltas y era el peor de todos. Cuando me pedía detalles inventaba cualquier cosa. No temía contradecirme luego, pues confiaba plenamente en mi extraordinaria memoria y en la bondad y comprensión de fray Antonio.

Todo iba más o menos bien hasta ese momento. Sin embargo, el robo de unos niños apaches complicó mi relación con fray Antonio y la orden. Una banda de forajidos se había robado a un par de pequeños de su ranchería en la cuenca del Tularosa. Los habían encerrado en una estancia de Las Humanas para luego poder llevárselos a Parral y allí venderlos en el mercado de esclavos. Pero como la cuadrilla de carros que los iba a transportar se retrasó y alguien les avisó a unos miembros de su tribu dónde los tenían guardados, el capitán Chapo y otros apaches de Siete Ríos rescataron a los niños una noche. En el operativo mataron a uno de los encomenderos de

Las Humanas, quien era el propietario de la estancia, así como a su mujer y a seis jornaleros tompiros; luego saquearon e incendiaron la estancia.

Como se solía hacer en estos casos, el gobernador de Nuevo México ordenó al teniente gobernador y capitán general de la jurisdicción de Río Abajo organizar una expedición punitiva para aprehender a los apaches implicados. Sin embargo, se decía que todo había sido maquinado por estos dos servidores del virrey. Por un lado, el encomendero asesinado no tenía hijos que pudieran heredar la estancia. Al morir éste, las tierras y los indios que formaban parte de ella iban a tener que ser encomendados por ley a otro colono. Como se esperaba, el gobernador ya había escogido al teniente gobernador para hacerse cargo de esta encomienda vacante. Por otro lado, estos dos funcionarios se habían asociado en el lucrativo tráfico de esclavos. La guerra contra los apaches favorecía su negocio pues de ella obtenían prisioneros que podían vender legalmente en Parral.

Fray Antonio me informó, además, que el teniente gobernador era mi tío y mi padrino, pues era el hermano menor de mi madre adoptiva y me había bautizado. Esto complicaba mi situación pues mis superiores sospechaban que mi padrino había planeado todo no sólo para aumentar sus ganancias sino también para arruinarles a ellos su plan de pacificar y convertir a los apaches de la zona. Asumían también que mi padrino quería impedir que me enviaran a mí a esta misión. Había regresado recientemente de Ciudad de México y mis superiores conjeturaban que yo le había pedido que hiciera algo para librarme de mi apostolado con los apaches. Tanto fray Antonio como el custodio me interrogaron varias veces para tratar de sacarme alguna información. Por más que me amenazaron de excomulgarme y de reportarme a la Inquisición, no pudieron sacarme nada. Varias veces estuve a punto de confesarles mi situación, pero afortunadamente conservé la cordura y me quedé callado. No tuvieron otro remedio que creerme y desligarme por completo de esta intriga.

Los caciques de los pueblos piros, tompiros, jumanos, tiguas y acomas manifestaron inconformidad y desacuerdo con la orden que recibieron del gobernador de reclutar a cuatrocientos hombres de sus comunidades para participar en la expedición punitiva. El gobernador de los piros, Don Mateo Vicente, y el cacique de Senecú, Don Roque Gualtoye, se reunieron en la oficina del convento con fray Antonio y con el vicecustodio, el padre fray García de San Francisco, para pedirles que intercedieran por ellos ante el gobernador y el teniente gobernador de Nuevo México. Dicha expedición iba a complicarles aún más la difícil situación económica en la que se encontraban a causa de la pérdida de la cosecha del algodón que tuvieron ese año. Necesitaban comerciar con los apaches para obtener pieles ya que no había manta de algodón suficiente en la región para pagarles en octubre a los encomenderos el tributo bianual. Tampoco querían estar en guerra con los apaches porque sabían que iban a atacar sus pueblos, saquearlos y matar a muchos de ellos. Con grandes dificultades habían podido negociar la paz con esta tribu aguerrida desde que unos teguas mataron accidentalmente a un apache de Siete Ríos en Cuarac. El armisticio con los apaches de Siete Ríos llevaba dos años e iba a deshacerse con esta expedición.

Aunque el vicecustodio y el maestro sabían que la orden del gobernador iba a causar serios problemas a todos, dijeron que el custodio y los miembros del definitorio ya se habían reunido con el gobernador y con el teniente gobernador y no habían conseguido disuadirlos. Dijeron que tenían atadas las manos pues los cargos que la Inquisición hizo en contra del exgobernador López de Mendizábal habían debilitado no sólo al delegado del virrey sino también al propio custodio. Además, el gobernador Villanueva tenía poco tiempo en Nuevo México y no querían tener problemas con él tan pronto. Sabían que había sido manipulado por el teniente gobernador y tampoco querían entrar en conflicto con quien estaba a cargo de la protección de todos los pueblos y misiones de Río Abajo. Don Juan de Mendoza, aunque corrupto y codicioso, era uno de los militares más eficaces de todo Nuevo México y nadie mejor que él podía defenderlos contra los apaches.

Don Mateo Vicente y los caciques de los pueblos de Río Abajo no tuvieron otro remedio que acatar la orden del gobernador Villanueva. Reclutaron los cuatrocientos milicianos que les fueron solicitados y los pusieron a la orden del Capitán General Don Juan de Mendoza. Al parecer, el único que tuvo dificultades en congregar a sus guerreros fue Roque Gualtoye. Varios muchachos dirigidos por el Tambulista no se presentaron a la leva y, para evitar ser castigados, se fueron del pueblo. Gualtoye tuvo que convocar a una reunión extraordinaria en la plaza de Senecú esa misma tarde para tratar de resolver la situación. El capitán general había amenazado con encarcelarlos a él y al jefe de guerra, Pablo Tzitza, si para la madrugada siguiente no reclutaban a los milicianos que les faltaban para cumplir con la orden del gobernador. Aunque Gualtoye y Tzitza dijeron que estaban dispuestos a ser encarcelados si no había más hombres dispuestos a enrolarse, pues todos en la comunidad sabían que esta campaña iba a arrastrarlos a una guerra tan cruenta como indeseada, un elocuente discurso de Santiago Mutanama convenció a dos docenas de veteranos del pueblo que era inútil tratar de postergar lo inevitable: la guerra del fin del mundo ya estaba anunciada y había que pelearla del lado del Señor.

Los cuarenta milicianos piros salieron de Senecú a principios de noviembre bajo el mando del Capitán José Télles Jirón. Junto con ellos fueron otros nueve arcabuceros montados y trescientos sesenta guerreros. Fueron rumbo a la ranchería de la banda del capitán Chapo. Pero como la encontraron abandonada continuaron hacia la Sierra Oscura y luego a la Sierra de San Gregorio donde supusieron se habían refugiado. Estuvieron buscándolos hasta finales de noviembre. Mas tuvieron que contramarchar porque el frío ya comenzaba a calar y las provisiones se les estaban agotando.

Debido a los constantes pleitos entre las autoridades eclesiásticas y civiles de Nuevo México algunos indios cristianos de la provincia se habían decepcionado de las instituciones españolas y estaban revirtiendo a sus ritos antiguos de manera clandestina. Con el objeto de desplazar estas festividades y celebraciones <<profanas y atroces>> con otras más <<honorables y santas>>, fray Antonio había estado planeando una celebración especial del día de la Inmaculada Concepción, el día ocho de diciembre, con una misa solemne seguida por danzas matachines y de moros y cristianos, una procesión, un drama religioso y una comilona. Sin embargo, debido a los acontecimientos del día de San Lorenzo, fray Salvador quiso cancelar las danzas argumentando que se trataba de una manera subrepticia de practicar el culto de las catzinas.

Fray Antonio le escribió una carta al vicecustodio explicándole que estas danzas ofrecían a los piros cristianos la oportunidad de expresar su fe y lealtad a la Virgen y que sería contraproducente cancelarlas. Dijo que el incidente ocurrido el día de San Lorenzo había causado desconfianza y descontento entre algunos piros y, dado que una buena parte de la cosecha anual se había perdido por la falta de lluvia, el ambiente político en el pueblo se estaba agitando.

El vicecustodio aceptó que procedieran con las celebraciones, pero puso como condición que fray Salvador Guerra tenía que oficiar la misa solemne y presidir la procesión. Dijo en su respuesta que era importante que todos supieran las graves consecuencias que tendría el cometer otra transgresión como la que perpetraron el Tambulista y sus compañeros el día de San Lorenzo. El mensaje de fray Salvador fue muy claro. La próxima vez los transgresores serían ejecutados.

Los preparativos para las fiestas de diciembre rompieron con la monotonía de mi rutina de novicio y me sacaron de mi estado de depresión. Ayudó también que Jesús Ignacio se fracturó una mano. Puesto que la misión se iba a quedar sin organista, el maestro me pidió a mí que lo reemplazara. Al principio me negué pues yo jamás había tocado un realejo. Pero el maestro me aseguró que había sido parte de mi instrucción en el Convento de San Diego y que evidentemente lo había olvidado como era el caso con tantas otras cosas sobre mi pasado. Le pidió a Jesús Ignacio que me diera unas lecciones y, efectivamente, después de unas breves explicaciones sobre las particularidades del instrumento y del teclado, pude reproducir las notas de las partituras con relativa destreza y desenvoltura. Gracias a este encantador instrumento mis días en el convento cobraron cierta alegría y color en diciembre.

El organino también me acercó a los niños cantores, quienes con sus risas y espontaneidad contribuyeron a que me sintiera un poco más en casa en la iglesia. Todos los días nos reuníamos para cantar en el templo varias veces al día, no sólo para participar en la liturgia de las horas y en la misa matutina y vespertina, sino también para rezar el rosario antes de la cena. Puesto que la Virgen de la Inmaculada Concepción era la santa patrona de los niños cantores, durante los primeros días de diciembre no sólo los miembros del coro y los religiosos sino todos en el convento estuvimos dedicados por completo a los preparativos y las celebraciones de su fiesta.

El pueblo de Senecú se entregó de lleno a los preparativos también. Decenas de voluntarios cortaron y acarrearon al pueblo las ramas de yuca para las hogueras; aserraron y cortaron los troncos de pino para fabricar el corral de comedias y el escenario; decoraron las calles y la plaza del pueblo; fabricaron los cohetes y erigieron las estructuras para los distintos espectáculos pirotécnicos que se iban a presentar desde la noche del siete de diciembre hasta el día de la Epifanía.

La noche del siete de diciembre tuve un sueño que me dejó absolutamente perplejo. Dormía después de haber pasado todo el día cuidando a los cantores. Me sentía agotadísimo. Por fortuna no tengo que levantarme a rezar los maitines mañana, me dije. Voy a poder dormir tranquilamente hasta las seis de la mañana. En eso comencé a percatarme de que el maestro me sacudía y me decía:

—¿Qué haces allí dormido? ¡Despiértate! ¡Diego, es tu oportunidad! ¡Levántate! ¡Esta noche puedes liberarte! ¡Tienes que levantarte! ¡Es el octavo día del duodécimo mes lunar y las pléyades alumbran en su cenit! ¡La estrella de la mañana no tarda en aparecer!

Me desperté. Todo me daba vueltas. Sentí un intenso dolor de cabeza. Estaba todo tan oscuro que ni siquiera pude ver la silueta del maestro. Por el eco de su voz supe que estábamos en una caverna y, por lo dura y fría, deduje que mi cama era una cavidad de piedra. Me levanté desconcertado y tambaleándome. El maestro me sostuvo, me tomó de la mano y me dijo: ¡Vamos!

En vez de caminar, volamos. Nos elevamos suavemente y traspasamos el techo.

—No temas -me dijo-eres un espectro y yo soy una ilusión. Tú único límite es el Cielo. Podrás alcanzarlo si te desprendes del peso que carga tu alma.

—¿Qué peso? -le respondí-. Soy un azor luminoso.

Y, para demostrárselo, fui a las villas de Paso del Norte y San Felipe el Real; pasé por la Misión del Álamo; oteé las grandezas de la ciudad lacustre de Balbuena; visité Toledo la Imperial, el Madrid de Agustín Lara y los rascacielos de Nueva York; vi las torres gemelas. Regresé en un santiamén.

—¿Ve usted? —le dije orgulloso.

Flotábamos sobre la Plaza del Fundador, frente a la Misión de Guadalupe. En el pórtico estaba fray García de San Francisco dándoles la bienvenida a los feligreses. Enfrente, en el zócalo, Benito Juárez pronunciaba un discurso patriótico al pueblo y, en la Plaza de Armas, Francisco I. Madero arengaba a sus tropas después de haber tomado la ciudad. Por la Avenida dieciséis de septiembre pasaban en el carro presidencial López Mateos y Lyndon B. Johnson. Detrás de ellos, una larga fila de carros llenos de jóvenes desfilaba y obstruía el tránsito vehicular desde la Avenida Juárez hasta las Américas. En uno de esos carros íbamos mis amigos y yo. Bebíamos cerveza y escuchábamos “Danger Money” a todo volumen.

—¿No te das cuenta de que estás atrapado en el pasado? —me dijo el maestro mirándome a los ojos. En sus pupilas ardía una remota llama viva. Y agregó: —Aunque puedes revivir cada una de las experiencias que tuvieron tú y tus difuntos antepasados, no puedes ir más allá de ellas. Inténtalo y verás que algo te impide salir de este laberinto de sueños y memorias—. Luego me dijo algo que jamás olvidaré: —Escúchame bien lo que voy a decirte. No podrás volver a tu patria espiritual hasta que cumplas con la misión que el Altísimo te encomendó cuando migraste al ámbito de los mortales.

—¿Al ámbito de los mortales? ¿Qué misión? —le pregunté ingenuamente. Estábamos parados frente a la estatua de García de San Francisco. Sobre su cabeza estaba posada una paloma gris.

—El día que salgas de esa nebulosa intelectual en la que te has metido recordarás tu misión y la cumplirás. Afortunadamente, esta noche los astros se han alineado a tu favor. El Supremo te ha otorgado el don de contemplar, en una sola visión y por única vez, la totalidad de tu historia. Si la aprehendes, descubrirás tu cometido. Y si lo cumples antes que amanezca, mañana mismo podrás emprender tu viaje de retorno a casa. De lo contrario, continuarás vagando en el Reino de la Ilusión como alma en pena.

El maestro me guió hacia unas barrancas colosales. Cuando encontramos una montaña que tenía una amplia abertura en un costado me dijo que entráramos por allí. En las entrañas de la tierra había un complejo laberinto de grutas cubiertas de formaciones minerales caprichosas. Las paredes y los techos de las grutas estaban tapizados con una infinidad de luces diminutas que parecían estrellas. Al llegar a una enorme cueva que tenía en el centro un profundo estanque iluminado, me invitó a que me sentara a contemplarlo.

—¿En dónde estamos? -le pregunté.

—En el ombligo de tu tierra.

Miré hacia el fondo. En ese momento el estanque se convirtió en una especie de pantalla en la cual se comenzó a proyectar una película de mi vida.

—La filmé yo mismo —me dijo el maestro con orgullo—. Interesante, ¿verdad?

No le respondí nada. No pude creer lo que estaba viendo: comenzando con el accidente en bicicleta y a una velocidad vertiginosa, todas mis vivencias estaban siendo proyectadas dentro del estanque en orden cronológico inverso.

—No repares en los detalles -me recomendó—. Busca la trama oculta que gobierna tu existencia, la savia que ha nutrido cada uno de tus actos de manera inconsciente. Reconstruye la historia familiar y la trama social a la que perteneciste; descubre los lazos que unen tus acciones con las de tus parientes y tus amigos. Reflexiona en quién te transformaste a través de los años y cómo te fuiste formando en las distintas etapas de tu vida, tanto en Ítaca, como en Albuquerque, Las Cruces, El Paso y, sobre todo, en Ciudad Juárez. Piensa asimismo quiénes y cómo eran tus amigas y amigos más cercanos, tus maestros y tus vecinos. Ten presentes muy especialmente a todos tus seres queridos: a tus padres, hermanos, abuelos, tíos, primos y a Alma, por supuesto. Recuerda la trayectoria, las aspiraciones y los temores, los logros y los infortunios, las cualidades y las debilidades, los gustos y los disgustos de todos ellos.

Me esforcé por seguir sus instrucciones, pero cuando llegó la escena del suicidio de Alma no pude mantener la calma y comencé a temblar descontroladamente. En eso escuché la voz de Alma que me gritaba desde el interior de una cueva contigua:

—¡No temas, Uriel, estoy aquí!

En eso percibí un ruido semejante al de un tropel de murciélagos que se precipita velozmente. Grité a todo pulmón: ¡Aaaaaaaaaal-maaaaaaaaaaaa! Entonces sentí que un potente torbellino me succionaba y me revolcaba en todas direcciones como hojarasca en un tornado.

Me desperté sobresaltado. Todavía estaba oscuro. Serían las tres de la mañana. Aún Bernardo no tañía el apelde para convocar al rezo de laudes. Podía dormir una hora y media más, pensé. Estaba cansado, pero me sentía intranquilo. Intenté dormirme, pero no pude. Ya me había acostumbrado a dormir poco. Dormir más de tres horas seguidas era un lujo que no me había dado desde mi arribo a Senecú.

No pude dejar de pensar en lo que había soñado.

—¿Qué significado tenía? ¿Por qué el maestro figuraba también en muchos de mis sueños? ¿Quién era este hombre? — Me lo preguntaba una y otra vez sin encontrar respuesta. —¿Era un productor de mi imaginación o era un conocido? ¿Podría ser un mensajero divino? Reflexioné: dicen que a veces en los sueños se nos aparecen ángeles para comunicarnos un mensaje divino o para anunciarnos o para revelarnos algún misterio . . . No sé qué voy a hacer cuando cumpla mi tiempo de novicio. Necesito pensar en una estrategia para escaparme. ¿Pero adónde y con qué medios? Mi única salida posible parece ser irme con los apaches. Quizás sea esto lo que quiere decir que no volveré a casa hasta que cumpla con mi misión. ¿Será que Dios me está poniendo a prueba y, si no cumplo con esta tarea, nunca saldré de este purgatorio? Obviamente me puedo escapar de este lugar yéndome con los apaches. Suena romántica la idea de escaparme con una *indé* y de vivir en libertad con su gente, viviendo de la caza, la recolección, el comercio y el pillaje. Pero yo no idealizo la forma de vida dura y precaria de los apaches, ni me identifico con su cultura, ni hablo su idioma, ni comparto sus creencias, ni su visión de mundo. Por muy distinto que sea yo de los franciscanos, y por mucho que me haya alejado del catolicismo, un fuerte vínculo lingüístico, cultural e histórico me une a ellos. A la hora de la verdad, si es cierto que es inevitable una confrontación con "la Bestia", así sea ésta Satanás o una personificación xenófoba de las divinidades indígenas, no dudaré en hacerme y, si es preciso, hasta de pelear, del lado de los cristianos.

—¿Y si tengo de verdad una misión vital propia y no la cumplí? O no la he cumplido todavía, claro, si es que aún estoy vivo. Porque puedo estar muerto; puedo ser un alma en pena, como me dijo el maestro en mi sueño. Como quiera que sea, esté yo vivo o muerto o soñando, no tengo idea cuál pueda ser esta misión.

Con estos pensamientos mi mente pudo descansar y, sin darme cuenta, me quedé dormido hasta que la campana tañó llamándonos a misa.

La misa del día de la Inmaculada iba a comenzar a las ocho de la mañana. Puesto que yo iba a asistir en sus labores a Fernando de Jesús, el prefecto de la Escolanía, me levanté para reunirme con él en el recibidor. Él ya me estaba esperando y de inmediato fuimos a la pieza de los cantores para despertar a Marcos, el Antiquísimo, quien ya se había levantado y sacudía con presteza a sus once compañeros.

Todos los cantores dormían apretadamente en la misma pieza, cada uno en su propia tarima. Marcos era un adolescente alto y delgado de catorce años; desempeñaba su papel de despertador con seriedad y eficacia. Obligó a sus compañeros a que se levantaran de inmediato. Y, como hacían todas las mañanas, los párvulos adormilados comenzaron el día persignándose y rezando en coro un Padre Nuestro, un Ave María, un Credo y un Salve. Luego hicieron sus necesidades, tendieron su cama, se lavaron, se peinaron y se pusieron un sayo azul y un sobrepelliz blanco. Aquellos que estaban listos salieron al pasillo del claustro donde formaron dos filas. Esperaron al resto de sus compañeros relativamente quietos y callados hasta que salió Marcos con los rezagados. Todos llevaban en su seno el libro del Oficio Parvo de Nuestra Señora, excepto el menor. Al percatarse de esta falta, el prefecto agarró al despistado *atsamé* del lóbulo de la oreja izquierda y, sin decirle nada, lo condujo al cuarto para que recogiera su libro. El niño, quien no pasaba de los ocho años, regresó compungido y lagrimoso, pero dispuesto a cumplir con su deber.

Una vez listos, los doce caminaron en fila hacia el templo. Al entrar al altar mayor hicimos genuflexión, nos dirigimos a los reclinatorios del fondo y rezamos en coro la Prima del Oficio Parvo, presididos por el maestro Lorenzo. Luego subimos todos al triforio para participar en la misa.

La campana de la iglesia convocó a misa a los residentes de la comarca. Casi todos los feligreses llegaron muy aseados y vistiendo la mejor ropa que su casta y su condición les permitían. Los primeros en llegar fueron los matachines quienes, después de postrarse y colocar frente a la barandilla del presbiterio sus coronas de flores, sonajas, arcos, flechas, tambores, mazas y demás objetos de su indumentaria, caminaron a la parte posterior del templo y se sentaron a esperar a los otros feligreses. Poco a poco comenzaron a llegar sus familiares y los residentes del pueblo, quienes ocuparon casi todo el templo. Los reclinatorios del área de enfrente estaban reservados para los miembros de las familias principales de la comarca. En el reclinatorio que estaba al frente de la fila izquierda se sentaron el alcalde mayor, un hombre alto, bigotudo y corpulento de nombre Matías López. Enseguida de él se sentaron los dos encomenderos, Félix de Carvajal y Alonso Mondragón y, junto a ellos, Don Bartolomé Romero López y el Capitán José Télles Jirón. En el primer reclinatorio de la derecha se sentaron sus respectivas esposas y la invitada de honor, una tía abuela materna de nombre Doña Ana Robledo de Gómez, quien era la presidente de la Cofradía de la Inmaculada Concepción en Nuevo México.

Entre los asistentes estaba la mujer que supuestamente era mi madre. Su nombre era María Bandama Romero. Era hija de un comerciante de origen flamenco y de una criolla cuyo padre era un acomodado estanciero de origen portugués. A los diecisiete años—un año después de que yo naciera—María se casó con un compadre de su abuelo, un viejo estanciero de nombre Joseph Varela, con quien tuvo dos hijos. El segundo murió de pequeño. El primogénito, Pepe, quien tenía ya dieciocho años y acababa de casarse con una quinceañera del pueblo de Sandía, vivía y estaba a cargo de la estancia El Cerralvo desde que su padre falleció de un infarto, hacía dos años. María Bandama vivía en la villa de Santa Fe con su madre y una media hermana, Teresa Romero, quien nació de una relación extramarital que su padre tuvo con una criada genízara y a quien mi abuela crió como su propia hija junto con María y su hijo Diego.

María y Teresa vinieron a Senecú a participar en el pregón y en la procesión. Se hospedaron en la estancia de una prima suya, Juana Romero, quien estaba casada con Diego Pérez Granillo, un cuarentón dedicado al transporte de sal que lucraba asimismo con el contrabando de esclavos. Los Romero estaban emparentados con otras familias acomodadas de Nuevo México por lo cual parecía que la mitad de los estancieros de la región eran parientes míos. Varios de ellos vivían en los alrededores de Senecú, entre ellos el padre de Juana, quien era tío materno de María y estaba casado con una tía paterna de Javier. Don Bartolomé Romero y Doña María Granillo, los padres de Juana, vivían también en una estancia que estaba localizada en las afueras del pueblo, al igual que otra prima hermana de mi madre, Catalina Romero, esposa del capitán Télles Jirón.

Antes de que iniciara la misa, los miembros del coro y yo interpretamos algunos himnos marianos, entre ellos mi favorito, el "Ave Maris Stella." La misa comenzó con una procesión de entrada presidida por el padre Guerra durante la cual cantamos las letanías lauretanas. Después de que el padre dio inicio a la misa y pronunció el dogma de la Inmaculada Concepción, cantamos el "Gloria in excelsis." Para la primera lectura, fray Antonio leyó aquellos pasajes del libro de los Reyes donde se cuenta la historia del sacrificio del Carmelo y, para la segunda, los versículos del Apocalipsis donde se narra la aparición de la mujer y el dragón. Para la lectura del Evangelio, fray Antonio leyó el capítulo del evangelio de San Lucas donde se narra la Anunciación a María.

Los más devotos esperaban que el padre Guerra basara su sermón en esta historia y que alabara las virtudes de la Virgen. Sin embargo, el padre Guerra aprovechó la ocasión para abordar el tema de las catzinas y relacionó el evento del sacrificio del Carmelo con los acontecimientos recientes. Para la sorpresa de los feligreses, aseguró que unos rebeldes dirigidos por un curandero autoexiliado estaban promoviendo de manera clandestina el retorno a las tradiciones y las creencias paganas de los piros y otros indios pueblo. Dijo que los apóstatas anunciaban que las catzinas traerían las lluvias benéficas que tanto esperaban todos los labradores de la región. El padre Guerra comparó a los rebeldes piros con los israelitas que creyeron a los profetas de Baal, el dios cananeo. Dijo hacia el final del sermón:

–Los cuatrocientos cincuenta profetas invocaron a Baal en el monte Carmelo toda la mañana. Rogáronle sin cesar hasta la hora de la tarde en que se ofrecen sacrificios: <<¡Respóndenos, Baal! ¡Baal, respóndenos!>>

El padre Guerra hacía pausas para que Santiago Mutanama, el acólito, tradujera su homilía. Hoy más que nunca le importaba al padre Guerra que todo el pueblo piro escuchara y entendiera su mensaje.

—Danzaron y danzaron–continuó el padre Guerra—. Se hicieron tajos con filosos cuchillos hasta sacarse sangre y caer en trance. Pero Baal no dio prueba de su existencia ni de su supuesto poderío. Los cuatrocientos cincuenta profetas no pudieron todos juntos lograr que Baal obrara. El profeta Elías, en cambio, él solo, y orando únicamente e invocando al verdadero Dios por su nombre, diciéndole: <<Respóndeme, Yavé. Respóndeme. Que todo el pueblo sepa que sólo tú eres Dios>>, ¡El profeta Elías sí pudo lograr que se realizara el prodigio!

Mutanama no se limitaba a traducir el sermón: lo dramatizaba como si él mismo hubiera presenciado este acontecimiento y estuviera dando su versión de los hechos. Modulaba la cadencia de sus frases y el volumen de su voz abaritonada con eficacia. Gesticulaba. Accionaba. Señalaba al cielo con el índice y agitaba el antebrazo con energía. El padre Guerra lo miraba desde el púlpito y aprobaba con gestos discretos su interpretación como si entendiera el idioma piro.

—Ante esta prueba contundente—prosiguió el padre Guerra, —Ajab y todos los israelitas infieles finalmente se convencieron de que sólo Yavé es Dios y de que sólo Yavé escucha nuestras plegarias. Entonces Elías, reivindicado y autorizado por Él, mandó degollar a todos los profetas de Baal. Y una vez degollados le mandó avisar a Ajab que pronto iba a caer la benéfica lluvia. Y, en efecto, llovió. De una pequeña nube que subía del mar, de una nubecilla del tamaño de la palma de la mano, nació una gran lluvia. Hermanos: ¡María es como la pequeña nube! ¡Ella anuncia la venida del Salvador que pone fin a la sequía de los pueblos! ¡Jesús es la lluvia que riega nuestros campos!

Los feligreses seguramente comprendieron porqué el padre Guerra había basado su sermón en este relato bíblico. Hacía cinco años que el entonces gobernador de Nuevo México, Bernardo López de Mendizábal, había autorizado al alcalde mayor de Cuarác que los indios de su pueblo ejecutaran su tradicional baile en el que personifican e invocan a las catzinas para pedirles lluvia, salud y otras mercedes. Aunque el gobernador había sido destituido y enjuiciado por la Inquisición en 1664 por permitir estos bailes en su provincia, durante su administración hubo un resurgimiento de las danzas de las catzinas en varios pueblos de Nuevo México. Algunos indios pueblo las continuaron practicando aún después de que el comisario de la Inquisición, fray Alonso de Posadas, prohibió todas las danzas locales en 1661. Pese a que ningún pueblo piro revivió estas danzas abiertamente, uno de sus líderes religiosos, un curandero llamado Tsikié Fayé, Pájaro de Fuego en español, intentó persuadir a los líderes de Senecú que las revivieran. Tanto el gobernador piro, Don Mateo Vicente, como el cacique de Senecú, Don Roque Gualtoye, se opusieron terminantemente a ello, por lo cual Tsiké Fayé se fue de Senecú. Sin embargo, su partida produjo divisiones en el pueblo, pues algunos residentes estaban interesados en reintroducir algunas de las danzas que los religiosos les habían prohibido desde hacía cuatro años.

Concluido el sermón, el padre Guerra y Mutanama prosiguieron con la liturgia. El ofertorio y la comunión se efectuaron en un ambiente lóbrego. El padre Guerra despidió a los feligreses con la frase <<vivamos confiados en medio de las luchas. La Reina del Cielo, ante quien yace vencido el Enemigo, está con nosotros.>>

Al concluir los servicios religiosos, los miembros del coro nos fuimos al refectorio para desayunarnos el chocolate con pan dulce que tanto apetecíamos. En el atrio estaban el padre Guerra y fray Antonio despidiendo a los feligreses. Justo cuando íbamos saliendo éste estaba conversando con María Bandama. En cuanto me vio fray Antonio me pidió que me acercara para que nos presentara. Era una dama alta y elegante de semblante triste y mirada abstraída. Tenía el cabello largo color azabache, los ojos cafés y las facciones bien marcadas. Vestía una mantilla y un vestido negros y largos.

La única prenda de color que portaba era un escapulario azul que distinguía a los miembros de la cofradía de Nuestra Señora de la Inmaculada.

Puesto que no me era permitido tocar a nadie, me limité a hacer una leve inclinación cuando nos presentó el maestro. Éste le explicó que, en esta etapa de mi noviciado, <<en ninguna manera había de hablar, excepto para alabar a Dios y para confesar los pecados.>> María Bandama se limitó a decirme que estaba feliz de conocerme y que en Santa Fe estaba mi casa donde me esperaba una vez que me fuera permitido hablar, a lo cual asentí amablemente y sonriendo.

Fui al refectorio a desayunar. Al terminar todos regresamos de inmediato a la iglesia, pues iban a iniciarse los preparativos para la procesión de la Virgen por el pueblo. Frente al presbiterio habían colocado el trono donde iban a pasear la estatua de la Virgen. Las andas tenían columnas al estilo corintio. El trono estaba ricamente decorado con velones, candelabros con cirios, arreglos florales blancos y nochebuenas, así como guirnaldas trenzadas con ramas de abetos y bejucos, banderines de papel de China picado y listones de vivos colores. Un mantel azul de hilo bordado con remate de puntilla cubría la base del trono. Después de que el padre Guerra incensó y roció con agua bendita la estatua, los caballeros portapasos de la Congregación del Señor San José la bajaron del pedestal con sumo cuidado y la pusieron sobre el trono. Vestían una túnica de lanilla azul añil con el emblema de la agrupación ceñida con un fajín blanco. Guiados por su líder y animados por el tañido de la campana y los cantos marianos de los feligreses, los portapasos sacaron a la Virgen lentamente del templo. Pusieron el trono sobre una mesa con bordes labrados y pintados de dorado que había sido colocada debajo de las gradas de la iglesia frente al atrio.

Frente a la iglesia estaban congregados los feligreses. Al fondo de la plaza podían verse las mujeres del pueblo quienes desde muy temprano habían estado preparando la comilona que iban a servirnos a todos después de la procesión. El aire estaba sahumado con el aroma del chile tatemado y del pan recién salido de los hornos semiesféricos que había en los techos de las casas. Gracias a los rayos del sol de Nuevo México que alumbraban un cielo completamente despejado, había dejado de hacer frío.

Los jóvenes matachines ya estaban formados para efectuar su danza. En cuanto los arcabuceros dieron un par de disparos al aire para dar inicio a las festividades y los cuatro tamborileros batieron con fuerza su cilíndrico instrumento, los danzantes agitaron su guaje y comenzaron a bailar. Vestían camisa y calzones de manta blancos sobre los cuales llevaban puestos una capa y una nagüilla de color carmín ricamente bordadas con carrizo y canutillo y adornadas con plumas y pompones de lana. Danzaban descalzos, llevaban unos cascabeles atados a los tobillos y, en la cabeza, portaban un cupil escarlata adornado con listones multicolores que les llegaba hasta las corvas como si fuera una capa. El rostro lo tenían pintado de blanco con rayas negras y la boca la llevaban cubierta con un paliacate rojo. Cargaban un guaje con la mano derecha, el cual agitaban constantemente, y con la izquierda sostenían un arco y una flecha, indicando que eran soldados de la Virgen. Formaban dos filas de doce danzantes cada una. En ambos extremos de cada fila había un capitán, quien ayudaba a coordinar los movimientos de sus compañeros. También había dos monarcas situados en ambos flancos, Don Pablo Baxcajay y Don Pablo Tzitza, quienes emitían unos gritos vigorosos cada vez que los danzantes tenían que realizar giros, cruzamientos, serpentinas y ondeos.

Un público numeroso admiraba a los matachines y a la estatua de la Virgen. Ésta medía un metro de altura aproximadamente. Doce estrellas coronaban su rostro de facciones clásicas y un círculo de rayos dorados irradiaba de sus plegados ropajes. Vestía una túnica blanca anudada a la cintura y un manto azul orlado con motivos vegetales dorados. Estaba parada sobre una luna creciente y con la planta derecha oprimía la cerviz de un dragón.

Mi presunto bisabuelo, un capitán del conquistador Juan de Oñate llamado Bartolomé Romero Andujo, trajo la estatua a Nuevo México de un viaje que hizo a Sevilla en 1597. Treinta años después, cuando Don Bartolomé y su esposa, Doña Luisa López Robledo, se establecieron en Senecú con algunos de sus hijos y sus respectivas familias, se la obsequiaron a los padres fray Antonio de Arteaga y fray García de San Francisco para que embelleciera y purificara la kiva o "estufa" que al principio de su labor misionera utilizaron estos dos frailes como iglesia. Aquella estufa, la cual fue construida por miembros del Clan del Sol, el linaje de Don Pablo Tzitza, estuvo una vez situada enfrente de la iglesia a unos diez metros detrás de donde bailaban los matachines. La Virgen posiblemente se percató de que aquella construcción semisubterránea en la que ella había vivido temporalmente había sido ya demolida. Ahora el pueblo entero de Senecú parecía haberse convertido al cristianismo y este grupo de danzantes la adoraba con un fervor inusitado. Y como la Virgen no había salido de su casa desde hacía treinta y cinco años, parecía que admiraba el espectáculo de los matachines tanto o más que los mismos espectadores.

A Don Pablo Tzitza no se le había olvidado seguramente que en esa kiva había aprendido español y el catecismo con fray Antonio de Arteaga. Tampoco que allí su padre, su abuelo y otros antepasados habían sido iniciados en el rito de los chamanes. Fue allí también donde muchos de sus parientes guardaban las máscaras que iban a facilitarles su ingreso al mundo de los espíritus cuando murieran. Fueron precisamente unos peones de Don Bartolomé Romero Andujo quienes derribaron esta kiva una vez que los residentes de Senecú terminaron de construir el templo católico. También fue Don Bartolomé quien empleó al entonces niño Pablo en una de sus estancias cuando sus padres perecieran por la viruela. Desde entonces, Pablo Tzitza había trabajado en la Hacienda de la Chupadera, la cual pertenecía ahora al hijo de su expatrón, Don Bartolomé Romero López.

Nadie entre los piros pareció saber ni quiso especular qué fue lo que motivó a Don Pablo a organizar y participar en esta danza extranjera. Quizás fue por nostalgia de aquellos años de su juventud cuando parece ser que participó en algunas danzas que los franciscanos todavía no les habían prohibido a los indios de Nuevo México, por ejemplo, la danza de las mariposas, la del antílope y la del águila. O quizás fue por discreta rebeldía, pues al parecer Don Pablo participó de joven en unas danzas clandestinas organizadas por un chamán de Pilabó en el arroyo del Tajo: la del solsticio de invierno y la del solsticio de verano, en las cuales daban, respectivamente, la bienvenida y la despedida a sus dioses y a sus antepasados difuntos, a esas figuras enmascaradas y etéreas a quienes ellos llamaban amigos, o "piyeé" en idioma piro, pero que los franciscanos llamaban "demonios," es decir, las catzinas. O tal vez sería que Don Pablo nunca dejó de creer lo que le enseñó su difunto padre: que el mundo material y el espiritual no son sino dos caras distintas de la misma moneda y que para poder gozar de buena salud y de buenas cosechas había que rendir tributo no sólo a la madre tierra y al padre sol sino a todos los benefactores del cielo y de la tierra, incluyendo a aquellos seres que desde otra dimensión nos ayudan y nos visitan. De lo que todo mundo estaba seguro es que Don Pablo creía con fervor y pasión que la mejor manera de comunicarse con los espíritus, de alabarlos, de invocarlos, de interpelarlos y de agradecerles y pedirles mercedes era danzando al ritmo del corazón y de los tambores.

Don Bartolomé Romero López, su patrón, un sesentón calvo, barbudo y corpulento de mediana estatura, observaba la danza, al igual que yo, desde las gradas del atrio. Vestía un chambergo negro adornado con una larga pluma, cuera azul, mangas negras de jubón picado, camisa con cuello a la valona, calzas folladas y botas de caña alta. Cuando terminaron de danzar los matachines, se me acercó para saludarme. Sabiendo que éramos parientes, se puso a hablarme de la familia y del papel protagonista que tuvieron él y su padre en la fundación de la misión de Senecú. Me dijo que varios exoficiales y soldados de Oñate, entre ellos su padre, se establecieron con sus respectivas familias en 1627 en los alrededores de Senecú, y que dos años después llegaron de la Ciudad de México los padres fray Antonio de Arteaga y fray García de San Francisco para iniciar la conversión de los piros. Me explicó que entonces había catorce pueblos y aldeas, pero que ahora la gran mayoría de los piros se habían hecho cristianos y vivían en cuatro pueblos: Senecú, Socorro, Alamillo y Sevilleta. Gracias a Dios y a los franciscanos, me dijo, las misiones que habían fundado ellos habían rendido buenos frutos y, salvo raras excepciones, la gran mayoría de los piros eran <<fieles siervos de Dios y leales servidores de los españoles y del rey>>. Afirmó que los matachines eran una muestra cabal de ello, y muy especialmente el veterano Don Pablo, a quien describió como <<un piro ejemplar.>>

Me dijo también que los Romero íbamos a tener el honor de estar al frente del cortejo procesional. Yo iba a cargar el guión, me informó; su sobrina Catalina, la esposa del capitán Télles Jirón, iba a portar el estandarte de la Cofradía de la Inmaculada al lado de Doña Ana Robledo de Gómez y Doña María Pérez de Romero, su hermana y su esposa respectivamente. A ellas las iban a seguir su hija Juana, sus cinco nietas, sus sobrinas Sebastiana, Juana, María (mi madre) y Teresa, así como Jacinta Guadalajara y Quiroz, la esposa de su sobrino Felipe, y todas las otras damas importantes del pueblo. Él y Don Félix de Carvajal iban a enarbolar la insignia de la Congregación del Señor San José, la cual, observó con orgullo, fue fundada en Nuevo México por sus respectivos padres, quienes fueron compañeros de armas y amigos desde que partieron de Sevilla al Nuevo Mundo. Detrás de ellos iban a marchar sus hijos Nicolás y Bartolomé, sus seis nietos varones, su sobrino Felipe, hijo de su difunto hermano Matías, el Capitán Télles Jirón, y Francisco Pérez Granillo, un sobrino de su esposa cuyo padre también fue uno de los estancieros fundadores de Senecú.

El sonido de la campana nos anunció que era la hora de formarnos para la procesión. Eran como las diez de la mañana. Se despidió Don Bartolomé y en eso se me acercó Santiago Mutanama para entregarme el guión. Me dijo que yo iba a dirigir la procesión, pero que no me preocupara pues él me iba a acompañar e indicarme por dónde deberíamos ir. Cuando nos comenzamos a formar, el maestro Lorenzo inició un canto a la Inmaculada, a cappella:

Todo el mundo en general
a voces, Reina escogida,
diga que sois concebida
sin pecado original.

En eso sonaron los tambores y se unieron al canto los niños cantores y muchos de los procesionarios. Iniciamos la marcha Mutanama y yo seguidos por los miembros de la Cofradía de la Inmaculada y de la Congregación del Señor San José. Detrás de ellos fray Salvador, fray Antonio y los monaguillos se unieron a la procesión seguidos por los caballeros portapasos cargando el trono con la Virgen. El maestro Lorenzo, Fernando de Jesús y los niños cantores los siguieron. Un grupo de muchachos con flautas, vihuelas, trompetas y campanas se unió a la procesión concertando su música con la de los cantores. Posteriormente se incorporaron los matachines a la procesión danzando al ritmo de los tambores. Poco a poco fuimos avanzando los procesionarios hacia la plaza y muchos residentes del pueblo fueron gradualmente engrosando las filas de la procesión. A lo largo de nuestro recorrido por el pueblo alternamos la copla de la Inmaculada con el rezo de la Corona franciscana, el Ángelus y otros cantos marianos conducidos por el maestro Lorenzo.

Era la primera vez que yo caminaba por las calles de Senecú y sus alrededores. En el camino se me vino a la mente el día que visité por primera vez el pueblo de Taos con Alma. La noche anterior habíamos asistido a una puesta en escena en Santa Fe de la ópera "Orfeo y Eurídice" de Gluck. Aquella mañana de julio visitamos el museo Millicent Rogers y, mientras veíamos unas figuras del escultor Patrocinio Barela, entablamos una conversación con un maestro de lengua tigua de nombre Adán. Luego de conversar por un buen rato en el patio interior del museo, Adán nos invitó a su casa a almorzar. Vivía con su esposa y sus tres hijas en un apartamento de la llamada Casa Norte (*Hlauuma*) en el histórico pueblo de Taos. Después de almorzar con los cuatro unas sopaipillas de maíz azul deliciosas escuchamos unas cintas con canciones que él y otros maestros grabaron para enseñar y ayudar a preservar la lengua tigua. También rezó una oración en la que se habla de la importancia del perdón. Cuando retomamos la conversación que iniciamos en el museo, abordamos el tema de los abusos que perpetraron los españoles en contra de los indios en la época colonial. Dijo que los españoles no sólo invadieron sus pueblos: se adueñaron de sus mejores tierras, los sometieron a trabajos forzados y a toda clase de maltratos; también asaltaron sus conciencias y corazones y les impusieron una lengua, una forma de vida y unas creencias ajenas, obligándolos a pensar y a declarar públicamente que todos sus relatos, cantos, danzas, ritos, ceremonias y seres espirituales eran diabólicos. Y, no satisfechos con ello, muchos de ellos, incluyendo algunos frailes, entraron a sus casas, penetraron en sus recámaras y violaron a sus hijas y a sus mujeres, e inclusive a algunos niños varones, cuando sus maridos o sus padres o sus parientes no estaban en casa. Dijo que todos esos robos, abusos y ultrajes habían dejado profundas heridas en su pueblo, las cuales todavía no cerraban, pues estos males los habían aprendido algunos tiguas de los invasores y el ciclo de abuso físico, verbal y sexual continuaba en el seno de sus propios hogares, escuelas y demás espacios públicos y privados. Dijo que era un problema que afectaba a algunos miembros de su comunidad, pero del cual pocos hablaban.

Aquella conversación con Adán afectó profundamente a Alma, pues ella misma había sido abusada sexualmente por su progenitor y por el sacerdote a quien le había confiado estas dolorosas experiencias de su infancia y pubertad. Después de este encuentro, ella ya no volvió a ser la misma. Durante los meses siguientes tuvo una serie de confrontaciones con su padre y con toda su familia que la hundieron en la más profunda depresión, de la cual jamás salió.

Estos recuerdos dolorosos me acompañaron por un buen trecho de mi paseo por el pueblo de Senecú. La voz grave y resonante de Santiago Mutanama entonando el estribillo "sin pecado original," así como sus gesticulaciones y un leve empujón, me sacaron de mi estado de ensueño y me ayudaron a reincorporarme en cuerpo, mente y alma a la procesión. El resto del camino pude enarbolar el guión verticalmente y con los brazos firmes doblados en ángulo recto, como me indicó Mutanama.

Mutanama marchaba y cantaba por las calles de Senecú con el fervor religioso del converso que se cree profeta en su tierra. Fervor religioso que desarrolló desde muy pequeño cuando aprendió de sus tutores franciscanos que todos en su pueblo, incluyendo sus propios padres, tíos y abuelos, rendían culto al demonio y acabarían en el infierno. Debido a las enseñanzas del padre fray García de San Francisco, el pequeño *atsamé*, quien fue bautizado con el nombre de Santiago, el legendario apóstol guerrero, azote de los moros, asimiló la doctrina cristiana y asumió su nombre con excepcional celo religioso. Aceptó literalmente las palabras de Jesús cuando dice en Mateo 10:34-36: "No piensen que vine a traer la paz a la tierra; no vine a traer la paz, sino la espada. Vine a poner al hijo en contra de su padre; a la hija, en contra de su madre, y a la nuera, en contra de su suegra. Cada cual encontrará enemigos en su propia familia." Y también, su mensaje en Marcos

10:29: "Ninguno que haya dejado casa, hermanos, hermanas, madre, padre, hijos o campos por amor a mí y la Buena Nueva quedará sin recompensa."

El párvulo Santiago inició este proceso de ruptura del tronco familiar cuando, por su propia iniciativa, le reveló a fray García dónde guardaba su padre la parafernalia que utilizaba para efectuar la ceremonia de la *petsuntoyané* o serpiente, el tótem de su clan. El pequeño *Kuensilué*, el nombre que significa trueno con el que lo presentó su abuela paterna al Sol al cumplir veintiún días de nacido, recibió de su padre tal paliza que por poco lo manda al techo de su casa materna, que era el lugar donde, según creían los miembros de su clan, descansa el alma de los niños muertos hasta que renazcan de nuevo en el cuerpo de otro vástago. Como recompensa por este valeroso acto, el cual ayudó a fray García a liberar de las garras del Enemigo Infernal no sólo a los miembros del clan de Santiago sino al pueblo piro en general, fray García lo adoptó e hizo de él un líder en su cruzada.

El celo religioso de Mutanama estaba fundado tanto en una esperanza de recompensa celestial como en un vehemente afán de eliminar los espinos y la zarza de la viña del Señor. Creía que su tierra había sido espiritualmente estéril, si no es que maldecida, porque no había sido plantada allí la verdadera Vid. Sólo hasta que los franciscanos plantaron el auténtico sarmiento su tierra había comenzado a producir frutos espirituales que eran agradables al Señor, decía; y sólo hasta que los pueblos de Nuevo México actuaran con rectitud y fidelidad a la ley divina el Viñador celestial les mandaría lluvia abundante y protegería sus cultivos de las plagas y del fuego con el que se quema el sarmiento seco y la maleza, aseguraba. El tiempo de la cosecha divina iba a llegar pronto, creía firmemente. Por ello Mutanama se había dado a la tarea de ayudar en todo lo posible a los franciscanos a evangelizar y cristianizar a su pueblo, y de asegurarse que no revirtieran a sus antiguas creencias. A aquellos que lo hicieran, o que se negaran a abandonarlas, fuera quien fuera, merecían, según él, ser atados en gavillas y quemados como se hace con las ramas secas después de la poda. Afortunadamente, los más de sus paisanos habían plantado en sus campos la verdadera Vid, solía decir. Ahora lo que necesitaban era ayudar para que la cuidaran debidamente y así sus sarmientos rendirían fruto espiritual abundante que iban a glorificar al Viñador.

Al igual que fray García, fray Antonio y muchos otros franciscanos de la época, Mutanama creía en la llegada inminente del Hijo del Hombre y en la próxima instauración de su Reino en la tierra. Asimismo, creía que había una sola ley divina, un solo texto revelado, una sola espiritualidad y un solo comportamiento social y cultural recto y correcto, creencia que estaba estrechamente vinculada a aquella religiosidad ceremoniosa llena de ritos, fórmulas y gestos antiquísimos, precisos e inmutables que le había inculcado el padre fray García. En esto chocaba visible pero silenciosamente con fray Antonio, quien practicaba una religiosidad menos formalizada y más interior y crítica de los ritos y las ceremonias de la Iglesia los cuales, me comentó el maestro en una ocasión, suplantaban a Dios con cultos vicarios e idolátricos llenos de constricciones intolerables que conducen a algunos a la rebelión o al desenfreno. A Mutanama parecía incomodarle, o quizás le escandalizaba secretamente, la manera en que el maestro me enseñó a orar y a meditar en silencio, parado y sin cubrirme la cabeza. Le molestaba el hecho de que me permitía orar y meditar por un tiempo que Mutanama consideraba excesivo. Aunque el fiscal era discreto, a leguas se notaba que ansiaba el regreso del padre Santa Cruz para que restaurara el orden en la misión. Me pareció también evidente que fue Mutanama quien le avisó al padre Guerra lo que iba a ocurrir el día de San Lorenzo y que él también consideró más que justo y necesario el castigo que recibieron los osados danzantes aquel día. Era obvio que se sentía complacido por el mensaje que fray Guerra había comunicado a los piros aquel día en esta misión.

Este día era de singular importancia personal para Mutanama. Iba a ser puesto en escena durante la tarde un drama religioso que había escrito y preparado para este día. Iba a situar la escena de la Anunciación en el ambiente local y en el tiempo actual para que todos entendieran su mensaje redentor. Se sentía complacido y orgulloso por sus logros personales. Marchaba, oraba y cantaba con tal pasión y entrega que parecía que acababa de regresar al pueblo triunfante de una larga campaña contra las huestes del demonio.

Concluimos la procesión con una festiva ceremonia de la Subida Triunfal de la Inmaculada y cerramos con una breve misa. Al terminar todos estábamos más que listos para la comilona que nos esperaba. Llegaron visitantes de toda la comarca para asistir al inusitado banquete, incluso algunos apaches de Ojo Caliente y otras rancherías cercanas.

Senecú tiró la casa por la ventana, como si realmente fuera a acabarse el mundo en cualquier momento. Para que no faltara la comida, fray Antonio mandó sacrificar para las fiestas tres reses de los corrales de la misión. También ordenó sacar de los almacenes seis docenas de fanegas de maíz, trigo, chile y frijol.

Fue impresionante lo bien que se organizaron todos en el pueblo para alimentar a tanta gente. Los miembros de la Congregación de San José y otros hombres del pueblo sacrificaron a los animales, cortaron la carne, cortaron y acarrearon la leña y prepararon el tesgüino. Sus esposas e hijas contribuyeron con su trabajo moliendo el grano y preparando la masa para las tortillas, horneando el pan, tostando el chile y los tomates, cociendo los frijoles, los chiles, las verduras y la carne.

Cuando terminó la misa los feligreses se apresuraron a salir de la iglesia. Los alcaldes, los encomenderos y demás principales que formaron parte del cortejo procesional y sus respectivas familias salieron por la puerta lateral y se dirigieron al refectorio y a los patios del convento para comer. El maestro Lorenzo, el prefecto, los cantores y yo los seguimos. Nosotros comimos cómodamente y alejados del bullicio y el caos que se formó en la plaza. Los que no asistieron a misa tuvieron que abrir el paso a los feligreses para que a ellos se les sirviera primero. Esto molestó a algunos que habían estado esperando en la plaza desde temprano, por lo cual protestaron con una rechifla. Según nos contaron, había tanta gente en la plaza y estaba tan ansiosa de no perder su sitio, o de adelantarse, que tuvieron que intervenir miembros de la guardia del pueblo para abrirles el paso a los feligreses.

Pese a este tenso y desordenado comienzo, el banquete se llevó a cabo en un ambiente alegre y fraternal. Los niños cantores, una vez que comieron y efectuaron la obligada lectura, gozaron de una hora de recreo. Jugaron con los otros niños que cenaron con sus familiares en el convento. El maestro Lorenzo se fue a tomar una siesta y el prefecto Fernando y yo fuimos al patio trasero a supervisar a los niños. Platicamos por un rato y me sentí de lo más contento pues era la primera vez que hablaba con alguien que no fuera fray Antonio. Fernando sabía que no me estaba permitido hablar con nadie hasta el inicio de la primavera, pero, dadas las circunstancias, y que nadie nos observaba, me dijo que no me preocupara, que podíamos conversar con confianza.

Antes de que sonara la campana de las dos, fuimos con los niños a la iglesia para rezar vísperas y completas del oficio parvo. Luego los condujimos a su cuarto para que se asearan y se cambiaran. Iban a participar en el drama religioso cantando y representando a las doce virtudes de la Virgen María. Los doce se pusieron una túnica blanca y una banda de color distinto que representaba a cada una de las Virtudes: fe, esperanza, caridad, piedad, obediencia, prudencia, misericordia, castidad, devoción, humildad, paciencia y pobreza.

Nos reunimos con el maestro Lorenzo en la portería y salimos rumbo al corral donde iban a representar la obra. Faltaba una hora para que ésta comenzara y todavía estaban sirviendo comida en la plaza. Frente a la portería del convento conversaba fray Antonio con un pequeño grupo de apaches.

Estaban allí, entre otros, Refugio mi pariente, Francisquillo, el capitán de la ranchería de Ojo Caliente, y Chilmo, el líder regional de los Gila. A juzgar por el entusiasmo con el que fray Antonio les hablaba, era obvio que estaban tratando algo relacionado con el bautizo de niños y con nuestra futura misión en Ojo Caliente, un manantial situado al final de la Cañada Alamosa, al pie de la Sierra de San Mateo, donde, según me dijo Refugio posteriormente, curanderos y guerreros gila de otras gotas y bandas van para adquirir un poder sobrenatural que los apaches llaman <<*bigodih*>>.

Caminamos hacia la plaza occidental del pueblo, donde se iba a poner en escena "La más bella flor del Valle." Los niños cantores se sentaron provisionalmente en las bancas que habían sido reservadas para los principales y sus familias. Al rato llegaron los músicos con sus flautas, vihuelas y tambores. Se sentaron junto a los niños para probar sus instrumentos y para conversar entre ellos. El maestro Lorenzo, Fernando y yo nos paramos detrás de los niños mientras esperamos la llegada de los actores y los espectadores.

Mutanama y sus asistentes estaban haciéndole los últimos ajustes al espacio escénico. Lo habían situado en medio de una plaza para que el público pudiera ver la obra desde los techos de las casas o alrededor del escenario parados; o sentados, si eran de las familias principales de la comarca. La plaza era espaciosa. Estaba situada al sur del camposanto de la misión, en la parte noroeste del pueblo. El bloque de viviendas que circundaba la plaza era semicircular como una rebanada de melón. Las casas eran de uno y dos altos. La luz vespertina alargaba lentamente su sombra. En el centro del escenario había una plataforma cuadrangular de madera que simulaba ser el techo de una casa típica de adobe. Alrededor de ella había un espacio cercado sembrado con unas milpas y un viñedo. Un corral dividía el espacio escénico del de los espectadores. Entre la cerca y el corral había otro espacio de unos cuatro metros de ancho. Una mitad estaba dividida en dos secciones. En la sección noroeste había un trono alto rodeado de piedras que representaba el infierno. En la sección sudoeste había un espacio circular con una pila de leños en el centro que representaba una kiva. En la sección noreste y sureste había algunos pinos y árboles que simulaban un bosque.

La primera actriz en llegar fue Lupita Tzitza, la nieta de Don Pablo. Llegó con varios miembros de su familia, incluyendo a sus padres y sus abuelos. Lupita iba a representar a la Virgen María. Tenía trece años de edad y sus cristianos padres la habían criado con esmero. Habían hecho de ella una muchacha modelo. Poseía las cualidades que todos más admiraban y buscaban en una joven cristiana. Además de bonita y hacendosa, era bondadosa, obediente, modesta y muy católica. Asimismo, era elocuente, desenvuelta y poseía una memoria privilegiada y una bella voz de tiple. Al crear Mutanama el personaje estelar de su obra, pensó precisamente en ella y con antelación y cautela preparó a sus padres para que, cuando llegara el momento de pedirles permiso, la dejaran participar en la obra con entusiasmo. Sin embargo, no fue nada fácil convencerlos, mucho menos a la madre, pues ninguno de los dos quería que Lupita destacara de esta manera en el pueblo. Mutanama tuvo que pedirle al abuelo que intercediera. Afortunadamente para él, Don Pablo no vio nada malo en que Lupita hiciera el papel de la Virgen María en la obra, todo lo contrario. Pensó que no había que temerle al qué dirán, pues era el mismo fiscal del pueblo el autor y el principal promotor de la obra; los ensayos iban a realizarse en el convento donde ella estaba segura y donde nadie podría levantar falsos testimonios o rumores sin tener que vérselas con fray Antonio y con Mutanama. Para disipar del alma de los padres de Lupita cualquier duda o temor, Don Pablo y Mutanama prometieron cuidarla y vigilarla en todo momento. Algo que ayudó a convencer a la madre fue que la obra posiblemente ayudaría a Lupita a distraerse y a sanar su corazón del dolor que había sufrido recientemente cuando su prometido desapareció del pueblo misteriosamente sin dejar rastro. Los padres pensaron que quizás la obra incluso la ayudaría a encontrar un mejor partido, pues estaban enterados de que Don Pedro Carvajal, el hijo del encomendero, un buen muchacho, serio, trabajador, honrado y buen cristiano, la pretendía e iba a tener un papel estelar en la obra. Era una de las razones por la que tenían duda de dejarla participar en este evento, pues no querían dar qué decir a las malas lenguas. Pero la madre de Lupita finalmente accedió cuando Mutanama comentó que, en caso de que Lupita no participara, iba a invitar a Ana Luisa, una nieta de Don Bartolomé, quien, como todos sabían, estaba encaprichada con enamorar a Pedro.

Los demás actores y los espectadores fueron llegando poco a poco, hasta que llegó el momento de comenzar la función. Las personas del drama eran la Virgen María, quien era representada como una humilde labradora que vivía con sus hermanos y su viuda madre enferma, a quien la Virgen María cuidaba. El antagonista era un Hechicero que había sido expulsado de su pueblo. Estaba obsesionado con vengarse de sus paisanos raptando a la hija predilecta del pueblo, a la doncella María, y obligarla a que participara en la ceremonia del solsticio de invierno que él y sus secuaces planeaban tener en una cueva cercana.

A lo largo de la obra, el Hechicero se sirve de sus poderes mágicos y de la ayuda de Lucifer y sus servidores para tratar de engañar y raptar a María.

Los secuaces del Hechicero eran personificaciones de algunas figuras de la mitología y el folclor de los indios pueblo: un Coyote, una Mujer Araña y dos Guerreros Gemelos. Aunque María pasaba la mayor parte del día cuidando a su inválida madre mientras sus hermanos y hermanas labraban su parcela, a María la protegían día y noche sus fieles mastines, el Cuidado y la Voluntad, y sus doce ángeles guardianes: las Virtudes. En el último acto figuraban también Isabel, la prima de María y los arcángeles Gabriel, Miguel y Rafael.

En el primer acto el Hechicero invoca a Lucifer y le pide ayuda para raptar a María. A cambio de su alma, Lucifer acepta ayudarlo. Primero le envía al Coyote, el más ingenioso embaucador de todos sus servidores. El Coyote, vestido de sultán y volando en una alfombra mágica, aterriza en el techo de la casa de María. Toca la puerta del tejado y le pide a la Virgen que lo deje entrar. Le dice que es el Rey Solimán. Halaga su belleza y le promete que va a casarse con ella. Le jura que en su reino ella vivirá en un majestuoso palacio y que allí disfrutará el resto de sus días de todas las atenciones y lujos imaginables. Pero María lo rechaza y sus mastines guardianes lo atacan y lo descuartizan.

En el segundo acto, Lucifer manda a la Mujer Araña a embaucar a María. La araña se viste de curandera. Toca la puerta de la casa y le ofrece a María unas hierbas curalotodo con las que su madre va a poder sanar rápidamente todos sus males. También le dice que conoce un lugar en el Bosque de la Eterna Primavera donde crecen unos árboles cuyas flores milagrosas hacen que los enamorados se amen y sean fieles y dichosos eternamente. María, por supuesto, no le cree y le pide que se vaya. Ésta, no obstante, insiste. Los mastines entonces la atacan y destrozan su disfraz. Y un gorrión celestial, que en ese momento estaba posado en un muro del tejado, ve a la araña y se la come de un bocado.

En el tercer acto, Lucifer envía a sus más gallardos centinelas, Lucero matutino y Lucero vespertino. Montados respectivamente en un caballo blanco albino y un prieto azabache van al pueblo seguros de que ellos sí van a convencer a María que participe en la danza solsticial. Se acercan a su puerta y le cantan una serenata. Luego se acerca Lucero matutino a su puerta y le jura que, si se fuga con ellos, se convertirá en la reina del cielo y que, desde allí, controlará todos los elementos y a su pueblo nunca más le faltará lluvia y buenas cosechas. María les dice que se vayan, pero ellos se rehúsan y le dicen que van a forzar la puerta si no sale. Ella no sabe qué hacer pues sus perros guardianes han sido puestos fuera de combate con un poderoso somnífero y los atrevidos guerreros ya están por romper la puerta del tejado de su casa. En eso llegan unos soldados celestiales y los acribillan con sus arcabuces.

En el cuarto y último acto, Lucifer, cansado de que ninguno de sus emisarios pudo realizar su cometido, decide ir él mismo a robarse a María. Sale de su refugio subterráneo en forma de calavera y se dirige a Pecos para buscar a José. Allí, después de darle un macanazo en la cabeza y dejarlo inconsciente, se pone su piel y se dirige a casa de María para engañarla. Sin embargo, los ángeles Miguel, Rafael y Gabriel ya estaban esperándolo y, antes de que pudiera cruzar el Río del Norte, lo someten, le quitan la piel de José y lo arrojan al infierno. Luego Miguel y Rafael van a Pecos a devolverle su piel a José y a despertarlo. Gabriel, por otro lado, va a darle la noticia a María de que va a ser la madre del Hijo del Altísimo. Ella se alegra y va a casa de su prima Isabel a compartir con ella su dicha. El drama concluyó con el discurso que da María al final del relato de la Anunciación en el evangelio de San Lucas:

> Sacó a los poderosos de sus tronos
> y puso en su lugar a los humildes;
> repletó a los hambrientos
> de todo lo que es bueno
> y despidió vacíos a los ricos . . .

La obra deleitó a casi todo el público. Muchos aplaudieron, chiflaron e hicieron un gran bullicio alabando la voz de Lupita y celebrando el buen trabajo que realizaron los jóvenes actores. Mas no todos disfrutaron de la obra por igual. A varios invitados de honor les pareció gratuito y subversivo el discurso final. Entre ellos estaban los dos alcaldes mayores presentes y los dos encomenderos de Senecú. Al mismo tiempo, algunos marianos se indignaron porque la obra situó a la Virgen en el ambiente local y la expuso a personajes <<viles>> y a situaciones peligrosas. Otros se sintieron afrentados porque la obra profanó y ridiculizó al Dios de la Tierra y de la Muerte, a los Hijos del Sol y a la sabia y servicial Mujer Araña.

Pese a todo, el padre Guerra comentó al día siguiente que las festividades habían sido <<una maravilla>>. Fue la fiesta más concurrida en años recientes en toda la nación pira. Según Mutanama, hubo cerca de mil personas en el pueblo, casi el doble de la población de Senecú, y a la obra habían asistido más de trescientas personas. Además de convocar a centenares de personas a las fiestas y a los distintos eventos religiosos, artísticos y civiles, los padres fray Salvador y fray Antonio bautizaron a más de cincuenta niños y adultos y casaron a diecinueve parejas. Ambos estaban complacidos con los resultados y ninguno pareció preocuparse por el hecho de que la obra enfureció a algunos.

El año 1666 comenzó aparentemente de manera favorable. Sin embargo, el día de la Epifanía ocurrió algo que dio inicio a una larga serie de desgracias. Cuando éstas se desataron en el verano, algunos en el pueblo comenzaron a pensar que, efectivamente, el fin del mundo se acercaba.

El día de la Epifanía pareció transcurrir con toda normalidad. Celebramos la tradicional misa matutina con cantos alegres y disfrutamos de la rosca de Reyes por la tarde. Después asistimos a la ceremonia anual de designación de los oficiales del pueblo que se llevó a cabo en la plaza central. Como había ocurrido durante los últimos diez años Matías López, el alcalde mayor de Senecú, le hizo entrega oficial del bastón de gobernador, o jefe del gobierno secular del pueblo piro, a Mateo Vicente. El primer teniente, el segundo teniente y el alguacil del pueblo que habían formado parte de su equipo desde hacía varios años pudieron seguir ocupando sus puestos también. La única sorpresa fue que el fiscal Mutanama fue destituido de su cargo. En su lugar fue nombrado Estebanico Quele, un sobrino de Mateo Vicente, quien no compartía el celo religioso de Mutanama y a quien tanto Matías López como los encomenderos del pueblo, fray Antonio y otras personas influyentes consideraban un cristiano leal y un piro confiable.

El amanecer del siete de enero fue particularmente bello. Me levanté a cuarto para las cinco para rezar las laudes y hacer mis demás labores dominicales matutinas. Después de oír misa y desayunar, le pedí permiso al maestro para salir a dar una caminata. En el poniente, la luna menguante brillaba sobre las montañas. Aunque hacía mucho frío y el cielo estaba parcialmente cubierto con una delgada capa de cirrostratos, en cuanto salió el sol iluminó las nubes con tonalidades amarillas, naranjas, rosas y rojas.

Caminé por los alrededores del pueblo y gocé de aquella esplendorosa mañana poco menos de una hora. Regresé al convento antes de que sonara la campana de las nueve para rezar la tercia en mi alcoba. Después de meditar y rezar, me puse a leer el Libro de la Sabiduría y el Eclesiástico. Debido a la caminata, a las numerosas fiestas y a la intensa vida social en semanas recientes, me sentía cansado. Sin darme cuenta, me quedé dormido sentado en la silla con la Biblia en el regazo.

El maestro fue a buscarme al mediodía, la hora de la sexta. Debí haber estado roncando cuanto tocó la puerta, pues me regañó cuando me despertó. Me dio una palmada en el hombro y me dijo:

—¿Qué horas son éstas de estar dormido?

Me levanté rápidamente y me postré cabizbajo frente a él sin decir nada.

—Hermano Diego, la santa oración es la maestra espiritual de los frailes —me dijo con tono didáctico pero severo —. Cuando os digo que debéis orar y estudiar con la puerta de vuestra alcoba cerrada no es para que os durmáis una siesta, sino para que aprovechéis mejor la divina lección. Como señala el sabio carmelita, <<para tener oración, se ha de escoger el lugar donde menos se embarazan los sentidos y el espíritu de ir a Dios.>> El que interrumpe los ejercicios y el curso de la oración para dormir invita al demonio a que pernocte en sus sueños.

—Lo siento, maestro. No me di cuenta de que me quedé dormido.

—No os disculpéis, hermano. Oíd con rostro sereno la reprehensión.

Se sentó sobre el baúl de madera donde guardaba yo mis objetos de uso personal y me pidió que me sentara. Intenté cederle mi silla, pero no aceptó.

—Debéis siempre recordar que, aunque es necesario conocer bien las Sagradas Escripturas para poder predicar la Palabra de Dios de forma digna y apropiada, lo que más necesitáis es llevar una vida religiosa ejemplar. Es menester que los estudios no consuman vuestro tiempo ni os lleven a sacrificar la práctica de la oración. Encareced mucho la oración mental. Rezar es hablarle a Dios con el corazón. No reza sólo el que le habla a Dios con los labios. La oración privada y mental es más provechosa que la que hacemos públicamente en voz alta y es necesaria para la salvación. La oración mental purifica a la persona y la presenta ante Dios con un atuendo apropiado. Quien busca al Señor debe tener gran quietud, paz y tranquilidad. Debe tener el corazón atento y la mente concentrada, pues Dios no es Dios de desorden sino de paz y, cuando se reza en silencio, se reza en tranquilidad.

Continuó su sermón sobre la importancia de la oración mental por unos minutos. Al terminarlo, me dijo:

–De hoy en adelante, vais a tener que hacer dos horas comunitarias de oración, en vez de solamente una. La primera será después de las laudes y la segunda antes de las vísperas. Deberéis terminarla con la bendición sacramental.

—Como usted ordene, maestro.

—Pero no creáis que he venido aquí a castigaros. Estoy aquí para daros la buena noticia que habéis aprobado la primera prueba de vuestro noviciado. Nuestros estatutos dicen que los novicios deberán ser evaluados tres veces al año. Enhorabuena, hermano fray Diego. Pese a vuestros descuidos ocasionales, en estos cuatro meses habéis demostrado que podéis ser uno de los elegidos. Si enmendáis vuestras faltillas y seguís cumpliendo con vuestras obligaciones como hasta ahora, al final del verano le enviaré al custodio un sumario final recomendándole que apruebe vuestra profesión de votos.

Dibujé una forzada sonrisa en los labios en señal de agradecimiento. La idea de continuar la vida de religioso por un tiempo indeterminado me producía una profunda angustia que difícilmente pude disfrazar de satisfacción y gratitud.

—Como bien sabes -añadió tuteándome, lo cual me indicó que había terminado su reprimenda —el próximo mes se cumplirán los seis meses de tu noviciado. Ya no será menester que guardes el voto de silencio obligatorio. Esta primavera, hacia finales de marzo, podrás dar comienzo a la misión que el padre custodio y los miembros del definitorio te han asignado en estas provincias. También tengo el gusto de informarte que la salud del padre de la Cruz ha seguido mejorándose y es posible que para entonces él pueda hacerse cargo nuevamente de la administración de este convento. Si esto sucede, Dios nuestro Señor mediante, podremos ir juntos a la Apachería. Juntos viviremos en la ranchería de Ojo Caliente para catequizar a todo aquel párvulo o adulto que desee recibir la sacrosanta agua del Baptismo.

Yo no supe qué contestar. Bajé la mirada y me quedé callado por unos instantes. La idea de irme de misionero con los apaches me daba terror. No obstante, en ocasiones fantaseaba con la idea de escaparme. La vida en el convento me estaba asfixiando.

—¿Y a qué se debe ese silencio? ¿No te das cuenta de que en esta misión se puede cumplir tu piadosa voluntad de padecer el martirio por la salvación de almas paganas? -me preguntó un tanto sorprendido, como si esta noticia debiera en realidad llenarme de júbilo.

—¿El martirio? Yo nunca le he hablado a usted de esta intención -le dije francamente extrañado y con inusual franqueza.

—Lo sé, hermano Diego. Lo sé. Pero ¿acaso crees que ignoro el contenido de tu diario?

—¿Mi diario? -le pregunté con incredulidad.

—Sí, hermano. Lo siento, pero es mi deber vigilar todo lo que haces.

—¿Todo? -le pregunté francamente molesto. Molesto con él por entrometido y conmigo por ingenuo. ¿No le bastaba ordeñarme la conciencia dos veces por semana en el confesionario? ¿Qué no tenía yo derecho a un mendrugo de libertad de conciencia o literaria en este lugar?

Se levantó y abrió el baúl donde estaba sentado. Sacó del fondo el cuaderno donde registraba mis vivencias y mis pensamientos de manera críptica y velada.

—Aquí -me dijo—. Me mostró numerosas anotaciones que yo no

reconocí, escritas de mi propio puño y letra. Una, fechada el jueves diez de agosto de mil seiscientos sesenta y cinco, decía: “Deseo con todo fervor la muerte que conduce a Cristo.” En otra, del lunes once de septiembre del mismo año, afirmaba: “Quiero, sobre todas las cosas, salvar almas de paganos para llegar a Dios.” En una entrada del jueves dos de noviembre, me preguntaba: “Si es glorioso para un soldado morir por la patria, ¿cuánto más glorioso será para un cristiano llegar triunfante al Paraíso después de vencer a Lucifer?” El viernes primero de diciembre había transcrito unas estrofas de un poema de San Juan de la Cruz:

Del agua de la vida
mi alma tuvo sed insaciable.
Desea la salida
del cuerpo miserable
para beber de esta agua y perdurable.

Está muy deseosa
de verse libre ya de esta cadena:
la vida le es penosa
cuando se halla ajena
de aquella dulce patria tan amena.

También había escritos en mi diario varios pasajes de la Biblia que instan al sacrificio para ser admitido en el Reino de Dios: “El que ama su vida, la pierde; y el que aborrece su vida en este mundo, la conserva para la vida eterna.” Y una anotación reciente, donde reconocía lo mal que la estaba pasando en el convento, cerraba con este pasaje: “No temas en nada lo que vas a padecer . . . Sé fiel hasta la muerte, y yo te daré la corona de la Vida.”

Examiné minuciosamente la caligrafía y verifiqué que era mía sin lugar a dudas. Mis diminutos rasgos flotaban ligeramente sobre la raya de la página; todas las mayúsculas estaban adornadas con mi característico ganchito; la “S” que me había inventado estaba fielmente reproducida; las “G” parecían patitos rezando; las “a” no cerraban del todo; las “i” no tenían punto; las “y” parecían cuatros. Todos los detalles de mi escritura estaban fielmente reproducidos en estas entradas espurias. No supe qué decir. Era mi escritura, pero no eran mis escritos; como si alguien hubiera imitado a la perfección mi letra para tenderme una trampa.

¿Acaso era posible que el maestro pudiera haber hecho esto? ¿Quién más podría haberlo hecho? ¿Por qué y para qué? Me quedé callado y pensativo por unos momentos. No quería acusar al maestro sin estar seguro de que había sido él el autor de estas anotaciones apócrifas.

—¡Alégrate, hermano fray Diego! -me dijo—. El Señor te ha dado la ocasión y la suerte de los apóstoles. ¡Regocíjate que ya pronto te toca obedecer al Altísimo y dilatar y sembrar su santa fe en este reino de la Nueva México! Recuerda cuántos fueron los trabajos y persecuciones que padecieron los apóstoles y los demás santos imitando a su maestro; acuérdate de la gloria que tienen ellos hoy por todo lo que padecieron convirtiendo las almas de los gentiles quienes, por falta de luz y predicación, no conocían al verdadero Dios, Nuestro Señor. Por fin vas a poder cumplir tu deseo de sacrificarte por la salvación de las almas de los infieles. ¡Alabado sea el Señor!

—Sí, maestro, alabado sea, contesté mecánicamente tratando de ocultar mi confusión y múltiples dudas y temores.

—Y ahora te voy a dejar solo para que ores y des gracias a Dios el que te haya concedido seguir el exemplo de su hijo Jesucristo. Él vino a este mundo a servir y a entregar su vida por todos nosotros. Derramando tu sangre por la conversión de los apaches tú también te ganarás el cielo.

—No, maestro, no lo olvidaré. Vaya usted en paz.

Al día siguiente hubo una gran conmoción en el pueblo. A eso de las ocho de la mañana se presentaron en el convento Roque Gualtoye y Mateo Vicente. Fray Antonio y yo estábamos en la sala del escritorio actualizando el registro de contabilidad cuando llegaron. Le pidió al portero que los hiciera pasar y me pidió a mí que me quedara. Venían a informarnos sobre la desaparición de Lupita Tzitza y Chayito Guilixigüe.

La mañana del seis de enero se habían reunido las mujeres para preparar las roscas de Reyes de su clan. A Lupita y a Chayito les pidieron sus madres que fueran a traer leña pues no había suficiente para calentar el horno. Las dos muchachas salieron de la casa a eso de las seis de la mañana rumbo al ejido donde pastan las ovejas del convento. Desgraciadamente, no regresaron. Al percatarse de ello, sus madres primero expresaron frustración; se quejaron de que sus hijas siempre se distraían platicando y descuidaban sus ocupaciones. Sin embargo, cuando pasaron dos horas, la madre de Chayito pidió a sus dos hijos mayores que las fueran a buscar. Fueron a todos los lugares donde la gente del pueblo busca leña habitualmente, pero regresaron sin pista alguna de su posible paradero.

Para ese entonces las mujeres ya habían terminado de hacer las roscas y todos tuvieron que dejar sus quehaceres para asistir a la misa de la Epifanía que se llevó a cabo a las diez de la mañana. Al concluir ésta, los familiares y amigos de Lupita y Chayito formaron grupos y fueron a buscarlas al pueblo y a los alrededores. Preguntaron de casa en casa a todos los vecinos, pero nadie parecía haberlas visto esa mañana. Las últimas personas que al parecer las vieron fueron sus propias madres antes de que salieran a buscar la leña.

Todos los parientes y amigos estaban preocupados pues sabían que Lupita y Chayito eran obedientes y responsables. Interrogaron a todos los que las conocían bien, especialmente a sus amigas, pero nadie tenía idea adónde pudieran haber ido. Algunos contemplaron la posibilidad de que fueron a buscar a los rebeldes para reunirse con ellos. Aunque esta posibilidad no fue descartada, juzgaron poco probable que hubieran tomado esta decisión sin haberle avisado a alguien por lo menos. Además, el prometido de Chayito estaba entre ellos y se mostró ofendido ante las insinuaciones de que su novia lo había abandonado.

Por la tarde algunos tuvieron que interrumpir la búsqueda porque tenían que asistir a la ceremonia anual de designación de los oficiales del pueblo, entre ellos el abuelo de Lupita, Pablo Tzitza, quien era el "opi" o jefe de guerra del pueblo. Al terminarse la ceremonia volvieron a formar grupos para salir a buscar a las muchachas a los alrededores. Lamentablemente, tuvieron que interrumpir su búsqueda pues sin luz no se podía ver nada y hacía demasiado frío.

Regresaron a sus casas a comer rosca, pero nadie entre los parientes y amigos de Lupita y Chayito disfrutó de ella; les supo a pan de muerto. La tan anticipada fiesta de Reyes se convirtió en una especie de velorio. Todos se pusieron a rezar y a pedirles a Dios y a todos los santos que protegieran a las muchachas del frío y de todo peligro y que las ayudaran a volver a casa cuanto antes.

Al terminar su relato Roque Gualtoye nos dijo que estaban haciendo todo lo posible por encontrar a las muchachas. Señaló que el abuelo de Lupita y sus subordinados habían rastreado todo el pueblo y los alrededores sin éxito. Agregó que iba a pedirles a los caciques y gobernadores de los pueblos circunvecinos que los ayudaran en esta tarea. Dada la relación amorosa que había tenido Martín Gualtoye, el nieto del cacique, con Lupita, y dado que se decía que su nieto se había unido al grupo del Tambulista, tanto el cacique como el gobernador querían dejar claro que ellos reprobaban las acciones de los rebeldes y que <<de ninguna manera>> los apoyaban ni los iban a apoyar.

Don Roque le pidió al maestro que por favor les avisara a todos los estancieros de la comarca sobre la desaparición de las muchachas. También le pidió si podía acompañarlos a la Casa Real para hablar con el alcalde López, a todo lo cual asintió.

El maestro regresó alarmado de la reunión con el alcalde mayor. Fue directamente a hablar conmigo para avisarme que había decidido cambiar mis planes.

—Nuestra sagrada misión en Ojo Caliente está en peligro—me dijo.

Me relató lo ocurrido en la Casa Real. Don Matías López ya estaba enterado de lo ocurrido la mañana del sábado. Después de que Don Mateo le dio su versión de los hechos, el alcalde mayor le preguntó a Don Roque sobre la relación que tenía su nieto Martín con Lupita. Cuando el cacique le contestó que ella había sido la prometida de su nieto, el alcalde mayor afirmó que las mozas se habían <<rejuntao con los rebeldes al igual que su nieto>>. Al escuchar esto Don Roque <<se puso bien rojo, pue' que de vergüenza o de ira>>. Pese a ello, me dijo que el cacique mantuvo la compostura y reconoció que esto era posible. Le aseguró al alcalde que, aunque su nieto anduviera con ellos, ni él, ni su familia, ni su pueblo apoyaban a los rebeldes. Dijo Don Roque que las muchachas y sus familias eran muy católicas y que muchos en el pueblo temían que a Lupita y a Chayito las hubieran raptado como les había ocurrido a las otras dos muchachas de Socorro.

Me explicó el maestro que el verano pasado dos muchachas del pueblo vecino de Socorro habían sido raptadas. Se decía que se las habían llevado a la Ciudad de México donde fueron internadas en una casa de mancebía disfrazada de convento de monjas. El maestro reconoció que, aunque esto era posible, no había forma de comprobarlo, y mucho menos de castigar a los culpables, pues eran gente muy poderosa. Dijo que la banda de traficantes de esclavos era dirigida por mi padrino.

Agregó que en la reunión el alcalde había afirmado que él sabía quiénes eran los raptores. Aseguró que se trataba de unos miembros de la banda del Chilmo que operaban en la Sierra de la Magdalena, quienes estaban protegiendo y ayudando a los rebeldes piros que se habían unido a Tsiké Fayé para planear un alzamiento contra los españoles.

Me dijo el maestro que él entonces intervino para asegurarle al alcalde que no había por qué dar crédito a estos rumores. Le recordó que el Capitán Chilmo y otros apaches habían asistido a la fiesta de la Inmaculada. Dijo que aquella tarde le habían hecho nuevamente una invitación para que fuéramos a Ojo Caliente a bautizar a algunos de ellos. Los apaches, dijo el maestro con una frase que con frecuencia utilizaba al hablar de ellos, <<aunque son belicosos, son de confianza y précianse mucho de hablar verdad>>. Observó que el Jefe Chilmo no hubiera asistido al banquete, ni nos hubiera invitado a su ranchería, si estuviera protegiendo a los rebeldes. Don Mateo intervino y dijo estar de acuerdo con él. Comentó que, en todos los tratos comerciales que había tenido con los apaches, nunca lo habían engañado ni defraudado. Afirmó también que <<los apaches son gente de palabra>> y que unos <<amigos cazadores>> habían encontrado rastros de los rebeldes <<al oriente del pueblo, allá por el Arroyo del Tajo>>. Luego agregó con cierta ironía, <<la Sierra de la Magdalena, como usted sabe Señor Don Matías, está localizada al poniente de Senecú>>. Mateo Vicente, según el maestro, esto irritó sobremanera al alcalde mayor. Dijo que se levantó de la silla diciendo:

—Déjese de sarcasmos, Don Mateico. Conozco perfectamente este territorio y sé también el lugar que ocupo en este pueblo. No necesito que me explique usted ni nadie cómo son los apaches. Los conozco muy bien y no me fío de ellos. Ya sabré yo si doy crédito o no a los rumores que escucho por ai. Yo mismo me encargaré de encontrar a esos mapaches rebeldes. Voy a sacarlos a balazos de sus madrigueras, estén donde estén.

—Y, añadiendo que tenía otros asuntos importantes qué atender, se disculpó y nos acompañó a la puerta –dijo el maestro.

Me reveló su sospecha que el gobernador Villanueva y mi padrino querían encontrar una justificación para seguir capturando indios y venderlos como esclavos en Parral. Pese a que la Audiencia de Guadalajara había declarado ilegal la captura y esclavización de indios desde 1660, esta lucrativa práctica continuaba realizándose de manera clandestina. Me dijo que Matías López y Juan García Holgado, el alcalde mayor de Socorro, formaban parte de la red de traficantes que encabezaban Villanueva y mi padrino. Justo estaban por embarcar varios esclavos. El alcalde provincial de la Santa Hermandad, Don Cristóbal de Anaya, quien era cuñado de mi padrino y por ende mi tío, pues estaba casado con una hermana de mi madre adoptiva, iba a llevárselos a Parral en una caravana comercial esa misma tarde. El gobernador Villanueva había nombrado precisamente a mi padrino visitador de la caravana para asegurarse de que de Anaya y su gente no tuvieran percances.

—Quieren echarle la culpa al capitán Chilmo de la desaparición de las muchachas para poder hacerle la guerra a los apaches de Xila—me dijo el maestro—. Nuestros planes de catequizarlos y pacificarlos se van a venir abajo. Antes de que sea demasiado tarde necesitamos salvar algunas almas apaches. Es preciso que vayas cuanto antes a Ojo Caliente. Este domingo, si viene Refugio a oír misa, voy a pedirle si puedes irte con él. Prepárate para que estés listo.

Todo parecía haber vuelto a la normalidad aquel día. Yo me encontraba en mi alcoba haciendo mis habituales ejercicios espirituales y oraciones de la sexta, tratando de no pensar en mi inminente partida a Ojo Caliente. De pronto comencé a escuchar un extraño ruido agudo y continuo. Al principio pensé que se trataba de un hervidor, pero recordé que en el convento no había estos utensilios y que seguramente todavía no los inventaban. Pensé también en los chillidos del búho cuando me perdí en la cima de la montaña de San Mateo, aquella noche inolvidable de mis recuerdos, pero recordé que las lechuzas hacen estos ruidos únicamente en el otoño cuando buscan pareja, o en la primavera cuando los machos quieren proteger a su pareja o a sus polluelos. Por un instante me alarmé, pues me sonaron a alaridos de mujeres llorando, pero me tranquilicé al percatarme que los chillidos seguían un ritmo regular y repetitivo como si provinieran de algún molino.

Decidí salir a la calle para investigar. En la portería me topé con Pedro y le pregunté si sabía la procedencia de aquel ruido. Se rió al verme preocupado y me explicó que se trataba de una cuadrilla de carros y carretas que se aproximaba por el Camino Real.

Al salir, me llamó la atención de que varias mujeres corrían apresuradamente hacia la carretera y que un grupo de hombres corría detrás de ellas. Para llegar a la carretera, se tenía que descender por una cuesta pedregosa y zigzagueante. Los hombres dieron alcance a algunas de ellas en la cima de esta cuesta agarrándolas de donde pudieron; pero otras se escabulleron y continuaron su veloz carrera cuesta abajo. Al principio, el zafarrancho se llevó a cabo como una escena del teatro mudo; sin embargo, al producirse el forcejeo, algunas de las mujeres comenzaron a dar unos alaridos descomunales que parecía que con ellos querían despertar a todos los muertos enterrados tres leguas a la redonda. Eran unos chillidos espeluznantes y desesperados que partían el alma.

Corrí hacia ellos y vi que una de estas mujeres era la madre de Lupita, a quien tenía sujetada su marido. Ella trataba de zafarse y le gritaba cosas que yo no entendía. Estaba despeinada y desarreglada. Sus lágrimas y su rostro expresaban dolor, rabia, odio y exasperación. Otras mujeres que también habían sido detenidas se unieron al clamor. Eran unos gritos aturdidores y conmovedores. Los hombres que las sujetaban se veían desesperados y, al mismo tiempo, impotentes de detener aquel incontenible torrente de alaridos y gemidos que brotaba de los pechos de las mujeres como aquellos violentos surtidores de vapor, piedra y ceniza que preludian la erupción de un volcán.

Al fondo se escuchaba el contrapunto estridente de la flota de carros y carretas tirada por una recua de mulas aproximándose lentamente por el Camino Real. Venía seguida por hatos de ganado ovino y bovino, y cargada de sal, piñones, pieles, calcetines de lana y otras cuantas mercancías que se producían en Nuevo México. Dentro de los carros iban los niños, niñas y adolescentes indígenas que habían sido recientemente aprehendidos o secuestrados por gañanes del gobierno, cuyos jefes controlaban el tráfico de esclavos, para venderlos por cincuenta pesos, y a los más selectos por más de cien—lo que valían diez caballos —a los dueños de las minas, obrajes, estancias y residencias de la Nueva España.

No tardó mucho tiempo para que una muchedumbre se congregara. Pronto arribaron el cacique, el gobernador y otros miembros del concejo del pueblo de Senecú, así como fray Antonio, a quienes los curiosos les abrieron el paso. Yo permanecí quieto en el epicentro del conflicto. Entre el griterío pude entender que algunas de las mujeres acusaban a los líderes del pueblo de cobardes por permitir que los cariblancos los humillaran y deshonraran. No tardaron en llegar bien armados el teniente gobernador de Río Abajo, Don Juan de Mendoza, el alcalde mayor, Matías López, y varios soldados, a quienes la muchedumbre cerró las filas. Estaban esperando en la carretera el arribo de la flota para inspeccionar sus contenidos, por lo que se encontraban muy cerca y pudieron darse cuenta del incidente y reaccionar de inmediato. Tuvieron que dar varios arcabuzazos al aire para obligar a que se hicieran a un lado los curiosos.

El clamoreo cedió casi por completo a los gritos del teniente gobernador, quien nos hizo saber a todos que no iba a permitir que se les faltara al respeto ni que se alterara el orden en el pueblo. Pero, por más que los hombres que sujetaban intentaron callarlas, la madre de Lupita y otra mujer, le gritaron que querían que les devolviera a las muchachas robadas.

—¡Usted tiene la culpa! ¡Sus hombres se llevaron a mi hija! ¡Devuélvamela! –le gritó enfurecida la madre de Lupita a Matías López señalándolo con el dedo.

—¡Cállese o la encierro! –respondió el teniente gobernador bramando de cólera–. A ver, Mateo Vicente, ¿Qué desatinos habla esta mujer? –preguntó gritándole al gobernador de los piros y haciéndose el desentendido. Matías López estaba parado junto a él. Tenía una mueca de desdén y sostenía con firmeza su arcabuz.

Mateo Vicente dio la orden de que callaran y se llevaran de allí a las mujeres de inmediato. Quitándose el sombrero, le dijo que querían revisar la flota porque corrían rumores de que allí llevaban cautivas a Lupita y a Chayito.

Mi padrino le contestó que ellos no eran nadie para inspeccionar la carga de la caravana. De su ropilla sacó un documento firmado por el gobernador de Nuevo México donde lo nombraba a él visitador. Empuñando el documento enrollado y blandiéndolo como si se tratara de un mazo, dijo que el cargo de visitador lo comisionaba a él personalmente de inspeccionar el cargamento de la flota en Senecú y asegurarse de que nada ni nadie que no tuviera la debida licencia de salir de esta provincia pudiera hacerlo. Aseguró que, si él encontraba a alguien que no figurara en la lista de embarque, era su responsabilidad prohibir su salida y retener a dicha persona. Advirtió que el dueño de la flota era el alcalde provincial de la Santa Hermandad, Don Cristóbal de Anaya, a quien el gobernador Villanueva le había otorgado una licencia para transportar mercancía y gente a San José del Parral. Puesto que la cuadrilla de carretas acababa de llegar, dijo que era urgente que él la inspeccionara y que sería mejor que desistieran en usurpar sus funciones porque, de lo contrario, iba a costarles caro el atrevimiento y el desorden que estaban armando. Mientras él hablaba, el alguacil de Senecú y sus hombres se llevaron a rastras y amordazadas a las mujeres.

Don Roque Gualtoye, el cacique, intervino diciendo que no estaban allí para usurpar su cargo ni para cuestionar su autoridad, pero que ellos estaban en su derecho de investigar la desaparición de las muchachas. Su voz clara y pausada expresaba resolución y su rostro sereno, calma y dignidad. Era un hombre de cuerpo grueso y estatura baja. De melena entrecana, tenía la cabeza cubierta con un paliacate rojo y el cuerpo envuelto con un jorongo rojinegro rayado. Agregó que no había sido su intención complicar esta delicada situación y dio la orden de que todos, excepto los representantes del pueblo y de la iglesia, se dispersaran y regresaran a sus quehaceres y que ellos se iban a encargar de resolver este asunto. Les dijo cosas en lengua pira que yo no entendí, pero por el tono fue evidente que les exigió que se fueran de inmediato. Los oficiales de Guerra y sus asistentes ejecutaron la orden con celeridad y nadie opuso resistencia. Los únicos que nos quedamos, además del teniente gobernador, el alcalde mayor y sus hombres, fuimos Roque Gualtoye, Mateo Vicente, Pablo Tzitza, fray Antonio y yo. Para entonces la recua de mulas ya había detenido la marcha y las estaban desenganchando para que pudieran pastar y refrescarse, por lo que el chirrido de las carretas había cesado.

Entonces fray Antonio intervino. Reconoció que la labor de inspección de la flota correspondía al visitador, pero agregó que era la obligación del teniente gobernador, como máxima autoridad de Río Abajo, velar por el cumplimiento de las leyes en su jurisdicción. Dijo que la desaparición de las muchachas era un asunto serio que requería la investigación y la participación de las autoridades de Senecú y que era su deber legal y moral apoyarlos en esta tarea.

Mi padrino reaccionó de manera brusca y prepotente. Le dijo a fray Antonio que nosotros no teníamos <<ninguna vela en este entierro>> y que era mejor que nos regresáramos a nuestro claustro donde hacíamos <<un mayor bien a nuestras almas y a la comunidad>>. Argumentó que no había ninguna evidencia de la realización de crimen alguno y que todo se trataba de suposiciones basadas en rumores y especulaciones hechas por gente supersticiosa y de mala fe que quería socavar su autoridad y alterar el orden. Le advirtió que no debería seguir alborotando a los indios dando crédito a sus suposiciones infundadas. Dijo que él sabía perfectamente cuál era su deber y que, si no desistíamos de nuestra intención de usurpar sus funciones y nos íbamos de allí inmediatamente, iban a arrestarnos a todos.

Fray Antonio le recordó que nosotros gozábamos de inmunidad eclesiástica y que no podía arrestarnos, pero mi padrino lo ignoró y me preguntó a mí qué estaba haciendo aquí. Me dijo que, aunque él me había bautizado de pequeño, esto no significaba que había contraído parentesco o compromiso alguno conmigo, y que sería mejor que me anduviera con cuidado <<de aquí pa'l real>>. Me pidió que me regresara al convento y me aconsejó que no me dejara influenciar ni hiciera caso de lo que me dijeran <<estos gazapos>>. Que los indios y los religiosos de Nuevo México eran muy mentirosos y embusteros.

Yo en realidad quería irme de allí, pero hubo una fuerza extraña y ajena a mi voluntad que me impidió expresarme y moverme de mi lugar. La escena pareció transcurrir en cámara lenta, como sucede en ciertos sueños en que nos encontramos en una situación peligrosa pero que somos incapaces de hacer nada para protegernos. Yo miraba, por un lado, los rostros contorsionados por el disgusto y el desprecio de mi padrino, Matías López y sus hombres, quienes sostenían con ambos brazos sus arcabuces y nos apuntaban con ellos con el índice puesto en el gatillo y, por otro lado, los rostros con mirada firme y dispuesta a todo de los tres líderes piros y fray Antonio. Pero, por más que me dije a mí mismo, <<vete de aquí, Diego, no seas pendejo>>, me quedé paralizado a la espera de que nos aprehendieran sin poder decir ni hacer nada.

Matías López y sus gañanes nos llevaron al calabozo de Senecú, el cual estaba enseguida del patio lateral del convento, en la parte trasera de la Casa Real. El claustro donde dormían los escolanes, el prefecto, el organista y los sacristanes estaba al otro lado de la barda, a unos cincuenta metros de distancia. El calabozo era un cuartucho oscuro, frío, de paredes de piedra y una pequeña ventana con barrotes de hierro por donde entraban ráfagas de aire frío y los rayos del sol vespertino. Era idéntico a los cuartos donde se almacenaban los costales de grano, frijol, chile y otras provisiones en el convento. El techo era de madera y el piso de tierra estaba tapizado con piedrecitas que lastimaban, pues no había ningún mueble ni tablas donde pudiera uno estar sentado o acostado.

Aquí encerraban a los infractores de la ley y de las creencias cristianas hasta que eran transportados al calabozo de Santa Fe donde eran juzgados y sentenciados. En todo Nuevo México no había una cárcel propiamente en la que los reos pudieran cumplir una condena y permanecer encerrados por algún período determinado. Por lo general, si se declaraba culpable al acusado, recibía azotes como castigo y era dejado libre con la advertencia de que, si reincidía, se le administraría un castigo más severo, el cual con frecuencia consistía en realizar trabajos forzados en alguna mina, obraje o estancia de la Nueva Vizcaya por un período de diez años, privándolo por completo de su libertad y esclavizándolo de hecho.

Todos aceptamos con resignación nuestra aprehensión y encierro, en parte porque sabíamos que sería infructuoso y contraproducente resistir, y en parte porque queríamos evitar que el conflicto escalara. Cuando nos encerraron en el calabozo nadie de nosotros dijo nada. Simplemente nos sentamos a esperar a que nos dejaran libres. Sabíamos que el teniente gobernador estaba cometiendo una grave falta y estaba tomando un enorme riesgo al encarcelar al guardián de la misión y a los tres máximos líderes políticos del pueblo. No podíamos permanecer allí mucho tiempo. En cuanto los habitantes del pueblo cayeron en la cuenta de que estábamos encerrados aquí podrían alzarse para rescatarnos.

No había pasado ni una hora cuando escuchamos unas voces y ruidos en el patio. Reconocimos la voz del alcalde mayor y de dos de los hombres que nos encarcelaron. Al principio pensamos que habían vuelto para dejarnos libres, pero nos percatamos de que habían aprehendido a otro hombre y que lo estaban amarrando para azotarlo. No podíamos ver por la ventana de quién se trataba, pero sabíamos perfectamente lo que estaba ocurriendo. A esta clase de castigo le llamaban <<Ley de Bayona>>. Todos los que vivíamos en el convento estábamos acostumbrados a escuchar el chasquido del rebenque y los alaridos de las víctimas que traían a este patio el alcalde mayor y sus lacayos.

Una vez que amarraron a la víctima comenzaron a sonar los latigazos y los insultos. El alcalde mayor lo azotaba salvajemente y le gritaba denuestos como <<perro mal nacido>>; <<indio de mierda>>, <<hideputa>>, <<belitre>>, <<mequetrefe>>, <<cáncano>>, <<cerdo>>. De vez en cuando lo interpelaba: <<¿creías que no entenderíamos tus burlas e insinuaciones, ¿eh?>>, <<¿tienes ínfulas de Fénix de los ingenios, ¿verdad?>>; o profería frases hechas como: <<se te cayó tu teatrito>>, <<¡toma, para que aprendas a respetar a tus superiores!>> y cosas semejantes.

No tardamos en comprender que el torturado era Santiago Mutanama. Su drama teológico había enfurecido a los líderes políticos de la región, quienes interpretaron la obra como un agravio personal y al sistema político-económico que ellos representaban. Sospechaban que los franciscanos querían deshacerse del gobierno civil y de las encomiendas para poder instaurar en Nuevo México una utopía teocrática en donde los religiosos estarían a cargo no sólo del gobierno sino también de los bienes de producción de esta remota y marginal provincia novohispana. Aunque "La más bella flor del Valle" era aparentemente sólo un ataque a las creencias indígenas y a algunos de sus dioses y héroes religiosos, el discurso final de la Virgen les pareció a los gobernantes y a los encomenderos evidencia que también era un ataque frontal y una amenaza a sus personas y a sus cargos y privilegios. Según esta interpretación, la figura del hechicero personificaba no sólo a Tsiké Fayé, el líder espiritual de los rebeldes piros, sino también al líder de los apóstatas anticlericales españoles, el exgobernador López Mendizábal, a quien habían encarcelado y enjuiciado por hereje y con quien habían forjado una alianza los líderes políticos y encomenderos de la región en contra de los franciscanos. Los gemelos guerreros eran mi padrino y su compadre, el más rico e influyente encomendero de Nuevo México, el Maestre de Campo Francisco Gómez Robledo, quien se decía era cripto-judío. La figura del coyote representaba y se burlaba de Matías López a quien, luego me enteré, apodaban el coyote mayor, pues en Nuevo México llamaban <<coyotes>> a los hijos de indios mezclados con africanos.

De allí que el alcalde mayor se ensañaba con Mutanama de forma tan inmisericorde. Era un escarmiento para el exfiscal, un aviso para los líderes piros y un tormento al alma de fray Antonio, a quien culpaban los líderes civiles no sólo de haber permitido que se pusiera en escena este drama teológico subversivo sino también de darles alas a los indios que querían recuperar su autonomía económica y política.

Al mismo tiempo que el verdugo laceraba a Mutanama y el alcalde mayor lo lastimaba con sus insultos, fray Antonio les pedía a gritos que no lo azotaran, que tuvieran compasión. Repetía: <<Por el amor de Dios, ¡tened piedad! ¡Ya no lo lastiméis más! ¡Dejadlo ya, que ya lo habéis azotado

suficiente!>> Pero parecía que, entre más les rogaba, más se ensañaban con el desventurado exfiscal.

Y, después de haberse cansado de azotarlo, para extremar su castigo le vertieron aguarrás en la espalda. Mutanama había aguantado el dolor de los latigazos con entereza, pero el tormento de la carne viva escaldada con el aguarrás fue demasiado. Pegó unos gritos de dolor horríficos que me sacaron las lágrimas tan solo de escucharlo y de imaginar el suplicio que estaba padeciendo. Después se lo llevaron y no supimos más de él ni dónde lo enterraron.

—Así fue como fray Salvador Guerra castigó y mató por idolatría a Juan Cuna en Orayvi hace diez años –comentó el maestro cabizbajo. –Es trágico que ahora sea un impío quien aplica la Ley de Bayona a un fiel y leal cristiano tan sólo porque escribió un drama en honor a la Virgen de la Inmaculada que le molestó. ¡En dónde iremos a parar! – Y, poniéndose de pie y acercándose a la ventana nuevamente, comenzó a gritarles a los torturadores: —¡Despiadados! ¡Desalmados! ¡Impíos! ¡Canallas! ¡Brutos! ¡Sois peor que las fieras! ¡Dios os va a castigar!

—¡Por el amor de Dios, padre fray Antonio, cálmese que los va a enfurecer aún más y van a castigarnos a todos! –le suplicó Mateo Vicente al maestro. Éste recapacitó y se fue a un rincón donde se sentó en cuclillas y permaneció cabizbajo y callado por unos momentos.

–¡Son de lo peor! ¡No tienen corazón esos malvados, son capaces de todo! —exclamó desalentado Pablo Tzitza —. A mi nieta se la llevaron y se la van a vender a un rufián por venganza y para deshonrarnos y lastimarnos donde más nos duele. Ella no tiene la culpa de nada; sólo hizo el papel de la Virgen. ¡La culpa la tengo yo por haberme dejado convencer por Mutanama de que participara en la obra! ¡Yo merezco el mismo castigo que él! ¡Debimos hacerles caso a las mujeres! ¡Somos unos cobardes! ¡Debimos habernos alzado y matado a estos tiranos! ¡Dejamos que estos canallas nos pisen y nos maltraten y destruyan todo lo más sagrado que tenemos, que nos azoten, nos roben, nos maten, nos deshonren y roben, violen y asesinen a nuestras hijas y a nuestras nietas! ¡A mi nietecita, tan buena! ¿Por qué a ella? ¿Qué culpa tiene ella? ¡Hubiera sido mejor que me mataran a mí! –dijo con la voz entrecortada.

—Usted no merece ese castigo, compadre –intervino Don Roque. Se le acercó y se sentó junto a él para consolarlo. Puso su mano derecha sobre el hombro izquierdo de Don Pablo y, mirando a fray Antonio, dijo en voz alta y sentenciosa: —El que a hierro mata, a hierro muere. Mutanama usó muchas veces el rebenque para castigar a la gente que practicaba a escondidas nuestras ceremonias ancestrales. Lo hacía obedeciendo las órdenes de los padres Arteaga, San Francisco y de la Cruz y lo siguió haciendo aun cuando usted, padre fray Antonio, se lo prohibió—. El maestro lo miró sorprendido al escuchar esta revelación. —Sí, padre, aunque usted no lo crea. También usaba el látigo para intimidar a quienes no lo obedecían. ¿Sabe cómo descubrió que mi nieto fue quien talló las catzinas? Ramón y Licho, sus ayudantes, interrogaron a los hermanos de Martín y, como no pudieron sacarles nada, se llevaron a Jorge, el menor, quien también es tallador, para que Mutanama lo interrogara. Mutanama lo chicoteó y lo amenazó acusándolo de ser él quien las había fabricado si no delataba a su hermano. Jorge no tuvo otro remedio que decir que había sido Martín, aun cuando él no sabía nada del asunto—. Don Roque hizo una breve pausa para acomodarse el jorongo. —Sabemos también que Mutanama fue quien le avisó al padre Guerra que Martín y los otros muchachos prometieron ofrecerle una danza a San Lorenzo el diez de agosto pasado. Guerra y los otros franciscanos que han estado a cargo de esta misión no son como usted, padre fray Antonio. Lo mismo que el alcalde mayor, ellos aplican las leyes y los mandamientos a su voluntad y conveniencia y nos azotan cuando les viene en gana. Nosotros no tenemos más que cumplir sus caprichos y aceptar sus humillaciones.

—Lo sé, Don Roque. Lo sé –dijo el maestro parándose y acercándoseles a Don a Roque y a Don Pablo. –Se creen señores absolutos y naturales, no hacen sino demandar. Todo lo enconan y corrompen. Son unos zánganos que se comen la miel que ustedes labran. Les dan trabajos excesivos. Les cobran grandes tributos y servicios. Los tratan peor que a las bestias. Pero la justicia de Dios es implacable y no tarda en llegar el día del Juicio Final. Veréis que entonces os liberaréis de vuestros padecimientos. Cuando llegue ese día vais a poder pronunciar aquellas palabras escritas en el libro del profeta Isaías que dicen:

> ¡Cómo ha terminado el tirano y acabado su arrogancia!
> Yavé ha roto el palo de los malvados,
> el bastón de los opresores,
> que les pegaba a los pueblos con rabia,
> y oprimía con furia a las naciones,
> persiguiéndolas sin descanso.

—Padre fray Antonio, nosotros lo que más queremos es poder cultivar nuestros propios campos y no ser obligados a trabajar en las haciendas de ustedes los religiosos y los civiles. Queremos volver a la vida que teníamos antes. Era una vida mejor. Cuando vivíamos según nuestros usos y costumbres cosechábamos suficiente maíz, frijol, algodón y calabazas y vivíamos más contentos. Ahora que vivimos bajo las leyes y el mando de ustedes cosechamos cada vez menos y trabajamos cada vez más.

—Sí, pero antes no conocían ni adoraban al verdadero Dios; rendían culto al Demonio –respondió el maestro–. Iban a condenar su alma para toda la eternidad. Cuando llegue el día del Juicio Final y Dios castigue con su espada a la serpiente Leviatán y a sus idólatras, derramará su espíritu en este desierto y lo convertirá en un jardín que producirá justicia, tranquilidad y seguridad para todos. Entonces el Señor enjugará las lágrimas de todos los rostros; devolverá la honra a su pueblo, y a toda la tierra. Y todos diremos: <<Este es nuestro Dios, de quien esperábamos que nos salvara. Este es Yavé en quien confiábamos. Ahora estamos contentos y nos alegramos porque nos ha salvado>>.

—Ojalá que así sea, padre –intervino Mateo Vicente—. Sin perder la fe en Dios, necesitamos poner los pies en la tierra. Don Juan de Mendoza nos ha encerrado aquí injustamente y no sabemos qué piensa hacer con nosotros. Yo no estoy de acuerdo con que hemos actuado de manera cobarde, Don Pablo. Hicimos lo que pudimos para revisar el cargamento, pero no sabemos si las muchachas iban allí o no, ni tampoco si unos forajidos las raptaron o si se fueron con Martín y los rebeldes. Debemos ser cautos. ¿No fue eso lo acordamos antes de nuestra junta, Don Roque?

—Sí, Don Mateo –contestó el cacique –pero las mujeres nos acusaron de gallinas y se alebrestaron.

—Fueron ellas quienes armaron este alboroto y estamos aquí por haberles seguido la corriente –continuó Don Mateo—. ¡Malhaya que las dejamos entrar en nuestro concejo esta tarde! ¿Qué saben ellas de armas y de cobrar la honra d'estos tiranos? ¡Nos hemos metido en la boca del lobo por su culpa! Ahora lo que tenemos que hacer es salir de aquí. Tenemos que reconocer que nos equivocamos, Don Roque, que nos atontolinamos. Yo puedo hablar con Don Matías, si usted está de acuerdo.

—Está bien, Don Mateo. Creo que tiene usted razón. No hay de otra. ¿Y usted, compadre, está de acuerdo? –le preguntó Don Roque a Don Pablo.

—Como usted mande, *Taikemtsaé*. La única lucha que se pierde es la que se abandona y aquí encerrados no servimos de nada –contestó Don Pablo.

—Si eso es lo que quieren, yo no me opongo –dijo fray Antonio.

Aunque me pareció sensato que hubieran acordado esto, me resultó extraño que Don Roque cediera de manera tan repentina y con tanta resignación a la propuesta conciliatoria de Don Mateo después de lo que había escuchado. En ese momento había todavía muchas cosas que no comprendía sobre las diferencias que había entre el cacique y el gobernador y sus distintas motivaciones. Ni tampoco de cómo mi padrino manipulaba todo a su conveniencia y sembraba la discordia entre los indios y los religiosos. Gracias a este incidente, que por fortuna concluyó de la manera que esperábamos, pude entender mejor al maestro y aprendí a confiar un poco más en él, lo cual me ayudó luego a adquirir un mayor conocimiento del complicado mundo en el que me había insertado.

Aquella misma tarde vinieron mi padrino y Matías López, escoltados por varios soldados, a devolvernos la libertad. Abrieron la puerta del calabozo sin decirnos nada y los líderes piros se marcharon de inmediato, pero fray Antonio se demoró en salir. Quería saber qué habían hecho con Mutanama. Mi padrino le contestó que había recibido quejas de unos piros de los azotes que Mutanama acostumbraba darles simplemente por bailar y por participar en algunas ceremonias tradicionales y que le había dado su merecido. Nos advirtió que todo aquel que se aliara y tramara con fray Salvador Guerra <<lo iba a matar de un arcabuzazo y de una estocada, aunque fuese en el altar.>>

En nuestro camino de regreso al convento, el maestro no pudo contener su cólera y me mostró un lado de él que hasta el momento me era desconocido. Me soltó una diatriba en contra de nuestros carcelarios en cuanto nos alejamos:

<<Estos hombres son de lo más malignos y perversos. ¡Tratan con indiferencia y desprecio las censuras de nuestra santa madre la Iglesia y son enemigos declarados de sus sacramentos y sus ministros! El año pasado Matías López le dijo a una de sus comadres, cuando la requistaba de amores, que la fornicación no era pecado ni era nada y que no dejaría de irse a la gloria tan solo por fornicar con él. ¿Puedes tú creerlo? Y Juan de Mendoza es aún peor. ¡Es un apóstata, un blasfemo, un ser pérfido y malvado! Como pudiste darte cuenta, desprecia la inmunidad eclesiástica y rechaza la legitimidad de las relaciones espirituales de los padrinos con sus ahijados y parientes. Siendo teniente del exgobernador López Mendizábal, a quien la Inquisición condenó por judío, persiguió en tanta manera a los eclesiásticos deponiendo de nosotros cosas feísimas y permitiendo a los naturales sus bailes de catzinas donde se realizan actos satánicos y depravados y donde se aparece ¡el mismísimo demonio!

El maestro hizo una pausa me miró esperando a que yo dijera algo. Posiblemente recordó que se trataba del hermano de mi difunta madre adoptiva, por lo cual era posible que yo tuviera cierto apego o sintiera un mínimo de lealtad hacia él. Y utilizando un tono más compasivo y conciliatorio, agregó:

—No creas que te digo todo esto por odio a tu padrino, ni por pasión o por rencor. Lo digo por el dolor grande que me causa ver la perdición de su alma.

—Por supuesto, maestro –rompí mi silencio–. Yo sé que usted no le desea un mal a nadie, y que si dice esto es porque los conoce y le puede el mal que hacen a otros y que se hacen a sí mismos –le contesté de la manera más diplomática que pude en ese momento.

A mí lo que más me importaba era que no había tenido que pasar la noche en aquel calabozo inmundo, atormentado por la angustia de todo lo que pudo haberme pasado en manos de aquellos matones. Me prometí a mí mismo no volver a ser presa de la curiosidad ni a meterme en asuntos ajenos.

Aquel incidente dio al traste con mis ilusiones de que sería relativamente fácil abandonar el convento cuando llegara el momento oportuno de hacerlo. El desdén y la enemistad que manifestó mi tío hacia todos los religiosos y sus comentarios dejaron claro que no sentía compromiso alguno hacia mí pese a los lazos familiares y espirituales que se supone nos unían. Yo había fantaseado con la idea de pedirle su protección, albergue y empleo para rehacer mi vida fuera del convento y abandonar para siempre las estrecheces materiales e intelectuales de la vida religiosa. Pero este breve y desafortunado encuentro con él y sus dominios me forzaron a entender que la vida en el convento, al menos bajo la supervisión y protección de fray Antonio, quien después de todo decía ser mi progenitor, era una mejor opción por el momento.

Aquella tarde que regresamos al convento me sentía contento de haber salido del calabozo, pero comencé a angustiarme de nuevo al recordar que en unos cuantos días iba a tener que irme a la Apachería. Iba a comenzar mi labor evangelizadora para la cual no estaba yo en absoluto preparado. ¿Qué diablos tenía que hacer yo allá?

Durante los días previos a mi partida a Ojo Caliente la búsqueda de las desaparecidas continuó. Un grupo de cristianas del pueblo liderado por las madres de Lupita y Chayito intentó tener una audiencia con el alcalde mayor, pero éste las evadió. Lo mismo hizo con fray Antonio quien quería saber el paradero de Mutanama para poder darle cristiana sepultura. Con los únicos que arregló reuniones separadas, a las que asistió también el teniente gobernador, fue con Mateo Vicente y Roque Gualtoye.

En su reunión con el teniente gobernador y el alcalde mayor, Mateo Vicente no consiguió aplacar la sed de justicia ni la rabia que sentía su pueblo por estas desapariciones y atropellos. Lo que sí logró, según fray Antonio, fue reanudar los negocios que había perdido con ellos y otros encomenderos y comerciantes de la región desde que aceptó firmar como propio, hacía poco más de cinco años, un testimonio enviado a la Inquisición fabricado por el vicecustodio fray García de San Francisco en el que afirmaba que el exgobernador López Mendizábal había aprobado que los indios de varios pueblos de Nuevo México volvieran a rendir culto a las catzinas. Para recuperar sus tratos comerciales perdidos, Don Mateo no tuvo sino que darle mayor credibilidad a un rumor que andaba circulando por el pueblo de que unos apaches habían raptado a las muchachas para sacrificarlas porque ellas habían descubierto accidentalmente quiénes habían personificado a unos danzantes, lo cual es un tabú penalizado con sumo rigor entre los apaches.

En su reunión con Roque Gualtoye el teniente gobernador acordó investigar los abusos físicos y laborales de que habían sido víctimas varios hombres y mujeres de Senecú en los últimos años. Mandó que presentaran sus deposiciones todas las víctimas y los testigos de estos abusos, especialmente aquellos que tuvieran quejas en contra de los padres fray García de San Francisco y fray Román de la Cruz. Y, como <<gesto de buena voluntad>> adicional hacia el pueblo piro y sus tradiciones, mi padrino los invitó a que volvieran a practicar sus danzas autóctonas.

Fray Antonio escribió una carta al custodio en la que relató los hechos ocurridos. Denunció a mi padrino por violar el derecho eclesiástico al privarnos de nuestra libertad y por <<despreciar las censuras de nuestra madre la Iglesia>>. Lo acusó de blasfemia por cuestionar la legitimidad de las relaciones espirituales entre padrinos y ahijados y de sacrilegio por promover <<diversos bailes de idolatría entre los naturales>>. Asimismo, lo inculpó de <<hostilidad y persecución de los cleros por incitar una deposición contra los religiosos>>. A Matías López lo acusó de <<darle sin piedad ciento cuarenta azotes>> al exfiscal y sacristán Mutanama y de posteriormente desaparecerlo. También le hizo cargos de cometer <<un grande y grave sacrilegio>> al no permitir que se le diera a este <<valiente y fiel mártir piro la cristiana sepultura que su cuerpo requiere para que Dios reciba su alma en su gloria>>. Señaló que no podía llamar a los testigos debido a que estaban <<aterrorizados por el asesinato de Mutanama y por el poder que el teniente gobernador ejerce en la región>>. La firmó y me hizo a mí servir como testigo.

Después de redactar la carta y los documentos necesarios para iniciar este proceso en contra mi padrino y Matías López, el maestro me hizo algunas confidencias sobre su frustración con la lentitud con que se realizaban todos los procesos inquisitoriales en Nuevo México. Me dijo que el proceso en contra del exgobernador López Mendizábal y otros <<dogmatistas>> relacionados o asociados con él se había prolongado por más de cinco años y que, <<por diversas razones>>, las relaciones entre la Santa Custodia de Nuevo México y el Santo Oficio en la Ciudad de México se habían deteriorado de manera notoria; que por ello dudaba que los inquisidores fueran a llamar a comparecer a los acusados a su tribunal. Agregó muy serio que <<nuestra lucha>> en estas tierras no era solamente contra <<los gobernantes y las autoridades corruptas sino, sobre todo, contra las fuerzas oscuras y supernaturales del mal que estos apóstatas favorecen y engrandecen>>. Y, pidiéndome que me pusiera de pie, me obligó que le jurara <<solemnemente>> que, donde estuviera, siempre llevaría puesta <<la armadura de Dios>>, <<el cinturón de la verdad>>, <<la coraza de la justicia>>, <<la espada del Espíritu>>, <<el escudo de la fe>>, <<el casco de la salvación>> y que <<de calzado>> utilizara, dondequiera que estuviera, <<el celo por propagar el Evangelio de la paz>>.

Aprovechando la ocasión que había traído a colación el asunto de los pertrechos que necesitaba para realizar mi viaje a Ojo Caliente, le expresé mi honda preocupación de que yo no sabía dónde iba a dormir, ni qué iba a comer, ni cómo me iba a proteger del frío. Con toda franqueza y sin rodeos admití que yo no sabía cómo valerme por mí mismo a la intemperie. El maestro me contestó con tono severo:

—¿Y a qué se deben tantas preocupaciones? ¿Dónde voy a dormir? ¿Qué voy a comer? ¿No les recriminó Nuestro Señor Jesucristo a los apóstoles esta clase de preguntas? ¿Y cuál fue su respuesta? Les dijo: <<Las aves no siembran ni cosechan ni tienen despensa ni granero y, sin embargo, Dios las alimenta.>> Querido hermano fray Diego, ¿acaso no vales más tú que las aves del cielo? Así como Cristo les dijo a los apóstoles, yo te digo a ti: <<No te inquietes por las necesidades del cuerpo.>> Los que viven para el presente mundo se preocupan por eso. Tú debes pensar que tu Padre sabe lo que necesitas. Trabaja por su Reino y él te dará todas estas cosas por añadidura. Sólo una cosa es necesaria en la vida: ¡la palabra de Dios! Dedícate a la oración y al ministerio de la palabra. Busca las cosas de arriba, no las de la tierra. Ora sin cesar y en toda ocasión da gracias a Dios.

A mí esta respuesta francamente me molestó. Me dieron ganas de decirle, ¿está usted loco? ¿Qué acaso quiere que me muera de hambre? ¡Lo único que hace la oración es abrirme más el apetito! Pero me contuve. No quería ofenderlo ni faltarle al respeto. Sin pensarlo mucho, se me salió una respuesta que creí era más pertinente y razonable.

—Maestro, lo que dice Jesús en los Evangelios no se puede tomar literalmente. Lo dice sólo en sentido figurado.

No había terminado de decir esto cuando fray Antonio irrumpió colérico. Me dijo que cómo me atrevía yo a hacer esta <<proposición malsonante>>, que <<con qué autoridad yo tocaba los asuntos de la Sagrada Teología>>, que si ignoraba todas las disciplinas y jamás había estudiado <<la Reina de las Ciencias>> no debería abordar estos <<asuntos sagrados>> cuya <<inteligencia>> era yo <<tan ignorante como indigno.>>

Profirió una perorata en defensa de la interpretación literal de los Evangelios. Me dijo que hablaba yo como aquellos necios que se dicen ser sabios pero que con sus falsas interpretaciones <<alteran la Gloria de Dios inmortal que ha quedado plasmada en las sagradas escrituras>>.

—Suenas como ciertas personas que conozco que, aunque viven alejados de los misterios de Nuestro Señor Jesucristo, le dan de beber a sus vecinos su vino sórdido y picado asegurándole que se trata de la verdad pura y auténtica que Dios nuestro Señor nos manifestó en las Sagradas Escrituras. Estos fariseos y falsos maestros de la ley interpretan la Palabra de Dios conforme a las leyes de la carne. Cristo le dio en los Evangelios su forma definitiva a la ley de Dios y advirtió claramente que sólo aquellos que lleven una vida más perfecta que la de los antiguos maestros de la Ley y los fariseos entrarán en el Reino de los Cielos. Esto lo debes tener bien claro, hermano fray Diego. No sólo debemos creer en Cristo: debemos sufrir como él para poder entrar en su reino. Quienes no piensan sino en las cosas de la tierra y no quieren cargar con su cruz son enemigos de Cristo. El que no busca la cruz de Cristo, no busca la gloria de Cristo. Cristo es el camino, la verdad y la vida, y la puerta por donde ha de entrar el que quisiere salvarse.

Después de sermonearme y de darme una penitencia de ayunar y rezar sin cesar lo que restaba de aquel día, me aseguró que él se iba a encargar de que no me faltara nada para mi viaje. Me dijo que llevaría carnes y frutas secas, pinole y atole suficiente para tres meses y que, además de los caballos y las mulas que llevaríamos con nosotros en el viaje, iba a enviar a Ojo Caliente otros veinte en cuanto comenzara la primavera para que todos los miembros de <<nuestra banda>> pudiéramos aprovecharlos de la manera que mejor <<nos>> conviniera.

La desaparición de Lupita, Chayito y Mutanama dejó un enorme vacío en los corazones de los cristianos de Senecú. Trataron de mitigarlo con misas y rosarios, pero fueron poco a poco llenándolo con la ira y el odio que ya de por sí acumulaban contra las autoridades civiles. Agregando insulto a la lesión, el gobernador Villanueva acordó dar aprobación a algunos pueblos de Río Abajo, entre ellos los de Senecú, Socorro e Ysleta, para que reanudaran algunos de sus bailes tradicionales. Al parecer este nuevo permiso fue maquinado por mi padrino a sabiendas que, exacerbando las rencillas entre los piros cristianos y los piros paganos, las autoridades civiles se beneficiarían y los franciscanos saldrían perjudicados.

Lo que quizás no tomaron en cuenta en este cálculo fue que el grupo de rebeldes piros dirigidos por el Tambulista había estado coordinando un alzamiento indígena general en la región. El permiso de practicar sus danzas dio un mayor ímpetu a este movimiento rebelde anticristiano y antiespañol en los meses siguientes. Debido a que unos piros cristianos alertaron al alcalde mayor de Socorro de esta conspiración, mi padrino y sus soldados pudieron sofocarla. Pero fue a un alto costo. El alcalde mayor de Socorro, cinco soldados españoles y seis piros cristianos perdieron la vida en la improvisada emboscada que efectuaron en la Sierra de la Magdalena. Mi padrino organizó una expedición punitiva contra los apaches. Sin embargo, antes de que esto ocurriera, descubrió no sé cómo que Roque Gualtoye, Pablo Tzitza y otros piros de Senecú habían estado colaborando con ellos desde el principio.

El gobernador Villanueva y mi padrino aplastaron esta rebelión pira con singular crudeza. Convocaron a todos los habitantes del pueblo a la plaza principal y, después de azotar a los seis principales conspiradores, incluyendo a Roque Gualtoye, a Pablo Tzitza, a Tsiké Fayé y al Tambulista, los ahorcaron y los quemaron <<por traidores y por hechiceros.>> Al resto se los llevaron encadenados y eventualmente los transportaron a San José del Parral donde fueron vendidos como esclavos en las minas de plata. Este fue el principio del fin del pueblo de Senecú en Nuevo México.

Cuando me fui a la Apachería yo por supuesto no sospechaba que esto iba a suceder. Las profecías apocalípticas de fray Antonio me parecían las absurdas predicciones de un milenarista fanático, intempestivo e ingenuo. El Reino de Dios nunca se instauró en Nuevo México ni los piros ni nadie que yo sepa fue liberado por Yavé y su ejército, pero en 1680 una auténtica catástrofe comparable a un apocalipsis arrasó con la vida "al estilo español" de Nuevo México del siglo diecisiete.

Llegó sin remedio la víspera de mi partida a Ojo Caliente. Había estado haciendo sol y estaba relativamente templado. Aunque me sentía nervioso por mi inminente viaje, físicamente me sentía sano, excepto por un leve dolor de cabeza que comenzó a darme aquel día. Concha la cocinera me aseguró que éste se debía al perceptible aumento del <<mal aire>> que circulaba en el ambiente.

Después de realizar mis faenas del mediodía fui a mi alcoba a rezar la sexta y a preparar mi equipaje. Cuando ya casi terminaba de empacar, el maestro me visitó para informarme que Refugio, quien iba a ser mi anfitrión, había estado en el convento en la mañana y me había traído un regalo: un par de mocasines. Eran unas botas de gamuza de tubo alto color pardo con cordones de cuero ajustables. Me encantaron. Para mi sorpresa, el maestro me dijo que debería ponérmelos para el viaje y que podía usarlos cotidianamente durante mi visita.

—Los mocasines son el calzado corriente de los apaches. Como seguramente recordarás, Jesús ordenoles a los apóstoles que llevasen calzado corriente cuando fuesen a predicar a otras tierras. Además, son cómodos y aptos para el invierno, más que esos dos pares de zapatos de cordobán que quieres llevarte —agregó con sarcasmo al ver los zapatos que había empacado para el viaje.

Inspeccionó las demás pertenencias que había yo acomodado en el cofre y exclamó:

—¡Dios Bendito! ¡Cuánto cachivache! Sombrero, zapatos, sandalias, palangana de bronce, lámpara, daga, tijeras, espejo de mano, navaja para afeitarse, el catecismo de fray Alonso Molina, *La noche oscura, La consolación de la filosofía,* dos, cuatro, seis velas, dos cuadernos, tres plumas, tres frascos de tinta, dos toallas, cinco barras de jabón, dos túnicas, tres calzoncillos, tres pares de calcetines, una bufanda, dos mantas de lana... ¿Adónde creéis que vais? ¿A instalaros en la corte del Marqués de Mancera? ¡Por el amor de Dios, hermano Diego!

Bajé la cabeza sin contestar. Yo creía que me iba a felicitar por mi frugalidad e ingenio para empacar.

—Jesús les dijo a los apóstoles que no llevasen nada para el camino fuera de un bastón, calzado y una manta y ¿vosotros queréis llevaros este pesado cofre de madera atestado de lujos? ¿Os parece poco la partida de maíz, carne seca, sal, piñones y nueces, el caballo y el mulo que vais a llevarles de regalo a vuestros anfitriones?

Me recordó que el propósito de mi visita a Ojo Caliente era para predicar e invitar a los apaches a la conversión. Luego de sermonearme por preocuparme más por mí que por la evangelización de los Gila, me dio un largo discurso sobre lo importante que era ganarme la confianza y los corazones de mis anfitriones con buenas obras y respetando sus costumbres, con tal de que éstas no fueran <<en contra de los mandamientos de Dios ni contra nuestras creencias cristianas>>. La mejor manera de mostrarles respeto, me dijo, era aprendiendo su lengua y adoptando sus modos.

Aunque Refugio había acordado ser mi intérprete y enseñarme los rudimentos de la lengua y las costumbres de los Gila, el maestro aprovechó la ocasión para explicarme algunas normas sociales apaches y me hizo numerosas recomendaciones para que no los ofendiera. Señaló que es una gran falta de respeto decir el nombre de las personas presentes y mucho más de los difuntos. Me dijo que cada vez que necesitara hacer referencia a alguien podía señalar a la persona con el dedo o con los labios, o utilizar epítetos, descripciones y, en ciertas ocasiones, apodos; que sólo en circunstancias muy especiales acostumbran llamar a las personas por su nombre, por ejemplo, cuando necesitan pedirle un favor a un pariente o a un amigo, o cuando quieren confrontar a un transgresor o a un enemigo. Me explicó también que debería ser muy recatado en el hablar y en el mirar, pues son desestimadas las personas indiscretas y fisgonas. Un yerno, señaló, no puede ni siquiera acercársele, ni ver, ni hablarle a su suegra, aun cuando ella lo llame o le pida algo, pues hacerlo sería una afrenta para ella y para toda su familia. Me explicó que los apaches no viven en poblados ni en casas sino en rancherías y en tiendas de ramas en el verano y en tiendas de cuero de vaca de cíbola en el invierno; y que se mudan constantemente de serranía en serranía buscando la caza. Me advirtió que un visitante debe siempre anunciar su llegada a una tienda tosiendo, carraspeando o haciendo otros ruidos con la garganta; y cuando se entra a una tienda debe sentarse uno cerca de la entrada y sin tocar a nadie y, antes de salir, debe avisarse a los anfitriones. Asimismo, dijo que cuando uno de ellos hable deberé yo manifestarle mi acuerdo e interés asintiendo con la cabeza y diciéndole <<do'a>> o <<ji, ji>> periódicamente. Me previno que en la mesa todos se sirven con la mano del mismo recipiente y con una cuchara si se trata de un alimento líquido. Dijo que, aunque no debe hacerse ruido al comer, se pueden restallar los labios para indicar que algo está sabroso. Asimismo, me señaló que algunos varones tienen la costumbre de embarrarse con grasa los brazos, las piernas y el pelo, pues existe la creencia de que la grasa no sólo los alimenta sino que los fortalece y los hace mejores corredores. Por otro lado, me aconsejó que, si en algún lugar no reciben con beneplácito mi mensaje redentor, me sacuda el polvo de los pies como protesta al salir.

—Si sigues mis recomendaciones y obedeces los diez mandamientos, no tendrás ningún problema. Te ganarás su buena disposición y voluntad. Pero cuídate mucho de no violar el décimo mandamiento en especial, pues el apache es muy celoso: mutila a la esposa que lo engaña; y al que lo traiciona lo mata. Y ahora me retiro pues, no sé por qué traigo un punzante dolor de cabeza y en el costado izquierdo. Deben ser los achaques de la edad.

—Qué raro, yo también siento una extraña presión en la frente y en las sienes, como si me fuera acatarrar.

—Esperemos que no. Según Refugio, se avecina una ventisca. Pero con este clima tan benigno que hemos tenido en estos días, no estoy tan seguro de ello. Al menos no este fin de semana. Debes saber que Refugio, por ser curandero, es muy supersticioso. Afirma que sabe interpretar el lenguaje de las aves y el temperamento del aire. Me dijo que sería mejor que partieran tú y él esta misma tarde, pero yo le pedí que se esperasen hasta mañana pues voy a dedicar la misa dominical a tu misión.

Se despidió y me dejó preocupado por el clima y con la duda sobre qué hacer con mi equipaje. Decidí tomar prestado un morral grande de cuero que había visto colgado en el cuarto de los tiliches. Fui por él y lo llené con todas aquellas cosas que consideré indispensables. Me cupo casi todo menos la palangana, la lámpara, los zapatos, el sombrero y las dos mantas de lana. Estas tres últimas cosas decidí llevármelas aparte y las otras las dejé guardadas bajo llave en el cofre junto con otros objetos de uso personal.

Aquella noche comenzó a resoplar el viento. El dolor de cabeza que traía se me agudizó. Me atormenté dándole alas a la imaginación, pensando en todas las cosas malas que me podían pasar durante mi viaje y mi estancia en la tierra de los apaches. Pensé en lo difícil que me iba a resultar dejar mi vida en el convento donde, pese a las restricciones y reglas opresivas, al menos me sentía seguro y protegido del mundo exterior que me resultaba aún más intolerable y hostil; sobre todo la Apachería, nombre que me evocaba todo aquello que se oponía a la vida ordenada, rutinaria y relativamente predecible y segura que llevaba en el convento. Rumié con obsesión la idea de que el mal tiempo y una enfermedad súbita imposibilitarían mi partida. Resistí el impulso de ir a despertar al maestro para avisarle que me estaba enfermando y decirle que Refugio tenía razón, que no eran meras supersticiones, que el cambio brusco de temperatura y el choque de un frente frío septentrional con uno cálido meridional eran signos inequívocos de que una fuerte tormenta se aproximaba, que esto era un fenómeno que había sido bien estudiado por los climatólogos modernos. ¡Lástima que esto no se lo podía decir! ¡Cuántas cosas tenía yo que callar!

Volví a abrigar la esperanza de que pronto me despertaría de esta pesadilla, a razonar de que nada de lo que me estaba ocurriendo era real, que no podía serlo, pues no tenía sentido alguno, que era sólo un largo sueño del que tenía que despertarme tarde o temprano. Y, si era un sueño, nada malo podía pasarme, era todo producto de mi imaginación.

Me quedé dormido sin darme cuenta. A eso de la medianoche alguien tocó la puerta de mi alcoba. Me levanté y abrí. Era Pedro, el portero. Se veía alarmado. Me dijo que el maestro me estaba llamando; que se había puesto malo de repente y estaba <<como loquito>> en su aposento diciendo <<cosas raras>> y cantando <<himnos>>. Me levanté de inmediato, preocupado por el maestro, pero contento por dentro al suponer que su enfermedad implicaba la postergación de mi viaje. Sentí vértigo al levantarme y observé que los brazos y las manos se me alargaban y contraían como cuando nos paramos frente a un espejo distorsionado. Sentí como si estuviera en el camarote de un bergantín hundido en el fondo del mar.

Me desplacé con dificultad por el pasillo del convento como si estuviera sumergido en un medio acuoso. Todo oscilaba y fluía. Cuando entré a la habitación del maestro estaban atendiéndolo Concha y su hijo Pascual, el caballerango. El maestro yacía en su tarima cubierto con un manto rojo que lo cubría parcialmente. Parecía ser un personaje bíblico pintado por el Greco. Tenía puesto un paño sobre la frente y su rostro alargado lo iluminaba la flama vacilante de una vela que parecía se iba a extinguir en cualquier momento. Cantaba unos versos del libro de Job:

Taedet animam meam vitae meae,
dimittam adversum me eloquium meum,
loquar in amaritudine animae meae.
Dicam Deo: Noli me condemnare:
indica mihi cur me ita iudices.
Numquid bonum tibi videtur,
si calumnieris me, et opprimas me,
opus manuum tuarum,
et consilium impiorum adiuves?

Me paré frente a él esperando a que se percatara de mi presencia. No quería interrumpir su canto ni sobresaltarlo. Cantaba extático y levitaba ligeramente. Cuando terminó de cantar, su cuerpo descendió suavemente sobre la tarima. Después de hacer una breve pausa continuó su lamentación, esta vez en español. Profirió otro pasaje del libro de Job como si se tratara de sus propias palabras:

—No más que un servicio militar es la vida del hombre sobre la tierra, y sus días son los de un jornalero. Se parece al esclavo que suspira por la sombra, o al jornalero que espera su salario. Así a mí me han tocado meses de decepción, y fueron mi parte noches de dolor. Al acostarme digo: <<Cuándo llegará el día?>>. Al levantarme <<¿Cuándo será de noche?>> Y hasta el crepúsculo me abruman mis inquietudes.

De repente me pareció que el maestro comenzó a cambiar de consistencia. Como si estuviera hecho de cera: se derretía, se sublimaba y luego se volvía a licuar y a solidificar. Por momentos se le veían los músculos, las venas, la estructura ósea y los órganos de su cuerpo. Pero él continuó su lamentación como si nada.

—Mi carne está cubierta de gusanos y costras, mi piel se ha arrugado y se deshace, mis días han corrido más rápidos que la lanzadera, y se pararon cuando ya no hubo hilo. Recuerda que mi vida es un soplo, y que mis ojos no verán más felicidad. Los ojos que me miraban ya no me verán y ante tu propia vista dejaré de existir. Así como la nube se disipa y pasa, así el que baja donde los muertos no suben más. No volverá a su casa y los lugares en que estuvo no lo verán jamás. Por eso no callará mi boca, sino que expresaré mis angustias y me quejaré a la medida de mi amargura.

Misteriosamente, los ojos le comenzaron a brillar como si fueran órganos lumínicos. Asimismo, su rostro se expandió, se contrajo, se alargó y se estrechó como la umbrela de una medusa y su cabello y barba onduló como anémonas de mar.

—¿Soy acaso el Mar o el Monstruo marino para que pongas guardia a mi alrededor? Si digo: Mi cama me consolará, y mi descanso aliviará mi llanto, entonces tú me asustas con sueños y me aterrorizas con visiones. Preferiría ser sofocado: la muerte antes que estos dolores. Mira que desfallezco, no viviré para siempre. ¡Déjame! Ves que mis días son un soplo. ¿Qué es el hombre para que te fijes tanto en él y pongas en él tu mirada, para que lo vigiles cada mañana y lo pongas a prueba a cada instante? ¿Cuándo apartarás de mí tus ojos y me darás tiempo de tragar mi saliva? Si he pecado, ¿qué te he hecho a ti, guardián de los hombres? ¿Por qué me has tomado como blanco de tus golpes? ¿En qué te molesto? ¿Por qué no olvidas mi falta y no dejas pasar mi pecado? Porque pronto me voy a acostar en el polvo, y cuando me busques, ya no existiré.

Se me acercó Concha y me dijo.

—¡Pobrecito! Tiene mucha calentura y se queja de punzadas en la cabeza y en el costado izquierdo. Tiene diarrea como espumosa. A mí se me hace que tiene mal de aire.

—¿Y eso qué es?

—Es una enfermedad que da en los lugares pesados donde hay mucha maldad. Dicen que da cuando se pasa por una encrucijada o por un lugar donde ha sido asesinada alguna persona.

—¿A sí? —Le dije con incredulidad condescendiente, esperando a que el maestro terminara sus lamentaciones para preguntarle qué se le ofrecía.

—En estos lugares rondan las Ciuapitli —continuó Concha con su explicación. —Son las ánimas de las mujeres que mueren del primer parto. Dicen que son ellas las que producen el mal aire y queste se mete en el cuerpo de los que pasan por estos lugares malhadados. ¡Cuídese, joven fray Diego! Usté' ha andado con él. A usté' tamién pudo haberle dado este mal. Dicen que el humo del tabaco lo corta. Debería llevarse un poco de tabaco por si acaso. Tamién le voy a dar unas ramitas de yerba de San Juan pa' que lo proteja de los malos espíritus y de los animales salvajes.

En ese momento, fray Antonio salió de su estado de ensueño.

—¿Qué hago aquí? –dijo desconcertado—. ¿Dónde está el coro de ángeles? ¿Dónde está mi rebaño, mi montaña, mi río, mi tierra? ¡Hijo mío! —exclamó al verme a su lado—¿Qué haces aquí? —Me miró extrañado y sorprendido, como si no me hubiera visto en mucho tiempo. —¡Has vuelto! —Cuando vio y palpó mi áspero hábito dijo indignado: –Pero ¿qué trapos son esos? ¡Rápido, rápido, Concha o el que sea! —les ordenó a los presentes—. ¡Tráiganle el anillo y la mejor ropa que encuentren y pónganselos! Es mi hijo, el pródigo. ¡Estaba muerto y ha vuelto a la vida! ¡Andaba perdido y lo he encontrado!

—Oiga padre fray Antonio, voy a llamar a mi comadre —le dijo Concha inclinándose cerca del oído para que la escuchara mejor—. Ella puede curarlo. Está usté’ ardiendo en calentura.

—¿Y para qué quieres llamarla, mujer? —le contestó irritado—. ¿Para que me haga una limpia? Yo lo que necesito es regresar a mi tierra. Es todo. Quiero hablar a solas con mi hijo. Salgan todos por favor. ¡Salgan, salgan todos de inmediato!

Así hicieron. En cuanto se fueron comenzaron a suceder otras cosas que me dejaron pasmado. El maestro había perdido mucho pelo y los mechones que le quedaban parecían algas marinas marchitas y descoloridas. El cutis del rostro lo tenía agrietado como tierra de sequía y estaba tan enjuto que parecía una momia. Se incorporó con dificultad y se sentó al filo de la cama. Vestía una túnica blanca con una cruz roja flordelisada en el pecho. Me miró fijamente y me dijo con voz metálica y sentenciosa:

—Escucha con cuidado lo que te voy a decir, Uriel — se dirigió a mí usando mi verdadero nombre por primera y única vez. Pronunció con claridad y énfasis: <<Urieeél>>. —Desde hace mucho tiempo tu espíritu ha estado deambulando por el mundo de las sombras. Has navegado por el mar de la vida a oscuras y sin sextante. Hasta el momento te has contentado con la vida nocturna. Pero tienes que entender que tú no eres hijo de la noche ni de la oscuridad. Eres hijo de la luz y del día. Los ojos del espíritu no son como los del cuerpo. No debes temer a la luz de la verdad; no es una luz enceguecedora, es vivificante y liberadora. Necesitas levantar la mirada hacia la luz, hacer como los girasoles. Necesitas despertar. Dios es el sumo bien, es la luz misma. Acércate a su luz y despertarás de tu sueño.

Mientras me hablaba su figura se difuminaba gradualmente como si fuera un cuerpo luminoso que perdía intensidad. No obstante, su voz seguía sonando enérgica.

—Busca las cosas del cielo; desprecia las cosas del mundo terrenal. Todo aquí es una ilusión, un sueño. Dios no gobierna en este mundo, lo gobierna Satanás. Viniste a este mundo para descubrir y seguir el camino de la salvación de tu alma. No malgastes el poco tiempo que tienes buscando y siguiendo otros caminos que te llevarán a la perdición. Sólo debes amar a Dios; es a quien debes dirigir todos tus esfuerzos y a quien debes amar con todo tu corazón, tu mente y tu espíritu; todo lo demás, debes despreciar.

Sólo el amor nos acerca y nos une a Dios. La virtud es el camino que conduce a Dios; es el perfecto amor a Dios. Y Jesucristo es la virtud y la sabiduría de Dios. Nadie alcanza a Dios si no es por su hijo. Son Jesucristo y su Espíritu quienes nos unen inseparablemente a Dios. Que nada te separe de Él: ni la aflicción, ni el miedo, ni la persecución, ni el hambre, ni el frío, ni el peligro, ni la flecha. Por su amor debes sufrir todos los días; por su amor eres como la oveja destinada al matadero.

Su figura seguía palideciéndose y opacándose, pero sus palabras cobraron intensidad y vehemencia.

—En el nombre de la santísima Trinidad, y para su mayor gloria, honra y reverencia, sube a Ojo Caliente a predicarle a los Xila el Santo Evangelio de nuestro Señor Jesucristo; proponles la palabra evangélica para que la admitan ellos para su catecismo y para que así nos permitan edificar una iglesia y un convento. Quítale al Enemigo Infernal su tirana posesión de aquellos dominios; arrebátale al Demonio el imperio de esas almas que tan sin contradicción subyuga a estos bravos gentiles. Emprende la marcha de una vez. Apresúrate. No te preocupes por los regalos que ibas a llevarte contigo. El Capitán Chilmo y otros miembros de su banda pasarán a recogerlos luego. ¡Loado sea quien hizo viajar a su siervo por la noche!

Al terminar de hablar su tenue silueta etérea se colapsó y se extinguió como un pabilo sin combustible. Yo me quedé atónito y enmudecido al contemplar su alucinante transformación y disipación. Aunque sentía como si estuviera sumergido en un medio acuoso y todo cuanto veía se deformaba como si me encontrara en una casa de espejos, físicamente no me sentía mal. Deduje que se trataba de un sueño y me dejé llevar por él.

Fui a mi celda para recoger mi morral y partir. Reflexioné que ahora que ya no estaba el maestro tal vez debería ir a Santa Fe para pedir refugio y ayuda a María Bandama, mi supuesta madre biológica. Pero recordé las amenazas de fray Salvador Guerra de que el Santo Oficio me traía en jabón y que necesitaba cumplir con mi apostolado. Temiendo que la desobediencia podía llevarme a la cárcel o a la hoguera, decidí emprender la marcha pese a las condiciones climáticas adversas y al extraño estado mental en el que me encontraba.

En ese momento me percaté de que no sabía dónde estaba Refugio y que no tenía la menor idea dónde encontrarlo. Me puse los mocasines y el sombrero, me envolví en una cobija, tomé mi morral y salí de mi celda en busca de alguien que pudiera informarme dónde podía encontrarlo. En el ambulatorio me topé con Pedro, quien se mostró extrañado y preocupado al verme. Le pregunté por Refugio. Me dijo que estaba probablemente en la Chupadera, la estancia de Don Bartolomé Romero, su medio hermano, pues allí se quedaba cuando había mal tiempo. Me recordó que a los apaches no se les permitía pernoctar en los pueblos ni visitarlos de noche y que era muy fácil llegar a la estancia de Don Bartolomé: estaba en la intersección del camino de Senecú y el Camino Real. Me preguntó si me sentía bien y le dije que sí. Sentí horror al ver que tenía la cabeza cubierta de gusanos. Me dieron ganas de preguntarle si eran inofensivos, pero opté por quedarme callado. Quería irme cuanto antes para que no me sorprendiera la ventisca en el camino. Me había dicho el maestro que el viaje a caballo a Ojo Caliente tomaba una jornada entera, por lo que era urgente salir de inmediato.

Fui a los corrales en busca de los animales que me iba a llevar. Justo estaba Pascual acabando de llenar las alforjas con las provisiones. Cuando llegué subía el último bulto. Había una yegua mora y dos mulos pardos, entre ellos el Lucio, quien parecía estar tan ansioso como yo de partir. Me hizo saber de inmediato que él era el líder de la recua. Pascual me comentó que era el mulo más listo y perceptivo que él había jamás conocido, y el más obstinado también. Lucio relinchó de gusto al escucharlo, pero raspó el suelo con la pata derecha indicándome que ya era hora de irnos. Era un mulo curtido, pero lleno de brío. Su cuerpo emanaba un tenue fulgor opalino y una fragancia resinosa que contrastaba con el brillo aceitoso y el hedor acre y pestilente de los otros dos animales. El Lucio y la Mora estaban ensillados y el Pardo cargaba con la mayor parte de las provisiones. Para no perder más tiempo no le dije a Pascual que el maestro me había dado instrucciones de no llevarme todas esas cosas. Aunque sabía que harían más lenta la travesía, pensé que tal vez nos salvarían en caso de que tuviéramos algún percance.

Pascual puso mi morral sobre el mulo Lucio, lo amarró y me ayudó a subirme. Desató a los animales y, tomando las riendas, nos condujo hacia la salida. Comentó que, pese a que estaba tan oscuro, no tendría problema en llegar a la Chupadera porque Lucio hacía este recorrido todos los días prácticamente con la rienda suelta.

Concha me alcanzó justo antes de irme para entregarme la alforja con alimentos y agua que se me había olvidado. Me dijo que había agregado una petaca con tabaco, yerba de San Juan, estramonio y un atadijo con hierba blanca de venado con la cual debería hacer un té medicinal. Me recomendó que lo tomara y rezara <<el santiguado para cortar el mal aire>> tres veces al día, tres días seguidos, y que con eso se me iba a quitar. Me santiguó en voz alta y, cerrando los ojos, inclinando la cabeza y juntando las manos frente al pecho rezó con devoción la siguiente oración:

Si tienes aire y te entró por la nuca,
que te lo quite San Lucas,
si te entró por la frente, San Vicente,
si por los ojos, Santa Lucía,
por la nariz, San Luis,
por la boca, Santa Rosa,
por la barba, Santa Bárbara,
por los oídos, San Benito,
por la piel, Santa Isabel,
por el abdomen, San Cosme,
por los pies, San Andrés
y si te entró por el cuerpo entero
que te lo quite Jesucristo verdadero.

Me volvió a santiguar y me despedí dándoles las gracias a ambos por su ayuda y buenos deseos. Era todavía de madrugada, estaba nublado y había luna nueva. Pese a que se veía muy oscuro el panorama y el viento seguía cobrando fuerza, decidí emprender la marcha, pues el aire, aunque húmedo, no estaba frío todavía.

Apenas había salido del pueblo cuando escuché unos ruidos extraños. Al principio creí que eran los silbidos del viento, pero al notar que el Lucio alzó las orejas y lanzó un relincho para alertarme, me percaté de que eran los sollozos débiles y entrecortados de una mujer. Lloraba tanto que parecía se le estaban agotando las fuerzas de seguir viviendo. De vez en cuando repetía: <<¡*El am’euisuné*! ¡*El am’euisuné*! ¡Mi hijita! ¡Mi hijita! ¿Qué te ha pasado? ¿Dónde estás?>>

Por la oscuridad me costó situarla con precisión, pero el Lucio, siguiendo su instinto compasivo y sus finos sentidos, nos dirigió hacia donde estaba. Nos salimos del camino y nos internamos en un terreno accidentado y rocoso atestado de lechuguillas. Cuando la mujer se percató de que nos dirigíamos hacia donde ella estaba, exclamó con endeble furia: <<¡Váyanse! ¡Váyanse! ¡Quiero estar sola! ¡Déjenme llorar en paz! ¡Aléjense!>> Luego soltó un aullido lastimero.

Reconocí la voz de María Tzitza, la madre de Lupita. El Lucio se detuvo, pero yo le indiqué que siguiéramos acercándonos. Me obedeció y nos aproximamos con discreción y cuidado hacia donde estaba ella. Estaba sentada en un banco de arena rodeado de matorrales espinosos que nos rasguñaron la piel al atravesarlos. Ya para entonces mis ojos se habían ajustado a la tiniebla de aquella noche sin luna ni estrellas. Al llegar al banco me apeé y me acerqué a María, quien estaba sentada en la arena cabizbaja y abrazándose las piernas. No dijo nada ni se movió; siguió sollozando y estaba temblando. Vestía el mismo traje negro que traía puesto el día en que salió a protestar con otras mujeres por el secuestro y la desaparición de Lupita y Chayito, pero ahora el vestido estaba todo desgarrado; le descubría partes de la espalda y los brazos. Me quité la cobija que traía de abrigo, la cubrí y me senté en cuclillas frente a ella. El rostro lo tenía mugroso y cubierto de lágrimas y mocos y la cabellera era una maraña de yesca. Aunque no era vieja de edad, la tristeza la había avejentado tanto que parecía un ánima en pena.

—¿Puedo ayudarla en algo?

Ella, como si nunca me hubiera visto antes, me dijo:

—Mi vientre era un yermo infecundo. Todos los días, de día y de noche, durante veintiún años, mi esposo y yo le rogamos a Dios que nos bendijera con un *am'euié.* Hace quince años, Dios Nuestro Señor nos concedió nuestro deseo de concebir. Nos entregó una *am'euisuné* a quien criamos y cuidamos con amor y esmero. Era una niña cristiana ejemplar. A nadie hizo ningún mal. Era nuestra dicha y orgullo, la niña de nuestros ojos. En el pueblo decían que era la más bella flor de los piros. Estaba por cumplir catorce años y soñaba con casarse con un buen cristiano y formar una familia como Dios manda. Hace unos días, salió muy temprano a buscar leña con una amiga, pero nunca volvió. Las dos desaparecieron como si se las hubiera tragado la tierra, sin dejar rastro alguno. ¡Unos hijos de Satanás se las robaron! Mi esposo, toda mi familia y los miembros de mi clan han tratado de consolarme, pero yo no puedo más. ¡Necesito ver a mi hija! ¡Necesito que vuelva! La he estado buscando de día y de noche. ¡No regresaré al pueblo hasta encontrarla! ¡Dejaré de beber agua y de comer! ¡Me moriré de frío buscándola!

Al terminar su relato, prorrumpió en sollozos nuevamente. Yo no supe qué decirle. Sabía que no podía hacer nada para ayudarla y me limité a ponerle la mano sobre el hombro, pero ella me la rechazó. Me dijo que me fuera, que quería estar y morirse sola. El viento comenzó a aullar como un coro de plañideras y, súbitamente, una voz estruendosa proveniente no sé de dónde exclamó:

—Esta mujer que llora por la muerte de su hija es la madre de esta tierra. Llora por la pérdida de su hija predilecta, a quien raptaron los hijos de los *Binaayéé*, quienes están profanando sus santuarios, destruyendo sus templos y reliquias, prohibiendo a sus hijos todas sus danzas y celebraciones, silenciando sus cantos y plegarias, quitándoles sus tierras, robándoles el fruto de su trabajo, esclavizándolos, abusando de todos ellos, quemando en la hoguera a sus sabios ancianos, violando a sus hijas, lacerando y asesinando a sus hijos, corrompiendo a sus líderes y a sus guerreros. ¡Escúchame, Uriel! Vete a la montaña donde no haya cimientos ni construcciones porque no quedará piedra sobre piedra. La Madre Tierra está enfurecida y arrasará con todo este Reino invadido por los Monstruos y sus súbditos. Y, tú, María, ya no sufrirás más en este valle de lágrimas. Te llevaré conmigo donde gozarás de una vida eterna en la Vía Láctea al lado de los justos y piadosos.

En eso una columna de luz que cayó como un rayo silencioso la iluminó y la elevó al cielo. Mi cobija quedó tendida en el suelo. Yo me quedé enmudecido y paralizado por el terror, pero los animales permanecieron quietos y tranquilos como si no hubiera sucedido nada. En eso escuché una voz nasal y ronca que me dijo:

—¿Qué te pasa? ¿Qué haces allí parado? ¿No escuchaste que debemos refugiarnos en la montaña? Recoge tu cobija y el amuleto que te ha dejado la mujer. Lo necesitarás para volver a tu tierra.

No pude creer lo que estaba viendo y escuchando. ¡Era el mulo Lucio quien me estaba hablando! Desconcertado, aunque consciente de que tenía razón, pues ahora el viento estaba comenzando a soplar con furia, tomé mi cobija y vi que, efectivamente, debajo de ella había un atrapasueños. El aro estaba hecho de ramas de sauce entrelazadas y la red estaba tejida en forma de telaraña con un finísimo hilo de cáñamo. Del aro colgaban un par de trenzas de hilo de algodón; cada una tenía amarrada en la punta una pluma de águila real. Al tomarlo se me vinieron a la mente unas palabras que me sabía no sé de dónde. Las repetí en voz alta:

—¿Acaso mi mente me engaña o estoy soñando? Dime algo, Madre mía, no me abandones. No quiero morir todavía, pues he visto y he escuchado cosas que no comprendo.

—No te asustes -me respondió Lucio. —Has visto lo que hará el Altísimo a todos los justos de la tierra en los últimos días. Y, ahora marchémonos, que Refugio nos está esperando.

Tengo un lapso de memoria de lo que ocurrió después. No sé qué sucedió a partir de ese momento. Es posible que haya perdido la conciencia; o tal vez me quedé dormido sin darme cuenta; no lo sé. Lo único que sé es que me encontré caminando sin saber adónde y con el viento en contra, en medio de una poderosa tormenta invernal en una zona boscosa cubierta de nieve.

Un viento huracanado me hacía tambalear y me picaba el rostro con chispas de hielo. Estaba en un estado semiinconsciente. Caminaba sin rumbo alguno, a sabiendas de que, si me detenía a descansar, moriría congelado. Estaba agotadísimo, aturdido, desorientado, aterrado. En algún momento me puse a rezar, pidiéndole a Dios que me salvara o me despertara de esta insoportable pesadilla. Fue entonces cuando comencé a volver a mis cabales. Me di cuenta de que necesitaba encontrar alguna guarida. Intenté en vano reconocer el terreno. Un torbellino de nieve me envolvía y me enceguecía. Me pregunté: ¿por qué ando a pie? ¿Qué habrá sido de los animales y de la carga? ¿Dónde estará Refugio? ¿Viajará conmigo? ¿Me habrá robado y abandonado? ¿Estoy malherido? No, no lo estaba, verifiqué. Pensé que Refugio podría estar cerca de mí. Grité con todas mis fuerzas, pero los bufidos del viento difuminaron mis débiles voceos. Corrí desesperado hacia distintas partes tratando de encontrar algún recoveco donde pudiera protegerme de la ventisca y del frío, pero no podía ver casi nada. Temí caerme en algún precipicio. Entonces me hundí en la más profunda desesperación. Me tiré de rodillas a sollozar y, cuando ya no pude más, me fui de bruces contra el suelo y esperé, derrotado, la muerte.

Momentos después, sentí unos golpeteos en el costado. Abrí los ojos y volteé a ver de quién se trataba. Era Refugio. Me incorporé sorprendido. El viento se había calmado repentina y misteriosamente.

Me quité la nieve del rostro y de los ojos. Noté que yo traía puesto un abrigo y unos amplios pantalones de piel con flecos como los de Refugio. También calzaba los mocasines que él me había regalado.

—*¿Jat'enaá ansí?*

Me le quedé viendo sin saber qué contestar.

—¿Va dejase morí ansí nomá', sin enfrentá' enemigo? – reformuló la pregunta, Y, apuntando hacia donde había un anciano de melena y barba gris parado frente a una gruta, me dijo en tono desafiante:

—Mire, ai'stá.

El imponente sujeto vestía una majestuosa capa negra bordada con símbolos herméticos. Miraba hacia el cielo y, con los brazos alzados y las manos abiertas y encrespadas, invocaba a los elementos para que intensificaran la tempestad. Sobre una roca situada entre él y yo estaba posado un búho manchado, quien me miraba impasiblemente con sus grandes canicas negras.

—¿Y qué puedo hacer? – le contesté con voz abatida y confundido.

—Dígale que sólo e fantasma, que no puede vencelo a usté.

El miedo y la confusión me paralizaron momentáneamente.

¡Ande, diga a él qu'está protegío! -insistió. —¡Muestre a él amuleto! -me puso en la mano el atrapasueños que me había dejado María al partir. -¡Mire a él de frente y, sin miedo, muestre amuleto! Repita cuatro veces ¡Sólo é un fantasma, déjeme en paz!

Me armé de valor y, blandiendo el atrapasueños de manera amenazante, repetí cuatro veces con debilidad: —¡Sólo es un fantasma, déjeme en paz!

Refugio tenía en la mano derecha una pipa encendida con tabaco. Le dio una bocanada y expulsó el humo hacia donde estaba el búho. Estaban cayendo unos copos grandes de nieve que se entremezclaron con el humo del tabaco e hicieron borrosa aquella imagen aterradora. El frío y el miedo me provocaron un temblor incontrolable.

Luego viró Refugio hacia el este y dijo:

—Que nadie regrese de oriente a molestá' ánima d'este pobre hombre. ¡Tú ha hecho esto! -le dijo al búho apuntándole con el dedo —¡Nunca más lo haga![3]

El búho lo miró impávido. Refugio le dio otra bocanada a la pipa, dio un giro hacia el sur y, después de arrojar el humo, hizo la siguiente declaración mirando hacia el firmamento:

—Pluma manchada de búho no haga mal a'ste hombre otra vé. ¡Aléjate d'él porque le hace daño! -le volvió a gritar al búho apuntándole con el índice.

El búho siguió ignorándolo y el hechicero continuó su invocación. Entonces Refugio giró el cuerpo hacia el poniente y, después de aspirar y exhalar el humo de su pipa, dijo:

—Est'enfermo no quere comé'. Tiene atorao algo en el pecho. ¡No permita lastima'lo! -exclamó mirando hacia el cielo. -Po' nuestro bien y el d'él, ¡ayúdalo a levantase!

Luego, Refugio dio un flanco y una bocanada hacia el norte y dijo:

—Fortalece a'st'enfermo. Dale salú' otra vez. ¡Déjalo llegá' a viejo!

Nuevamente, dio un giro hacia el este y, levantando los brazos en alto, repitió cuatro veces: —¡Oriente, escúchame! -Hizo lo mismo al voltear a los otros tres puntos cardinales. Gritó cuatro veces cada vez: —¡Sú', escúchame! ¡Poniente, escúchame! ¡Norte, escúchame! Y, al terminar, salmodió un canto al Gran Espíritu de la montaña:

3 Ceremonia del fantasma citada en *An Apache Life-Way* de Morris Opler (Editorial de la Universidad de Chicago, 1941), 304.

Gáıhé, cheełkéń nts'ís dighiı. Beenzhóıgo 'ánágódlá . . . [4]

Luego declaró:

—¡Que pa' mañana todo mal desaparezca y vaya a oriente! ¡Que todo aire que hay en su cabeza vaya poniente!

Cuando Refugio concluyó la plegaria, el búho y el hechicero ya habían desaparecido. Ya no estaba nevando; el silencio y la calma en el bosque eran absolutos. Me puse de pie con dificultad; había mucha nieve acumulada y tenía entumidas las extremidades. Refugio se me acercó y me dijo:

—*Doo ła' łanohwile' da*. ¡Tiene poder!

—¿Quién? –le pregunté todavía sin comprender bien lo que me había pasado.

—Fantasma enemigo –me dijo haciendo una mueca de contrariedad.

Me quitó la nieve del rostro, le dio una última bocanada a la pipa y me sopló el humo. Luego extinguió la pipa hundiéndola en la nieve; le quitó la ceniza y con el índice marcó una cruz de ceniza en mi frente.

Refugio tenía el rostro cubierto de nieve, pero hasta ese momento no había hecho nada para limpiárselo.

—Necesita descansá'–me dijo con voz imperiosa recogiendo mi jorongo del suelo y sacudiéndole la nieve. —Tenemos construí *chagoch'o*. Pronto escurecerá. ¡Sígame!

Caminé apoyándome en él. Nos adentramos en el bosque donde, para mi sorpresa, estaban allí amarrados el Lucio, la Mora y el Pardo. Los tres llevaban unas monturas más rústicas y desgastadas que las que yo recuerdo traían puestas cuando salimos de Senecú. Estaban comiendo acículas de pino blanco. El Lucio dejó de comer en cuanto me vio. Alzó las orejas y lanzó varios relinchos efusivos.

—¡Ñiiiiiiiiiiijjjrrrrrrr! ¡Jñiiiiiiiiiiiijjjrrrrr!

—¿*Yá' 'at'é*? –le preguntó Refugio al mulo como si se tratara de una persona. Y el Lucio contestó con unos relinchos aún más ruidosos.

—¡Wuuuuuuuuujjjjrrrrrrrrr! ¡Gjuuuuuuuuuuuurrrrrr!

—¿*'Au'shii hnzhû*? —le preguntó nuevamente, pero esta vez riéndose.

—Lucio dice que lo estima y questá contento que se haya mejorao —me dijo Refugio como si le estuviera traduciendo los relinchos. —¡Mulo muy avisao! –exclamó. –Deb'está' muy agradecío de tene'lo.

Cerca de nosotros había una roca sobre la cual había algunos pertrechos

4 "Espíritu de la Montaña, líder de los Espíritus de la Montaña, tu cuerpo es sagrado. Por medio de él, haz que se sienta bien de nuevo." "Una oración dirigida a los Espíritus de la montaña." Texto apache chiricahua relatado por David Fatty y traducido del inglés por el editor (Colección digital de la biblioteca de la Universidad de Virginia).

que no reconocí: un tambor, dos arcos, dos aljabas con flechas, dos cuchillos, dos mazas, una canasta para el agua, un bulto grande hecho de cuero sin curtir pintado con figuras geométricas negras, amarillas, azules y blancas y varias canastas grandes de palma. Refugio tomó las canastas y las amarró a los caballos. Me pidió que le ayudara a empacar y a asegurar todo muy bien.

Mientras subía la carga comencé a recuperar mis cabales y me invadieron las preguntas. ¿Qué me había ocurrido? ¿Dónde estaba? ¿Cuánto tiempo había transcurrido desde que partí de Senecú? ¿Dónde estaban todas las provisiones que traía? ¿Por qué andaba vestido de apache? ¿Acaso eran míos estos pertrechos? No tenía idea, pero concluí que no era el momento propicio para preguntarle nada a Refugio.

En cuanto terminamos de cargar todo, desatamos y montamos a los animales y partimos. Exploramos el bosque por un buen rato. El Lucio galopó feliz por la nieve pese a la carga. Cuando llegamos a un claro que estaba al pie de una colina, Refugio me indicó que habíamos encontrado el sitio ideal para construir un *quinzhee*. Yo no tenía ni idea cómo eran estas chozas de nieve ni cómo se hacían. Aunque estaba que me caía de cansancio y de sueño y estaba haciendo un gran esfuerzo para no caerme rendido, le dije que estaba listo para ayudarlo en esta tarea.

Nos apeamos y desempacamos debajo de unos árboles. Refugio desenvainó su lanza y caminó hacia el centro del claro para medir la profundidad de la nieve en varios puntos del suelo. Me confirmó que era el lugar perfecto y me pidió que le trajera las dos palas que estaban enrolladas dentro de los sarapes que estaban amarrados a las monturas del Lucio y de la Mora. Desaté los tientos, desenrollé los sarapes, me puse uno de ellos, pues mi jorongo estaba húmedo y tieso por el frío y la nieve; tomé las palas y se las llevé a Refugio, quien ahora estaba apisonando la nieve. Me pidió que lo ayudara. Yo estaba que me caía del cansancio, pero hice lo que pude. Paleamos y paleamos y, cuando terminamos de aplanar bien una superficie de aproximadamente seis metros cuadrados, trazó una elipse alrededor de esta área y me dijo que ahora teníamos que palear el perímetro creando un montículo alto. No sé de dónde saqué fuerzas para continuar. Lo comprimimos con las palas y, cuando lo terminamos, me dijo jadeando:

—Ya nomás falta hueco. Necesitamo' esperá' que nieve endurezca. Voy por agua, tengo sed. ¿Viene?

Sin esperar una respuesta, se dirigió hacia el lugar donde habíamos dejado a los animales. Yo también me moría de sed, pero estaba tan agotado y débil que me quedé parado sin decir nada. Me sentía mareado y tenía una jaqueca insoportable. El corazón me palpitaba aceleradamente.

—Estoy fuera de forma —pensé.

Hubiera querido encontrar un lugar seco donde recostarme, pero me sentí incapaz de caminar. Decidí usar la pala como bastón, pues no quería sentarme en la nieve. Incliné la cabeza y la apoyé sobre el dorso de las manos para descansar un poco. No sé si me quedé dormido o si me desmayé, ni cuánto tiempo transcurrió, pero en ese lapso tuve un sueño tan vívido y horrendo que sentí que me estaba muriendo del susto cuando me desperté.

Corría despavorido en la oscuridad por un camino pedregoso. Iba descalzo y las plantas de los pies me ardían como si las tuviera llagadas o quemadas. Sentía un dolor inimaginable, pero mi miedo era aún mayor. Alguien me perseguía. Yo no quería voltear a ver de quién se trataba. Corría pese a la tortura que esto me producía. Mi perseguidor me gritaba: <<¿Y creías que te ibas a escapar? ¡Ya no más! ¡Ya no más! ¡Ya no más!>> Luego me amenazaba: <<¿Por qué huyes? ¡Si quiero te desgarro o te dejo libre!>> Yo gritaba como un cobarde: <<¡Diosito! ¡Diosito! ¡Ayúdame! ¡Ayúdame! ¡Ten piedad de mí!>> Y aquel ser se reía de mí a carcajadas y emitía unos graznidos horripilantes. Luego un águila gigantesca voló hacia mí. Trató de alzarme al vuelo asiéndome con las garras. Resistí e hice un esfuerzo sobrehumano para librarme. Entonces me comenzó a dar unos violentos picotazos en la coronilla que me perforaron el cráneo y me cubrieron de sangre el rostro. Gritaba como loco de dolor y de miedo, pero el águila no me soltaba. No entendía cómo era capaz de soportar aquel suplicio y, en un momento de lucidez, cuando sentí un fuerte golpe agudo debajo del omóplato izquierdo y noté que la punta de una flecha me había atravesado el corazón, deduje que se trataba de una pesadilla, pues seguí corriendo como si nada. Decidí detenerme y mi dolor y el águila desaparecieron instantáneamente.

Palpé la punta de la flecha. Sentí su filo mortal y la densidad tibia de la sangre que brotaba de mi corazón perforado. Hubo un silencio absoluto por un momento. Luego un cuervo graznó y el cielo se iluminó. El córvido estaba posado en la rama superior de un encino deshojado bajo un cielo inestable y parcialmente nublado. Su graznido intermitente hizo contrapunto con el canto matinal de los pájaros. Experimenté por un instante una paz inesperada. Creí que la pesadilla se había acabado, pero pronto escuché los pasos de mi atacante que se acercaba con sigilo hacia mí. Decidí confrontarlo. Volteé para ver dónde estaba, pero no pude encontrarlo. En eso sentí su presencia frente y a mí. Alcé la mirada y su rostro cadavérico me produjo tal terror que me dejó de latir el corazón. Entonces me desperté.

Refugio estaba en cuclillas junto a mí tratando de ayudarme a despertar.

—¿*Já-aansí*? ¿Tá bien? —me preguntó repetidas veces dándome unas palmadas en la mejilla.

Intenté levantarme, pero no pude. Aunque lo podía ver y escuchar claramente, por alguna razón, no me podía mover. Tenía entumidos los brazos y las piernas. Permanecí paralizado por unos momentos. Quizás fue solo por un minuto, pero a mí me pareció una eternidad. En ese intervalo tuve una insólita visión.

Sentí que comencé a flotar y a elevarme lentamente. Contemplé el firmamento y estaba resplandeciente en extremo. Extrañamente, el cielo no era azul: irradiaba una infinidad de tonalidades amarillas, naranjas, rosas y rojas de una variedad, intensidad y belleza inimaginables. En vez de enceguecerme, amplificaron y me agudizaron la vista. Pero lo más maravilloso y asombroso de este prodigio no fue lo que vi sino lo que escuché. Inicialmente percibí algo que me pareció era un arroyuelo o una pequeña cascada cuyo murmullo se mezcló al principio con el sonido de la voz de Refugio, el graznido del cuervo y el canto de los pájaros que figuraron en mi pesadilla. Sin embargo, gradualmente este murmullo misterioso fue eclipsando los demás sonidos y cobrando intensidad y riqueza musical. Era un poema sinfónico celestial cuya exuberante variedad de frecuencias, timbres y líneas melódicas desplegaron poco a poco un exuberante edén donde todas las criaturas danzaban, cantaban y gozaban alegremente y en perfecta armonía. Y lo más maravilloso de todo fue cuando escuché una voz angelical de alguien que me llamaba y me decía que había un lugar especialmente preparado y reservado para mí en aquel paraíso. Fue entonces cuando recuperé de nuevo el sentido y me pude levantar y mover.

—¿Qué le ha pasao, *chibejé*? –me preguntó poniéndome la mano sobre el hombro. Era la primera vez que me llamaba <<sobrino.>>

—No lo sé –le contesté todavía anonadado. Traté de disimular mi extrañeza, pero Refugio pareció adivinar lo que me había ocurrido.

—Tuvo sueño, ¿verdá'?

Asentí con la cabeza.

—¿Pesadilla?

Asentí de nuevo.

—¿Con esqueleto?

Lo miré sorprendido por su acierto e intuición.

—¿Apareció cuervo?

—Sí.

—¿Cielo claro o escuro?

—Medio nublado.

—Ah, buena señal. Usté' tiene fantasma enemigo dentro. Estoy haciendo curación. Da sueño y pesadilla y, cuando se dispierta, puede quedá' como muerto por un rato. Debe está 'gotao. Pelea mortal con fantasma cansa. Mañana siguimo'. Y, ahora, a trabajá' que tenemos terminá' *chagocho'o*. No tarda en acostase Padre Sol.

Refugio había recolectado algunas varas delgadas y las hundió en distintos puntos del montículo para asegurarse de que las paredes de la cueva quedaran lo suficientemente gruesas. Tomó su pala y comenzó a cavar el hueco. Me pidió que quitara la nieve que se fuera acumulando a la entrada y nos entregamos a esta tarea de inmediato.

Poco tiempo después quedó lista nuestra choza de nieve. Me invitó a que entrara y me la mostró con orgullo. Me pareció increíble lo acogedor y templado que era su interior. Pero lo que me resultó aún más inverosímil fue encontrarme allí adentro vestido de apache con Refugio. Me parecía todo tan extraño. <<¿Qué me habrá sucedido?>>, pensé.

Hasta entonces no había encontrado el momento propicio para preguntárselo. Mientras paleaba nieve había estado reflexionando sobre lo que me había ocurrido. Reflexioné que era demasiado raro que hubiera dejado de hacer viento tan repentinamente cuando Refugio me encontró. Me entró la duda si en realidad había hecho viento esa tarde. Todo lo que me estaba ocurriendo era demasiado raro. Decidí sincerarme con él y salir de dudas.

—¿Qué me ha pasado? No sé dónde estoy ni qué hago aquí.

—*Chibejé* tiene mal de fantasma enemigo. Sufre delirio. Yo hago curación. Estamo' en *Dziłntsaa*, montaña grande en *indé*. Aquí ancestro' moran. Tamién *Gáıhé*, *Dadilzní*, *Ch'iin* y mucho otro espíritu amigo y enemigo. Aquí hay muuuuuuucho *bigodih*—dijo Refugio alzando las cejas y haciendo un gesto de estupefacta excitación al decir esta palabra que significa <<poder o fuerza>>. Y, cambiando el tema, agregó: –Hagamos fuego y cenemos. Tengo hambre.

Hizo un gesto con la cabeza, apuntó con los labios hacia la salida y, pidiéndome que lo siguiera, salimos a gatas del *quinzhee*. Fuimos hacia donde estaban los pertrechos en busca de los materiales necesarios para encender la fogata. De una alforja sacó una vara de tallo de gordolobo delgada y una tablita de pino blanco con los cuales iba a encender la fogata. De una canasta sacó un puñado de heno y musgo e hizo una especie de nido con ellos. Luego sacó un pliego de corteza de abedul y me pidió que tomara la canasta con ramas y leños que estaba en el suelo y que lo siguiera. Él llevó consigo la alforja con los alimentos y la jarra de agua con dos tarros. Caminamos hacia un saliente cercano que nos ofrecería protección contra el viento.

Allí comenzó a acomodar la leña. Armó una especie de tipi con varias capas de ramas y leños de distinto grosor y, en el interior, colocó heno, musgo y un pequeño trozo de tronco de pino cubierto de resina. Aparte colocó el pliego de corteza de abedul y, sobre él, el nido de yesca que había urdido previamente. Sacó un cuchillo de la alforja y con la punta hizo un pequeño agujero en la tablita de pino blanco. Luego tomó la varita de gordolobo, la limó cuidadosamente con el filo del cuchillo y la lubricó con resina de pino. Una vez lista esta pieza, colocó la tablita de pino blanco sobre el pliego de abedul y se sentó. Apoyando la planta del pie izquierdo sobre la tablita, insertó la vara en la incisión de ésta y, poniéndola entre sus manos, comenzó a girarla frotándose las palmas de las manos como si estuviera batiendo chocolate con un molinillo. La fricción generó calor y aserrín dentro del orificio de la tablita. En pocos minutos comenzó a salir humo y, una vez que se acumuló suficiente aserrín debajo de la tablita, la retiró. Acercó la yesca al aserrín ardiente y ésta se encendió ligeramente. Le sopló un par de veces hasta que prendió bien y, con una rama, la arrastró y la introdujo en la abertura del tipi de leños, donde había más yesca. Así encendió la fogata como habían hecho nuestros antepasados por milenios.

Una vez ardió la leña y se aseguró de que había suficiente madera para alimentar la fogata, sacó de la alforja un par de canastas: una con albóndigas hechas de carne seca de venado machacada y mezclada con bellota pulverizada, bayas secas y grasa animal; la otra con piñones y nueces. Me ofreció, pero no acepté a causa de la jaqueca y la náusea que me seguían trastornando.

—Usté' no come desde que se perdió en Camino Rial. Sabio llena barriga y vacía cabeza.

—Gracias, pero no tengo hambre. —Yo estaba más preocupado por entender lo que me había pasado que en comer y, sin poder ocultar mi confusión y angustia, agregué—no sé lo que me pasó ni cuánto tiempo ha pasado. ¿Qué fue lo que me sucedió?

Refugio, por el contrario, estaba más interesado en comer que en hablar. Le dio una mordida a una albóndiga y comenzó a masticar con gusto. Yo tenía mucha sed y me levanté para alcanzar la canasta con agua y los tarros. Los llené, le di uno a él y me senté en el lado opuesto de la fogata a beber y a descansar.

Refugio comía con avidez y en silencio. Tenía la mirada fija en las llamas y entró en una especie de trance, como si se hubiera fusionado con los alimentos y los elementos. Los colores resplandecientes de la fogata se reflejaron en su rostro y las caprichosas flamas hicieron trucos fantasmagóricos con su imagen. Me dio la impresión de que se transformó súbitamente en un numen arboriforme y que el fuego comenzó a consumirlo. Su cabeza parecía una copa de ramas y acículas llameantes y su cuerpo el contorsionado tronco de un junípero centenario encendido. Irradió una extraña energía que me deslumbró.

Pensé que quizás el agua que estaba bebiendo era en realidad una poción alucinógena. Tomé el tarro y observé cuidadosamente su contenido; le di un pequeño sorbido, verifiqué que era solo agua y volví a poner el tarro en el suelo. Reflexioné que tal vez seguía enfermo. Puesto que tenía mucho frío, me llevé los brazos al pecho y comencé a soplarme las manos para calentármelas. Esto le causó gracia.

—¿Qué hace? –me preguntó extrañado y riéndose.

—Me estoy calentando las manos.

—¿Tiene frío?

—Sí, mucho.

—Si no come, no se va a curá'. El mal 'ta en nariz. — Siguió masticando y enfocando la mirada en la fogata.

Me pareció extraño su diagnóstico, pero luego me enteré de que la cavidad nasal es la sede del pensamiento, según los apaches.

—Hizo mucho aire hoy, ¿verdad?

—¡Qué va! –me contestó masticando y haciendo un gesto despectivo– hoy casi no dijeron na' los cuatro vientos; sólo rumorearon. El mal aire lo tiene atrapao dentro. Espíritu enemigo metiósele.

—¿Mi espíritu enemigo? Que yo sepa, yo no tengo enemigos aquí –comenté con escepticismo e ingenuidad.

—De seguro fue un *Ch'ii*. Los *Ch'ii* fantasma malo que hacen daño a enemigos. *¡Łanohwile!* Los *Ch'ii* tenen *bigodih*; persiguen enemigos hasta en sueños. A veces se convierten en búhos. Sólo ceremonia especial ayuda. Ceremonia que hice pa' curalo me la enseñó mi *chiwoyé jastliin*, el padre de mi madre. Sanaba se llamaba. Un curandero muy sabio. Me la enseñó aquí mesmo. Aquí hay muchos *Ch'ii* y otros espíritus buenos y malos. Sólo los *Gáıhé* y Niño del Agua pueden contra los *Ch'ii*. *Gáıhé* son guardianes de montaña y espíritus protectores. Ellos curan tooooooda' enfermedade'. A usté' tamién van a curá', ya verá.

Tomó la canasta con nueces y siguió comiendo. Las nueces pecanas las partía con gran destreza. Con una sola mano tomaba dos y las apretaba con el puño. Salían los gajos enteros. Antes de comérselos, contemplaba cada gajo con detenimiento, como si nunca hubiera visto uno. Lo observaba desde distintos ángulos y luego se lo llevaba a la boca y lo saboreaba como si fuera un manjar divino.

Al cabo de un rato, no me pude aguantar más las ganas de saber lo que me había ocurrido al salir de Senecú y decidí contarle lo que me ocurrió en el camino al encontrarme a María Tzitza. Refugio me escuchó con atención mientras continuó saboreando sus alimentos. Al terminar mi relato, comentó:

—Viento Santo habló a usté' por ayudá' mujé'. Reveló calamidad que va a caé' sobre hijos y vasallos de Gran Gigante.

Yo nunca había escuchado del Gran Gigante y le pregunté quién era.

—Gran Gigante hijo de Padre Sol y concubina. Gran Gigante no quere a hijos de Mujer Pintada de Blanco. Egoísta y arrogante. Se cree dueño y señor de todo. En otro mundo, santos hijos de Madre Tierra, Gemelos Guerreros Niño del Agua y Mataenemigos, destruyeron hijos bastardos del Sol. Y 'hora hijos de Gran Gigante, ustedes los *nakaiyé*, han venido a vengar muerte de su padre. Pero nuestra Santa Madre regresará de casa en Poniente para salvarnos. Ella enviará a *nakaiyé* plagas y pestilencias y Padre Sol quemará sus campos y cosechas y dará sequía, calor y frío. Y con ayuda de Gemelos Guerreros los *indé* mataremos a hijos y vasallos de Gran Gigante. Destruiremos sus templos, saquearemos sus estancias y cazaremos a *nakaiyé* como jabalíes. Esto es revelación de Viento Santo.

Aunque me intrigó esta profecía, a mí lo que me interesaba era saber lo que me había pasado.

—¿Y a mí que me pasó aquel día? –le pregunté. —No recuerdo nada después de que vi a María ascender al cielo.

—Usté' se perdió en Camino Real. Jefe Chilmo lo vio y le preguntó ¿qué pasa? ¿Qué problema tiene? ¿Dónde está Refugio? Usté' contó visión con mujé' de Senecú y pidió protección. Aseguró que se llama Uriel y que no es cristiano. Quesque mulo Lucio es verdadero fray Diego y bruja seductora hechizolo. Anda buscando Tierra Prometida donde va recuperá forma humana.

—¿Yo les dije eso? –le pregunté sorprendido.

—Sí, dijo tamién que usté' anda buscando Alma y que se perdió persiguiendo búho en esta montaña. Jefe Chilmo sospechó que búho lo embrujó. Usté' dijo otras cosas en lengua desconocida y abrazaba atrapasueños que María dio. Esa noche cayó gran tormenta y usté' nomás traía hábito. Jefe Chilmo dio esta ropa a usté'.

—Y, luego, ¿qué pasó?

—Jefe Chilmo no sabía qué hacer. Pensó regresa'lo a Senecú, pero sospechó que *nakaiyés* iban acusa'nos de embruja'lo a usté'. Además, jefe hizo trato con fray Antonio y tiene que cumplí. Decidió lleva'lo a Ojo Caliente.

—¿Y usted dónde estaba?

—En Senecú.

—Y, entonces, ¿dónde están ellos? ¿Qué hago aquí con usted?

—En Ojo Caliente Don Baltasá', hermano curandero, adivinó que búho embrujó a usté'. Quemaron toda su cosa y regalo de fray Antonio. Consultó con su poder Don Baltasar y dijo que él no podía curá' a usté'. A animales quitó hechizo con ceremonia especial, pero a usté' solamente yo sé curá. Cuando llegué a Ojo Caliente esperé fin de tormenta y traí a usté aquí. Búho causa mal de fantasma enemigo. Búho tene alma mala. Gusta encrucijadas y lugares donde gente fue asesinada —. Y, cambiando el tema súbitamente, me pidió que le contara mi sueño.

—¿Cuál sueño? —le pregunté haciéndome el desentendido.

—Sueño que casi mata de susto a usté'.

—¡Ah, ése!

Se lo conté. Él escuchó mi relato con aparente descuido mientras siguió observando y disfrutando las nueces. Cuando concluí no dijo nada. Siguió ensimismado en aquel peculiar ritual.

Al cabo me impacienté y le pregunté, lleno de curiosidad y ansiedad, qué pensaba de mi sueño.

—Ustedes *nakaiyé* no gustan silencio –me dijo frunciendo el ceño, utilizando un término que significa tanto español como mexicano. —Gustan mucho palabreá'. Inquiétanse con *indé* cuando no contestamos preguntas de un tiro. Y son re buenos pa' opiná' y palabreá' requete bonito. Pero palabra bonita no verdadera. Quien habla mucho, sabe poco. El que sabe de vera, habla poco. Necesita usté' entendé' silencio y sé paciente.

Tomó su tarro, me lo mostró y me dijo:

—Este *idee*' 'ta hecho de *bajfo* –la doble erre de "barro" la pronunciaba como si fuera una jota aspirada —pero el hueco que tiene dentro es lo que vale. Sin hueco *idee*' no sirve. Así es silencio pa' palabras. Yo no sé mucho, por eso hablo de ma', pero me gusta pensá' antes de hablá'.

—Lo siento, tiene usted razón –le respondí abochornado.

Miramos el fuego por un rato. Preparó un té caliente de artemisa y me lo dio. Me dijo que me iba a ayudar a dormir y a no tener pesadillas. Me lo bebí en silencio. Él se puso a cantar algo en su lengua.

Después de una larga pausa me dijo:

—Desde que encontré a usté' en Camino Rial 'tá lleno de miedo a calavera.

Hoy usté' soñó con *Da'its'inszhá*. Sufre delirio persecución de *Da'its'inszhá*. Mala seña. Flecha en corazón sinifica sufrimiento y peligro. Pero, presencia de cuervo y cielo claro, buena seña. Decisión de confrontá' enemigo, buena seña. Águila mensajera de *Binaideeł*, quiere eleva'lo a usté', quiere lleva'lo a su nido, a su morada, pero usté' resiste. Tiene miedo a vida en patria de *Binaideeł*.

—¿Binaidecl? —le pregunté—¿quién es *Binaidecl?*

—Espíritu Dadó' de Vida.

— Y, ¿Datsinchá?

—*Da'its'inszhá* -me corrigió la pronunciación—. Calaca. Fantasma Quitavida. Gobierna pueblos en este mundo y en otros. Aquí en *Dziłntsaa* hay tamién sombra de otro mundo, guardia de reino de *Da'its'inszhá*. Llamamos a esta sombra *bichagoch'o*. En solsticio de inverno salen *bichagoch'o* a ceremonia de regreso de Cazinas que *Da'its'inszhá* preside en pueblos. Muuuuuuy peligroso topase con *bichagoch'o*. Como *Ch'ii*, *bichagoch'o* causa mal de fantasma a enemigos. *Chibejé* va a tener que hacer grande ofrenda pa' calmá' *Da'its'inszhá*. Créame. No hay pior enemigo que Calaca. Mañana voy decí' a usté' qué tiene que hacé' pa' calmá' ira de Calaca. Y hora a dormí. Estoy cansao y necesito sueño pa' cura'lo de mal. Sueños dan revelaciones y *bigodih*.

—Está bien —le contesté. Yo estaba que me moría de sueño. Apagamos la fogata y nos fuimos al *quinzhee* a dormir.

Cuando nos íbamos a acostar esparció hojas de romerillo dentro de la cueva y puso un cuchillo negro debajo de la cobija que yo iba a usar de almohada. Me dijo que el romerillo era para quitarme el miedo y, el cuchillo, para mantener alejado al fantasma enemigo. Luego se puso el atrapasueños en el pecho, comenzó a vocalizar el sonido de la "a" y me pidió que lo imitara.

—Aaaaaaaaaaaaaaaaaaaaaaaaaaaaaaaaaaaaaaaaaaaa.

Mientras vocalizábamos, hizo primero un círculo con ambas manos sobre el pecho y luego con el índice de la mano derecha me instruyó que visualizara el atrapasueños sobre el corazón mientras estuviera dormido.

—Es muuuuy importante hace'lo mientras duerme -me dijo—. Lo ayuda a está alerta y, si tiene pesadilla, pode atrapa'la y transforma'la en dulce sueño. Entonces será rey y no esclavo de sueño. ¿Tene doló' de cabeza y panza? —me preguntó.

—Sí, todavía me duelen -le contesté.

Hizo una mueca de decepción —. Mañana iremos visitá' gente de montaña pa' hacé' ofrenda a *Da'its'inszhá*.

En cuanto se acostó y cerró los ojos, se quedó dormido. Yo estaba tan agotado que también me dormí de inmediato vocalizando el sonido de la "a", tratando de visualizar el atrapasueños y de no pensar en la Calaca, en espíritus amigos y enemigos, búhos y todas las demás cosas extrañas que me ocurrieron aquel día.

Me costó esfuerzo despertarme. Me pesaba y me dolía el cuerpo como si tuviera una fiebre muy alta. Estaba tiritando de frío. Quise volver a dormirme, pero unos repiqueteos de tambor y un coro de voces que estaba dándole la bienvenida a la aurora me lo impidió. No me quedó más remedio que levantarme.

Salí del *quinzhee*. Me deslumbraron los rayos del sol auroral reflejados en la límpida nieve. Encandilado, soñoliento y con mucho frío me dirigí al enebro que estaba en el centro del claro para orinar. Era un árbol centenario que me pareció extrañamente familiar. Estaba plantado sobre un saliente de roca. Su ancho e intrincado tronco y sus gruesas ramas y raíces retorcidas me hicieron pensar en la figura de un fervoroso orante echado de rodillas alabando a la estrella polar con los brazos extendidos. Mientras teñía de amarillo la blanca nieve seguí escuchando a un grupo de cantores dándole la bienvenida al sol. Supuse que el árbol los estaba tapando y que por eso no podía verlos. El cielo zarco ofrecía una vista panorámica ilimitada del mismo valle montañoso que fray Antonio me había mostrado algunos meses atrás. De pronto, escuché una voz ronca y gangosa que me dijo:

—Cuídate del Señor de los Sueños, Uriel.

Volteé a ver de quién se trataba y me di cuenta de que era el mulo Lucio. Estaba amarrado al enebro pastando junto con la Mora y el Pardo.

—Es un genio malévolo que te engañará y te impedirá llegar a tu patria espiritual.

—¿Quién eres? ¿Por qué hablas si eres un mulo?

—No te dejes engañar por los ardides del Señor de los Sueños. Ni soy un mulo ni hablo ni existo. Soy sólo una ilusión como tú.

—¿Qué haces aquí?

—Lo mismo que tú, quiero irme de aquí. Estamos igual de perdidos.

—¿Y cómo lo sabes?

—Porque yo soy tú.

—¿Qué dices?

—Yo soy Diego.

—Pero, yo no soy Diego.

—Lo sé, tú eres un impostor que se quiere hacer pasar por mí.

—Lo hago contra mi voluntad. Esta identidad me la impusieron.

—Y mi cuerpo y mi historia también.

—¿Eres tú Diego Romero?

—El mismo. O, mejor dicho, fui Diego Romero en otro sueño. En éste tengo el cuerpo de un mulo y el nombre de un famoso asno de la literatura latina. Pero eso no importa, aunque tengo el cuerpo de un mulo, mi mente sigue siendo la de Diego.

—¿Qué estás diciendo?

—Tú estás reviviendo mi vida en este sueño. Todo lo que tú estás viviendo yo ya lo viví en otro sueño. Por eso te digo que te cuides del Señor de los Sueños. Te va a querer desviar de tu viaje a tu lugar de origen, tu patria espiritual para que mejor me entiendas. Es un poderoso caballero que te va a ofrecer el oro y el moro con tal de que te sometas a su voluntad y lo sirvas.

—¿Y qué interés tiene ese Señor en mi servicio?

—Quiere que creas en él y en sus ardides. Es como todos los dioses terrenales poderosos, padece de narcisismo y necesita de los humanos para autoafirmarse.

En ese momento, escuché la voz de Refugio. Me estaba llamando para que me uniera a su rito matinal.

—Anda, ve con Refugio. Escúchalo y confía en él. Él es de nuestra estirpe. Y, sobre todo, no te dejes engañar por el Señor de los Sueños, que esto nos costará muy caro a ti y a mí.

—¿Y por qué lo dices?

—Porque mi destino depende del tuyo. Yo no podré llegar a mi lugar de origen si tú no llegas a él tampoco. Nuestros destinos están entrelazados.

En eso se me acercó Refugio. Yo quería sacarle más información a Lucio, pero comenzó a rebuznar y yo no tuve más remedio que seguir a Refugio. Éste, muy sonriente, pero sin dejar de cantar, de danzar, ni de tocar el tambor, y mediante gestos faciales y movimientos corporales joviales, me invitó a que participara en la celebración.

Yo pensaba que iba a unirme a un pequeño grupo de cantores y danzantes, pero Refugio cantaba y danzaba solo. No obstante, por alguna extraña razón, seguía escuchando a un coro numeroso de cantores. Quizás estaba alucinando por la fiebre.

Refugio traía puesto un manto de cuero blanco decorado con imágenes geométricas pintadas con colores brillantes que representaban seres y fenómenos naturales y sobrenaturales. Entre ellos figuraban deidades de la montaña, un águila, un sol, varios arcoíris, relámpagos, nubes y una cruz de los cuatro vientos. Llevaba puesta también una especie de falda de gamuza sujetada con un cinturón de cuero, así como unas botas mocasines adornadas con cascabeles hechos de hueso de fraile que tintineaban al danzar.

Cantaba "Aquí estamos," un cántico alegre que invita a apreciar y a gozar la belleza de todo lo que nos rodea. Pese a que Refugio articuló con claridad y repitió numerosas veces el estribillo, que dice simplemente "*kún-kai-jí-í*," yo estaba todavía amodorrado y me sentí incapaz de participar en el coro. Insistió con paciencia y, al ver que yo no cedía, me entregó el tambor y me pidió que lo tocara. Se puso a bailar y siguió cantando alegremente e inspirado. Era un baile sencillo en el cual golpeaba los pies contra el suelo al ritmo del tambor y movía el cuerpo como si estuviera corriendo. Su energía parecía inagotable. Después de bailar y cantar un buen rato me pidió el tambor y la baqueta y, sin dejar de cantar y sonreír, y batiendo el tambor, me instó a que danzara. Tuve que complacerlo, lo cual le produjo un gran júbilo, especialmente cuando me uní al coro entonando el estribillo:

kún-kai-jí-í, kún-kai-jí-í
kún-kai-jí-í, kún-kai-jí-í

Cuando dio por concluido aquel rito matinal, ambos estábamos sudando profusamente. Yo jadeaba como si hubiera participado en un maratón. Refugio me dio una palmada en la espalda y me felicitó diciéndome <<*nzhǫǫ*, *nzhǫǫ*, bien, bien.>> Luego abrió el bolsillo de piel que cargaba en su cinturón, tomó una pizca de polen de espadaña y me la puso en los labios. Me dijo que con eso me iba a restablecer. Probé con reticencia aquel polvo amarillo cúrcuma cuyo dulzor me reestableció como por arte de magia. Cuando finalmente dejé de jadear, me dijo que necesitábamos ir a las cascadas del Coyote Brujo. Para mi curación era indispensable que me bañara en las aguas de este cañón sagrado. Pero primero teníamos que ir al manantial de San Mateo por agua y leña para el trayecto.

Después de beber agua, les pusimos al Lucio, a la Mora y al Pardo las canastas y las vasijas. Montamos y nos dirigimos a un estanque cercano. Fuimos por un sendero cuesta abajo que ofrecía una vista hermosa del cañón y las montañas. A mí se me había abierto un apetito voraz y ansiaba desayunar, pero decidí aguantarme el hambre por decoro o por vergüenza. Cuando nos acercamos al estanque, amarramos a los animales y bajamos por una escalinata natural formada en una ranura del barranco. En cuanto descendimos, Refugio se desvistió y se metió al estanque en puro taparrabo. Me aseguró que no estaba tan helada y me invitó a que yo también me bañara. Yo solamente sonreí y, mostrándole la palma de la mano derecha, agité el antebrazo para indicarle que iba a sentarme en una roca a esperarlo.

Después de secarse y de vestirse, meditó por un rato de pie y en silencio. Al terminar llenó la vasija de agua y me pidió que me acercara para llenar la mía. Lo hice y, mientras la llenaba, me dijo:

—En vida de *indé* se debe hacé' plegaria a Madre Tierra al despertá' y a Padre Sol al amanecé'. Si cerca de río o arroyo, hace allí después de bañá'; si no, se limpia y reza en lugá' 'onde pueda honrá' a Madre Tierra y Padre Sol en paz. Cada *indé* tene su ceremonia. Mi *chiwoyé jastliin* me enseñó a rezá' Madre mía y Padre nuestro. Claro –agregó cambiando levemente el tono y mirándome fijamente—no todo *indé* cumple obligación sagrada. No todos se bañan ni dan gracia a Dadó' de Vida.

Aunque no me dijo esto en tono acusatorio, me pareció evidente que desaprobaba el que yo no me hubiera bañado ni hubiera rezado ni alabado a ninguna deidad aquella helada mañana.

—Nosotros *indé* no metemo' baza en creencia de naide ni forzamos a creé ná'. Creemo' que gente buena va otro mundo y gente mala se hace fantasma en este mundo.

Refugio hizo una breve pausa esperando que yo dijera algo, pero opté por quedarme callado. Yo la verdad me comenzaba a sentir un tanto liberado estando con él. Era la primera vez en mucho tiempo que no tenía que aparentar nada ante nadie. Estando con él no me sentí obligado a realizar ningún acto religioso ni a decir nada que yo no pensara o creyera.

—Nuestra creencia no está en ningún libro. No predicamo', ni convertimo', ni castigamo', ni condenamo', ni maldecimo' quien cosa distinta cree. No tenemo' templo o altá' po' que en todo lugá' podemo' venerá' a Madre Tierra y a Padre Sol. Dadó' de Vida tiene toda forma y cuerpo: estrella, montana, arana —la "ñ" la pronunciaba como "n"—águila, hombre, mujé'. Está presente en todo: noche, día, montana, río, floresta, desierto, roca, agua, aire, cielo. Igual de generoso con *indé* y *nakaiyé*, mujé y hombre, planta, animal o roca. Abraza y da vida. Así como sol ilumina todo y así como aire sopla todo sin despreciá' nada ni naide, Dadó' de Vida ama todo pó' igual.

Habiendo llenado nuestras vasijas con agua, regresamos al lugar donde estaban los animales. Ascendimos con dificultad el barranco. La vasija de Refugio llegó llena, pero la mía llegó medio vacía por mi torpeza al subir. Aliviado de no haberme caído, le dije un tanto avergonzado:

—Al menos no se me quebró.

—No se preocupe, *chibejé*, tenemo' agua pa' lo' dó' –me contestó mientras amarrábamos las vasijas a los animales.

Luego juntamos leña suficiente para el día. Refugio se alegró al ver una mata de artemisa. Musitó un canto y una plegaria y arrancó con cuidado unas cuantas ramas y las puso en las alforjas con la leña. Finalmente, cabalgamos de vuelta al campamento. Había llegado el momento de desayunar.

Ya para entonces los rayos del sol estaban derritiendo la nieve y se comenzaron a formar pequeños carámbanos en las ramas de algunos árboles y pinos. Yo tenía tanta hambre y sed que arranqué un puñado de bayas de junípero que estaban cubiertas de nieve e hice con ellas un bolo agrio y picante que me calmó por unos momentos las ansias de comer. Refugio no mostró ni prisa ni hambre cuando descargamos, cortamos y apilamos la leña, ni cuando acomodamos los leños para encender la fogata. Aun cuando realizaba las faenas más triviales y mundanas, actuaba en la montaña de la misma manera que fray Antonio se comportaba en el templo frente al santuario: todos sus movimientos y actos parecían seguir un orden preestablecido y sagrado.

Después de muchos preparativos, encendió la fogata. Calentó agua en un cazo de barro y sacó de su alforja un saco con harina de mezquite, quiote seco de mezcal y la canasta con nueces y piñones de la noche anterior. La harina de mezquite la mezcló con agua para confeccionar una especie de cereal caliente ligeramente dulce que me pareció una delicia. El tallo de la flor del mezcal cocida al horno y secada al sol que traía en su alforja me pareció un tanto insípido y correoso, pero igual lo devoré con gusto y desempacho. Los piñones me los hubiera comido con cáscara y todo si no fuera porque sabía que mis cariadas muelas no hubieran podido resistir semejante abuso.

Después de consumir nuestros alimentos en silencio me preguntó:

—¿Y cómo van su sueño, *chibejé*?

Dudé en sincerarme con él por unos instantes. Sin embargo, al reflexionar que quizás estaba soñando, decidí confesarle quién era yo realmente.

No tenía nada que perder diciéndole la verdad, e incluso podría ayudarme, pensé.

Refugio me escuchó fascinado. Cuando terminé de relatarle mi historia, me dijo algo que me sorprendió.

—Cantore' apache', todo somo hermano.

—No entiendo -le contesté confundido por lo que me estaba diciendo.

—Pa' sabé' secreto de cantore', debe hacerse primero hermano. ¿Promete sé mi hermano pa' siempre si cuento secreto?

La candidez y la sencillez absoluta con la que me hizo esta pregunta disiparon por completo el último vestigio de desconfianza que empañaba todavía mi aletargada conciencia.

—Sí, se lo prometo -le respondí sin pensarlo bien, tal vez por curiosidad y conveniencia, pues no sabía lo que implicaba hacerme su "hermano."

—*Au' shiã hnzhû* -me dijo sonriendo. —Me gusta eso. Entonce', ya e' mi *shidizé*, hermano menor, y yo su *shidee*, hermano mayor. Luego se puso muy serio y me dijo en tono confesional.

—Yo también soy un *diyi*.

—¿Un qué? -le pregunté.

—Un *diyi*, un espiritista. Mi don son lo' sueño'. Lo' sueño' me guían y me dan conocimiento y sabiduría. Lo sueño me dan podé y me revelan la verdá'. Casi naiden sabe sobre este podé' personal mío, sólo hermano *diyi*. Yo tamién tengo sueño de otra vida, he visto a gente en otro pueblo y en otro tiempo, gente que muere y reencarna en otro cuerpo. Tamién soñé a Uriel y he visto su vida, y su mundo, y su futuro.

—¿Sabe usted quién soy yo verdaderamente, Don Refugio? -le dije con una mezcla de entusiasmo, incredulidad y temor.

— *Shidee* -me corrigió.

— *Shidee* -repetí para complacerlo.

—Usté' no é Uriel, *shidizé*, usté' Diego -me aclaró.

—No—lo contradije seguro de que estaba teniendo un sueño lúcido. —Estoy soñando que soy Diego, pero soy en realidad Uriel.

—Su mente engaña, *shidizé*. Está enfermo. Fantasma enemigo se le ha metido po' nariz. Voy a exorcizá' con ayuda de nuestro hermano *diyi*, vamo' a quitá' enfermedá' dada por tecolote.

—Yo no estoy enfermo, ni estoy loco ni poseso -insistí irritado, aunque tratando de controlarme. -Estoy soñando.

—¿Y cómo sabe?

—¡Lo sé porque lo sé! ¡Yo sé quién soy realmente! Conozco mi vida perfecta y detalladamente. De Diego sólo sé lo que otros me han contado. Diego es alguien completamente extraño para mí.

—¿Y, entonce', po' qué tene cue'po de Diego, cara de Diego, voz de Diego, historia de Diego? ¿Po' qué camina, come y compota como Diego?

—¡Porque estoy soñando! –le contesté exasperado.

—¿Y cómo sabe? –me volvió a preguntar. –Muestra a mí que usté no Diego –me incitó sin conmoverse y cruzando los brazos.

Dudé por un momento si debía pedirle a Lucio que le confesara a Refugio quién era Diego realmente. Pero temí que esto lo convencería aún más de que yo estaba enfermo, si no es que loco, y desistí.

—Usté' y yo sabemo' que siempre estamo' soñando, de día como de noche –me dijo. –Pero sueño de vigilia, distinto. Si me pizco la mano, duele; si pongo mano en fuego, quema; si clavo cuchillo, sale sangre; si quero volá' y me tiro a abismo, me mato.

Hice una prueba para verificar si estaba soñando o no. Acerqué la mano al fuego y la retiré escaldado instantáneamente, haciendo una mueca de ardor. Refugio se rió y me dijo con sorna:

—¿*'Adíídí yá' 'át'é*? ¿Qué es esto? ¿Un sueño, eh?

Me quedé callado con el orgullo y la mano derecha lastimados.

—Ponga mano en nieve –me aconsejó.

Así hice. Aunque la sensación de lo frío me intensificó al principio el dolor, gradualmente fue disminuyéndolo. Refugio se levantó para traer más leña y me puse a cavilar.

¿Y si era cierto que no estaba soñando y que en realidad era yo Diego y no Uriel? ¿Qué iba yo a hacer? ¿Entregarme a la labor misionera? ¿Intentar convertir a los apaches a una religión en la que yo no creía? ¿Continuar esta mascarada? ¿Por qué me estaba yo dejando acarrear por los franciscanos como una oveja al matadero sin oponer resistencia y sin luchar por mi supervivencia? ¿Acaso tenía una alternativa? ¿Y qué si le pedía ayuda a mi madre, o a alguno de sus parientes? ¿Aceptarían mi renuncia a la vida religiosa fray Antonio, el custodio, los miembros del definitorio, el obispo y el arzobispo? ¿Y qué si se llegaran a enterar de lo que me ha pasado, que todas mis pertenencias han sido quemadas, incluyendo mi hábito, el crucifijo, el escapulario y el salterio? ¿Y si descubrieran que Refugio me ha hecho una cura y que ahora me consideraba su hermano espiritista? ¿Y si se enteraran que soy agnóstico y que abrigo toda clase de creencias heterodoxas? ¡Me quemarán en la hoguera cual apóstata nigromante! ¿Acaso no me lo advirtieron ya de antemano fray Antonio y fray Salvador Guerra?

Tengo que hacer algo radical, pensé. Escaparme, sí, ¡escaparme! Pero ¿adónde y cómo si no tenía ni un real, ni era capaz de valerme por mí mismo o sobrevivir a la intemperie y, mucho menos, en el invierno? ¿Qué era peor, morir en la hoguera de la Inquisición, sin dar una pelea, o morirme de frío, devorado por los lobos buscando una vida nueva y persiguiendo mis ideales? ¿Cuáles ideales?, recapacité. ¿En qué creía yo? ¿Qué deseaba? ¿Qué aspiraba en la vida? Eso sí lo tenía yo harto claro, fuera yo quien fuera. Mi sueño era escribir, vivir una vida examinada, cultivar las letras y la sabiduría. ¡Y eso no lo podía conseguir en Nuevo México! Comprendí que tenía que irme como fuera de allí, costara lo que costara. ¡Me iría a la Ciudad de México montado en el Lucio, igual que como había llegado! Le pediría a Refugio ayuda. ¡Sí, eso era! Le rogaría que me enseñara a sobrevivir cazando con arco y flecha y recolectando frutos y yerbas del desierto. Me iría a Parral, luego a la Ciudad de México. ¿Me ayudaría?

Refugio había regresado con algunos leños, los había acomodado en la fogata y estaba sentado cerca de mí comiéndose unas nueces tranquilamente. Me armé de valor y le pregunté:

—¿Por qué estoy aquí, *shidee*? ¿Qué espera usted de mí? ¿Por qué me está ayudando? ¿Por qué me quiere curar?

Refugio se quedó pensativo. Tomó una rama y se puso a escarbar con ella. Al cabo de un rato, sin decir nada, se levantó y fue a sacar algo que guardaba en el bulto de cuero donde guardaba sus pertenencias. Regresó con un lienzo de gamuza enrollado. Se paró frente a mí y lo extendió.

—Profecía cuenta destrucción de pueblo *indé* –me dijo y me acercó para que examinara el lienzo detalladamente.

Era un catecismo pictórico ricamente ilustrado y coloreado con pigmentos naturales. Medía aproximadamente sesenta centímetros de ancho y noventa de largo. Tenía pintada una escala católica que instruye cómo se sube al Cielo. El lado izquierdo resumía la historia bíblica y, el derecho, la historia indiana. Ambos relatos tenían dos versiones diferentes que seguían cursos y destinos distintos los cuales estaban representadas por dos sinuosos caminos separados. Una escalerilla recta que representaba la vida de Cristo recorría y dividía estos dos caminos.

En el relato bíblico, el camino de la izquierda se llamaba "la Vía de la Perdición." Estaba pintado de gris oscuro e ilustraba pasajes del Viejo Testamento asociados con la idolatría y la impiedad. El camino de la derecha, denominado "la Vía de la Salvación," estaba pintado de amarillo y trazaba la senda que siguieron los más piadosos profetas del Viejo Testamento y los apóstoles del Nuevo Testamento. En la base de la escalerilla que estaba pintada en medio de las dos vías había un anciano fornido de melena y barba blanca envuelto en una túnica púrpura que representaba a Yavé. Tenía los brazos extendidos y las manos abiertas; mostraba y contemplaba su creación. Debajo de él había nueve cuadros donde estaban representados, respectivamente, la nada y la tiniebla inicial, los siete días de la Creación y la Caída. Debajo de los cuadros estaba trazado un cuadrado grande que explicaba el misterio de la Trinidad. Dentro del cuadrado había un círculo y, dentro de éste, un triángulo equilátero rodeado de líneas rectas que cubrían casi todo el círculo, los cuales representaban rayos de luz. En el centro del triángulo estaba trazado el número uno; en el vértice superior figuraba el rostro de un anciano blanco y barbudo; en el vértice inferior izquierdo, la faz de un semita treintañero barbudo que representaba a Cristo; y en el vértice derecho, la silueta de una paloma blanca batiendo las alas representaba al Espíritu Santo. Al otro extremo de la escalerilla central, sobre el peldaño superior, había una imagen de Cristo crucificado. La Virgen María oraba de pie a su lado y, junto a ella, sollozaba María Magdalena postrada de hinojos y con las manos en la cara. Sobre esta escena había otra imagen de Cristo Rey suspendido en el cielo y radiando luz como si fuera el sol.

En el relato histórico, el trayecto izquierdo se llamaba "El Camino Siniestro" y estaba pintado de color gris oscuro. Ilustraba los grandes episodios de la historia político-económica y militar del continente, desde la fundación de la civilización mesoamericana hasta el actual virreinato novohispano y el reinado de Carlos II, el Hechizado. Este camino desembocaba en una región llamada <<Apocalypsi>> donde los arcángeles degollaban a la Bestia y a sus dragones. El trayecto que estaba a la derecha se llamaba "El Camino Diestro" y estaba pintado de amarillo. Relataba los grandes eventos de la historia eclesiástica novohispana, desde la llegada de los doce apóstoles franciscanos hasta la fundación de las misiones en Nuevo México. Los dos caminos estaban conectados por senderos que representaban el cambio de trayecto que hacían los conversos al pasar del camino Siniestro al Diestro, y los apóstatas al ir del Diestro al Siniestro. Estos senderos parecían ser los peldaños pandeados y desnivelados de una escalera retorcida. En medio de ésta había una escalerilla sólida y recta que tenía una iglesia en la base, la cual funcionaba como sostén de la escalerilla. Al mismo tiempo, esta iglesia era el primer peldaño del relato histórico y conectaba el camino Diestro y el Siniestro. Debajo de este templo había otra imagen de Cristo Rey suspendido en el cielo y radiando luz. Era casi idéntica a la imagen que coronaba la historia bíblica, excepto que, debajo de Cristo, había unos frailes y unas monjas hincados y mirando al cielo, algunos con los brazos alzados, y otros con las palmas unidas y orando. En la cabeza de la escalerilla figuraba Cristo Rey. Estaba sentado sobre el peldaño superior y tenía los brazos extendidos. Su índice izquierdo apuntaba hacia el Infierno, una obscura región cubierta de llamas y humo y poblada de demonios que administraban suplicios a indios idólatras y a pecadores de toda índole. Su índice derecho apuntaba hacia el Paraíso donde Cristo Rey estaba en su trono abrazando a un niño arrodillado vestido de monaguillo y la Virgen María y los ángeles los observaban con mirada y postura piadosa. Debajo de ellos había un ángel que sostenía a otro bienaventurado, quien esperaba su turno para ser recibido en el Reino de Cristo en el Milenio postapocalíptico.

—Pintura cuenta destrucción de pueblo *indé* –dijo Refugio de nuevo al cabo de un rato.

—¿En dónde?

—En Camino luminoso toda gente viste túnica y hábito, mire—me dijo señalando las figuras de aquellos que ascendían al Cielo por la Vía de la Salvación y el Camino Diestro. –*Indé* solamente aquí con *nakaiyé* malo—me dijo señalando el Camino Siniestro. —¿Qué pasa a *indé* en profecía cristiana? Mire. *Indé* van a Infierno y son destruido por demonio.

—Su interpretación me parece acertada.

—Mía no, de abuelo. Él la enseñó.

—¿Es suyo el lienzo?

—Sí, abuelo Sanaba me lo dio.

—¿Y quién lo pintó?

—Dama Azul.

—¿Dama Azul?

—Misionera que visitó Ojo Caliente en tiempo de abuelo. Ella dejó lienzo en tipi de abuelo.

—¿Y por qué me lo está mostrando?

—Quero protegé' a mi pueblo de profecía cristiana.

—¿Y qué puedo hacer yo?

—Quero que usté' enseña catecismo a mí.

—¿Y para qué?

—Pa' entendé' profecía cristiana.

—Está bien, *shidee,* le voy a explicar todo lo que usted quiera del catecismo y de la Biblia.

—Gracia, *shidizé.*

Pero con una condición—agregué.

—¿Qué condición?

—Que usted me enseñe a cazar con arco y flecha y a sobrevivir en la montaña y el desierto.

—¿Y pa' qué quiere aprendé' eso?

—Porque quiero escaparme. Quiero abandonar la misión. Quiero irme de Nuevo México.

—¿Quere regresá' a Cidá' de México?

—Sí.

—¿Y po' qué no va en carro? Más fácil.

—Porque los *nakaiyés* van a querer matarme cuando se enteren que me he hecho hermano de usted.

—Comprendo. Tá bien. Voy enseñá' a sobreviví en desierto.

—¿Y a cazar?

—Y a cazá'.

Extendí mi mano en señal de trato.

—Pero, ante, necesito sacá' fantasma enemigo. ¿D'acuerdo, *shidizé*?

—De acuerdo, *shidee.*

—Entonce', desde ahora, usté' e' *dikojé*, novicio en *nakaiyé.* Sinifica que no puede desobedecerme -me advirtió y me estrechó la mano.

Fue de inmediato por su alforja y sacó un palito puntiagudo y un tubo corto de junco unidos con una cinta larga de cuero. Me dijo que eran para rascarme y para beber agua, pues a los novicios *indé* se les tenía estrictamente prohibido rascarse y beber agua sin la ayuda de estos utensilios. Debía amarrármelos en el cinturón y llevarlos conmigo a todos lados. Me entregó también un cuchillo, un arco y una aljaba con flechas.

—Debe siempre tené' cerca en caso de emboscada. También mocasine'. Debe está siempre alerta. Enemigo puede atacá' en todo momento. No duerma tanto. Despierte ante' que estrella de mañana. ¡No deje a ella salí primero!

Luego me entregó una bolsita de piel con polen de espadaña y me dijo:

—Lo primero que hace *indé* de mañana es soplá polen al alba. En cuanto salga el sol -me explicó tomando una pizca polen de la bolsita —esparce *hoddentin* al oriente y repite: "*gunyule, ch'ígonáʼáí, sichizi, gunyule hayołkaałyú ijanale.*"[5] Esto quiere decir: "Te ruego, sol, sé bueno. Te ruego, aurora, sé buena. Déjenme viví mucho." Y luego, despué' de decí' oración—añadió emulando los movimientos de un corredor apresurado —*dikojé* corre una legua rápido y sin pará. Pierna' fuerte', tu' mejore' amiga' en montana y desierto. Al terminar de decir esto, me dijo:

5 Información de Mickey Free. Citado en John G. Bourke, "Medicine-Men of the Apache," *Ninth Annual Report of the Bureau of Ethnology* (Washington Printing Office, 1892), 491-92.

—Vamo' *dikojé*. ¡Hora de corré'! – y se me quedó mirando.

Yo creí que estaba esperando que yo dijera algo. Y, como estaba sintiendo una gran urgencia de hacer mis necesidades, aproveché para pedirle que me disculpara "un momentito," e indicándoselo con una seña.

—Momentito, no–me dijo remedándome–. Antes' tiene que corré' una legua, *dikojé*.

Yo creí que estaba bromeando y esperé unos instantes para ver si se le dibujaba una sonrisa en el rostro. Sin embargo, sucedió lo contrario. Muy serio, tomó una pizca de polen, la sopló en dirección al sol y pronunció la plegaria:

—*Gunyule, ch'ígonáʼáí, sichizi, gunyule hayołkaałyú ijanale.* Ahora usté', *dikojé* –me pidió que repitiera la plegaria.

Yo me quedé parado ahí sin hacer ni decir nada. Al ver que no lo obedecía, se exasperó. Tomó un palo del suelo y amenazó con darme con él si no hacía lo que me estaba ordenando. Incrédulo, pero temiendo recibir un severo golpe, tomé mi bolsita con polen, la abrí, tomé una pizca de polen y la soplé en dirección al alba. Luego le pedí que repitiera la plegaria otra vez.

—*Gun-yu-le, ch'ígo-ná-ʼáí,*–articuló cada sílaba lenta y cuidadosamente. Tenía el rostro y los labios levemente manchados de amarillo cúrcuma.

—*Gun-yu-le, ch'ígo-ná'-áí* –repetí con torpeza.

—*Si-chi-zi.*

— *Si-chi-zi.*

—*Gun-yu-le ha-yoł-ka-ał-yú*

—*Gun-yu-le ha-yoł-ka-ał-yú*

—*Ij-anale.*

—*Ij-anale.*

—'Hora corra –me ordenó haciendo un gesto feroz y golpeándose levemente con el palo la palma de la mano izquierda.

Comencé a correr de prisa por el sendero hacia donde estaba el estanque. Aunque iba cuesta abajo, pronto comprendí que no iba a poder correr una legua a este paso. Recordé aquel refrán que dice, "más vale paso que dure y no trote que canse." De modo que, en cuanto vi que ya me había alejado lo suficiente de su vista, comencé a trotar lo más lento posible. Al cabo de un rato, cuando llegué al lugar donde habíamos dejado a los animales para descender al estanque, decidí detenerme para hacer aguas mayores, pues ya me andaba. Busqué un lugar dónde esconderme para evacuar el vientre y recuperar el aire. Apenas me había bajado los pantalones cuando escuché el trote distante de un caballo. Me apuré para terminar lo más pronto posible, pero siendo Refugio un veterano en el arte de la embestida sorpresa, en lo que menos pensé ya estaba yo en el suelo bramando de dolor, pues me había administrado un certero castigo en la espalda con una vara de junco.

—¿Qué le dije? *Dikojé* obedece siempre; si no, palo.

Me subí los pantalones, me los amarré y me levanté de inmediato, pues me amenazó con darme otro varazo. Comencé a trotar a un paso moderado, pero me ordenó que corriera más rápido. Y, para asegurarse de que no aflojara el paso, me siguió de cerca.

En aquel trecho el sendero era relativamente plano, pero, después de cruzar una pradera, la pendiente se comenzó a inclinar cuesta arriba gradualmente. Cada vez que yo disminuía la velocidad, me gritaba, <<corra más rápido, que lo alcanza Cuco.>> Yo entonces no sabía que el Cuco es un maléfico búho, adversario de los Gemelos Guerreros, que aparece en la historia de la creación y en muchos cuentos infantiles *indés*. Cuando pasamos un trecho del sendero lleno de curvas cerradas, la pendiente del terreno y el agotamiento hicieron imposible que pudiera yo continuar la carrera, pues ya no podía ni con mi alma, y comencé a caminar de plano sin importarme las consecuencias. Entonces Refugio me comenzó a azuzar imitando el ululato de un búho:

—aúúúúúúú, aúúúúúúú, aúúúúúúú, aúúúúúúú.

Avancé lo más que pude por la pendiente hasta que, finalmente, ya no pude más. Me caí rendido de rodillas y vomité. Refugio se bajó del caballo y me dijo.

—Suficiente por 'hora.

Me confortó y esperó a que me recuperara. Cuando me repuse, me dijo:

—'Hora tenemos que cazá' conejo' pa' comé' –y me ayudó a subirme a la Mora.

Aunque ella también había estado resoplando como yo, para entonces ya había tomado un segundo aire. Guiados por Refugio, quien rienda en mano caminó adelante de nosotros, ascendimos por la montaña hasta llegar a la cima.

Cuando llegamos a la línea de la cresta, Refugio señaló el sitio preciso donde yo había aparecido en uno de sus sueños. Yo no entendí la alusión. Me recordó aquella vez que él y fray Antonio me recogieron cuando supuestamente me extravié al apartarme de la cuadrilla de carros, recién llegado a Nuevo México.

—-*Shidizé* bajó por este camino montado en la Mora con padre, ¿se acuerda?

—Claro que me acuerdo, ¿cómo se me va a olvidar? –le dije fingiendo estar plenamente consciente de aquel misterioso encuentro con fray Antonio y con él.

En este trecho el sendero estaba cubierto de enebros y se bifurcaba en forma de horquilla. Daba la impresión de que desaparecía al llegar a la cresta.

—¿Y cómo llegó aquí, *shidizé*?

—Es una larga historia que desconozco, *shidee* –le respondí de mala gana y me sumí en un angustioso silencio mientras Refugio entonces me mostró con orgullo aquella fracción del inmenso territorio que la banda *indé* de los *chíhéne* controlaba y consideraba su nación y su dominio. Era el mismo valle que fray Antonio me mostró el día que me topé con él, cuando inició mi pesadilla.

Minutos después, descendimos. Era todavía de mañana, pero necesitábamos regresar al campamento para almorzar, recoger al Lucio y al Pardo y todos nuestros enseres para partir cuanto antes a las cascadas del Coyote Brujo donde íbamos a acampar por algunos días. Allí iba a continuar mi tratamiento con la ayuda de los espíritus que él llamaba la gente de la montaña, pues era un tabú mencionar su nombre explícitamente, los *Gáıhé*.

Iba yo distraído y enojado reflexionando en lo injusto que había sido Refugio al obligarme a correr y luego golpearme justo cuando tenía yo tanta urgencia de regir. Mientras tanto, cuando atravesábamos un collado con una amplia pradera, Refugio divisó unos conejos entre los matorrales y pronto flechó a uno de ellos. Yo apenas me percaté de ello. Sólo escuché un zumbido violento que rasgó el silencio que cundía en la montaña. Cuando volteé a ver a Refugio él estaba tirando del arco con el segundo conejo en el blanco.

—¿Qué hace ahí? –me recriminó al flechar al segundo conejo. –¡Tráigalo!

—¿Qué? –le pregunté completamente despistado.

—¡La presa! ¿Qué má'?

—¿Qué presa? ¿Dónde?

—¡Allá! ¿'onde má'? ¡Corra ya!

Siendo yo un novicio no sólo tenía que obedecerlo. Pronto descubrí que era también mi deber buscar y cortar la leña; encender las fogatas; cargar los bultos y las piedras; traer el agua; cavar los hoyos; treparme a los árboles, recolectar los frutos, semillas, raíces y plantas comestibles; cargar, despellejar y destripar a los animales que cazábamos; preparar y cocinar los alimentos; asear y vigilar el campamento; limpiar, condicionar y reparar los enseres; construir y desmantelar los tipis; cuidar y ensillar a los animales, amén de muchas otras cosas. Desde ese día no tuve un solo momento para descansar y dormía sólo hasta que mi cuerpo y mi mente claudicaban por completo.

Aquella tarde lejana, al caer en la cuenta de que Refugio me estaba tratando como su sirviente, se lo reproché. Le recalqué que yo sólo le había pedido que me enseñara a cazar y a sobrevivir en la naturaleza.

—Madre Tierra produce todo, pero no no' lo sirve. Hijo de Madre Tierra tenemo' que toma'lo y hace'lo todo. Ella no no' cocina ni no' cuida. Tenemo' que valerno' solo. Si no, morimo'. Si *shidizé* no aprende, morirá como inocente conejito. *Shidizé* no sabe hacé' na'. Cuando *shidizé* aprenda cosa de mujere', enseñaré cosa de hombre. La caza es pa' hombre. Usté' todavía no hombre; usté', *dikojé*. *Dikojé* obedece y calla.

Y me ordenó que guardara silencio a partir de aquel momento. Sólo podía hablar mientras le explicara el catecismo pictórico y le impartiera clases de historia y cultura *nakaiyé*. También me instó a que usara la voz para cantar, rezar plegarias y repetir las diversas palabras y frases del lenguaje de la guerra que él me enseñó diariamente. Éste era un lenguaje figurado secreto que aprendían todos los *dikojé* en su entrenamiento y que sólo utilizaban los *indé* cuando estaban en "el camino de la guerra." Por ejemplo, a los rayos de las tempestades (*hách'íłgich*) les llamaban "amigos del trueno" ("*ididii'ach)* y, fuego (kó) se decía "el que cuenta cuentos" (*nagoni'i'na'godi'*), quizás por la costumbre de relatar historias frente a la fogata durante la noche. Me dijo asimismo que yo tenía que aprender a escuchar a la Madre Tierra, que las plantas, los árboles y todos los animales tenían su lenguaje y había que aprenderlo para poder dialogar con ellos, que todos los Hijos de la Madre eran una fuente de conocimiento indispensable para poder sobrevivir en la montaña y en el desierto.

—Si sabemo' su lengua, planta' no' dicen pa' qué son buena', árbole' no'ayudan a encontrá' camino y animale' no'avisan si hay peligro y a'ónde hay agua.

Aquel día aprendí también que los vientos son la fuente de la vida, tanto la natural como la sobrenatural, y que los vientos nos dan el pensamiento, el habla y el entendimiento a todos los seres vivos.

—El Santo Viento no' da vida y no' guía. Lo' animale' y la' planta' hablan y piensan como nosotro', y a vece' saben lo que estamo' pensando, gracia' a Santo Viento. Si tiene un mal pensamiento e' porque un viento malo se lo metió. Si está enfermo, e' porque su *niyi' siziiní*, el aire que tiene dentro y que sostiene su cuerpo, está débil. Y si su *niyi' sizinií* está débil, lo' malo' aire' lo pueden atacá' y hacé' daño. Pa' curarlo vamo' a tené' que hacerle ofrenda a Santo Viento. Vamo' a pedirle que dé fuerza a su *niyi' sizinií*.

Aquí en montaña hay muuuuuucho *bigodih*, mucha fuerza. Montana' está viva' como nosotro' y é' nuestra fuente de bienestá'. Gracia' a ella' *indé* somo' fuerte'. Aquí *shidizé* va aganá' fuerza, va a curarse.

Me habló de las montañas sagradas de los *indé*: las Tres Hermanas, la Sierra Oscura, la Sierra de Guadalupe y, especialmente, Sierra Blanca. Me relató la historia cuando la Mujer Pintada de Blanco dio a luz, en medio de una gran tempestad, a Niño del Agua y a Mataenemigos —los Gemelos Guerreros— y la historia cuando éstos derrotaron a los *Binaayéé*. Me contó de nuevo la profecía que dice que unos seres ojiblancos, hijos del Gran Brujo, vendrán para apoderarse de todos estos territorios y profanarán y destruirán la Madre Tierra. Pero me aseguró que los Gemelos Guerreros volverán y los derrotarán y que la Mujer Pintada de Blanco, su Santa Madre, se llevará a los *indé* con ella a otro lugar donde fundará un nuevo mundo. Me aseguró que algo parecido ya había sucedido en otro tiempo cuando los anasazi' fueron destruidos por un viento de fuego enviado por el Padre Sol a petición de los Gemelos Guerreros por profanar todo lo sagrado. Según Refugio, estos enemigos ancestrales de los apaches y los navajos vivían en casas de adobe construidas en el interior de cuevas y abrigos formados en los acantilados de las barrancas. Eran seres muy ingeniosos y poderosos que aprendieron a controlar los elementos y hasta a volar, afirmó. Tenían grandes extensiones de terreno cultivado y esclavizaban a gente de pueblos aledaños para usarlos de cargadores, incluyendo a muchos *indé*. Sin embargo, la codicia y la falta de respeto a lo sagrado acabó con ellos. Eran tan irrespetuosos y abusivos que hasta a Mataenemigo' quisieron obligarlo a trabajar. Éste, en venganza, los convirtió en peces.

—Por eso *indé* no comemos pescado –me dijo al concluir su relato.

Hacia el mediodía regresamos al campamento. Esa tarde Refugio me enseñó a hacer fogatas y a asar carne. Una vez que ardieron las ascuas, eché a uno de los conejos. Cuando estaba parcialmente asado, despellejé al conejo, lo destripé y lo terminé de asar.

Mientras comíamos Refugio me dijo que, en cuanto termináramos, íbamos a continuar nuestro camino hacia el cañón del Coyote Brujo, donde había una cueva infinita.

—En cueva vive gente montana —. Ello' van a curarte.

Me dijo que, primero, íbamos a hacer una ofrenda a *Da'its'inzhá*.

—En cueva hay mucho podé y peligro. Cueva tamién entrada a reino de *Da'its'inzhá*.

Entonces le pregunté ingenuamente si *Da'its'inzhá* era una figura de la muerte. Refugio se alarmó como si hubiera invocado al mismísimo demonio. El pobre se atragantó del sobresalto y comenzó a toser desaforadamente tratando de desalojar un pedazo de carne que se le había atorado en la garganta. Yo me levanté y le di una fuerte palmada en la espalda que lo ayudó a recuperar el aire. Cuando por fin se restableció, se sentó a comer nuevamente. Me advirtió que era de mal agüero decir "esa palabra" —la palabra muerte— y me suplicó que no volviera a hacerlo. Me explicó que *Da'its'inzhá* era el Jefe de Tierra Abajo y que exigía tributo cada vez que alguien iba a pisar su territorio. Hizo la observación que *Da'its'inzhá* era un dios arrogante que se creía dueño no sólo de todo el inframundo sino también de toda la superficie terrestre, incluyendo los territorios *indés*. Cuando los *nakaiyés* pisaban su territorio, especialmente los religiosos, *Da'its'inzhá* se enfurecía porque decía que no le daban su lugar ni le guardaban el debido respeto. Me dijo que *Da'its'inzhá*, aprovechando que mi *niyi' sizinií* estaba débil, había mandado a que un *bichagoch'o* se me metiera y me enfermara, pero que no me preocupara porque la gente de la montaña iba a ayudarlo a curarme.

Entonces me contó una historia de dos jóvenes que fueron curados por ellos.[6] Uno había nacido sin ojos y el otro sin piernas. Sus familiares y amigos cuidaron de ellos hasta que crecieron como adultos. Pero, como ya estaban muy pesados y había que recorrer grandes distancias con ellos a cuestas, un día se hartaron y los abandonaron en la montaña. Los muchachos no tuvieron otro remedio que tratar de sobrevivir ayudándose mutuamente. El ciego ayudó al lisiado a treparse a su espalda y le pidió que le dijera por donde deberían ir. Anduvieron muchas horas buscando agua y comida, sin mucha fortuna. Antes de que cayera la noche, encontraron una cueva y se refugiaron allí. Tenían tanta hambre, sed y sueño que creyeron que en ese oscuro sitio iban a quedarse dormidos para siempre. A eso de la medianoche, unos ruidos extraños los despertaron. El ciego y el lisiado sintieron un gran terror, pero estaban tan débiles que no pudieron siquiera moverse. De pronto, se iluminó la cueva y aparecieron cinco hombres cubiertos de ceniza. Vestían taparrabo, mocasines y capillo de piel de venado con una corona de asta de ciervo. Uno de ellos empuñaba una espada llameante. En cuanto vieron al ciego y al lisiado, se les acercaron y los cargaron en hombros. Se internaron en la cueva y, al llegar a una cámara cubierta de petroglifos y pictogramas, el líder del grupo se acercó a una enorme roca que había en una de las paredes, la tocó con su espada y la roca se movió. Detrás de ésta había un

6 El relato es una variación de "The Disabled Boys Cured by the Gahe,"Morris E. Opler, *Myths and Tales of the Chiricahua Apache Indians* (Memoirs of the American Folk-Lore Society Volume XXXVII, 1942), 74-75.

pasadizo angosto y oscuro. El líder entró y los demás lo siguieron haciendo una fila. El pasadizo se fue esclareciendo y ensanchando poco a poco hasta que se iluminó completamente cuando se acercaron al umbral de la salida. Llegaron a un bosque y siguieron el curso de un arroyo hasta que llegaron a un inmenso valle verde donde había varias rancherías de gente como ellos, gente de la montaña. Allí los montañeses realizaron una fastuosa ceremonia para ayudar a los rescatados. Danzaron, cantaron y rezaron por ellos durante varios días. Al final de la ceremonia el ciego tenía unos ojos sanos y una vista tan aguda como la de un águila y el lisiado una piernas tan fuertes y veloces como las de un venado. Una vez que estaban curados y restablecidos, los montañeses les preguntaron a los jóvenes si querían volver con su gente. Éstos les dijeron que sí y los montañeses les revelaron dónde estaban acampando y les dieron algunas indicaciones. Les recomendaron que subieran a la cima de una montaña que estaba situada junto al campamento y que, desde allí, llamaran a los miembros de su banda. Una vez que los escucharan debían revelarles quiénes eran. Sin embargo, debían pasar cuatro días antes de que ellos pudieran acercárseles. Así hicieron. Al quinto día, los padres de los muchachos subieron por ellos, les pidieron perdón y los dos muchachos regresaron con ellos al campamento. Y, gracias al conocimiento que recibieron de los montañeses, los jóvenes se hicieron *diyis*. Curaron de muchas enfermedades y salvaron de varias epidemias e incontables peligros a todos los miembros de su tribu.

Al concluir este relato Refugio me comentó que mi espíritu y mi mente estaban como el lisiado y el ciego antes de que fueran rescatados por los montañeses. Afirmó que mi espíritu y mi mente estaban débiles porque yo no había cumplido debidamente con mis sagradas obligaciones. Le pregunté cuáles eran éstas y me respondió:

—Sagrada obligación cuatro: cuerpo fuerte, mente clara, espíritu limpio y, muy importante, serví a tribu. *Shidizé* cuerpo débil, mente nublada, espíritu manchado. Y, peó' todavía, egoísta.

Me dijo esto con un evidente afán crítico que era inusual en él. Y, quizás para justificarse y darle un giro positivo al agravio, agregó:

—Pero, no se preocupe, *shidizé*, yo voy curá' y ayudá'. Con ayuda de gente montana, *shidizé* cuerpo fuerte, mente clara, espíritu limpio y servidó' de tribu.

Yo entendí por qué habló así de mi estado físico, mental y espiritual. Pero no sabía cuál era mi supuesta "obligación sagrada" de servicio "a mi tribu," ni porqué me había acusado de "egoísta." Le pedí a base de señas que me lo explicara.

—Hermano' cantore' no soñamo' pa' nosotro' mismo', soñamo' pa' tribu. Sueño' protege' a tribu contra desgracia' y enemigo'. *Diyi* contamo' sueño a tribu. Nuestro sueño guía tribu en camino y momento difícil. Sueño revela verdá y porvení. Sagrada obligación de *diyi*: compartí sueño con tribu. *Diyi* contamo' sueño a tribu y grabámo'lo en roca. Escritura en roca protege a tribu contra desgracia y enemigo en presente y en futuro.

Esto me hizo pensar en mi más preciada pertenencia, mi diario de sueños, el cual comencé a echar de menos. Pensé preguntarle por él, pero sabía que no era el momento oportuno. Iba yo a guardarme la pregunta para otra ocasión, pero Refugio pareció haberme leído el pensamiento, pues me dijo:

—*Shidizé* no comparte sueño con tribu ni escribe sueño en roca. *Shidizé* escribe en libreta de papel sólo pa' usté. *Shidizé*, egoísta.

—¿Egoísta yo por el hecho de llevar un diario de sueños? ¿Acaso no entiende lo peligroso y significativo que ha sido para mí tomar nota de mis sueños a espaldas de fray Antonio? –le dije con la mirada, pues no me atreví a violar su orden de guardar silencio. Opté por preguntarle con señas dónde estaba mi diario.

—Libreta ofrendaremos a gente montana. Necesario pa' curación. 'Hora vámono' que se hace tarde –se levantó súbitamente.

Apagamos la fogata y empacamos todo para irnos a las cascadas del Coyote Brujo, las cuales estaban situadas a unos treinta kilómetros de distancia. Descendimos por el collado hasta llegar a un cañón poblado de abetos y pinos. Recordé que estábamos en el bosque del Apache Kid, el lugar donde me perdí siguiendo a un búho cuando estaba acampando con Alma. El pico de la montaña del Apache Kid estaba situado al noreste del sendero por donde íbamos. Refugio y yo avanzamos en la dirección contraria. Descendimos por el bosque hasta llegar a un paraje poblado de pinos ponderosa. Luego pasamos cerca de un picacho rocoso donde vimos una manada de venados. Cuando llegamos a la base de un cañón supe que estábamos en el sitio donde acampé con Alma. Allí descansamos por unos momentos. Los animales bebieron agua y pastaron por un rato. Yo tuve que apagar la sed utilizando el tubo de junco, pues mis labios no podían tocar otra cosa cuando bebiera agua. Mientras Refugio se puso a buscar no sé qué yerba para la limpia que me iba a hacer esa noche, me dejó afilando su cuchillo. Me senté en una roca. Era un cuchillo de hoja de pizarra y mango de madera afianzado con un cordel de sisal. Mientras me ocupaba sacándole filo, estuve recordando aquella nefasta mañana que me dejó Alma salimos de aquí mismo rumbo a *Truth or Consequences* para desayunar. Esta vez todo era diferente. Curiosamente, mi medio de transporte era un mulo que alegaba ser "yo." Iba acompañado de mi tutor y "hermano," un chamán de los sueños, rumbo a unas cascadas donde iba a curarme de una rara enfermedad causada por un búho. Si todo salía bien, no sólo me iba a curar sino, según el mulo Lucio, iba a poder llegar a mi lugar de origen. Mi retorno a casa dependía en parte de la ayuda de Refugio y, sobre todo, de mi capacidad de vencer a mi fantasmal enemigo. Me pregunté qué hubiera sucedido si aquella tarde lejana no hubiera salido a buscar un búho manchado en el bosque del Apache Kid y llegué a la obvia conclusión, la cual en ese momento me pareció una revelación divina, que yo jamás hubiera tenido este sueño. Mi vida hubiera tomado un curso muy distinto. Yo no hubiera pasado una mala noche perdido en el bosque, ni hubiera despertado a Alma la mañana siguiente. Ella no se hubiera levantado de mal humor. Camino a *Truth or Consequences* yo hubiera podido explicarle todo con calma y admitir mi garrafal transgresión. Quizás ella me hubiera perdonado por haber leído sus diarios sin su permiso y, entonces, ella no me hubiera dejado ni se hubiera suicidado. Todo habría sido muy diferente y yo no hubiera tenido esta pesadilla.

Refugio regresó satisfecho por haber encontrado la yerba que buscaba y continuamos nuestra expedición. Recorrimos parte del camino sinuoso que tomé con Alma en la Jilguera, mi troquita Toyota. Pasamos por la cuesta de Trujillo y continuamos nuestro descenso por el sendero del cañón de la Roca Roja. Sin embargo, antes de cruzar los límites del Parque Nacional Cíbola, doblamos a la derecha y ascendimos de nuevo en dirección noreste por el sendero del cañón del arroyo Placitas. Cruzamos el vado del Calvario, cuyo arroyo desemboca cerca de Monticello. Bordeamos la fuente del Arroyo del Cedro y cruzamos su cañón hasta que, finalmente, divisamos las Cascadas del Coyote Brujo, cuyas aguas perennes desembocan en el arroyo de la cañada Alamosa. Éste, me dijo Refugio, encauza las aguas sagradas del manantial de Ojo Caliente y las vierte en el Río del Norte, la vena cardinal de la nación *indé*.

Mientras nos aproximábamos a las cascadas me contó la historia del Coyote Brujo y los Murciélagos.[7] Una camarilla de coyotes había andado de juerga por varios días. Cansados, llegaron y acamparon cerca de la Roca Parada, me dijo señalando el pico de Victorio. En este sitio vivía uno de los coyotes parranderos, quien tenía una esposa y una suegra muy hermosas. Cada vez que los coyotes visitaban la Roca Parada, se retaban los unos a los

7 El relato es una variación de "Coyote Enemy Sends Him Away on Rising Rock and Steals His Wife," Opler, op.cit., 28-29.

otros a subirse a ella y, cuando alguno de ellos lo hacía, ésta crecía hasta tocar el cielo. Luego le pedían a la roca que se hiciera pequeña de nuevo para que el osado coyote que se había trepado a ella se pudiera bajar. Una de estas veces, uno de los coyotes que deseaba acostarse con la bella esposa de su compañero de juerga retó a éste a que se subiera a la roca. Éste aceptó el reto no sólo para demostrar su intrepidez, sino para acrecentar su fama de brujo, pues sus amigos sabían que se había acostado con su bella suegra—me explicó Refugio que quien se acuesta con su suegra es seguramente un brujo. Sin embargo, por alguna razón, una vez que la roca se elevó, ésta ya no quiso hacerse pequeña y dejó al coyote brujo allá arriba. Pasaron los días y el coyote brujo seguía atrapado en la cima de montaña sin poder bajar. La manada de coyotes no lo pudo esperar, pues necesitaban dejar el campamento, y el compañero de juerga del coyote aprovechó su ausencia para quedarse con su esposa. Mientras tanto, el coyote brujo seguía atrapado en la cima de la montaña. Casi se daba por vencido, cuando una bandada de murciélagos pasó volando cerca de él. El coyote brujo les gritó, "¡oigan, amigos murciélagos, necesito ayuda!" Éstos no lo escucharon hasta que los llamó cuatro veces. Entonces, uno de ellos atendió su llamado y, volando en espirales sobre él, le preguntó en qué podía ayudarlo. El coyote brujo le suplicó: "viejo amigo, ¿me puedes cargar y bajar de aquí?" Éste le respondió: "estás muy pesado; además, ¿qué si nos caemos?" Pero el coyote brujo le rogó y le imploró con tanto fervor que el murciélago accedió a ayudarlo. Fue por ayuda y regresó con tres de sus compañeros. Llegaron con una canasta que ellos sujetaban con un hilo finísimo. El coyote inspeccionó la canasta y, al advertir que el hilo era apenas un filamento, les dijo: "¿Qué clase de hilo es éste? Se va a romper y me voy a caer con él." Pero el murciélago líder le aseguró: "Este hilo jamás se rompe." Entonces el coyote les pidió que hicieran una prueba con unos peñascos que había cerca. Ellos aceptaron y éste puso cuatro en la canasta. Los murciélagos levantaron la pesada canasta y, al cerciorarse de que el hilo en efecto no se rompía, el coyote dijo "de acuerdo, me voy a subir." Sacó las rocas de la canasta y, ya estaba por subirse, cuando el murciélago líder le advirtió: "Necesitas cerrar los ojos cuando estés adentro de la canasta. Debes mantenerlos cerrados hasta que te bajemos. Si los abres, nos precipitaremos contra las rocas." El coyote dijo, "de acuerdo." Se trepó, cerró los ojos y los murciélagos levantaron la canasta a pulso con el coyote adentro. El coyote comenzó a gritar: "Roca, palo, palo, palo. Roca, palo, palo, palo." No paró de repetir esto por todo el trayecto y, cuando ya faltaba poco para tocar el suelo, exclamó: "¡no puedo aguantar más, tengo que mirar!" El murciélago le replicó: "¡no abras los ojos, que nos vamos a despeñar!” Sin embargo, el coyote insistió: “¡tengo que hacerlo!” Los cuatro murciélagos le suplicaron que no los abriera, pero el coyote no les hizo caso, de modo que los cinco se precipitaron contra las rocas. Con el impacto—concluyó Refugio el relato señalando hacia las cascadas —abrieron las ranuras que hay en este cañón. Y allí quedaron enterrados para siempre en el fondo de la tierra.

—‘Hora que bajemo’ visitaremo’ ranura.

Refugio me explicó aquella misma noche que el invierno era tiempo de quedarse en casa y contar historias. Él hubiera preferido quedarse en casa con los suyos, me confesó, pero había acordado con Don Chilmo, el jefe de su banda, curarme de mi mal lejos de Ojo Caliente, pues algunos miembros de su ranchería decían que yo era un brujo. Desconfiaban de mí no sólo por ser un *nakaiyé* y un brujo supuestamente, sino también porque sabían que yo era ahijado de Don Juan de Mendoza. Temían que él quería esclavizarlos como hizo el exgobernador Felipe Sotelo Ossorio con unos “hermanos *danés*” poco después de que él naciera. Me explicó que su padre, el capitán Don Bartolomé Romero, o sea, mi bisabuelo paterno, convenció a algunos miembros de la nación navajo de que fueran a Santa Fe a ver una estatua de la Virgen María, pues pensaban que ella podía ser la Mujer Cambiante. Sin embargo, cuando este grupo de gente navajo llegó a Santa Fe, unos tehuas cristianos, asociados con el gobernador Ossorio y su banda de traficantes de esclavos, los atacó. Mataron a varios hermanos *danés* y a los demás se los llevó la gente del gobernador para venderlos en Parral. Me dijo que algunos *chíhéne* tampoco me querían en Ojo Caliente porque decían que yo deseaba cambiarles su lengua, sus costumbres y sus creencias y obligarlos a vivir en pueblos. Pero ahora que me había hecho su hermano yo ya no iba a servir a los *nakaiyés*, me aclaró. De hoy en adelante iba a aprender a amar, respetar y servir a la Madre Tierra y a todos sus hijos por igual. Para eso habíamos venido al cañón del Coyote Brujo.

Me contó que aquí mismo él había recibido su poder cuando era *dikojé*. Vino con su abuelo materno, quien era de *Dinétah*, el país de los navajos. Éste lo trajo aquí a soñar y a aprender a escribir sus sueños en roca. Aquí aprendió a escuchar a la Madre Tierra y a sus criaturas. Aquí pasó diez días sin comer. Esta montaña fue su escuela por un período de cuatro años. Aquí aprendió todo lo que él sabe. Las plantas, los árboles y los animales le contaron muchos secretos.

—Aquí hay mucho poder y misterio, y también mucho peligro. Montana salud y fuerza da. Gracia a montana, *indé* y *diné* prosperamo’. Esta montana, *Dziłntsaa*, cuida a pueblo *chíhéne*. Cura enfermo y da podé. Cuando yo era *dikojé*, vine aquí con *shiwóyé hastiin*, mi abuelo materno. *Dziłntsaa* casa de gente montana. Aquí tamién entrada a casa de Jefe de Tierra Abajo, *Da'its'in-zhá*. Una noche bajé yo por cueva de Coyote Brujo a casa de *Da'its'inzhá*. Un hombre montana me llevó a Tierra Abajo. Me dijo: <<Jefe de Tierra Abajo e muuuuuuy peligroso y poderoso.>> Me dijo, <<pa' recibí ayuda de él, nunca muestre miedo. Miedo puede sé pior enemigo o mejó' aliado. Trate a miedo como aliado, no como enemigo. Miedo tiene fuerza. Fuerza mala o buena, depende cómo usa. No muestre nunca miedo a Jefe de Tierra Abajo.>> Luego hombre montana me dijo: <<Cuando Jefe de Tierra Abajo pregunte cómo llegó allí, diga: <<amigo montana me trajo>> y, cuando pregunte, quién e usté', diga: <<soy hijo de Madre Tierra y Padre Sol.>> Y, <<muy importante,>> me dijo hombre montana: <<cuando Jefe de Tierra Abajo pregunte, ¿qué quiere?, diga: <<salú' y felicidá' pa' mi gente.>> Aquella noche que fui a Tierra Abajo –continuó Refugio su relato –seguí consejo de hombre montana. Y cuando Jefe de Tierra Abajo me preguntó de quién quería recibí ceremonia pa' da salú' y felicidá' a mi gente, dije <<de gente montana.>> Jefe de Tierra Abajo entonce' contestó: <<escogió bien, amigo. Gente montana, bondadosa y poderosa. Gente montana ayudará a usté' a dá' salú' y felicidá' a su gente.>>

Llegamos a las cascadas del Coyote Brujo antes del anochecer. Afortunadamente, allí no estaba nevado ni hacía tanto frío. En cuanto descargamos a los animales, me pidió Refugio que juntara suficientes palos y ramas de roble para construir nuestro *chagoch'o*, así como suficientes ramas de enebro y picea de cualquier tipo —<<¡pino, no!>> — para hacer una barrera alrededor de la choza. Me indicó dónde iba a encontrar estos materiales para agilizar mi tarea, pues faltaba poco para que se pusiera el sol. Yo estaba que me moría de hambre y hubiera preferido cenar primero, pero tenía que callar y obedecer. Mientras tanto, Refugio hizo todos los preparativos para la ceremonia de curación.

La choza iba a servirnos tanto de casa de campaña como de sudadero, ya que antes de iniciar la ceremonia era indispensable purificarme dándome un baño de sudor y en el agua de la cascada. Una vez que reuní los materiales necesarios, construimos la choza, la cubrimos toda con pieles de cíbolo y la rodeamos con ramas de enebro y picea. Luego me pidió que buscara y trajera muchas piedras grandes y las apilara cerca de la entrada de la choza. Cuando le pregunté a señas cuántas, me contestó irritado: "*¡doo ałch'í-dé!*", que quiere decir "¡pocas no, muchas!" Lo peor de todo es que no me permitió beber ni una gota de agua hasta que terminara.

Me costó encontrar y acarrear tanta piedra. Lo bueno fue que descubrí un risco derrumbado muy cerca del arroyo. Gracias a ello, pude beber suficiente agua de manera subrepticia.

Una vez que terminé esta tarea estaba yo más que listo para cenar conejo asado. Sin embargo, me indicó Refugio que era hora de darme el baño de sudor. Me pidió que me desnudara. Me puso una banda de salvia trenzada en la cabeza, me sahumó de la cabeza a los pies con un ramo de romero, me untó acículas machacadas de enebro en todo el cuerpo y me sopló un agua hecha con granos de mesquite. Después de hacerme la limpia, me dio un tarro de esta misma agua para beber, mi tubo de junco y mi palito, recordándome que tenía que utilizarlos si quería beber agua o rascarme, y me ordenó que entrara a la choza.

Anteriormente él ya había encendido una fogata. Puso algunas piedras en ella para calentarlas y esperamos unos momentos. Mientras tanto, Refugio cantó una plegaria, cuya primera estrofa, me dijo, debía memorizarme y repetir cuando comenzara mi baño de sudor.

Gáıhéntsodatł'izhń,

Gáıhéntsołitsoń,

Puse el tubo de junco en el tarro y me puse a beber agua y a esperar, escuchando con atención:

Gáıhéntsołigań,

Gáıhéntsodiłhiłń[8]

Una vez se calentó lo suficiente una de las piedras, la metió a la choza hábilmente sirviéndose de un palo. Me indicó que debía verter un poco de agua sobre las piedras que iba a meter a la choza. Entonces cerró la cortina. Después de rociar agua en varias piedras y de repetir la primera estrofa numerosas veces, la choza se llenó de vapor y comencé a sudar profusamente. Me bebí toda el agua de mesquite. Bebí agua de la vasija. Me rasqué con el palito de *dikojé* hasta hacerme una pequeña herida en el brazo izquierdo. Al cabo de una media hora, el calor se volvió absolutamente insoportable. No pude esperar más e intenté salir del sudadero, pero Refugio estaba a la salida y me indicó que debía quedarme adentro más tiempo. Cada segundo que pasó me pareció un tormento. Sabía que no podía desobedecer ni decepcionar a Refugio. Hice hasta lo imposible de permanecer allí hasta que me lo indicara. Pero, cuando sentí náuseas y que me iba a desmayar, corrí

---

8 "Espíritus de la Gran Montaña Azul,/ Espíritus de la Gran Montaña Amarilla, Espíritus de la Gran Montaña Blanca,/ Espíritus de la Gran Montaña Negra . . . " "Oración que precede los cantos a los Espíritus de la Montaña." Texto chiricahua apache relatado por David Fatty y traducido del inglés por el editor (Colección digital de la biblioteca de la Universidad de Virginia).

derechito al estanque de la cascada y me zambullí en el agua helada. El corazón se me aceleró tanto que creí me iba a dar un infarto. Para evitarlo, y para desahogarme, emití un alarido a la mexicana que me salió de lo más profundo de mi ser:

—¡UUUIYAAAAAAYAAAAAJAAAAAJAAAAIIIIIIII!!!!!!

Aquel tratamiento produjo en mí un júbilo catártico inesperado. Refugio se acercó al estanque y, mediante señas joviales, me incitó a que retozara por un rato en aquellas aguas curativas. Se alejó y volvió de inmediato al estanque batiendo el tambor y cantando.

Ya para entonces tenía yo un hambre de coyote famélico. Estaba añorando que Refugio me dijera que había llegado la hora de asar el primer conejo que había cazado aquella mañana. ¡Cuál fue mi decepción y desconsuelo al enterarme de que aquel lepórido manjar, símbolo de la fecundidad y la inocencia, iba a ser nuestra ofrenda al Coyote Brujo! En aquel momento no fue de mucho consuelo entender que era parte de mi entrenamiento aprender a convivir íntima y prolongadamente con el hambre y la sed. Tampoco me sirvió de mucho saber que con este conejo de sacrificio iba a tratar de persuadir al Coyote Brujo para que intercediera por mí ante el Rey del Inframundo para que lo convenciera de que aplacara su ira contra mí por haber sido uno de esos religiosos encapuchados que había llegado de allende para apoderarse de sus dominios. Como me había advertido fray Antonio, el Monarca de las Tinieblas detestaba especialmente a los religiosos que desestimaban la Iglesia católica carnal, jerárquica y jurídica, que abrazaban la Descalcez franciscana, que deseaban llevar la vida itinerante de Jesús y de los primeros apóstoles, que aspiraban fundar una auténtica utopía franciscana en Nuevo México y que añoraban la llegada de la Tercera Era del Espíritu Santo en la cual los sobrevivientes del Apocalipsis iban a recuperar su naturaleza angélica perdida en la Caída.

La ofrenda al Coyote Brujo fue de lo más sencilla y breve. Después de encenizarnos completamente para hacernos invisibles y protegernos de los malos espíritus, nos vestimos. Me entregó el conejo y tomó una rama bifurcada con un hongo narigón en la punta cubierto de resina de pino, el cual nos sirvió de antorcha. La encendió y nos dirigimos hacia la ranura del cañón que hizo el Coyote Brujo al caer. Nos internamos por esta ranura hasta acercarnos a un hoyo angosto y profundo donde, me aseguró Refugio, había una profunda caverna que llegaba hasta la Guarida del Coyote Brujo en el reino de *Da'its'inzhá*. Después de pedirle al Coyote Brujo con una frase escueta en *indé* que persuadiera a su Gran Jefe que me dejara en paz, eché el conejo en el hoyo. Luego sacó mi querido diario del interior de su manto. Lo tiró al hoyo sin decir nada y seguimos avanzando hacia el interior del cañón. Me dijo que me iba a mostrar un lugar <<muy importante>> para los *diyis* novicios que venían a este cañón para aprender <<el oficio.>>

Me condujo por un pasadizo angosto y zigzagueante que fue descendiendo y haciéndose cada vez más estrecho e impenetrable. Yo estaba aterrado creyendo que en cualquier momento íbamos a toparnos con una guarida de coyotes, o pensando que quizás Refugio me había llevado a aquel lugar para asesinarme. Cuando pareció que habíamos llegado al fin del pasadizo, Refugio se agachó, se puso a caminar de cuclillas y se introdujo por un recoveco. Yo contemplé la posibilidad de regresarme, pero aquel cañón laberíntico estaba tan oscuro y era tan intrincado que decidí seguirlo. Atravesamos de rodillas un túnel aún más estrecho que el pasadizo por el que veníamos. El humo de la antorcha me estaba dificultando la respiración y comencé a sentir asfixia y claustrofobia cuando llegamos finalmente a la cámara de una caverna.

Refugio se levantó y caminó hacia el centro de la cámara. Alzó la antorcha para iluminar mejor las paredes.

—Roca, cuaderno de *diyi* –declaró mientras yo me incorporaba del suelo y contemplaba atónito aquella exhibición de arte pictográfico.

Había manos impresas, laberintos espirales, figuras antropomórficas, de animales, seres fantásticos, escenas y armas de caza, de guerra, cuerpos celestes, trazos geométricos y jeroglifos diversos.

—Mire –se acercó a una de las paredes y me pidió que me acercara donde estaba él. Iluminó con su antorcha uno de los pictogramas y me dijo: –esto escribió *shidizé.*

No comprendí del todo lo que me estaba diciendo. Estaba confundido e intranquilo. El pictograma consistía en una serie de bloques rectangulares de diversos tamaños dispuestos en intervalos irregulares que me hicieron pensar en una almena de fantasía.

- *Dziłntsaa* — me lo dijo con la expresión de alguien que habla con pleno conocimiento de algún recóndito arcano.

El nombre me sonó familiar, pero no lo reconocí en ese momento. Me acerqué para examinar el pictograma. Trazaba el contorno de un horizonte urbano. Sobre el contorno de los rectángulos irregulares de los edificios había una línea temblorosa curveada, cuyo significado no comprendí. Tracé con el índice la longitud de esta línea y lo miré haciendo una mueca de interrogación.

–Sierra Sandía —me dijo.

Miré la línea con detenimiento y vi que, en efecto, el pictograma trazaba el contorno del horizonte de la ciudad de Albuquerque.

—*Shidizé* escribió sueño otro día que vino. ¿Se acuerda?
—¿Yo estuve ya aquí?
—*Shidizé* ha vuelto aquí pa' resolvé' asunto personal.
—¿Qué asunto?
—Esto tiene que descubrí *shidizé*. 'Hora vamo' a campamento que se apaga antorcha.

En cuanto regresamos me comenzó a preparar para la ceremonia en la que iba a invocar a los espíritus de la montaña y pedirles que lo ayudaran a sacarme el fantasma enemigo. Los instrumentos principales de la ceremonia fueron una hoguera, el atrapasueños, el cuchillo negro de Refugio y una sonaja hecha con una vara de cedro, un cascabel de víbora y plumas de águila y halcón. El cascabel lo untó con yerbas medicinales chamuscadas y almagre mezclado con cebo. Me dijo que la sonaja y el cuchillo encarnaban las cualidades y los poderes de los Gemelos Guerreros y que el atrapasueños alejaba las pesadillas y estimulaba los sueños aurorales. En este tipo de sueños, me explicó, recibimos o encontramos algo valioso, por ejemplo, información sobre cómo curar algún mal, o cuándo y dónde va a atacar el enemigo.

—En esto' sueño' podemo' entendé' y hablá' lengua desconocida. A vece' podemo' viajá' a otro' mundo' y viví otra vida. Si alguien lo asesinó en el pasado, *shidezé* puede tené' pesadilla de fatal encuentro con asesino. En sueño de *hayołkaałyú* podemo' recibir ceremonia tamién. Yo recibí ceremonia de fantasma enemigo en sueño de *hayołkaałyú*.

Cuando entramos a la choza consagró el cuchillo y el atrapasueños por medio de unos cantos. El atrapasueños lo colgó cerca de la puerta y el cuchillo lo puso debajo del bulto que me iba a servir de almohada. Me pidió que me quitara los mocasines y me marcó con polen los pies, las manos, la frente, los párpados, la nariz, los labios, las orejas y otros puntos de la cabeza y el cuerpo. Me dijo que él iba a cantar y a tocar el tambor toda la noche. En caso de que los montañeses acudieran a su invocación y aceptaran su petición, me recalcó que era de vital importancia que no saliera yo de la choza ni intentara verlos por ningún motivo. Esto los enfurecería y nos causaría una terrible desgracia a ambos, me advirtió. Y, si los espíritus aceptaban ayudarme, ellos me darían instrucciones precisas en uno de mis sueños. Me entregó la sonaja y me pidió que la agitara al ritmo de la música y que imaginara que era una maza con la que golpeaba a mi enemigo fantasmal. Me advirtió que <<el Brujo de los Sueños>> iba a recurrir a toda clase de trucos para impedir mi curación. Pero me aseguró que yo tenía el poder de vencerlo no importaba cuán poderoso y artero era mi enemigo. Me dio de beber un té amargo que me produjo náusea y, en cuanto me lo terminé, me pidió que me acostara. Me avisó que posiblemente iba a tener visiones terribles. Para evitarlas, me recomendó que pensara en tunas, ciruelas y melones.

Me quedé profundamente toda la noche. Al menos así me pareció. Antes de que amaneciera, me despertó un tambor que marcaba el ritmo de una danza marcial. Puesto que yo estaba todavía agotadísimo y me seguía doliendo la cabeza, decidí volver a cerrar los ojos. Pese a los golpeteos del tambor, me dormí de nuevo inmediatamente. En algún momento tuve otra de mis habituales pesadillas.

—Diego, ¡levántate! –me dijo el maestro—¡Es hora! Te están esperando tu padrino y todos tus parientes en el campo de la verdad.

Dormía yo en un campamento militar instalado a la intemperie en una llanura desértica. Era yo peón de una compañía de piqueros de un tercio español comandado por mi padrino, el Maestre de Campo Don Juan de Mendoza, y formado por todos mis antepasados del Viejo Mundo. Me habían asignado un puesto en la última línea de la retaguardia por mi desaliño y falta de ánimo. No me habían dado de baja y enviado al calabozo de la Santa Hermandad gracias a que mi bisabuelo, el Capitán Bartolomé Romero, el padre de Refugio, estaba convencido de que yo no los iba a defraudar. El otro frente estaba formado por mis antepasados y parientes indígenas. Estaban ya por iniciar el ataque, pero yo aún no me había unido a las filas. Junto a mí estaban aguardando mi morrión, mi espada corta y mi pica. Tenía la armadura puesta y, debajo del oxidado peto, vestía yo una percudida y deshilachada camisa blanca con una cruz roja flordelisada en el pecho. Mis greguescos amarillos estaban tiznados, mis calzas rojas desteñidas y mis zapatos de cordobán deslustrados.

Fray Antonio me sacudió y me dijo que el maestre de campo le había dado permiso de que intentara llevarme por las buenas a mi puesto. Me levanté y contemplé el campo de batalla. Ambos ejércitos estaban ya casi listos para el combate en el páramo interminable. El viento del norte comenzó a soplar.

—Maestro –le dije—cuando veo a todos mis parientes y antepasados aquí en este campo de batalla, el alma se me cae a los pies y me paraliza el horror. Siento desasosiego y un pesar infinito.

—Abandona esa impía flaqueza y únete a tu compañía. No cedas a esa impotencia perniciosa. El pusilánime no conquista los bienes eternos. A mí también me pesa hacerles la guerra, pero es por la salvación de sus almas, pues no quieren aceptar a Cristo en su corazón. Aunque sea por la fuerza de las armas, Dios nos perdonará si convertimos tan sólo a uno de ellos. Después de todos nuestros sacrificios y esfuerzos, han sido muy necios y renuentes a la conversión. Y, ahora, el colmo, se han sublevado y han asesinado a muchos de nuestros hermanos y correligionarios. Ya ves, también a ti te han acabado –me dijo mirándome con lástima de pies a cabeza como si fuera yo un esperpento. —Además, vamos a matar sólo a los que opongan resistencia y a los que se nieguen a jurar lealtad al rey y al papa y fidelidad a nuestra Santa Fe y a la Santa Madre Iglesia. A los mansos de espíritu les ofreceremos clemencia y vida eterna en el Reino de Dios.

—No soy capaz de matar a nadie. No quiero castigar ni obligar a nadie a nada. No quiero ser recibido en ningún reino fundado en la injusticia, ni en este mundo ni en ningún otro.

—Una guerra que abre las puertas del Cielo a los infieles merece ser hecha. Es una guerra santa que Dios ve con buenos ojos, pues el poder de Cristo curará el alma de estos idólatras. Cuando ellos acepten la medicina de Cristo y lleguen a su Reino eterno, entenderán porqué los convertimos. Serán como el enfermo que llevamos por la fuerza al médico para curarlo.

—Ninguna guerra puede ser llamada santa ni justa. Un Dios justo no puede tolerar la conquista o la conversión forzada de nadie.

—La guerra contra los servidores del Enemigo Infernal es santa y es justa. Es una contienda por el propio bien de ellos y el de todos nosotros. Renunciar a esta batalla es cobardía y deslealtad a Dios y a la patria.

En eso se acercó mi padrino galopando en su caballo blanco e interrumpió nuestro coloquio con terminante severidad:

—¿Con que no se quiere alinear este timorato? ¡Capitán Romero! –le gritó a mi bisabuelo.

—Sí, mi maestre—acudió éste a su llamado de inmediato.

—¡Empale a este cobarde ahora mismo!

Y, sin mirarme a los ojos ni tocarse el corazón, mi bisabuelo, como un rejoneador, se abalanzó contra mí y me hundió la pica en el pecho.

Me tragó la tierra y me precipité por un túnel oscuro hasta caer en un montículo de arena. Me palpé el cuerpo y me extrañó que no tenía raspadura alguna. Toqué con la yema de los dedos la herida de la pica y noté que no estaba sangrando. ¡Qué raro!, pensé. Miré alrededor y advertí que estaba en una inmensa caverna. Hacia el fondo había un corredor angosto. Descendí el montículo a rastras. Me incorporé y corrí hacia el corredor. Crucé un umbral y ascendí por el oscuro y laberíntico pasillo. Después de una agotadora y angustiante carrera, éste se comenzó a aclarar hasta que, finalmente, encontré la salida.

Estaba en el fondo de un inmenso cañón árido. El cielo estaba límpido y claro, como si fuera de día, pero no había sol. Cerca de mí había una enorme torre de granito que parecía una catedral gótica. En la base de esta torre había una cavidad por donde salía humo. Me acerqué. Vi que había una escalera de cuatro peldaños que bajaba a una vivienda subterránea y decidí bajar.

—Pasa, pasa, hijo —. Me dijo una tierna voz femenina cuando iba descendiendo la escalera. Estaba sentada al filo del asiento frente al fuego calentándose las manos. Era una anciana delgada de mirada triste y aspecto frágil pero sano. Tenía el cabello largo y suelto y vestía una blusa rosa floreada de mangas amplias, una falda roja larga de algodón y un chal negro de lana. El cuello y el pecho los tenía adornados con varios collares de cuentas de turquesa y un amuleto antropomorfo de madera.

—Te hemos estado esperando desde hace tiempo. Finalmente regresaste. Pensé que ya te habías olvidado de nosotros.

Yo, por supuesto, no supe qué decirle. Jamás había visto a aquella mujer.

—Me miras como si no te acordaras de mí, Diego. Soy Flora, tu nodriza. Yo te crié hasta que te hiciste un hombrecito y te fuiste a la ciudad de los palacios con tu padre, después de que murió tu madre. ¿Por qué te soplas las manos? -me preguntó extrañada.

—Es que tengo frío —le contesté mientras me soplaba los nudillos.

—¿Trajiste el tabaco y la comida?

No, no sabía que debería haber traído algo. Lo siento.

—¿Qué? ¿No te dijo nada Concha?

—¿Concha?

—Sí, Concha. ¿No te dio tabaco y comida para el viaje?

—Sí, sí me los dio—. Recordé la petaca y la bendición que me dio Concha Baxcajay la madrugada que salí apurado de Senecú. —Lo siento, se me olvidó.

—No te preocupes, esas cosas pasan.

—Es que tuve un accidente, mire.

Me desabotoné la camisa para mostrarle la herida en el pecho y para justificar mi olvido.

—A ver, acércate, déjame ver. Sí, te hirieron de muerte -comentó con toda naturalidad. —Ya veo por qué viniste —me dijo poniendo su cálida y temblorosa mano derecha sobre mi herida. —¿Qué te pasó?

—Me clavaron una pica.

—¿Quién?

—Mi bisabuelo.

—¿Don Bartolomé?

—Sí, él.

—¡Ah que Don Bartolomé! Siempre tan celoso de su deber. Temía que descubrieran que era cripto-judío. Como muchos otros siervos de Dios vino a estas tierras quesque a buscar a su verdadera tribu, a los descendientes de un tal Manasés. Quesque es el patriarca de todos nosotros y de nuestros pueblos hermanos, los atapascos. ¿Vas tú a creer eso?

En eso salió de una habitación un hombre sesentón alto y corpulento de melena larga, vestido con una camisa roja amplia y una especie de falda de algodón blanco sujetada con un cinturón de cuero.

—¡Demetrio! ¡Mira quien llegó!

Me escudriñó desde el fondo de la habitación con una mirada penetrante y una expresión de desconfianza, aunque no hostil.

—¿Quién es? ¿Lo conozco?

—Acércate, hombre. ¡Es Diego!

—¿Diego, el de Don Valerio?

—Es ya todo un hombre, pero es el mismo *ich-kiín* de siempre, ¿no?

Me tomó de ambos antebrazos y, sacudiéndome ligeramente, me dijo en tono burlón: —¿Qué viento te trajo hasta aquí? Debió ser uno giratorio, uno de esos vientos siniestros que soplan en la tierra allá donde el viento se regresa. Mírate nomás. Estás irreconocible. Pareces remolino enclenque. Vamos a tener que pedirle al Viento Santo que nos mande un aire suave y tranquilo pa' que te mejore.

Yo solamente sonreí.

—¿Estás seguro de que este muchacho es Diego?

—¿Cómo no voy a saber si yo misma lo amamanté?

—Pos entonces, ¿qué esperas? Tráele el caldo.

Flora se levantó y se fue a la cocina. Trajo de inmediato una olla humeante. La puso sobre un petate de palma y me invitó a comer.

—¿Tienes algún deseo para tus familiares? –me preguntó Demetrio cuando me acercaba a la olla.

Yo sólo me le quedé mirando sin saber qué contestar.

—¿Ellos te pidieron algo allá? –insistió.

—No –le dije aún sin entender.

Lo único que quería era probar el caldo. Se veía delicioso y yo tenía un apetito voraz.

—Vino mal preparado –le dijo Demetrio a Flora.

Ella se encogió de hombros e hizo un gesto de incomprensión. A mí no me importó. Tomé la cuchara, soplé y sorbí la sopa gustosamente.

—¿Y, ahora, por qué soplas, Diego? –me preguntó Flora extrañada.

—Es que está muy caliente.

Ella hizo una mueca de disgusto y Demetrio frunció el ceño.

—Pero está deliciosa –agregué para justificarme.

Después de una tensa pausa exacerbada por mis soplidos y mis sorbidos, Flora le comentó a Demetrio con incredulidad.

—Sopla lo frío y lo caliente con el mismo aliento.

—Pos allá él, ¿no?

—Uno propone y Ussen dispone.

Yo no me preocupé y seguí comiendo hasta saciarme. Y, al terminar, comenté sobándome el estómago.

—Muchas gracias. Nunca había probado un caldo tan rico. ¿De qué es?

—De esperanza, Diego, ¿de qué más ha de ser? –dijo Flora.

—Cómo se nota que este muchacho no sabe dónde está.

—¿Sabes dónde estás, hijo?

—No, la verdad no lo sé. Vine aquí accidentalmente. Estoy perdido.

—Estás en la orilla del mundo –dijo Flora. —Viniste mal preparado. No es tu destino cruzar al otro lado todavía. Necesitas aprender tus sagradas obligaciones y cumplirlas.

—¿Qué sagradas obligaciones?

—¿No sabes cuáles son tus sagradas obligaciones? ¿Pos qué te enseñaron en la escuela? –preguntó Demetrio.

En eso entró un grupo de ancianos. Se comportaron como si formaran una comisión. Me miraron como si fuera yo un extraterrestre y comenzaron a interrogarme.

—¿Quién es este cariblanco vestido de *indé*? –preguntó uno de ellos.

—Dicen que viene de muy lejos –contestó una mujer.

—¿Será el Hombre-que-te-gana-en-los-juegos-de-apuesta? ¿Habrá vuelto del Más Allá para esclavizar a nuestros hijos? –dijo el anciano.

—¡No lo queremos aquí! —dijo una mujer—¡Que se vaya!

—No es el Tahúr –respondió un hombre cuya voz me pareció idéntica a la de Refugio—. ¿Acaso trae un talismán de turquesa en el pecho o una pluma azul en el pelo? ¿Acaso lo ven masticar goma del diablo? ¿Acaso ha invitado a alguien a jugar o a competir con él en algo? ¿Acaso lo han visto tirar al arco, o jugar con los aros, o quemar rótulas y hacer hoyos para esconderlas?

—¡No, pero dicen que lo trajo un rayo! –dijo un anciano de voz débil.

—¡Y le tiembla un párpado y la quijada cuando habla! -dijo otro anciano de voz nasal.

—Yo lo escuché hablando solo en una lengua extraña, una lengua desconocida que suena como ladridos de coyote -agregó una mujer.

—Tiene la marca del César -dijo el anciano de voz nasal. —Habla español y fue bautizado; debe creer que el emperador de su pueblo es un Dios.

—No es como los demás *nakaiyés* —agregó el hombre que sonaba como Refugio. - A mí me confesó que no es cristiano, que en su juventud perdió la fe en el Hombre Dios. Ahora sólo cree en el Hombre. También me confesó que viene del futuro, de un país muy poderoso llamado Estados Unidos. Por eso habla inglés, la lengua de sus habitantes, los *magáání*; pero en sus venas corre sangre chichimeca. Me reveló que los *magáání*, unos seres ojiblancos provenientes del norte más poderosos que los *nakaiyés*, invadirán nuestro territorio y nos robarán el movimiento, concentrándonos en pueblos como si fuéramos gente de maíz.

—Este *nakaiyé* debe ser un mensajero del Viento.

—Consulté con mi poder y me informó que tiene también unas gotas de sangre *indé* y que nació en *Na'nízhoozhí*, en *Dinétah*, la tierra de los navajos.

—¿Es de Puente?

—Sí.

—Entonces a este *nakaiyé* lo formaron buenos vientos.

—Nació con un viento interior tranquilo, pero firme. El Viento Oscuro del este le infundió el conocimiento del bien. El Viento Azul del sur le otorgó el poder de movimiento. El Viento Amarillo del oeste le dio el raciocinio. El Viento Blanco del norte le confirió valor y resolución. La Madre Tierra le ha dado buena salud y el Padre Sol le ha regulado bien sus hábitos.

—Y entonces, ¿qué le pasó?

—Vientos siniestros lo desorientaron y lo debilitaron. Fueron Viento Rayado y Viento Enroscado. Le metieron ideas extranjeras por la nariz; es un ávido lector y ha aspirado mucho polvo humanista. Es de los que cree que la Madre Naturaleza no tiene nada qué enseñarle. Cree que toda la sabiduría está guardada en las bibliotecas. Aunque dejó de creer lo que dice la Biblia, sigue creyendo que en los libros puede encontrar la sabiduría y la verdad. Ha malgastado lo mejor de su vida adulta aspirando polvo de papel enmohecido. Por andar buscando la sabiduría en los libros no ha cumplido con sus sagradas obligaciones. Tiene el cuerpo débil, la mente ofuscada, el espíritu opacado y no hace nada por el bienestar de los suyos.

—Míralo nomás al pobre. Está todo enclenque de cuerpo y espíritu. Casi nunca respira aire fresco ni lo iluminan los rayos del sol.

—Tenía grandes ambiciones literarias. Quería escribir la gran novela de los fronterizos. Pero escribiéndola quería al mismo tiempo alcanzar la liberación. Escribir su novela era para él un proceso de autoconocimiento y de reconciliación con la historia de su pueblo. Y lo peor es que ni siquiera se llegó a conocer a sí mismo. Quiso saber de todo, pero nunca quiso conocer su propia historia, ni indagar sus orígenes, ni su naturaleza. Se la pasó picando de flor en flor aquí y allá sin llegar a ninguna conclusión sobre nada. Desde que llegó aquí ha estado más perdido que nunca.

—Interroguémoslo para ver qué sabe.

—Sí, examinémoslo.

—A ver, soñador, dinos quién eres y cuál es el camino al bienestar y la belleza.

Hubiera yo querido intentar responder, pero estaba paralizado y tenía la mente en blanco.

—¿Qué o quiénes son tus padres?

—¿Ussen y la Madre Tierra?

—¿Dador de Vida?

—¿Otras divinidades?

—¿Por qué estás aquí?

—¿Quién o qué te trajo?

—¿Cuál es tu origen y tu destino?

—¿Cómo puedes salir de tu estado de ensueño?

—Lo ven, se los dije –interrumpió el interrogatorio el hombre que hablaba como Refugio. —Ignora lo más elemental de su condición y existencia. Y lo peor es que alguien le ha robado el habla.

—¿Quién habrá sido?

—Pues, ¿quién más ha de ser? Habrá sido su conciencia católica. Le infundió miedo cuando su mente lúcida andaba buscando su morada ulterior.

—Sí, le pasó lo que a todos los apóstatas cobardes. Cuando le llegó su hora tuvo miedo de cruzar el Río y un centinela cristiano se le apareció en el camino y lo convenció de bañarse en las aguas del Id. Desde entonces el Espíritu del catolicismo se ha vuelto a apoderar de su conciencia.

—Al menos no se dejó que le lavaran el cerebro.

—Sí, pero de todas maneras vino a tratar de imprimirles a nuestros hijos la marca del César.

—¡Que se vaya! ¡Aquí no lo queremos!

—El deber nos obliga a ayudar al necesitado, aunque sea hijo de nuestros enemigos. Además, aunque es un impío y un escéptico empedernido, parece entendernos. Ayudémoslo.

—Sí, estoy de acuerdo con Todo-cubierto-de-polen. Ayudémoslo. Ya lo hemos castigado lo suficiente.

—De acuerdo. Y tú, Mujer-que-siempre-camina-recto, ¿estás también de acuerdo?

—Si es lo que quieren ustedes, yo no me opongo.

—Está bien, démosle una ceremonia para que la realice en el mundo de los despiertos.

—Sí, ofrezcámosle una sencilla ceremonia del Canto de los Vientos Santos.

—¡Magnífica idea! -exclamó el hombre que hablaba como Refugio.

—¡Sí! -dijeron todos.

—Díctasela tú, Todo-cubierto-de-polen.

—Está bien, lo haré. A ver, forastero. Pon atención. No vayas a olvidar mis instrucciones, que con esto te curarás. Cuéntale a Refugio tu sueño y pídele que te ayude a hacerle la siguiente ofrenda a los cuatro Vientos Benéficos. Esparce en el suelo la piel de un gamo recién sacrificado y coloca bastones de oración en las cuatro direcciones: uno, apuntando hacia el este, de palo de olmo pintado de negro y adornado con una pluma de cuervo; otro, apuntando al sur, de palo de roble pintado de azul y adornado con una pluma de chara; otro, apuntando al oeste, de palo de espadaña pintado de amarillo y adornado con una pluma de jilguero; y otro, apuntando al norte, de palo de abedul pintado de blanco y adornado con una pluma de milano cola blanca. Perfora la parte superior de cada bastón e inserta un poco de tabaco en el orificio. Esparce polen de espadaña en las cuatro direcciones. Primero toma el bastón de roble, enciende el tabaco y, mirando hacia el este, pronuncia las siguientes palabras con toda devoción: <<Viento Oscuro, tú que recorres la superficie terrestre, te hago esta ofrenda. Hoy mismo debes fortalecer mi cuerpo, aclarar mi mente, purificar mi espíritu y devolverme el habla. Déjame andar tranquilo por donde quiera que vaya. Llévame por el camino de la belleza, la felicidad y la paz. No me abandones>>. Reza la misma plegaria al Viento Azul del sur, al Viento Amarillo del poniente y al Viento Blanco del norte. Y, al terminar, canta al ritmo del tambor este cántico sagrado:

El Viento Oscuro aquí está,
el hijo del azabache aquí está.
El Viento Azul aquí está,
el hijo de la turquesa aquí está.
El Viento Amarillo aquí está,

el hijo del ámbar aquí está.
El Viento Blanco aquí está,
el hijo del cuarzo aquí está.
Benditos sean los Santos Vientos.

Después de darme estas instrucciones siguieron conversando entre ellos. Yo, mientras tanto, hice un repaso mental de las plegarias y el canto para asegurarme de que no se me fueran a olvidar.

—Entonces se va a cumplir la profecía de los *natagé* –dijo el anciano—. Ellos dicen que antes de que se acabe el mundo unos ojiblancos invadirán nuestro territorio y que los *indé* sobrevivientes adoptarán sus modos y costumbres. Se cortarán el pelo y se vestirán como los ojiblancos y no podrán distinguirse de los *nakaiyés*. Ya nadie esparcirá polen en los ríos ni recolectará tierra sagrada de las montañas. Las montañas dejarán de darles salud y fuerza. Todos los Santos los abandonarán. Se harán cristianos y olvidarán todos los cantos y ceremonias que ayudan a mantener sana y bella a la Madre Tierra. Los hijos de los *Binaayéé* envenenarán con sus desechos los ríos y profanarán todos nuestros sitios sagrados. Los Vientos de las cuatro direcciones ya no podrán alejar al Viento Giratorio ni al Viento Enroscado ni al Viento Rayado ni al Viento de las Fieras. Todos los vientos enemigos y peligrosos andarán sueltos y harán mucho daño a todos.

Después de verificar que recordaba a la perfección las plegarias y el canto que me habían enseñado, me comencé a preocupar si iba a ser capaz de recordarlos cuando me despertara. Sabía que había gozado de una memoria privilegiada hasta el momento, pero no estaba seguro de que fuera capaz de recordar mis sueños con la misma exactitud con la que había sido capaz de recordar todas las cosas que había hecho, escuchado y aprendido en Senecú.

—¿Y si se me olvida la ceremonia que me acaban de enseñar? –pensé.

—Los sabios *natagé* no hablaron incorrectamente –intervino Todo-cubierto-de-polen, el hombre que hablaba como Refugio—. Yo tuve una vez un sueño en el que los *indés* vivíamos con los ojiblancos en pueblos con casas tan altas que alcanzaban el cielo. Todos viajábamos en carros tirados por caballos de hojalata alimentados con la sangre extraída de las entrañas de nuestra Madre Tierra. En el aire volaban gigantes de plata capaces de alcanzar la luna y las estrellas. Iban armados con balas de fuego más poderosas que los rayos y más destructoras que los tornados. Los hijos de los *Binaayéé* se habían apoderado de nuestro territorio. Habían aprendido a controlar el aire de los animales peligrosos para causar daño a la Madre Tierra y a todas sus criaturas.

—Se repetirá la historia que nos sucedió con los pueblos enemigos de antaño –dijo uno de los ancianos—. Ellos también vivían en casas situadas en las alturas. Dicen que se aliaron con los *Binaayéé* y que éstos les enseñaron a volar como las aves y a viajar en el lomo de los relámpagos. Esclavizaron a nuestros hijos. Los forzaban a cargar grandes cantidades de madera, agua y piedras en sus espaldas por largas distancias y a realizar toda clase de labores arduas sin pagarles y matándolos de sed y de hambre. Eran orgullosos, altaneros y codiciosos como los *nakaiyés*; tenían encerrados en sus pueblos manadas enteras de animales; sembraban y acumulaban maíz, frijol, calabazas y algodón; construían casas grandes situadas a la orilla de altos cañones que los protegían de sus enemigos y de los elementos. Eran seres muy ingeniosos. Dicen que hasta aprendieron a controlar los vientos y las fuerzas que hay en las montañas, en las cavernas, en los ríos y en el mar. Llegaron a ser tan numerosos como las hormigas. Pero, entre más ricos y poderosos se hicieron, se volvieron más irrespetuosos de todo lo sagrado. Modificaron los símbolos tradicionales. Experimentaron con los diseños de sus cerámicas, canastas y tejidos. Comenzaron a pintar rayos y arcoíris invertidos, vientos contrarios y toda clase de figuras siniestras en sus enseres domésticos y sus vestimentas. Dejaron de saber quiénes eran; se olvidaron de sus progenitores y de sus creadores; dejaron de cuidar a sus enfermos y a sus ancianos y comenzaron a matarse entre ellos. Profanaron todo lo sagrado y, cuando cometieron el grave error de faltarle el respeto a Mata-Enemigos y a Niño-del-Agua, hasta ahí llegaron. Así como hicieron en otro tiempo cuando vencieron a los *Binaayéé*, los Santos Hermanos viajaron a la casa del Sol para que nuestro Padre los ayudara a deshacerse de los pueblos enemigos. El Padre Sol les concedió su deseo y comenzó a arder más que nunca. Toda la Sagrada Familia los ayudó. Les negaron a los pueblos enemigos todas sus peticiones. Hubo sequía, hambre y toda clase de plagas y pestilencias y las guerras entre ellos comenzaron a decimarlos lentamente. Hasta que, finalmente, el Padre Sol envió una gran tempestad de fuego que incendió y acabó con la vida en los cañones y los acantilados donde vivían nuestros enemigos ancestrales. Sierra Oscura, Arenas Blancas, los malpaíses y todas las franjas negras que cubren los desfiladeros y los roquedales de la zona son los rastros de aquel cataclismo.

Entonces me comencé a preocupar cómo diablos iba a obtener todos los materiales para la ceremonia. Sabía que no tendría problemas en conseguir el tabaco y el polen de espadaña, pues Refugio los llevaba consigo en unas bolsitas de gamuza que amarraba a su cinturón y cuidaba como si fueran sus más preciados bienes. Las varas de olmo, roble, espadaña y abedul tampoco serían difíciles de encontrar. Pero las plumas, ¿de dónde iba yo a sacarlas?

Sentí que apenas me había vuelto a dormir cuando me despertó otra vez el sonido de un tambor. Seguía doliéndome la cabeza. Cerré los ojos para tratar de dormirme, pero comenzaron a acosarme las mismas preguntas de siempre: ¿Por qué me estaba a mí sucediendo todo esto? ¿Qué había hecho para merecérmelo? ¿Por qué padezco estos infortunios? Parece como si yo estuviera buscando estas cosas espantosas. ¡A veces siento que alguien me está poniendo a prueba! De repente, escuché claramente una voz que me dijo al oído:

—¿Quieres de veras saber quién te está poniendo a prueba?

Abrí los ojos para saber quién había dicho esto. Por un instante pensé que era Refugio, pero estaba yo solo en la choza. Sin embargo, el sonido del tambor venía de lejos. Si era Refugio quien lo estaba tocando, no podía ser su voz.

Aunque sentí miedo, me armé de valor, me levanté y me asomé con cautela para ver si había alguien afuera. Pero no había nadie. Me reí de mí mismo y me dije que habría sido mi imaginación. Salí de la choza y exploré brevemente los alrededores, pero no encontré a Refugio. Decidí volver a la choza y tratar de dormirme de nuevo. Estaba que me moría de sueño.

Cuando ya casi me dormía, volví a escuchar la misma voz. Me susurró al oído como si me estuviera diciendo un secreto.

—¡Escucha, Uriel!

Pero esta vez, por alguna razón, no me pude levantar. Tampoco pude abrir los ojos ni moverme. Estaba paralizado de nuevo, como me había sucedido hacía un par de días.

Al poco tiempo, comencé a escuchar una cacofonía de rumores ininteligibles, como se escucha en un auditorio cuando acaban de apagar las luces antes de que comience una función. Poco a poco los murmullos fueron disminuyendo y una extraña discusión que se escuchaba a lo lejos comenzó a ganar claridad y volumen.

— . . . debido a cambios en el sistema penal, el trámite se ha vuelto lento y dudo que podamos darle una rápida solución a su demanda.

—¡Lo que pasa es que todos le tienen miedo!

—¡Queremos justicia, su Señoría!

—¡Devuélvanos nuestras tierras!

Las voces no tenían nada de extraordinario. Se escuchaba un grupo de personas discutiendo con un oficial. Lo único raro eran sus nombres, sus títulos y la formalidad con la que se hablaban entre ellos, como si fueran altos dignatarios.

—Honorable Señor Esqueleto, Honorables Divinidades de Nuevo México, entiendo que se sientan frustrados porque no hemos resuelto su demanda, pero es necesario que en este Supremo Tribunal se comporten con la debida compostura. Les aseguro que la carga que tenemos con el nuevo sistema penal es enorme. ¡No nos damos abasto con tanta demanda de invasión y despojo! ¡Y tanto crimen!

—¡Estamos hartos de excusas y pretextos! ¡Necesitamos que se nos devuelvan nuestros territorios!

—Honorables Divinidades de los Indios Pueblos Originarios de Nuevo México, les recomiendo que mejor actúen por la vía civil. Si solicitan un juicio reivindicatorio, es posible que se les devuelvan tanto las almas de los súbditos que les arrebataron como los territorios en disputa. Asesórense con un actuario. Con él podrán contratar gente que los ayude a deshacerse de los bienes muebles e inmuebles que ya no deseen, una vez que se les apruebe su demanda. Con el actuario también podrán solicitar patrullas de la Confederación para que los ayuden a expulsar a los invasores.

En eso llegó alguien de voz ronca hablando en tono altanero.

—Buenas noches, su Señoría. He sido llamado para comparecer de nuevo ante esta Suprema Corte de Justicia. ¿Siguen estos infelices tratando de quitarme lo que me he ganado por mérito propio, según dicta la ley suprema del cosmos?

—Su Majestad, le ruego que se muestre más respetuoso en este Tribunal. La ley del más fuerte no manda en nuestra sagrada Confederación.

—En nuestra Confederación no, su Señoría, pero en mis dominios sí, y estos pelafustanes pretenden reducir la extensión de mis latifundios que tengo debidamente amparados con títulos de propiedad ante notarios. A ver, Honorables Divinidades de Nuevo México, ¿tienen alguna Escritura que los acredite como los propietarios y legítimos dueños de los bienes inmuebles que me están disputando?

—Tenemos derecho por antigüedad. Nosotros estamos allá desde hace milenios, somos los dioses originales de los pueblos indígenas. Su Majestad y todos los miembros de su Corte Real son unos advenedizos.

—¿Y eso qué importa, Honorable Señor Esqueleto? Nosotros estamos haciendo producir la tierra. Hay minas que explorar y explotar. ¿Acaso no está escrito en nuestra Constitución que todos tenemos derecho a poblar la tierra y a someterla? Ustedes la están desaprovechando. Quieren cuidar a la Madre Tierra como si no hubiera muerto ya.

—¡Está viva, su Majestad!

—¡Sí, está viva!

—No me hagan reír. Si es así, ¿por qué entonces no forma parte de esta Confederación?

—Usted lo sabe mejor que yo, su Majestad.

—¿Y entonces por qué las Estrellas no la ayudan?

—Porque Ellas no se ocupan para nada de nuestros asuntos. Están ocupadas gobernando sus propios sistemas. Viven encerradas en su fuero interno, defendiendo sus propios intereses. Son tan ávidas de poder y veneración como el Innombrable. Ellas están sujetas al mismo Eje que lo gobiernan a Él, a usted y a todos nosotros. La única que de verdad se preocupa y vela por el bien de los humanos es la Madre Tierra.

—Nosotros estamos civilizando a sus inditos. ¿Qué hacía ella cuando era la Reina y administradora de su progenie? ¡Los tenía inmersos en la barbarie, como si fueran bestias! En cambio, nosotros los estamos imbuyendo del espíritu clásico. Les estamos dando la *romanitas* e, indirectamente, la sabiduría de los griegos y de los egipcios. ¿No es así, su Señoría?

—Tiene usted razón, su Majestad, nosotros les enseñamos casi todo a los griegos y a ustedes los romanos, aunque sus súbditos lo ignoren, o pretendan ignorarlo.

—Bajo la tutela de la Madre Tierra sus hijos ni siquiera sabían leer ni escribir. ¡Ahora hasta han llegado a conocer las Sagradas Escrituras!

—Sí, ya sabemos que su Majestad se da ínfulas de pío, pero debajo del alba trae puesta la armadura. Y el báculo lo convierte en lanza cada vez que se le antoja despertar el espíritu guerrero que arde siempre en su corazón.

—¿Y qué quiere que haga, Honorable Mujer Araña? ¡Por algo soy el dios de la guerra más poderoso de este planeta! En mi imperio nunca se pone el sol.

—Eso es ahora, su Majestad, pero uno más poderoso que usted, una divinidad ojiblanca lo vencerá y lo humillará como usted nos está humillando a nosotros.

—Eso está por verse. No hay todavía quien pueda contra nuestro ejército y nuestra Armada Invencible. Y ya que entramos en materia, si ustedes, sus soldados y las patrullas de la Confederación quieren darse una escaramuza con nosotros, ya saben dónde encontrarnos. Con el meñique los aplastaremos.

En eso sonó un toquido.

—¿Quién es?

— Seshat, su Señoría –respondió una mujer.

—Adelante, hija –dijo su Señoría.

—Su Majestad, su Señoría, Honorables Divinidades Prehispánicas, buenas noches. Disculpen por favor la interrupción –dijo Seshat.

—No nos interrumpes, princesa, ya habíamos acabado nuestra audiencia.

—Honorable Señora de los Libros y de la Escritura, su Majestad, aunque le cueste decirlo.

—Lo que usted diga, sabia y Honorable Señora, que por algo es diosa del encanto y del destino.

—Su Señoría, líder de la Ogdóada y Árbitro Supremo de este Divino Tribunal: al otro lado del río está un miserable mortal que está empecinado en volver a su lugar de origen. Nadie se compadece de él, nadie lo escucha. El viento del karma lo arrastró a los orígenes de su ciudad natal y lo está sacudiendo con violencia al pobre. Y, para colmo, un genio malévolo está jugando con su mente y atormentándolo. Quiere saber si alguno de nosotros lo está poniendo a prueba.

—¿Y, de quién se trata, Honorable Señora Seshat?

—No tiene nombre, su Señoría. Es un plebeyo. Nunca publicó ni creó nada. Murió sin dejar testimonio o huella alguna de su existencia.

—Si nadie escucha sus plegarias, por algo será. El que no siembra no cosecha.

—Es un renegado de la Iglesia, su Señoría.

—¡Ah! Entonces, asunto arreglado. ¡Es un impío!

—No necesariamente, su Señoría. Aún sufre delirio de persecución de los dioses –respondió Seshat —. Y, como sabemos, quien padece este implacable tormento es porque en realidad no ha dejado de creer en nosotros. Además, en su escritorio tenía una estatuilla de su Señoría y un sello de goma con una imagen de nuestra ave sagrada.

—Si me permite, Honorable Señora de los Libros, yo puedo aclarar este asunto.

—Por favor, Honorable Señor Esqueleto, no es necesario que pida la palabra. Somos sus pares. Ilumínenos con su conocimiento.

—Gracias, su Señoría. Honorable Señora Seshat, el sujeto del que usted habla pisó mi territorio y se alojó en él sin rendirme tributo ni hacerme la más mínima ofrenda.

—Dirá su exterritorio.

—Honorable Señor Marte, su Majestad, le suplico que no interrumpa al Señor Esqueleto.

—Decía yo, Honorable Señora Seshat, soy yo quien le ha estado dando algunas calentaditas a ese sujeto, por impío e irrespetuoso. Pero me doy por satisfecho. Si se marcha de nuestro territorio, prometo que jamás lo volveré a torturar.

—Este sujeto, Honorable Señora de los Libros, ¿era antes súbdito del Honorable Señor Esqueleto?

—Sí, su Majestad, es un miembro de la raza cósmica. Como toda esta estirpe de bronce, una parte de su alma sirvió y veneró distintas manifestaciones de su Divina Figura Desollada y a muchas otras deidades del México prehispánico y del Nuevo México. La otra parte de su alma, a muchas de las deidades del Viejo Mundo, principalmente a Yavé y a Alá.

—Honorable Señora, en tal caso, mis escribanos deben tener en sus archivos el cómputo de sus buenas y malas acciones e intenciones. Ellos sabrán decirle el valor neto de su alma. ¿Han pesado ya su corazón?

—Sí, su Majestad, por eso estoy aquí. Necesita su Señoría decidir si lo dejamos cruzar al otro lado, o si lo arrojamos al inframundo. El corazón de este sujeto ha pesado un picogramo más que la pluma de la verdad.

—¿Y cuáles son sus méritos, Honorable Señora?

—Según el reporte que recibí, era sólo un diletante, un amante de las letras y de la sabiduría que jamás llegó a producir ni a publicar nada de valor. Dedicó horas interminables a la escritura de una novela que quedó inconclusa. El único patrimonio que dejó es una caja de confusos apuntes impublicables de nulo valor literario, humanístico o científico firmados con el pretensioso pseudónimo de "Neferkaphtah."

—Honorable Señora de los Libros, por favor, no nos haga perder el tiempo. Usted sabe perfectamente cuál es el destino de las almas de los impíos. Para ser admitido en el Limbo se necesita haber publicado o exhibido alguna obra artística, literaria, científica o humanística de cierto mínimo valor. Un impío que no ha hecho contribución alguna a la cultura o al ámbito del saber va derechito al inframundo, a menos que alguno de nosotros esté dispuesto a interceder por él.

—¡En mi Reino yo no quiero esa alma contaminada por el espíritu del Invasor!

—No se preocupe, Honorable Señor Desollado, si el inframundo es su destino, lo enviaremos al Reino de Lucifer.

—Mándelo de una vez, su Señoría. Sáquelo de allí y entrégueselo a Lucifer. Él necesita azogueros para sus minas de plata. Ya sé de quién hablan. Hemos enviado a uno de nuestros agentes para que trate de persuadirlo de que vuelva al seno de la Iglesia, pero no quiere someterse; es terco y orgulloso.

No quiere entregarse a su Señor y está pagando caro por su orgullo y rebeldía. Dudo que haya alguien entre nosotros que desee abogar por ese infeliz. Y ahora, me retiro, que no quiero perder más tiempo en estas nimiedades. Adiós, Honorables Señores. La próxima vez que me citen será en el campo de batalla. No los hago polvo sólo por mi lealtad a la Confederación. Con su permiso, Honorable Señor Tres Veces Grande. Señora de los Libros, Diosa del encanto, hasta la próxima.

—Nosotros también nos vamos, Honorable Señor Sol de la Noche.

Al concluir esta reunión, hubo un silencio prolongado. Yo seguía inmóvil y privado del resto de mis sentidos, atento a lo que pudiera escuchar. Al cabo de unos momentos, el Juez y la Señora de los Libros tuvieron una conversación.

—¡Señor del Tiempo, padre mío, Supremo Juez! Si fuera un ateo este sujeto, su condena sería justísima, pero a mí me despierta compasión. Está lejos de su ciudad y de su tiempo y padece toda clase de desdichas sin saber por qué. Un genio maligno se ha posesionado de su mente y lo manipula como a un títere: lo hace creer que los objetos que percibe con sus sentidos existen en realidad. El infeliz ignora que sólo existen en su mente y para su mente. ¡Pero él, que tan sólo quisiera despertar de su permanente estado de ensueño, se siente perseguido por los dioses! Dios de la sabiduría, la escritura, la memoria y el dominio de los sueños, padre mío, ¿es acaso insensible su corazón a las desventuras de un sediento del saber metafísico? ¿No hubo tiempo en que los buscadores de su eterna sabiduría le eran gratísimos? ¿Por qué, entonces, ¡oh Toro de las Estrellas!, este adepto suyo le es indiferente? ¿Tan sólo porque ha padecido bloqueo del escritor y no ha podido terminar su novela? ¿Lo va a condenar antes de darle una oportunidad de cumplir con su misión en el mundo de los mortales?

—Hija mía, ¡no digas disparates! ¿Acaso crees que yo, el autor del índice biográfico de todos los mortales, ignoro el destino de Uriel Romero, el autor de la novela *1666*, la cual recuerda la historia de Neferkaphtah? ¿No te das cuenta de que es Marte quien le está cerrando el paso al otro lado del Río y que fue él quien ordenó someterlo a la ordalía en las aguas del divino Id? Fui yo quien lo salvó. El Fiscal quería culparlo por el suicidio de Alma, pero yo lo absolví. Aunque Uriel actuó de manera egoísta al leer su diario, no lo hizo con la intención de que Alma se suicidara, sino para saber la verdad de los feminicidios de Juárez. Además, si Uriel hubiera dado a conocer en su novela el contenido del falso *Libro de Tot* que Alma escribió, él habría muerto como un valiente mártir de la Verdad, lo cual le hubiera asegurado un lugar en el Paraíso. Conque vamos, pensemos los dos cómo ayudarlo a regresar a casa. El Señor Esqueleto y El Señor Padre de los romanos no podrán oponerse a nuestra voluntad.

—Padre mío, supremo entre los sabios y los poderosos, si le place, enviemos enseguida a un *Gáthé* para que le enseñe a Uriel el camino de regreso a casa. Yo vuelo a su habitación para darle el beso que lo despertará.

—Que así sea, hija.

Cuando terminó esta conversación, yo seguía inmóvil. Misteriosamente, había dejado de sentir dolor o malestar alguno. Tampoco sentía hambre, sed, frío, calor, miedo ni angustia. No estaba ni triste ni contento. Estaba suspendido en un vacío silencioso y oscuro. ¿Estaba muerto? ¿Vivo? ¿Dormido? ¿En estado de coma? ¿Loco? Nada supe con certidumbre en ese momento. Lo único que supe, o creí saber, es que mi mente y mi memoria seguían activas. Reflexioné sobre la conversación extraña que había escuchado y me pareció evidente que había sido un sueño más por lo ridículo e inverosímil, una obra de mi imaginación y de mi estado emocional y físico, si es que estaba vivo, si es que yo no era una mera ilusión, o un alma en un estado de ensueño o de transición hacia algo desconocido.

Sin embargo, este sueño absurdo lo interpreté como un mensaje divino. El Supremo Juez me exoneraba de la acusación que me hizo Alma en su carta póstuma de haberla incitado al suicidio. Caro pagué, o estaba pagando, en mi vida por esta acusación. Interpreté mi actual estado como una especie de Purgatorio por mis muchas faltas y fallas, pero este sueño me dio la esperanza de que no estaba muerto y que no iba a ser condenado por el suicidio de Alma.

¿En dónde estaba? ¿En una montaña de Nuevo México en el siglo diecisiete? ¿En Senecú? ¿En Ítaca, en el siglo veinte, en mi apartamento? ¿En algún otro lugar y tiempo de mi existencia? ¿En algún espacio fuera del tiempo? ¿O en un tiempo fuera del espacio? ¿En el reino de los sueños?

Nada supe en aquel estado. Pensé y tuve una infinidad de recuerdos. Eso fue todo. Recordé con la misma opacidad aquella extraña conversación como mis demás sueños y vivencias. Pude pensar y recordar muchísimas cosas, pero no todo. Hubo partes de mi pasado que me fueron absolutamente inaccesibles. Sólo pude recordar de manera borrosa e incompleta los rostros de algunas personas, incluyendo el de Uriel y el de Diego. Las imágenes que tenía de todas las cosas, incluyendo aquéllas que, según yo, había conocido más íntima y detalladamente, se me mezclaron en la mente como quimeras. Hubo cosas cuyos nombres recordé, pero cuya imagen, textura, olor y sabor no pude traer a la superficie de la conciencia. De los sonidos sólo pude recordar algunas impresiones auditivas de manera vaga: ciertas vibraciones, timbres, tonos, ritmos y fragmentos de melodías. Recordé con más precisión los sonidos que había escuchado más recientemente: las voces que acababa de escuchar, el sonido del tambor y la voz de Refugio, el sonido del viento, el crujir de los leños al ser consumidos por el fuego, los relinchos de Lucio, y también su voz gangosa; la del fantasma o espíritu que me habló cuando estaba con María Tzitza y su etérea voz. La dicción de fray Antonio y de todas las personas que había conocido en Senecú las recordé con la misma imprecisión e incertidumbre que recordé mi propia voz y la de todas las personas con quien yo había tratado en mi vida reciente y en la anterior.

Mis memorias me parecieron datos desprovistos de realidad tangible, imágenes que pude evocar con la inteligencia pero que fui incapaz de corroborar con los sentidos. No recordé el sabor ni el olor de nada de lo que había supuestamente comido o bebido en Senecú ni en mi otra vida. Sin una taza con extracto de café recién tostado frente a mí me fue imposible evocar los sutiles aromas y sabores de esta deleitable bebida, y mucho menos los momentos más íntimos y cargadas de emoción y sentido personal que se despertaban de algún lugar recóndito de mi memoria cuando me solía beber una taza de café en mi otra vida. La música que recordé era únicamente la que había escuchado y tocado en Senecú. No fui capaz de recordar una sola canción o pieza musical que había escuchado o tocado en mi otra vida cuando ocupaba el cuerpo de Uriel, lo cual me produjo nostalgia, pero no dolor ni tristeza, pese a lo mucho que había significado la música para mí, como cuando recordamos aquellas cosas que de niños solíamos disfrutar pero que han dejado de interesarnos.

Lo que sí me produjo inquietud fue pensar en mis seres queridos, los de mi vida anterior, ¿mi vida única y verdadera? Mis padres, hermanos, parientes, amigos, vecinos, compañeros de escuela y de trabajo, maestros y demás conocidos, y el amor de mi vida, Alma, ¿habían existido o eran invenciones de mi imaginación como lo fue la conversación que acababa de escuchar? ¿Qué habría sido de ellos? ¿Me andarían buscando? ¿Me estarían echando de menos?

En Senecú había desarrollado un ambiguo afecto por fray Antonio y me pregunté qué habría sido de él. ¿Había soñado mi último encuentro con él? No lo supe. Recordé el día que lo conocí y me dije que aquel encuentro también pudo haber sido un sueño, al igual que todas mis vivencias en Senecú y en la montaña con Refugio. No hubo nada que me ayudara a verificar su posible existencia. El sonido del tambor había desaparecido. El mundo material estaba fuera de mi alcance y me resultó imposible evocarlo.

¿Cuánto tiempo duré en aquella cataplexia? No lo sé. Dicen que antes de morir observamos la totalidad de nuestra vida en un instante. Mi mente hizo un recorrido de todos los momentos que pude recordar de mi estancia en Senecú y en la montaña hasta ese momento, los cuales pude posteriormente plasmar en estas páginas que he escrito. Pude también recordar otros sucesos de mi otra vida que posteriormente podrás tú, lectora o lector, conocer si lees el resto de este relato. Recordé también muchísimas otras cosas que no podría escribir aquí por falta de espacio y de tiempo. Mi mente extrajo todo lo que pudo de aquel insondable e inconsciente almacén donde he guardado, como si fueran semillas, todas y cada una de mis acciones y de mis pensamientos por muy banales que hayan sido. Recordé mi vida anterior, no como una película narrada cronológicamente desde el nacimiento hasta la muerte, sino como una sucesión de imágenes fragmentadas que fui sacando de mi memoria de manera caprichosa y desordenada en ocasiones, y voluntaria y ordenada en otros momentos de mayor lucidez. Tuve fantasías y pensamientos de toda clase y se me ocurrieron tantas historias que me hubiera gustado poder escribir en aquel momento, pero que luego los olvidé como se olvidan los sueños y tantas otras cosas que pensamos en la vida.

Pensé, recordé, imaginé, inventé, fantaseé, soñé, recombiné incontables veces y de infinitas maneras todo lo que mi mente pudo sacar de sus más recónditos e íntimos rincones. Fue como si hubiera vivido varias vidas, excepto que fueron vidas en un mundo inmaterial, fuera del espacio y del tiempo; vidas imaginarias en completa y absoluta soledad sin carencias ni deseos materiales.

Me pregunté incontables veces ¿cuándo me iba a despertar de este increíble sueño? Antes me había podido despertar de los sueños, voluntaria o involuntariamente, y volvía al mismo lugar donde me había quedado dormido, un lugar en un mundo lleno de cosas y de personas que podía ver, tocar, oler, escuchar y a veces probar. En aquel estado no sabía cómo despertarme ni si iba a despertarme algún día. ¿Estaba en el Limbo? Me pregunté infinitas veces.

Una voz familiar que me pareció estar fuera de lugar me sacó de aquella cataplexia repentinamente.

Dawn of light lying between
A silence and sold sources . . .

No supe si seguía soñando o si se trataba de otra alucinación. Abrí los ojos y vi que estaba todavía en el *chagoch'o*, pero Refugio no estaba a mi lado. Supuse que se había levantado para darle la bienvenida a los primeros rayos del alba. La voz del cantante del grupo Yes, Jon Anderson, y las notas extendidas de la guitarra eléctrica de Steve Howe continuaron sonando en mi cabeza. Pronto el punteo del bajo y la voz de Chris Squire y los platillos de Alan White se incorporaron a la melodía. Y cuando el *minimoog* de Rick Wakeman hizo su entrada triunfal en aquel himno al alba que musicaba "la reveladora ciencia de Dios" me fue imposible seguir acostado. Me levanté desconcertado preguntándome dónde y en qué tiempo me encontraba. Vestía ropa apache todavía. Excepto por la música de Yes y el fulgor del alba que iluminaba el interior del *quinzhee*, todo parecía estar tal como la noche anterior.

Salí para buscar a Refugio. Lo encontré sentado en la nieve a unos diez metros del *quinzhee*. Vestía solamente un taparrabo. Contemplaba el alba y cantaba con los brazos alzados. Me le acerqué y me sorprendió que estaba entonando una canción apache en inglés y que tenía una etérea voz de mujer.

I'm going to the Sun
And I'll be praying there . . .

Me costó entender su canto, pues en mi cabeza seguía sonando la música de Yes. No quise interrumpirlo y miré hacia el horizonte. Noté que el cielo tenía una gama de colores inusitada: azul, rojo y naranja oscuros, morado, magenta, índigo y azul niebla. Este último provenía de una nubosidad extraña que, más que nube, parecía ser el borde de la nebulosa de una galaxia. Refugio siguió cantándole al amanecer:

That's where I'm going,
To the Sun, the Center of the Universe.

Al mismo tiempo, en mi cabeza seguía cantando Jon Anderson:

What happened to this song we once knew so well?
Signed promise for moments caught within the spell . . .

El cielo fue aclarándose y los discos de la galaxia fueron desplegándose lentamente. Refugio repitió la misma plegaria numerosas veces y en mi cabeza siguió sonando la música de Yes. Al cabo de un rato, una columna de luz y un halo de fulgor esplendísimo anunciaron la inminente aparición del bulbo galáctico. El cielo parecía haber estallado en llamas. Cuando "*The Revealing Science of God*" concluyó, brilló el centro de la galaxia. Refugio terminó de cantar. Se puso de pie y me volteó a ver.

—¿En dónde estamos? - le pregunté.

—¿En dónde más? *We're in the Land of Enchantment.*

Físicamente Refugio no había cambiado, pero sus expresiones faciales, su porte y sus modales se habían suavizado y afeminado al igual que su voz.

—No sabía que hablara usted inglés –le contesté.

—¿Olvidas que nací en América?

Hablaba muy bien el español, pero tenía acento gringo.

—¿Que no es usted apache?

—¿Apache yo? No te dejes engañar por las apariencias. Soy la doctora Hogan.

—¿La doctora Hogan? –la voz y el nombre me sonaron familiares, pero no los pude situar en el espacio ni en el tiempo.

—¿Cómo van tus sueños? –me preguntó.

—¿Mis sueños?

—Sí, tus sueños.

—Pos ahí, más o menos –le contesté con decepción.

—¿Recuerdas la contraseña que te enseñó anoche Refugio antes de dormirte?

—¿No es usted Refugio?

—Te digo que soy la doctora Hogan. ¿Ya no te acuerdas de mí? Soy tu guía en este ámbito astral.

Caí finalmente en la cuenta de que se trataba de mi psicoterapeuta, quien me había estado enseñando el yoga del sueño en Albuquerque.

—¡Doctora Hogan! ¡Cuánto tiempo! –le dije francamente sorprendido y feliz de verla—. ¿Y qué hace usted aquí?

—Antes de responderte, tienes que darme la contraseña.

—¿Qué contraseña?

—El mantra y el signo que te enseñó Refugio anoche.

—No los recuerdo, lo siento –le respondí frustrado y confundido por mi empobrecida memoria.

—Haz un esfuerzo de recordarlos, Uriel. De lo contrario no podrás avanzar en tu entrenamiento.

Me estaba costando un enorme esfuerzo concentrarme, pues en mi cabeza seguía escuchando a Yes. Esta vez se trataba de la cancion "*The Remembering*:"

> *Sail away among your dreams*
> *The strength regains us in between our time . . .*

—Concéntrate, Uriel.

—Lo siento, doctora. Me resulta difícil concentrarme con esta música que suena en mi cabeza, no sé por qué.

—¿Ya no recuerdas el *nada* yoga que te enseñé?

—¿El nada yoga?

—Sí, el tipo de meditación que consiste en advertir sin juzgar todos los ruidos y los sonidos que escuchamos.

—La verdad, no.

Cuando le dije esto, la doctora Hogan se paró frente a mí, puso sus manos sobre mis hombros con los brazos extendidos y, mirándome a los ojos, me dijo:

—Fija la mente en la música que escuchas, sin juzgar si es agradable o desagradable, y deja que sature tu conciencia. Cuando aquietes la mente enfocándola en la música, comenzarás a escuchar el sonido de la Nada de manera espontánea, y la música que escuchas pasará a ocupar un segundo plano en tu conciencia.

—Ah, sí claro –le respondí entusiasmado e iluminado con su transparente mirada de manantial insondable.

Cerré los ojos y me enfoqué en la música. Y, cuando escuché los versos que dicen *"School gates remind us of our class/ Chase all confusion away with us,"* en los cuales Jon Anderson extiende el sonido de la "a" al final de cada verso, recordé el mantra que me enseñó Refugio y lo repetí cantando:

—Aaaaaaaaaaaaaaaaaaaaaaaaaaaaaaaaaaaaaaaaa.

A la Dra. Hogan se le dibujó una leve sonrisa en los labios. Expresó su aprobación asintiendo con la cabeza. Entonces me pidió que le revelara la señal visual. De inmediato recordé el círculo que Refugio me enseñó a hacer en el pecho con las dos manos. Se lo mostré con autocomplacencia.

—¿Qué representa el círculo?

—El atrapasueños que me dio María –le contesté con seguridad.

—¿Y para qué sirve?

—Para transformar las formaciones mentales negativas en positivas, ¿no?

—Correcto. ¿Y qué simboliza?

—El círculo del espíritu.

—Muy bien, muy bien –me dijo en tono condescendiente —veo que estás lúcido en este sueño.

—¿Estoy soñando? –le pregunté.

—¿Acaso has dejado de soñar en algún momento?

—No, creo que no.

—Lo único es que en este sueño has adquirido cierta lucidez.

—No entiendo.

—Hay diversos grados de lucidez. Aunque sabes que estás soñando y estás alerta en este sueño, no es tu mente quien está bajo control. Es tu karma.

En ese instante resonó un gong y retumbaron unos címbalos. Había comenzado "*The Ancient: Giants Under the Sun*," la tercera canción del álbum *Tales from Topographic Oceans*. Me quedé reflexionando en lo que me acababa de decir la doctora y me perdí en mis pensamientos. El sintetizador y un carillón se incorporaron a la obertura. Incensaron y esparcieron chispas de luz en el ambiente.

Aquella música me indujo una terrible visión. Aparecieron en el firmamento Utu, Ra, Shapash, Suria, Xihe, Amaterasu, Tonatiuh, Kinich Ahau, Taandoco, Inti, Mitra, Helios, Sol, Belenus, Shams, Mawu-Lisa, Tawa, Pautiwa, Awonawilona, Oshach Paiyatiuma, Jóhonaa'éí, Sháa y todas las demás deidades solares. De repente, percibí un olor a pólvora y a humo y luego un pestilente hedor a cadáver. <<Huele a guerra,>> pensé. Un estruendo inesperado y una rápida sucesión de notas producidas por un xilófono, un bajo eléctrico y una batería marcaron el inicio de la carrera contra el tiempo por la dominación del mundo. Aparecieron Baal y Anat, Marte y Minerva, Lug, Yavé y Cristo, Huitzilopochtli, Tohil, Copijcha y los Guerreros Gemelos. Estos últimos me arrojaron al campo de batalla. Los aullidos y lloriqueos de una guitarra eléctrica expresaron la angustia y el pavor que sentí a lo largo de aquella horrenda odisea. Participé en las guerras de los pueblos hispánicos contra los invasores cartagineses, romanos, germánicos y musulmanes; peleé contra los teotihuacanos, los toltecas, los zapotecas, los mixtecas y los mexicas; en los conflictos contra los itzaes, los xiues y los cocomes; en las guerras entre los moros y los cristianos; en las cruzadas; en las batallas de la Reconquista de España y de la Conquista y la conversión de los indígenas en América; en las rebeliones y las numerosas guerras civiles e internacionales contra el imperio y la tiranía; en las guerras de la Contrarreforma, la Independencia, la Reforma liberal; en la Revolución Mexicana.

—¿Me escuchaste lo que te dije, Uriel?

—Perdón –le dije sobresaltado—. Acabo de tener una aterradora visión. ¿Qué me dijo?

—Te he dicho que tu karma es quien te controla.

—¿Mi karma?

—El encadenamiento de causas y efectos producidos por todas tus acciones pretéritas. Sus efectos se manifiestan y corporeizan en los sueños kármicos. Tu karma es el creador de éste y de casi todos los sueños que has estado presenciando y padeciendo hasta ahora. Él te ha traído aquí y te mangonea a su voluntad como si fueras su títere. Es como un genio malévolo que se ha apoderado de tu mente y que recurre a toda clase de artimañas para engañarte. Todo: cielo, aire, tierra, colores, figuras, sonidos, cuerpos celestes, tú mismo y yo somos sus creaciones.

—¿Y por qué estoy aquí? ¿Qué tengo yo que ver con un franciscano del diecisiete?

—Es lo que tú tienes que descubrir y entender. En la vida de este individuo debe estar la clave de algún misterio que atañe tu existencia e impide tu trascendencia. Debes entender que tu vida no es un comienzo sino la continuación de otras que la precedieron. Tienes que reconstruir tu trama existencial, la trama que ha gobernado tu existencia desde una época lejana. Hasta que no la descubras, no podrás liberarte del peso que impide tu viaje a la Casa de la Luz, tu patria espiritual, aquel bulbo luminoso que ves allá— me dijo apuntando hacia el centro de la galaxia lenticular que iluminaba el firmamento cual sol matinal—. Siendo consciente de ese pasado, asumiendo tus responsabilidades atávicas y resolviendo los conflictos que han quedado rezagados e irresueltos de aquel pasado, podrás llegar a tu patria espiritual. Recuerda que sólo sirviendo a la patria celestial tendrás un sitio reservado en ella. Y si consigues romper las cadenas del karma que te atan al ciclo de la transmigración, el ciclo que recorren todos los seres que están apegados a la vida terrenal por ignorancia y sed de placeres sensuales y mentales, podrás finalmente llegar a la Casa de la Luz, tu morada eterna.

No supe qué contestar y me quedé callado. Ya para entonces había cambiado el tono de la música. Ahora los reconfortantes acordes de una guitarra española y la melodiosa voz de Jon Anderson reflexionaban sobre el sentido de la historia y la crueldad humana. Me pregunté yo también con él:

> *Where does reason stop and killing just take over?*
> *Does a lamb cry out before we shoot it dead?*

—Pero, como bien sabes, el camino a esta casa es arduo y laberíntico: está lleno de peligros y fuerzas hostiles que intentarán cerrarte el paso y desviarte. Toma este atrapasueños y úsalo juiciosamente–me dijo y me entregó el amuleto que me había dejado María—. Cada vez que enfrentes a tus enemigos muéstraselo, míralos sin inmutarte y diles:

> Soy hombre: duro poco
> y es enorme la noche.[9]

El mayor reto que tienes ahora es no dejarte manipular por el karma. Necesitas tú ser el timonel de tus sueños, no Él.

—¿Y cómo lo consigo?

—Te falta claridad y presencia mental. ¿Has estado practicando el *trögchod*?

—¿El qué?

—La técnica de la relajación que te enseñé para mantenerte consciente en todo momento de la realidad fundamental de la existencia. Con esta técnica eliminamos nuestra ignorancia y nuestra sed de placeres sensuales y mentales. Cuando aquietamos la mente y la mantenemos en su estado primordial nos liberamos de todo asimiento y aversión. Esto nos ayuda a arrancar de raíz al karma y, eventualmente, a romper el ciclo de la transmigración.

---

9 Octavio Paz, "Hermandad," *Obra poética (1935-1988)* (Barcelona: Seix Barral, 1990), 681.

—Creo que se me ha olvidado el *trögchod.*

—Ya veo.

—¿Puede volver a enseñármelo?

—No es el lugar ni el momento. Necesitamos aprovechar tu estado de lucidez para combatir la rigidez mental que te tiene atrapado en esta etapa de tu sueño. Cuando los oneironautas aprendices se quedan atorados en algún sueño se debe a la falta de fuerza y flexibilidad mental. Ayer Refugio te enseñó una valiosa lección para ayudarte a vencer el miedo y a fortalecer el espíritu. El miedo puede convertirse en una fuente de energía si sabes cómo canalizarlo eficazmente. Ahora que has adquirido la suficiente lucidez y fuerza para explorar otra etapa de tu historia es necesario que desarrolles la flexibilidad, la cual es indispensable para reducir el férreo control que ejerce el karma sobre ti.

—¿Y cómo puedo irme de aquí? Ya no soporto más.

—Es más fácil de lo que crees. Todo es cuestión de que te lo propongas.

—Créame que voluntad no me falta. Lo he intentado muchas veces, todo en vano.

—El primer paso es decirte a ti mismo que puedes hacerlo. Cuando los oneironautas se quedan atrapados en algún sitio es porque no saben que tienen el poder de superar cualquier situación. Desconocen o no creen que no hay nada imposible en los sueños. Podemos recrearlos, malearlos y transformarlos a nuestro capricho en cualquier momento. Parte de tu entrenamiento es aprender a reconocer, combatir y transformar todo aquello que tu mente considere un obstáculo, limitación o imposibilidad. La flexibilidad afloja los nudos cognitivos que constriñen a la mente. ¿Has vuelto a soñar que eres un ave luminosa y que puedes volar a otros mundos y tiempos?

—¿Y cómo sabe usted que tuve este sueño? –le pregunté intrigado y francamente sorprendido de que supiera que una vez soñé que era un azor luminoso.

—Eso es irrelevante, lo importante es que sepas que este sueño demuestra que tienes no sólo la capacidad de imaginar y visitar otros mundos, sino también la habilidad de pilotear tus propios sueños e ir adondequiera que gustes en cualquier momento. ¿Recuerdas qué fue lo que te impidió aquella vez emprender el viaje de vuelta a casa?

—Creo que me dio un ataque de pánico cuando vi la escena del suicidio de Alma.

—Efectivamente, te despertaste y desde entonces no has vuelto a tener un sueño en el que vuelas libremente a otros mundos y épocas.

—Sí, es verdad. La mayoría de mis sueños son angustiantes o pesadillas terribles.

—Excepto ayer.

—¿Ayer?

—Sí, ayer tuviste un sueño auroral extraordinario. Soñaste que viajabas a la patria celestial.

—¡Sí! ¡Es cierto! ¡Fue un sueño maravilloso! ¿Por qué me demoro yo en este ámbito?

—Necesitas liberarte del ciclo de la transmigración que recorren las almas por la ignorancia y el deseo. Para ello necesitas servir a la patria celestial. Un alma que está dedicada a acrecentar la virtud personal y el bienestar de la patria celestial volará con mayor prontitud allá. En cambio, aquellos que se entregan a la búsqueda de bienes terrenales y sucumben al deseo de placeres corporales y mentales violan las leyes divinas. Sus almas, apegadas a la existencia, a los seres y a los bienes terrenales, dan vueltas en torno a la tierra misma y no llegan nunca a la patria celestial, o arriban después de muchos siglos y tormentos. Es el peligro que corres tú, Uriel, si sigues descuidando la práctica y pensando solamente en tu propia persona y bienestar. Si tú recordaras las vidas anteriores que has tenido, serías el discípulo más aplicado que haya tenido maestro alguno. El sueño que estás teniendo duraría varios eones y pensarías que has sido enviado al infierno.

—Con esta pesadilla me basta. Prometo ser un mejor alumno.

—A ver si es cierto, te lo voy a recordar cuando nos encontremos de nuevo. Te diré: "*those who cannot remember the past are condemned to repeat it*." Allá tú si no recuerdas esta conversación que hemos tenido.

—La recordaré, doctora, la recordaré. Aunque me han fallado el entendimiento y la voluntad, la memoria me está funcionando mejor que nunca en estos días.

—Lo sé, lo sé, pero no te confíes, Uriel, que en el mundo de los sueños tenemos poderes extraordinarios. En cambio, en el otro mundo el alma está encerrada en su prisión corporal y se le olvidan muchas cosas, especialmente su origen divino. De allí la importancia que tienen estos ejercicios oníricos. Pues, como sabes, la meta del yoga del sueño es reconocer y permanecer en la luz clara de la aurora, que es el camino a nuestra verdadera patria, en todo momento y en cualesquiera de los estados o ámbitos en que nos encontremos, sea el de la vigilia, el sueño nocturno, la meditación, la muerte; o el Infierno, el Limbo o el Paraíso.

—¿Y cómo voy a poder guiarme por esta luz si ni siquiera sé de qué me está hablando?

—En los sueños tu mente es como un proyector que ilumina las sombras de tu pasado que tu karma revive y recrea. Todo lo que percibes es su invención. Lo que necesitas hacer es convertirte en el creador de tu propia película. Una vez que seas tú quien controla tus sueños y no tu karma, aprenderás a reconocer la luz clara de la aurora que es el camino que te llevará a la Casa de la Luz.

—¿Y qué necesito hacer? Ayúdeme, por favor.

—Es muy fácil. Piensa en algún lugar adonde quisieras ir.

En ese momento la guitarra eléctrica de Steve Howe había entrado en un trance meditativo. Cerré los ojos para visualizar el lugar adonde quería ir ayudado por aquella música que estaba tan íntimamente ligada a mi juventud y, muy en especial, a mi vida en Nuevo México con Alma. Y cuando la voz de Jon Anderson cantó y repitió el verso "*Nous sommes du soleil*" pensé en aquella excursión que hice con Alma a esta misma sierra poco antes de que ella se suicidara. Imaginé un maravilloso amanecer como éste en un día de verano y recordé aquella vez en que me desperté en *Vic's Peak* después de haberme extraviado persiguiendo a un búho manchado. Visualicé claramente aquella majestuosa vista de todo el panorama y los alrededores de Río Abajo.

—¿Ya sabes adonde quieres ir? –me preguntó la doctora.

—Sí, lo estoy viendo con toda claridad.

Un repentino raudal de notas de un piano me sacudió y me desperté. No pude creerlo. Yacía a la intemperie en la cima de una montaña. Estaba amaneciendo y no hacía frío ni calor; estaba todo muy verde. La breve cascada de notas del piano se silenció y Jon Anderson cantó:

High vibration go on
to the sun, oh let my heart dreaming . . .

Vestía yo una chamarra rompevientos roja, camiseta blanca, pantalones de mezclilla y botas mata-víboras. Junto a mí estaba mi mochila con provisiones y un mapa en inglés de las montañas de San Mateo mostrando el sendero #50 de nombre "*Shipman Trail*." ¿Estaba soñando todavía?

Recordé con claridad el día que amanecí aquí cuando me perdí persiguiendo al búho manchado. Aparecí en este mismo lugar. Traía puesta esta misma ropa y llevaba conmigo esta mochila. Sin duda estaba en *Vic's Peak*. Admiré el panorama que tenía frente a mí. El sol se estaba asomando. Recordé aquel día o sueño cuando fray Antonio me mostró este mismo paisaje:

—Estamos en la cima de la Sierra de San Mateo–me dijo—. Aquélla alta al noreste es la Sierra de Magdalena. Detrás está la sierra de Manzano; al sudoeste podemos ver la Sierra de San Gregorio y al fin del horizonte se vislumbra la Sierra Oscura, al sur está la Sierra de San Cristóbal y, allá lejos, la de los Caballos. El desierto aquel es la Jornada del Muerto.

¿Me había despertado finalmente y vuelto a mi vida anterior? Si era así, ¿Acaso Alma no había muerto en realidad? ¿Había soñado que se había suicidado? ¿Dónde estaba ella? ¿Me andaría buscando? ¿Cuánto tiempo había transcurrido desde que me perdí? ¿Una noche? ¿Dos? ¿Una eternidad?

Like the time I ran away
and turned around and you were standing close to me . . .

Abrí la mochila y encontré las mismas provisiones que había empacado para aquella excursión: una botella de *latte* sabor vainilla de catorce onzas; cinco barras de granola *Oats 'N Honey*; un paquete de mangos disecados; uno de *Trail Mix* de cacahuates, almendras, anacardos, pasas y m&ms; un *six-pack* de agua purificada en botellas de plástico de veinte onzas; el sweater de lana café adornado en la parte superior con una franja blanca y figuras de reno que me había regalado Alma el día de mi cumpleaños; un silbato, un mapa de Nuevo México, un walkman con audífonos y un cuaderno de pasta dura donde estaba tomando notas para mi novela.

Destapé la botella de *latte* y le dio un sorbo, pero lo escupí de inmediato.

—¿Qué es esto? –me dije asqueado.

Destapé una botella de agua y le di un gran sorbo para enjuagarme la boca y matar la sed. Tenía mucha hambre. Desenvolví una barra de granola y le di una mordida. Saqué mi cuaderno y leí la primera entrada fechada el 15 de abril. <<Patricia, una joven viuda de familias conocidas de Cd. Juárez es secuestrada y desaparecida. Sus retenedores cobraron un cuantioso rescate, huyeron sin entregarla y desaparecieron. No se sabe nada de su paradero. Existen diversas especulaciones sobre lo sucedido. Las autoridades han culpado a dos cholos, pero su abogado asegura que éstos fueron torturados y obligados a firmar su falsa confesión. Algunos culpan al amante de Patricia del secuestro, ya que éste apareció muerto de seis tiros en el interior de su vehículo cuando viajaba al sur del país el día después de que el padre y un hermano de ella le entregaron el dinero de rescate a los secuestradores. Otras versiones culpan a la propia Patricia de haber planeado su secuestro con su amante y de haberlo asesinado posteriormente para así poder escapar sola y rehacer su vida bajo una nueva identidad. Pero una carta anónima

publicada recientemente en los periódicos locales rechaza estas hipótesis: culpa al padre y al hermano menor de Patricia del secuestro y del asesinato de ella y de su amante. Se basa en la supuesta existencia de unos diarios que ella dejó escritos en los que acusa a su padre y hermano de haber cometido varios asesinatos, incluyendo el de su exesposo y varias menores de edad. Mi novela está basada en los diarios de Patricia en los que ella relata el abuso sexual que sufrió desde niña y donde detalla los resultados de sus investigaciones sobre la vida clandestina, disoluta y criminal que han llevado su padre y su hermano en complicidad con un círculo de amigos pertenecientes a los más altos círculos de la sociedad juarense.>>

Me levanté con dificultad. Sentí mi cuerpo pesado y extraño, como si fuera de otra persona. Ansiaba ver a Alma, abrazarla, besarla, decirle cuánto la amaba y la extrañaba. Quería pedirle perdón por haber leído su diario, por haber abusado de la confianza que había depositado en mí contándome sus traumáticas vivencias y por haber querido utilizar su trágica historia para mi novela. Me prometí a mí mismo que me desharía de todos los documentos que había guardado y los apuntes que había tomado en preparación de mi novela y que comenzaría otra en la que contaría la historia que acababa de soñar. Tenía fe en que, con este sueño, finalmente, iba a superar mi bloqueo de escritor.

Yes tocaba otra canción, esta vez sobre un escultor cuya amada fallece y a quien éste resucita con su arte.

Now Roan, no more tears
Set to work his strength . . .

Un letrero de madera indicaba que estaba en el pico de Victorio a 10,256 pies de altura. Consulté mi mapa y decidí tomar la ruta más rápida. El campamento estaba a unos cinco kilómetros de distancia. La abrupta bajada por el cañón la tuve que hacer deslizándome de trasero en algunos trechos. Descansé unos momentos en un lugar llamado *Turkey Spring* y luego caminé por un sendero pedregoso hasta llegar al campamento donde estaba nuestra tienda de campaña. Alma estaba todavía dormida cuando llegué. No pude contener la felicidad de verla. Me acosté junto a ella y la desperté dándole un efusivo abrazo.

—¡Alma de mi alma! ¡Amor de mi vida! ¡Cariño mío! ¡Cuánto te extrañé! ¡Creía que ya te había perdido para siempre!— Besé su rostro numerosas veces.

—¡Déjame dormir por favor! ¡Aléjate! ¡Traes mal aliento! –me empujó y me recriminó—. ¿Qué te pasa? ¿Estás borracho? ¡Sabes lo poco que he dormido en estas últimas semanas! ¡Es la primera noche que he podido dormir en paz! ¡No seas desconsiderado!

—¡Lo siento, ciclito lindo! ¡Lo siento! Perdóname, pero es que me perdí anoche y me quedé dormido a la intemperie. Tuve unos sueños increíbles, realmente increíbles, creo que tuve mi primer sueño auroral lúcido. ¡Soñé que era un fraile franciscano y que vivía en el siglo diecisiete! ¡Una serie de sueños increíbles! ¡Como si hubiera revivido la vida de alguno de mis antepasados!

—¡Ay, Uriel! ¡Ya vas a comenzar de nuevo con tus cosas! Te suplico que me dejes dormir, no estoy de humor. Me duele mucho la cabeza.

—Está bien, Alma, no hay problema. Duerme, duerme, que yo no tengo prisa. ¿Te molesta si me acuesto junto a ti? —Me acurruqué junto a ella sobre mi bolsa de dormir. Ella no me respondió. Se volvió a dar la vuelta, dándome la espalda. Estaba evidentemente cansada y de mal humor. Me acoplé a la parte posterior de su cuerpo con los brazos y las piernas doblados en posición fetal.

—Te prometo que voy a quedarme quietecito y callado. Necesito sentir el calor de tu cuerpo, gozar de tu adorable presencia y existencia. Te juro que pasé una mala noche; creí que te había perdido para siempre.

I awoke this morning
Love laid me down by a river . . .

Mientras ella dormía me puse a reflexionar y a tratar de recordar lo que había sucedido recientemente en nuestras vidas. Todo me parecía muy extraño y familiar al mismo tiempo, como si ya lo hubiera vivido antes, como si estuviera reviviendo momentos de mi pasado. Era como una película que ya había visto hacía mucho tiempo y cuya historia casi había olvidado por completo, excepto su trágico final, el suicidio de Alma.

Tampoco pude recordar en ese momento lo que había sucedido después de nuestra excursión al Bosque del Apache Kid. Sabía que estaba preparándose para sus exámenes de doctorado y que había estado muy estresada y deprimida en los últimos meses por sus problemas familiares. Recordaba también el contenido de sus diarios, los cuales había yo descubierto accidentalmente hacía unos meses. Me sentía mal por haberlos leído y fotocopiado a sus espaldas. No recordaba si ya se lo había confesado ni tampoco si le había pedido perdón, pero, a juzgar por su comportamiento, me dio la impresión de que quizás ya lo había hecho y que todavía no me lo perdonaba. No fue sólo el hecho de que ella no se alegró de verme cuando regresé; lo que más me preocupó fue su lenguaje corporal de rechazo y hasta desamor. No era la Alma que yo recordaba; estaba distante y parecía estar enojada conmigo. ¿Acaso nunca me lo iba a perdonar? Me prometí a mí mismo mostrarme paciente y comprensivo con ella, pasara lo que pasara, no dejar que mi temperamento ni mi orgullo ni mi amor propio arruinaran mi relación con ella y la hundieran más profundamente en la depresión. Si su ira y desprecio eran el precio que tenía que pagar por mi impertinencia y oportunismo, sería un sacrificio mínimo que podía hacer para quizás salvarla del suicidio. La amaba demasiado y sabía lo mucho que iba a sufrir sin ella y la enorme carga que iba a llevar conmigo por el resto de mis días si ella se suicidaba.

I bid it to return
To hear your wonderous stories.

En cuanto se despertó, desarmamos la tienda de campaña y empacamos nuestras cosas para regresamos a Albuquerque. Quise contarle mis sueños, pero ella no se mostró interesada y decidí dejarlo para más tarde. Se había levantado de mal humor y sabía que era mejor darle su espacio en estos casos. Supuse que estaba de malas porque tenía hambre y le propuse que fuéramos a *Truth or Consequences* para desayunar en algún restaurante cercano, lo cual ella aceptó. Caminamos hacia el estacionamiento del Bosque Nacional de Cíbola donde habíamos dejado estacionada mi troquita. Cuando llegamos al estacionamiento me dio un enorme gusto de ver a La Jilguera, la Toyota *Trekker* '81 de cinco velocidades y doble tracción que tenía desde que me había ido a estudiar a Las Cruces. Le había mandado pintar alas negras, grises y blancas en las salpicaderas y unas franjas negras en el cofre y en la puerta trasera que acentuaban su brillante color amarillo de jilguera yanqui. Me dio lástima verla toda enlodada. La cuidaba con esmero, pues quería que me durara otros cinco o diez años. En el estacionamiento vi los restos de una vieja carreta que me recordó los carros tirados por animales que eran comunes en Senecú. Me pareció maravilloso, casi milagroso, que un vehículo pudiera ascender por este camino pedregoso sin ser jalado por una recua de mulas. Entusiasmado, abrí el cofre para admirar su anatomía interior. Sus vísceras de acero y sus venas de caucho me evocaron la imagen de un ave mitológica infernal.

—¿No te parece una maravilla mi troquita, Alma? Nada más le falta volar para igualar a los alicantos.

—No exageres, pareces mamá pavo real –me dijo ya repuesta del mal genio—. Oye, Uriel, andas muy raro. ¿Te sientes bien?

—Nunca me sentí mejor. Me siento como si hubiera regresado el tiempo y como si se me estuviera presentando la oportunidad dorada de corregir mis errores y cambiar el curso de nuestra historia y de nuestro destino.

—Sabes bien que en cada momento de nuestra vida tenemos esa oportunidad. No veo cómo un simple sueño pueda haberte cambiado tanto.

—Te equivocas. ¡Un sueño puede transformarte por completo de la noche a la mañana! Leí en un libro que los sueños lúcidos . . .

—¿Ya vas a comenzar otra vez con ese tema? Mejor vámonos, que tengo mucha hambre—. Se subió a la Jilguera y me dejó parado hablando solo.

Cerré el cofre y me subí yo también sin decir nada, diciéndome a mí mismo que tenía que ser paciente y comprensivo en todo momento. Me encontré con la grata sorpresa de que había traído el *Yessongs*. Rebobiné el casete para escuchar la suite del "Pájaro de Fuego." Inserté la llave y encendí el motor de cuatro cilindros 22R SOHC y, de inmediato, sentí el rugir de los noventa y siete caballos de fuerza que puso la Jilguera a mis pies y bajo mi dirección. Agarré con ambas manos el volante y oprimí el acelerador varias veces como si se tratara de un auto de carreras.

—¡Ya déjate de payasadas, Uriel! Te digo que tengo mucha hambre y necesito regresar cuanto antes para ponerme a estudiar.

—No hay problema, cariño, ahora mismo nos vamos volando.

—No sé si fue una buena idea haber pasado el fin de semana aquí –me dijo estresada o irritada—. Los exámenes son el mes que entra y todavía me queda por repasar toda la filosofía del Renacimiento y de la Ilustración.

—No te apures, vas a ver que te va a ir muy bien.

—Para ti es muy fácil decirlo, pero no tienes idea de lo hijo de puta que puede ser Roggiero, sobre todo con las mujeres.

—Yo lo que sé es que te la has pasado estudiando sin parar desde que comenzó el año y que has dormido muy poco en los últimos dos meses. Necesitas descansar. A ese ritmo de trabajo te puedes enfermar. Verás que el aire de la montaña y el contacto con la naturaleza te han hecho bien y que te podrás concentrar y dormir mejor los próximos días.

Arrancamos hacia la carretera rumbo a Albuquerque en busca de un lugar dónde desayunar. Ya en camino no pude contener las ganas de retomar el tema de los sueños.

—Te estaba yo diciendo que los sueños pueden transformarte y hasta curarte de males psicosomáticos. Un psiquiatra documentó el caso de uno de sus pacientes que se curó de un dolor crónico que padecía después de haber tenido un sueño lúcido. De la noche a la mañana dejó de necesitar sus pastillas de levorfanol.

—¿Ah sí? ¿Y eso dónde lo leíste? ¿En una revista científica o en uno de tus libros New Age?

—Lo leí en uno de mis libros, pero mis sueños de anoche me han convencido de que sí es esto posible.

—¿Qué enfermedad te curaron tus sueños de anoche? Veo que no fue la ingenuidad ni la credulidad.

—Te vas a reír de mí, pero creo que me he curado del bloqueo de escritor.

—No sabía que la indecisión y la cobardía fueran una enfermedad.

—No seas gacha, Alma, estoy hablando en serio. No sé por qué, pero siento que ahora sí, de aquí en adelante, voy a poder escribir finalmente mi primera novela. Los sueños que tuve anoche fueron fascinantes e increíblemente detallados. Lo tengo todo en mi memoria y escribiré mi novela de corrido y sin vacilaciones.

—Ver para creer. Si los sueños de anoche te curaron de tu indecisión crónica, entonces te creeré que pueden ser milagrosos. Pero me temo que para escribir tu novela requieres algo más que sueños lúcidos. Necesitas una buena dosis de honestidad y confianza en ti mismo.

—Mi sueño ocurrió aquí en Nuevo México en el siglo diecisiete –continué sin darle importancia a su indirecta—. He decidido abandonar mi proyecto anterior y escribir una novela histórica basada en este sueño lúcido.

—¡Ay, Uriel! A mí esto me suena a otro de tus proyectos fallidos. No sé cuántas otras veces has dicho y hecho lo mismo. Te entusiasmas con una nueva historia y, al cabo de unas cuantas semanas, la abandonas.

—Créeme que esta vez será diferente, tengo la mitad de la novela escrita en la cabeza. Será cuestión de sentarme a escribirla. Estoy seguro de que tengo material suficiente para escribir la novela entera. ¡Ya verás!

—¿Y todo lo que has escrito en los últimos seis meses lo echarás por la borda? Es la primera vez que te he visto escribiendo por largas horas. Antes nada más te la pasabas leyendo y rascándote el ombligo.

—Sí, pero he decidido olvidarme de narcotraficantes, políticos corruptos, juniors y feminicidios. Ya chole con estos temas. Como dice Kundera, una novela que no explora una sección desconocida de la realidad es "una novela inmoral."

—Pensaba que tu novela era sobre una comunidad de ambientalistas radicales que fundan una comunidad experimental en el desierto Vizcaíno imitando la vida nómada de los cochimíes. No sabía que estabas escribiendo sobre los feminicidios –me lo dijo en un tono que me pareció demasiado irónico y enfático.

—En realidad es un tema secundario–respondí a sabiendas que había metido la pata—. Tú sabes que no se puede escribir nada sobre el norte de México sin toparte con el tema del narcotráfico y los feminicidios

—A ver, explícame, ¿qué tiene que ver tu comunidad experimental de ambientalistas con el narcotráfico y los feminicidios de Juárez? –me preguntó con tono inquisitorio y desconfiado.

—No dije que se trata sobre los feminicidios de Juárez.

—Entonces ¿de dónde? ¿De Tijuana? ¿De Mexicali? –me dijo visiblemente irritada.

—De Canadá –respondí astutamente, según yo—. En los últimos años más de cincuenta mujeres indígenas canadienses han sido asesinadas o desparecidas y sus casos tampoco han sido resueltos hasta la fecha.

—¿Ah sí? ¿Y eso donde lo leíste? ¿También en uno de tus libros New Age?

—¿Dónde más? En el internet.

—¿En el internet? No sabía que estuvieras tan interesado en estos temas. Siempre has dicho que aspiras a escribir novelas protagonizadas por personajes bondadosos que cultivan la virtud y buscan la felicidad, la sabiduría y la utopía. ¿Acaso se ha infiltrado algún asesino de mujeres indígenas canadienses en tu comunidad de nómadas ambientalistas?

En ese momento no supe qué contestar. Alma me había arrinconado con sus cuestionamientos y no estaba seguro si debería mencionar el tema de sus diarios. Si ella no sabía que los había leído a sus espaldas, ¿para qué revelárselo ahora? Me sentía abrumado por todo lo que había soñado y extático por estar de vuelta con ella. De todas maneras, me entró la duda. ¿Y si ya lo sabía? Me acusaría de deshonestidad justificadamente. Pensé que sería mejor esperar a decírselo en otro momento más oportuno, pero ella me lo preguntó directamente y yo reaccioné estúpida y cobardemente. Evadí la verdad para no arruinar aquella brillante mañana de julio.

—Contéstame, Uriel. Dime la verdad. ¿Acaso has estado metiéndote en mis asuntos personales?

—¿Cuáles asuntos personales? Los feminicidios nos conciernen a todos los juarenses, ¿no?

—No te hagas el desentendido, sabes perfectamente a lo que me refiero.

—¿Te sorprende que a mí también me preocupe lo que sucede en Juárez y en el mundo?

—Bastante. Tú nunca te has preocupado por informarte sobre los problemas políticos y sociales de Juárez. Siempre has dicho que te parecen poco dignos de tu atención y reflexión, que no quieres saber nada de narcotraficantes, asesinos, políticos corruptos ni de familias y personas motivadas por el interés y el dinero, que quieres enfocar todas tus energías intelectuales y literarias a proyectos nobles y edificantes. ¿Tanto has cambiado de la noche a la mañana?

—Te digo que ya no soy el mismo. Mi sueño me ha transformado más de lo que estás dispuesta a creerme y más de lo que me has permitido explicarte. Ha sido una experiencia transformadora. Es como si hubiera vuelto a nacer y como si tú hubieras vuelto del más allá. ¡Tengo tantas cosas qué decirte y qué contarte! Después de tener este sueño me he prometido a mí mismo no seguir cometiendo las faltas que nos llevarán al abismo. Te prometo enmendar mis errores, reparar el daño que te he hecho.

—Me crees una pendeja, ¿no? –me dijo enfurecida–. ¿Crees que me van a conmover tus hipócritas palabras y tus sueños banales? ¿Crees que ignoro que has estado esculcando mis cosas y leyendo mis diarios íntimos? ¡Nunca te creí capaz de semejante canallada!

—Te ruego que me perdones, Almita mía. Te lo puedo explicar todo, si me lo permites.

—Ya te he dado suficientes oportunidades. Pensaba que ibas a tener la decencia de confesar tu atrevimiento, pero veo que eres aún más deshonesto de lo que pensaba.

—Por favor, Alma, no me juzgues sin antes escucharme.

—¡Tú eres quien tiene que escucharme! –me gritó enfurecida.

Después de guardar un largo silencio que no me atreví a romper, continuó. Había recuperado la calma.

—Hace algunos meses no encontré uno de mis diarios en el lugar donde los guardo. Sospeché que fuiste tú quien los tomó, pero decidí seguir confiando en ti. La semana pasada leí uno de tus cuadernos que dejaste sobre la mesa del comedor. Fue entonces que me di cuenta de que no sólo habías leído mis diarios, sino que los estabas plagiando. ¡Qué desfachatez y descaro! ¡Plagiar y querer hacer públicas, disfrazándolas de ficción, las investigaciones que yo hice sobre mi hermano y sobre mi corrupto padre! ¡Tú sabes mejor que nadie que arriesgué mi vida y que lo sacrifiqué todo investigándolos y confrontándolos!

—¡Perdóname, Alma! Reconozco que fui muy estúpido y egoísta.

—¿Sabes lo que se siente ser la hermana de un psicópata asesino y la hija de un médico que siempre se ha dado grandes aires de respetabilidad e integridad moral, pero que en realidad es uno de los seres más corruptos y deleznables que hay en el planeta?

—. . .

¿Sabes lo que se siente estar casada con un sinvergüenza que ha decidido plagiar y explotar mi historia y mi sufrimiento para satisfacer su vanidad y realizar sus ambiciones literarias?

—. . .

¿Y ahora me sales con que has tenido un sueño lúcido que te ha transformado de la noche a la mañana y que quieres reparar el daño que me has hecho? ¿De cuál daño estás hablando, Uriel? ¿Del daño irreparable que me has hecho a mí y a nuestra relación?

—Por favor, escúchame ahora a mí. ¡Tengo mucho que contarte y explicarte! Tenía pensado decírtelo todo, pero quería encontrar un momento más propicio.

—¡Mentira! Pudiste haberlo reconocido hace unos momentos y decidiste tratar de engañarme con tus falsas pretensiones e hipócritas aseveraciones. Además, ¡el daño ya está hecho. ¡No quiero saber nada más de ti! ¡Hasta aquí llegamos! ¡Párate aquí mismo que no quiero pasar un minuto más contigo! ¡Párate o me bajo ahora mismo con la camioneta andando!

No tuve otro remedio que frenar. Ella se bajó, tomó su mochila y se fue caminando por el camino de terracería por donde bajábamos la montaña. Yo la fui siguiendo a vuelta de rueda hasta que llegamos al pueblo de Monticello. Allí me bajé para tratar de convencerla de que viniera conmigo, pero ella corrió y, como no quise montar una escena, me subí a la Jilguera y la seguí hasta que ella se metió a la oficina de correos. La esperé por un buen rato y, como no salía, decidí entrar a buscarla. Para mi sorpresa, se había escabullado por una puerta lateral y, por más que la busqué en el pueblo, no di con ella. Me fui por la calle del Norte rumbo a la carretera I-25 con la esperanza de encontrármela en el camino.

Mientras conducía reflexioné sobre lo que me estaba pasando. Tenía la sensación de que ya lo había vivido todo esto antes, pero no estaba seguro si eran presentimientos basados en un conocimiento real de lo que iba a ocurrir en el futuro, o en mis temores y mis sueños. Reconocí que siempre me estaba imaginando escenarios trágicos que nunca sucedían y me dije a mí mismo que no debería dar tanto crédito a mis sueños y que debería poner los pies en la tierra. Necesitaba ser más optimista y desechar mis pensamientos catastróficos. Mi trastorno obsesivo-compulsivo estaba arruinando mi vida y necesitaba combatirlo.

Llegué al apartamento dos horas después sin tener idea adónde se había ido Alma y sin saber si iba a regresar conmigo o no. Entré al apartamento y todo me pareció familiar y extraño a la vez. Me dio la impresión de que hacía mucho tiempo que no había estado en mi apartamento, como si hubiera regresado el tiempo. Todos los muebles y objetos los reconocía, pero como si pertenecieran a una época lejana de mi vida: los muebles, los adornos, los estantes con libros y discos de vinyl y compactos; la vitrina con mi estéreo. ¡Mi estéreo! Me dio un inmenso júbilo ver mi amplificador estereofónico Marantz, mi tocadiscos compacto Onkyo, mi tornamesa Technics, mis bocinas Polk. Miré el reloj despertador y vi que eran las 9:45 AM. Me pregunté la fecha y me di cuenta de que no tenía la más mínima idea. Consulté el calendario y vi que era Memorial Day: lunes veintinueve de mayo de 1995. Qué raro, me dije. Creí que ya estaríamos en el 1996. No sabía si estaba soñando, o si los recuerdos que tenía del porvenir eran confabulaciones mías. ¿Acaso me había vuelo loco? Traté de recordar lo que había hecho el día anterior, pero no pude recordar nada. Debe ser por las extrañas pesadillas que he tenido, pensé.

Pese a que tenía un fuerte dolor de cabeza, me sentía como vuelto a nacer, como si hubiera regresado del más allá milagrosamente. Todo me pareció maravilloso y felizmente familiar, como cuando encontramos lo perdido después de una intensa búsqueda y gozamos de su uso con renovado entusiasmo. Sentí unas intensas ganas de orinar y fui al baño. Me produjo una infantil alegría el sonido del chorro de mi orina impactarse contra el agua y las paredes interiores del inodoro. Me puse a pensar en lo poco que apreciaba y valoraba las instalaciones de mi modesto apartamento: el inodoro cuyo sencillo pero ingenioso mecanismo drenaba en unos cuantos segundos las aguas polutas; el lavabo con agua potable y disponible en abundancia las veinticuatro horas del día; la luz eléctrica; el aire acondicionado que se enciende y apaga automáticamente. Me lavé y me sequé las manos. La toalla me pareció de lo más suave.

Salí del baño y sobre la mesa del comedor encontré un CD de Yes: *Tales from Topographic Oceans*. No supe cómo apareció allí. Que yo recuerde, nunca lo tuve en CD. Lo tenía en vinyl. Quizás lo había comprado y se me olvidó. Nunca lo supe y en aquel momento lo que más me importaba era prepararme un café y mi desayuno. Puse el CD y me dirigí a la cocina.

Abrí la alacena y me alegré al encontrar una bolsa medio llena con café en grano. Le puse agua al hervidero y encendí uno de los quemadores al máximo. Medí cuatro y media cucharadas soperas de café y las vacié en el molinillo Krups. Al oprimir el botón, el molinillo desprendió un dulce aroma a café que me produjo un deleite suave y delicado que creí nunca más iba a volver a disfrutar. Después tomé una taza de la alacena y la coloqué sobre la encimera. Saqué un filtro de papel, lo coloqué dentro del cono de plástico y lo puse sobre la taza. Puesto que todavía no hervía el agua, abrí el refrigerador, saqué la bolsa con pan de trigo integral rebanado y un huevo. Tomé un sartén, encendí otro quemador, le agregué una cucharadita de aceite vegetal y esperé a que se calentara. Mientras tanto, saqué dos rebanadas de pan de la bolsa de plástico, las puse en las ranuras del tostador, verifiqué que estuviera calibrado en el número tres y bajé la cámara del tostador. Esperé unos segundos hasta que el sartén se calentara lo suficiente. Quebré y freí el huevo y apagué el quemador. En eso escuché el hervor del agua y apagué el otro quemador. Conté hasta treinta. Tomé el hervidero con una toalla doblada para no quemarme, alcancé el cono con el filtro, lo acerqué al fregadero y lo mojé con agua hirviente. Esperé a que dejara de gotear y lo coloqué de nuevo sobre la taza. Vacié dentro del filtro el café molido y agité suavemente el cono para impregnar de café las paredes del filtro. Agarré de nuevo el hervidero con una toalla doblada y vacié un poco de agua dentro del cono, la suficiente para cubrir el café molido. Esperé cuarenta segundos para que los granos florecieran, como se le llama a este crucial momento de la infusión en el que el agua caliente libera los gases que están atrapados en los granos. Observé las burbujas y aspiré los delicados aromas que produjo este mágico proceso. Luego vertí agua gradualmente en el cono hasta llenar la taza hasta el tope. Puse el huevo frito y los dos panes tostados sobre un plato, agarré la taza y me senté a la mesa para disfrutar de mi desayuno.

Gocé mi café como si fuera un elixir vuelve a la vida. Tomé con ambas manos la taza y la coloqué frente a mí. Aspiré su dulce y cálido aroma cerrando los ojos y dejé que el vapor saturara mis receptores olfativos. Acerqué con lentitud la taza a los labios y sorbí y saboreé con gusto el amargo líquido. Examiné la taza. Me la había obsequiado Qin Keqing, una amiga alfarera de Beijing cuando cumplí treinta años. Era de color blanco grisáceo y tenía pintados de color azul añil el símbolo Chen del zodíaco chino asociado con el dragón, mi animal espiritual. Observé con detenimiento cómo el vapor que emanaba del café se concentraba alrededor de la boca de la taza y trazaba unos fugaces arabescos. Noté las gotas diminutas de aceite que flotaban en la superficie. Imaginé que eran estrellas y que el reflejo de la bombilla eléctrica reflejado en la superficie era la luna.

Puse la taza de café sobre la mesa y comencé a disfrutar mi huevo frito con pan tostado. Para entretenerme, tomé el estuche del CD de Yes y observé la portada. Me llamó la atención que en el centro estaba pintada una pirámide maya y que, detrás de ella, brillaban la aurora y el sol matutino. Pese a que ya había salido el sol, el cielo todavía estaba oscuro y estrellado, como si el día y la noche coexistieran en este extraño paisaje terrestre. A la izquierda había una montaña rocosa de cuya ladera brotaba un manantial que descendía formando un arroyo y un estanque que posiblemente drenaban en un cenote. A la derecha estaba recortada la vertiente de una montaña similar cuyas formaciones rocosas estaban parcialmente cubiertas de musgo. El resto de la superficie estaba cubierta de arena. Pensé en el camino de la luna del que habla el *Bhagavad-gītā*. Las almas que viajan por este camino oscuro, el camino de los ancestros, regresan a este mundo polvoriento y lleno de sufrimiento. En cambio, las almas que viajan por el camino del sol ya no regresan a este mundo. Se liberan. Deduje que en el cuadro se representaba el camino hacia la luz. Hacia allá quisiera ir, pensé.

Yo nunca había creído en la reencarnación. La creencia de que tuviéramos un alma que había estado por siglos o milenios transmigrando de ser vivo en ser vivo siempre me había parecido ridícula. Sin embargo, la creencia hinduista que el alma tiene cuatro condiciones—la vida despierta de la conciencia que se desplaza en el mundo exterior, la vida del ensueño en el que la conciencia viaja hacia otras dimensiones, la vida de quietud cuando la conciencia no tiene pensamientos ni sueños, y la vida despierta de la conciencia suprema en la que el alma alcanza su estado puro más allá de toda distinción entre lo subjetivo y lo objetivo, en completa unidad y armonía con el ser y el devenir—me pareció en aquel momento no sólo coherente sino una meta existencial inspiradora e insuperable.

Terminé de desayunar y me perdí en mis pensamientos escuchando a Yes. Luego me entró el sueño y me fui a la recámara para dormir una siesta. Me quedé profundamente dormido hasta eso de las 8PM. Estaba tan cansado que seguramente me hubiera podido haber permanecido dormido hasta el día siguiente, pero me despertaron unos toquidos. Me levanté apurado y esperanzado de que fuera Alma. Pero era Lisa, su mejor amiga. Llegó con un par de maletas vacías. Me dijo que Alma iba a quedarse en su casa por el resto del verano y que había venido por su computadora, algunos libros y otros materiales que ella necesitaba para prepararse para sus exámenes. La dejé pasar y la ayudé a empacar y a subir las cosas a su carro. Lisa estaba muy seria conmigo, como si yo le hubiera hecho algo a ella. Al terminar de subir todo me dijo que Alma le había pedido que me dijera que por favor no la molestara, ni la llamara, ni nada, que necesitaba enfocarse en sus estudios. Me avisó que Alma iba a recoger el resto de sus pertenencias una vez que encontrara un apartamento nuevo y que me preparara porque iba a iniciar los trámites del divorcio; que su decisión era final e inapelable.

Acepté con resignación la petición y la decisión de Alma y me propuse hacer todo lo posible para no dejarme llevar por la tristeza. Pensé que quizás sería lo mejor para ella. Además, tenía muchas razones para estar contento y me sentía feliz de estar de vuelta en mi apartamento y de haberme despertado de aquella larga y extraña pesadilla. Me fui a dormir de nuevo y dormí profundamente hasta la mañana siguiente, triste de encontrarme solo en el apartamento, pero feliz de estar de vuelta en Albuquerque.

Al día siguiente, volví a mi rutina habitual. Trabajaba en la biblioteca de la Universidad de Albuquerque acomodando libros de ocho a cinco y el resto del día lo dedicaba a mis quehaceres literarios y domésticos. Pese a la tristeza que me produjo haber perdido a Alma, me sentí afortunado de tener un trabajo estable que me permitiera vivir modestamente y dedicarme a perseguir mi sueño de escribir obras de ficción. Alma y yo alquilábamos un pequeño apartamento en una modesta casa del barrio Barelas. Aunque ganaba poco, no tenía deudas y llevaba una vida austera. Con algunos ajustes a mi presupuesto iba a poder seguir pagando el alquiler y los víveres. Tenía también la esperanza de recibir, en uno o dos años, una cantidad de dinero considerable producto de la posible venta de El Porvenir y otros terrenos que tenía la familia en el pueblo de San Agustín, los cuales iban a ser vendidos a una inmobiliaria para la construcción de un parque industrial. A mí me correspondía una pequeña parte de esta valiosa propiedad que nos heredó mi abuelo materno, la cual había pertenecido a su familia desde los tiempos de Don Porfirio. Con esta herencia iba a poder vivir sin preocupaciones económicas por algún tiempo.

Aquella mañana de martes me levanté gustoso de ir al trabajo, aunque ansioso de volver para ponerme a escribir. Para mi gran decepción, me sucedió lo mismo que suele ocurrirnos con todos los sueños. Recordé muy pocos detalles de lo que había soñado el sábado por la noche. Mi fantasía de que iba a poder escribir mi novela de corrido e inspirado por la musa de los sueños se desvaneció. La diosa de la memoria, quien me había mimado en Senecú, me trató con desdén en Albuquerque. La predicción de Alma de que mi nuevo proyecto de novela iba a durar seis meses no se cumplió, pues lo deseché en un par de semanas. Comprendí que necesitaba hacer mucha investigación histórica sobre las misiones en Nuevo México y, francamente, no me interesaba tanto el tema.

La ruptura con Alma me dolió más de lo que esperaba y me hundí en la depresión. No hacía sino ir al trabajo y encerrarme en el apartamento oyendo música y reflexionando sobre todo lo que me estaba pasando. Temí que me estuviera volviendo loco. Tenía la certeza de que todo lo había vivido ya anteriormente y recordaba también cosas que me iban a ocurrir en el futuro. ¿Qué me estaba pasando? Investigué por internet mis síntomas y leí sobre una enfermedad llamada confabulación en la cual la mente inventa, distorsiona o modifica sus propias memorias. Hice una cita con la psicóloga y esperé impaciente a que llegara el día de ir a consultarla.

—Pasa, pasa, Uriel, ¿cómo estás?

—Estoy bien, gracias. Bueno, en realidad, más o menos. Creo que estoy enfermo, creo que sufro de confabulación.

—A ver, cuéntame lo que te pasa. Recibí tu mensaje, pero no entendí bien lo que me dijiste.

—Tengo la sensación de que todo lo que estoy viviendo lo he vivido antes. Y, lo que es peor, tengo memorias del porvenir. Recuerdo cosas que todavía no han ocurrido. Por ejemplo, el día que me dejó Alma yo ya sabía que me iba a dejar.

—¿Te dejó Alma?

—Sí.

—Lo siento.

No pude contener la tristeza y se me salió un sollozo. La doctora Hogan alcanzó la caja de kleenex y me la acercó.

—Gracias, doctora. Se lo agradezco.

Hice una pausa para limpiarme las lágrimas y tranquilizarme.

—Pero, como le digo, no fue una sorpresa. Yo ya lo sabía.

—¿Ya sabías que te iba a dejar Alma?

—Sí. Y no fue un simple presentimiento. Lo sabía con certeza. Se me habían olvidado los detalles de cómo iba a ocurrir, pero lo sabía. Hice todo lo posible por evitar tener la discusión que nos iba a separar, pero fue inútil. De todas maneras, sucedió. Más tarde recordé los detalles de aquella otra discusión. Fue idéntica a la que tuvimos Alma y yo la semana pasada, en el mismo lugar y bajo las mismas circunstancias. Y ella reaccionó también de la misma manera: dejándome.

—A ver, vayamos por pasos. Cuéntame lo que sucedió.

—La semana pasada Alma y yo fuimos a acampar al Bosque del Apache Kid, en la sierra de San Mateo. La tarde antes de regresarnos a Albuquerque decidí hacer una breve excursión para buscar un búho manchado, pues nunca he visto uno en su hábitat natural. Alma no quiso acompañarme; se quedó dormida en nuestra tienda de campaña. Salí a eso de las ocho y muy pronto encontré uno. No sabía si en realidad era un búho manchado o no, y quería cerciorarme. Intenté observarlo de cerca, pero no me lo permitió y, poco a poco, se fue internando en la densidad de la montaña.

Desafortunadamente, me perdí persiguiéndolo. Aquella noche tuve que dormir a la intemperie.

—Oh, lo siento. Y, ¿qué te pasó?

—No me pasó nada. Amanecí perfectamente bien. Pero tuve unos sueños increíblemente reales aquella noche. Soñé que había tenido un accidente y que me había muerto. Aparecí en un bosque y allí me encontré con un hombre extraño que me ofreció llevarme al cielo, pero en el camino se transformó en un fraile franciscano y me llevó a una misión situada en el viejo pueblo de San Antonio de Senecú. Era el verano de 1665. Me dijo que era mi padre y que yo había regresado de la Ciudad de México para ayudarlo a convertir a los apaches. Estuve en Senecú por varios meses y después me fui a un lugar llamado Ojo Caliente para cumplir mi misión, la cual consistía en enseñarles español y el catecismo a los apaches. Allí conocí a un apache misterioso, quien era mi pariente.

—¡Qué interesante!

—Sí, era supuestamente mi tío abuelo. Era el hijo bastardo de uno de mis bisabuelos maternos, quien había sido un capitán del Conquistador Oñate. Era curandero.

—¿Tu bisabuelo?

—No, mi tío abuelo, el apache. Me estaba curando de un mal producido por un búho. Por cierto, ahora me doy cuenta de que tenía un extraño parecido a usted.

—¿Ah, sí?

—¡Sí! Tenía un rostro parecido al suyo y hasta hacía el mismo gesto que hace usted con los labios.

—¿Cómo?

—Así, como que para la trompa cuando está pensativa y cuando me escucha –e imité su gesto, lo cual le produjo risa.

—¿Así hago yo?

—Sí, ¿no lo sabía?

—En realidad, sí. Es una expresión característica de mi familia por el lado materno. También la quijada angular y la barbilla partida son de ellos.

—Refugio se parecía mucho a usted. Claro, es usted mucho más guapa que él —le dije riéndome. Ella celebró mi chiste con una jovial risotada.

—Refugio había perdido un ojo y tenía una gran cicatriz del lado izquierdo.

—¿Sólo por eso soy más guapa que él? –me lo dijo riéndose, pero en un tono que delataba cierta vanidad ofendida.

—Y es usted más joven, elegante y distinguida –le contesté en tono halagüeño, lo cual hizo que ella se sonrojara.

—Y, entonces, ¿qué pasó en tu sueño?

—Pasaron muchas cosas que ya no recuerdo. Lo que sí recuerdo muy bien es que yo estaba consciente de que estaba soñando. Por más que lo intentaba, no podía despertarme. Llegué a pensar en mi sueño que yo era en realidad Diego.

—¿Diego?

—Fray Diego Romero, así me llamaba yo en mi sueño. Viví la vida de Diego por un tiempo que a mí me pareció una eternidad. En la piel de Diego tuve muchas vivencias reales y numerosos sueños igualmente vívidos, como si hubiera viajado por el tiempo hacia una infinidad de mundos posibles. Hasta que finalmente me desperté.

—¡Qué fascinante!

—Y lo más raro de todo es que yo esperaba despertarme en Ítaca.

—¿En la Ítaca de Homero?

—No, en Nueva York.

—¡Ah! ¡En Ithaca! ¿Por qué allá?

—Porque es donde vivía cuando tuve el accidente. Allá me mudé después de que Alma se suicidó.

—¿Alma se suicidó?

—Bueno, todavía no, pero se va a suicidar.

—¿Y cómo lo sabes?

—No estoy seguro cómo lo sé, pero así sucederá. Reprobará sus exámenes y entonces se suicidará.

—¿Qué exámenes?

—Sus exámenes de cualificación para ser aceptada en el programa de doctorado.

—¿No estás siendo demasiado pesimista? ¿No estás teniendo los mismos pensamientos catastróficos de costumbre?

—Lo mismo me he preguntado yo, pero no. Estoy seguro de que todo esto ya lo viví. Le digo que todo lo que estoy viviendo ya lo he vivido. Esta conversación que estamos teniendo usted y yo ya la tuvimos anteriormente.

—¿Ya la tuvimos?

—Sí, ocurrió en esta misma fecha, en este mismo lugar. Usted estaba vistiendo ese mismo vestido de flores y se mostró igualmente incrédula conmigo. Le digo que he perdido toda noción de la realidad.

—La existencia es una ilusión, un sueño, Uriel. El ser humano es un quimerista inconsciente, un soñador que no sabe que sueña. Tú no estás enfermo, eres simplemente un soñador que ha adquirido cierto grado de lucidez sobre su existencia ilusoria.

—¿Entonces estoy teniendo otro sueño lúcido?

—Así es.

—¿Y usted cómo lo sabe?

—Yo sólo soy una invención tuya. Quien lo sabe eres tú.

—Es lo que sospecho, pero todo me parece tan real.

—Los sueños de la vigilia son tan ilusorios como los sueños nocturnos. Tanto los sueños de la vigilia como los nocturnos son creaciones de la mente producidas por los hábitos mentales que has adquirido a lo largo de tu existencia. La mayoría de nuestros sueños nacen de nuestra ofuscación mental, la cual es producto de nuestra falta de entendimiento de la realidad. Sin embargo, hay sueños que surgen de la clarividencia.

—Como éste.

—Lo dudo. Tu mente sigue tan ofuscada como siempre.

—Pero estoy teniendo un sueño lúcido. Sé que estoy soñando.

—Es un sueño lúcido muy débil, pues no estás tú bajo control. Hay diversos grados de lucidez. En los sueños verdaderamente lúcidos eres tú quien controla tus sueños. Hasta ahora, has dejado que la inercia de los sueños te zarandee cual hoja al viento. Además, tus sueños son producto de la obcecación. Los sueños de la obcecación te mantienen atado a la existencia ilusoria en la que vive tu alma desde tiempos inmemoriales. Son producidos por tu ignorancia, deseos y miedos. Esta clase de sueños delata tu falta de entendimiento de la realidad y tu débil condición espiritual. En cambio, los sueños de la clarividencia te permiten vislumbrar otros mundos posibles y formas de existencia superiores. Te dan enseñanzas que te permiten superar los retos que enfrentas. Te ayudan a alcanzar el estado de quietud de la conciencia tranquila, una existencia en la que no tienes ni deseos ni sueños.

—¿Y cómo puedo salir de la ofuscación?

—Libérate de todos los apegos que te tienen atrapado en este mundo ilusorio. Cuando no tengas nada a qué asirte, saldrás de la ofuscación como el lunático sanado que se escapa, finalmente, de su prisión imaginaria.

Mi encuentro con la doctora Hogan resultó ser otro de mis sueños. Quizás ha sido un sueño clarividente, pensé al despertarme, pues en él la doctora me comunicó algo que me pareció de vital importancia. Decidí anotarlo en un cuaderno. A partir de aquel día, me prometí a mí mismo dejar de aferrarme a Alma y a todo lo que me atara a ella, diciéndome que todos mis apegos eran el ancla que me estaba impidiendo salir de la jaula en la que me había encerrado a mí mismo. Cada vez que sintiera tristeza por lo sucedido, o nostalgia y añoranza por lo perdido, iba a repetirme mi nuevo mantra: la existencia es una ilusión.

Cuando por fin tuve mi cita con la doctora Hogan, le conté mi sueño. Me recomendó que escribiera todos mis sueños en un diario en cuanto me levantara. Además de ser una fuente de creatividad literaria y de ayudarme a combatir el bloqueo de escritor, me aseguró que en los sueños estaba la clave de mi recuperación. Me señaló la importancia de escribir en mi diario también mis vivencias cotidianas, pues éstas no son fundamentalmente distintas a los sueños. Y que, así como era importante alcanzar la lucidez en los sueños, era importante mantenerla en la vigilia. No supe lo que me quiso insinuar con esto. Sin embargo, descartó mi temor de que yo me estuviera volviendo loco o padeciendo de alguna enfermedad de la memoria. Me recomendó que siguiera practicando la meditación y el *mindfulness* para mantener relajados y en sintonía la mente y el cuerpo, lo cual no sólo me iba a ayudar a combatir la depresión sino también a superar la crisis personal en la que me encontraba.

Con este fin, y para asociarme con personas con quien meditar, decidí visitar un templo budista. Mi visita coincidió con la celebración del festival de los *pretas* o fantasmas hambrientos cuya finalidad es recordar a los muertos, deshacer nuestras ataduras kármicas con ellos y, en general, desapegarnos de todo aquello que obstruya y haga más pesado nuestro viaje espiritual. Fue una semana de sesiones de meditación diaria que culminó con un retiro el fin de semana y un festival el domingo. Los fantasmas hambrientos son las almas en pena de todos aquellos difuntos que no encontraron el reposo eterno por haberse dedicado a satisfacer sus ambiciones materiales o sus apetitos carnales. Padecen un atroz hambre y una sed perpetua y merodean por todos aquellos lugares donde abunda lo que los corrompió y destruyó, lo cual siguen apeteciendo. El festival está hecho en parte para ayudarlos. Se medita, se ofrecen plegarias, mantras, cantos, música y alimentos a los fantasmas y se les invita a que asimilen la doctrina budista para que encuentren la paz y la liberación. Otra finalidad importante del festival es ayudarnos a los vivos a romper las ataduras que nos unen a nuestros seres queridos fallecidos, así como a resolver alguna dificultad kármica que nos esté impidiendo o deteniendo nuestro progreso espiritual.

Al final de la ceremonia, celebrada el domingo al anochecer, los sacerdotes encendieron la chimenea. Repartieron hojas de papel y nos pidieron que escribiéramos los nombres de aquellos seres queridos que habían fallecido en el último año, así como los problemas kármicos que deseáramos resolver y los logros espirituales que habíamos alcanzado durante este período. Finalmente, nos invitaron a que pusiéramos al fuego lo escrito para transferirle nuestros méritos a nuestros difuntos y para purificar el espíritu. En mi hoja yo simplemente escribí "alma."

Durante los meses de julio y agosto continué yendo al templo semanalmente y con la psicóloga quincenalmente. Practiqué la meditación e hice yoga y ejercicio diariamente; me alimenté sanamente; me di baños calientes con sales de Epsom; hice aromaterapia con diversos aceites esenciales; leí libros budistas e hinduistas; estudié un voluminoso tratado sobre el *mindfulness*; escribí en mi diario mis vivencias, mis pensamientos y mis sueños; en fin, hice todo lo que pude para aquietar y purificar la mente, fortalecer el cuerpo y el espíritu y para olvidarme de Alma.

Recordaba lo difícil que había sido hacerlo. Sin embargo, me llenó de optimismo el hecho de que sabía que eventualmente iba a superar el dolor e iba a poder rehacer mi vida. Me propuse con toda firmeza resistir la tentación de buscarla y suplicarle que volviera conmigo, pues sabía lo dañino que esto iba a ser para ella y para mí. Ella necesitaba enfocarse en sus estudios y yo liberarme de todos los apegos y las emociones negativas que me impedían buscar el Nirvana. Pero una tarde de septiembre, cuando vi a Alma montada en una Harley Davidson y abrazando a un Ángel del Infierno, me caí de aquella nube y me hundí en el abismo.

No lo hice por mí, lo hice por ella. Era el tipo que yo sabía la llevaría a la perdición. No me podía quedar cruzado de brazos. Le escribí correos electrónicos alertándola del peligro; la llamé a distintas horas; deposité cartas en su buzón personal de la universidad y en la casa de Lisa; le envié flores; le mandé mensajes a través de amigos; la busqué por todos lados y la esperé por largas horas durante el día y por la noche. No di con ella ni me respondió una sola vez. Había desaparecido. Se había ido con aquel cachano, no sé adónde, y había abandonado sus estudios. Inexplicablemente, se presentó a hacer sus exámenes y, como ocurrió la otra vez, los reprobó. Recordé que pronto ella iba a hacer un viaje en motocicleta con su amante por la Carretera del Diablo y me fui volando a Gallup para esperarla en la esquina donde comienza la ruta 666. La esperé en la Jilguera más de veinticuatro horas sin pegar ojo, pero no la vi pasar y nunca más la volví a ver. Tal como sabía sucedería, Alma apareció muerta de una sobredosis de levorfanol en una estación de servicio de Monticello, Utah, justo donde termina aquella ruta maldita. Fue la noche del sábado 23 de septiembre de 1995.

El trágico fin de Alma sucedió nuevamente en un lugar llamado montículo en italiano que hace referencia a la plantación de Tomás Jefferson cuya soberbia mansión está grabada al reverso de los níqueles. La mañana del lunes 25 recibí una llamada de la policía de Monticello informándome sobre el suceso y avisándome que el cuerpo de Alma estaba bajo la custodia de la Oficina del Examinador Médico de Utah. La agente me informó que el cuerpo de Alma había sido llevado allí porque las circunstancias de su muerte ocurrieron dentro de la jurisdicción de esta oficina, según el código legal del estado de Utah. Me informó que la OEM investiga todas las muertes violentas, las repentinas inesperadas por causas no naturales, así como las sospechosas. Me avisó que un investigador iba a visitarme en los próximos días para hacerme unas preguntas y que, en cuanto se determinaran las causas y las circunstancias exactas de su muerte, iban a poder expedir el certificado de defunción. Me pidió que me pusiera en contacto con una funeraria para iniciar los trámites del entierro.

En cuanto colgué, una cascada de memorias dolorosas me azotó y me envió a la cama donde estuve tres días cavilando y llorando a Alma. Esa misma tarde me llegó por correo un paquete de Alma con una carta dirigida "A quien corresponda" en la que declaraba que no se debía culpar a nadie por su suicidio. Dentro del sobre de manila tamaño oficio había un certificado obtenido por ella misma constando que había donado su cuerpo al laboratorio de anatomía de la Universidad de Utah. Contenía además su testamento en el que me hacía a mí el heredero universal de todos sus bienes y pertenencias. "Los muertos imparten enseñanzas a los vivos (*MORTUI VIVOS DOCENT*)," escribió Alma crípticamente debajo de su firma.

A nuestros familiares y amigos de Juárez y El Paso pronto les llegó la noticia de su muerte, no sé cómo. Alma y yo habíamos hecho un pacto de romper con el pasado, renunciar a todo lo que nos uniera a él y comenzar una nueva vida dedicada a la filosofía (ella) y a la literatura (yo). Por ésta y otras razones personales ambos nos habíamos mantenido completamente alejados de todos nuestros respectivos familiares y amigos fronterizos; tanto, que nadie sabía nuestro teléfono ni nuestra dirección. En cosa de dos días saturaron mi correo de voz y la bandeja de entrada de mis cuentas electrónicas con mensajes personales y religiosos que escuché con desgano y que nunca contesté ni agradecí.

El teléfono sonó y sonó hasta que lo desconecté. No quería hablar con nadie y, menos, con los familiares de Alma con quien ella había roto y quienes me consideraban un mediocre indigno de formar parte de su distinguida familia. El hecho de que Pepe, uno de mis hermanos, fuera un narcotraficante de poca monta sellaba su condena hacia mí. Ellos me hubieran aceptado un poco más si al menos hubiera hecho algo con la maestría en economía agrícola que obtuve en Las Cruces y, sobre todo, si hubiera salvado de la ruina El Porvenir y las otras tierras ociosas que todavía conservaba mi familia del emporio agropecuario construido por uno de mis tatarabuelos maternos en el Valle de Juárez durante los tiempos de Don Porfirio.

Cuando me casé con Alma, uno de sus tíos maternos me ofreció que me hiciera cargo de uno de sus ranchos de Villa Ahumada, pero no acepté. Alma iba a terminar sus estudios de filosofía en UTEP en un año, y pronto iba a solicitar a programas de doctorado en diversas universidades del país. Yo, mientras tanto, iba a buscar en El Paso un empleo de medio tiempo que nos ayudara a solventar nuestros gastos y que me permitiera dedicarme a la escritura. Ni la familia de Alma, ni la mía, ni mis amigos pudieron comprender cómo es que yo había rechazado esta oferta que me permitiría integrarme al grupo de Rafael Falcón, quien era uno de los empresarios más ricos de la frontera. Comentaron a mis espaldas que yo lo que quería era darme la buena vida a costa del dinero de mis suegros. Un profesionista sin ambiciones que aspiraba a ser escritor y que se conformaba con ganar el sueldo mínimo les parecía una nulidad. En esto estaban de acuerdo mis padres, quienes además criticaban el hecho de que yo había renunciado a la ciudadanía mexicana cuando me casé con Alma, y al catolicismo después de haber leído a Nietzsche.

El jueves 28, a los cinco días de la muerte de Alma, se presentó su madre en mi apartamento acompañada de Lisa a eso de las once de la mañana. Llegó en su Mercedes-Benz W140 seguida por un camión de *Falcon Trucking*, una de las empresas de su familia, para recoger las pertenencias de Alma. Ni Lisa ni mi exsuegra sabían de la existencia de la carta póstuma de Alma. Sospeché que lo que más le interesaba a la madre era llevarse sus diarios. Le mostré la carta, el certificado y el testamento y le señalé el renglón donde decía que su hija me había heredado todos sus bienes y pertenencias. Me preguntó que para qué yo quería su ropa y objetos personales y le dije que eso era asunto mío. Me rogó y me quiso conmover con lágrimas de cocodrilo argumentando que representaban todo para ella dado que no había podido decirle adiós a su hija. Sacó la chequera de su bolsa Gucci y ofreció escribirme un cheque por $25,000 para mis gastos personales. Al negarme, me ofreció $100,000 para que me comprara una casa; pero, en cuanto se percató de que no me iba a convencer con su dinero, perdió sus cabales y se transformó en una furia. Se me lanzó encima y me quiso arrebatar la carta. Afortunadamente, Lisa intervino y me pude zafar de ella sin empujarla ni tocarla. Lisa tenía una expresión de horror e incredulidad. A mí también me resultó inverosímil ver transformada de esta manera a la madre de Alma, quien era una mujer ufana y distante. Se daba aires de Carolina Herrera, pues tenía cierto parecido con la diseñadora venezolana. El peinado alisado hacia atrás y recogido con un elegante broche se le había deshecho; el rímel se le había corrido y la blusa la tenía desabotonada. Uno de sus aretes se le cayó y se agachó para recogerlo. Fue una escena patética. Lisa la ayudó a levantarse y la estaba tratando de calmar, pero yo las eché de mi apartamento y la señora Lidia Falcón de Mengel me aseguró que no iba a recibir <<ni un quinto>> de su familia y que iba a pagar caro por mi atrevimiento e insolencia.

En cuanto arrancaron el Mercedes y el camión saqué los diarios de la caja donde estaban y me alisté de prisa para llevármelos a la biblioteca donde estarían más seguros. Supuse que su padre y alguno de sus hermanos también estarían en Albuquerque y temí que fueran a venir en cualquier momento. Salí por la puerta lateral en mi bicicleta para irme por el callejón de terracería que está junto al apartamento. Antes de montarla me aseguré de que nadie estuviera al acecho y, cuando vi que no había moros en la costa, pedaleé con prisa y volteé numerosas veces para verificar que nadie me estuviera siguiendo. Me fui por las calles del vecindario hasta llegar al centro y de allí tomé la MLK hasta llegar a la universidad. Guardé en mi casillero de la biblioteca los diarios y, después de hablar con mi supervisora y explicarle porqué había faltado al trabajo todos estos días, fui al supermercado a comprar provisiones y luego regresé al apartamento con sigilo donde me encerré asegurándome que las dos puertas y todas las ventanas y las persianas estuvieran bien cerradas. Sabía que los miembros de la Santa Hermandad, como llamaba Alma en sus diarios a la red internacional de pornografía infantil a la que pertenecían su padre y su hermano, eran capaces de todo. Temía que alguien pudiera colarse por una ventana para asaltarme, golpearme y matarme.

Tenía mucha hambre y me preparé unos molletes de frijoles con queso y un café. Puse *Into the Labyrinth*, un disco compacto de *Dead Can Dance* que le gustaba a Alma y me senté a comer en el sillón de la sala. Me puse a reflexionar sobre el incidente y me di cuenta de que no correspondían los hechos con lo que yo recordaba de mi último encuentro con mi exsuegra.

Dream on, my dear
And renounce temporal obligations . . .

La mañana en la que ella vino a mi apartamento con Lisa yo me comporté de manera distinta. Fui amable y complaciente. No sólo le permití que se llevara todas las pertenencias de Alma, sino que le dije que yo no tenía la intención de cobrar la herencia que ella me había dejado. Además, le entregué el sobre con la carta, el certificado y el testamento y escribí una carta en la que yo declaraba que le cedía a ella todos los bienes y pertenencias de su hija, sin excepción. Ella los aceptó conmovida y me escribió un cheque de $25,000 para mis gastos personales, pero yo no lo acepté. Luego les ayudé a los cargadores a empacar las cosas de Alma y les di una propina de veinte dólares a cada uno. Recuerdo muy bien que yo quise darle a mi exsuegra un abrazo de despedida, pero ella se hizo para atrás y me ofreció la mano y, cuando yo extendí la mía, me la estrechó con ambas manos y, con lágrimas en los ojos, me deseó lo mejor en la vida y se fue.

En aquella ocasión actué de manera prudente e inteligente. De inmediato comprendí que Alma quería tenderme una trampa dejándome todo, incluyendo sus diarios. Inferí que esto iba a presentarme un dilema ético insoluble. Desde un punto de vista legal, tenía yo el deber de entregarles a las autoridades mexicanas los diarios de Alma y hacer una declaración de todo lo que yo sabía sobre el caso. Sin embargo, dada la corrupción de las autoridades mexicanas y el enorme poder que tenían su padre y sus tíos, era obvio que recurrir a la vía legal sería no sólo una pérdida de tiempo sino sumamente peligroso para mí, pues seguramente el doctor Mengel, u otro miembro de la Santa Hermandad, me haría desaparecer por soplón y metiche. La otra opción sería entregarle los diarios a algún periodista valiente que estuviera dispuesto a arriesgar el pellejo publicando los resultados de las investigaciones realizadas por Alma. Una alternativa sería dárselos al periodista de *El Paso Post* que está escribiendo un libro sobre una red internacional de pornografía infantil que opera en Juárez y El Paso. El problema con ambas opciones es que sabía por experiencia que los poderosos aliados políticos de la Santa Hermandad iban a intervenir públicamente para defender a los acusados y para cuestionar la validez de las investigaciones, como ya había sucedido con la labor realizada por algunos periodistas mexicanos. Y lo que es peor, correríamos peligro no sólo el (o la) periodista y yo, sino también nuestras respectivas familias ya que la Santa Hermandad arrojaría su furor y saciaría su sed de venganza contra todos nosotros. La última alternativa era, por supuesto, modificar los diarios y publicarlos como si fueran ficción, lo cual quizás sería pasado por alto por la Santa Hermandad, pero demostraría no sólo que yo no tenía palabra, pues le había prometido que iba a abandonar este proyecto de novela, sino también que era yo un plagiador sin escrúpulos que explotó y sacó provecho profesional y económico de su tragedia. Por eso decidí dejar que mi exsuegra se llevara las pertenencias de Alma y por eso también escribí aquella carta cediéndole la herencia que su hija me había dejado.

Never let it be said I was untrue
I gave you all my time, I gave you all my time . . .

¿Por qué había actuado hoy de esta otra manera? ¿Acaso no estaba simplemente repitiendo lo vivido? ¿Acaso no estaba soñando? Recordé el conflicto psicológico y el remordimiento que me produjo haber actuado de manera tan cobarde al decidir no cumplir con mi deber civil de reportar aquel horripilante crimen cometido en contra de la niña Guadalupe Gualtoye, hija de la empleada doméstica de los Elizondo, unos vecinos de los Mengel Falcón, en el fraccionamiento Rincones de Senecú. La pequeña de seis años fue secuestrada, violada, torturada, asesinada y mutilada frente a una cámara de video por Luisfer y Damián Elizondo, en junio del '84, en una bodega propiedad del padre de Alma, cerca del aeropuerto. Casualmente, Alma descubrió a su hermano viendo este video y masturbándose en el *man cave* de su padre, el cual estaba localizado en el sótano de la casa. Éste la vio y la ignoró y ni siquiera se preocupó de esconder el casete VHS: lo dejó dentro de la videocasetera.

Al día siguiente, Alma vio horrorizada el video y lo escondió sin saber qué hacer. Cuando Luisfer no encontró el casete, fue a la recámara de Alma, donde ella estaba cambiándose después de haberse bañado y, sin tocar, entró y le exigió que se lo devolviera. Ella trató de echarlo, pues estaba desvestida todavía, pero Luisfer la golpeó hasta dejarla inconsciente. Se la llevó una ambulancia y estuvo hospitalizada un par de días en observación y recuperándose de la conmoción, la cual afortunadamente no le produjo hemorragia ni daño cerebral. Cuando le preguntaron sus parientes y amigas por qué Luisfer la había golpeado, Alma se quedó callada. Nadie quiso indagar nada. Sabían que Luisfer había quedado trastornado por el prolongado secuestro que había sufrido a la edad de trece años; desde entonces, tenía arranques de locura ocasionales sin motivo aparente. La única que insistió en que le revelara la verdad fue su madre.

Según uno de los diarios de Alma, poco antes de ser dada de alta del hospital, su madre la interrogó a solas. En el cuarto del hospital Alma le confesó que había descubierto a Luisfer viendo una película *snuff* y que la había golpeado porque se la escondió. Esto fue lo que Alma escribió sobre la discusión que tuvo con su madre aquel día:

—Ya sabes que tu hermano es muy delicado y que no le gusta que se metan con sus cosas y, mucho menos, con sus videos.

—No es un video cualquiera, mamá –le respondí exasperada y atormentada por el dolor interior, pero conteniendo las lágrimas. —¡Es una película pornográfica en la que se viola, se tortura y se mata a una niña!

—¿Y tú cómo lo sabes?

—Porque yo la vi con mis propios ojos. Estaba en la videocasetera de la cueva de mi padre.

—¿Y tú que estabas haciendo allí? ¡Ya sabes que tu padre te tiene terminantemente prohibido entrar!

—Ay, mamá, ¡tú siempre justificando a mi padre y defendiendo a Luisfer!

—¡Y tú siempre desobedeciendo y haciendo lo que te da la gana!

—¿Y eso qué tiene que ver con este asunto?

—¡Todo! ¡No estarías aquí si no hubieras entrado a la cueva de tu padre!

—¡Bajé al sótano porque andaba buscando a Encarna!

—¿Y para qué prendiste la videocasetera? ¿Creías que ibas a encontrarla allí? ¡Sabes que tu padre ve películas que no son aptas para menores!

—¡Luisfer es menor que yo y a él no le dices nada cuando se encierra en la cueva para ver esas películas!

—¡Pero él es hombre!

—¿Y eso qué importa? Además, ¡no era una película cualquiera, ni era una película de mi papá! ¡Era un video filmado por Luisfer y Damián!

—¿Qué diablos estás diciendo?

—¡Lo que estás escuchando! Luisfer y Damián filmaron ese video. Ellos aparecen en él violando y estrangulando a Lupita, la hija desaparecida de la empleada de los Elizondo. Luego, después de ahorcarla, siguieron violándola y profanando su inerte cuerpecito como si fuera una muñeca de trapo. ¡Y, una vez que se hartaron, se divirtieron golpeándola con un tubo y mutilándola con la navaja suiza de Luisfer!

Al escuchar esto, mi madre se quedó callada perdida en sus pensamientos. No pareció ni escandalizada ni sorprendida. A mí la verdad no me extrañó su reacción. Sabía que Luisfer era el consentido de mi madre. A él le perdonaba todo y a mí me regañaba por cualquier cosa. Justificaba su diferenciación diciendo que él había sufrido un suplicio en manos de sus secuestradores y que yo era una rebelde desobediente. Claudia, mi hermana menor, en cambio, según ella, era la hija modelo. ¡Si se enterara de las cosas que ella hacía a sus espaldas! ¡Era una mustia! Pero Claudia era sumisa, dulce y discreta. Ella cuidaba con esmero su imagen personal y sus cosas y nunca cuestionaba la autoridad de mis padres. Aceptaba sin protestar el trato preferencial que recibían nuestros hermanos y nunca se inmiscuía en sus asuntos ni se ponía al tú por tú con ninguno de ellos. Aceptaba el lugar que cada uno de nosotros tenía en el orden de la familia y la sociedad. A los varones les daban mis padres toda clase de libertades, incluyendo coleccionar revistas y películas pornográficas y decorar con posters de mujeres desnudas sus habitaciones; no se les exigía limpiar ni ordenar sus cuartos ni ayudar en los quehaceres domésticos: para eso estaban las sirvientas. Se les permitía utilizar lenguaje soez en la casa y ser groseros y altaneros con las empleadas; se les enseñaba a disparar y se les llevaba al campo de tiro y de cacería desde muy jóvenes y, si para los quince años no habían perdido la virginidad, algún amigo de mi padre los apadrinaba y se los llevaba a un congal <<para que se hicieran hombres.>>

—De esto ni una palabra a nadie, ¿me oyes? –fue la respuesta de mi madre—.Yo misma voy a investigar este asunto. Me preguntó dónde había escondido el casete y se lo dije.

Cuando regresé a la casa ya no estaba el casete donde lo dejé. Mi mamá se lo llevó. No sé qué hizo con él. Jamás se habló en la casa de este asunto. A Luisfer simplemente lo sacaron del instituto y lo mandaron a estudiar a la academia militar de Roswell. Ese fue su castigo. Lo enviaron con la esperanza que allá lo disciplinarían y lo reformarían.

Pero quien diablo nace, diablo muere. Diez años después comenzó a circular en los periódicos locales la noticia de que unos juniors eran los autores de numerosos asesinatos similares. El nombre de mi hermano no figuró en la lista de los inculpados, pero mis padres pronto se enteraron de que un agente del FBI lo estaba investigando y, para protegerlo, y con la esperanza de curarlo del alcoholismo y la narcodependencia que lo estaban destruyendo, lo enviaron a un centro de rehabilitación localizado en la Costa Brava de España, donde fue tratado como un príncipe en una lujosa habitación con vista al mar, sesiones de hipnoterapia, terapia equina, yoga, masajes, baños sauna y baños de sol. Al mismo tiempo, la Santa Hermandad comisionó a uno de sus miembros a que se infiltrara en el FBI, quien estaba investigando esta red internacional de traficantes de niños y pornografía infantil. Este individuo fue contratado en la FBI como traductor y de esta manera tuvo acceso a los expedientes del caso y los borró de las computadoras en donde estaban archivados. Aunque fue descubierto y encarcelado por éste y otros delitos, cumplió su misión y, pese a que una periodista paseña ha inculpado a mi hermano de ser el autor material e intelectual de decenas de feminicidios, por falta de pruebas y por la enorme influencia que ejerce la Santa Hermandad en la frontera, ni mi hermano ni mi padre han sido jamás aprehendidos ni interrogados por los crímenes que se les imputa, ni en México ni en los Estados Unidos.

You heard of honest Socrates
The man who never lied . . .

Terminé mi remembranza de aquel incidente con mi exsuegra que yo creía haber tenido anteriormente, pero que esta vez tuvo un desenlace tan distinto. Me pregunté ¿qué debería hacer con los diarios de Alma? ¿Quemarlos? ¿Entregárselos a la policía? ¿A algún periodista? ¿Dárselos a mi exsuegra? ¿Guardarlos y utilizarlos para mi novela?

En eso alguien tocó la puerta. Fueron tres toquidos fuertes y firmes que me produjeron un sobresalto. Me acerqué a la puerta y me asomé sigilosamente por el ojillo de la puerta y vi que era un hombre anglosajón calvo y panzón que traía una carpeta. Vestía una camisa de cuello azul celeste de manga corta y unos pantalones de vestir color café. Supuse que se trataba del investigador de la Oficina del Examinador Médico de Utah que había venido a interrogarme. Le abrí y, en efecto, se presentó como tal. Me dio una de sus tarjetas y lo dejé pasar. Estaba sudando profusamente y le ofrecí un vaso de agua. Después de bebérselo y de hablar sobre el calor de Albuquerque, sacó un formulario y me hizo varias preguntas.

Quería saber dónde había estado yo el día de la muerte de Alma y quién le había recetado las pastillas de levorfanol. Yo le contesté que lo más probable era que ella andaba con el *biker* aquel y que quizás había sido él quien le había suministrado las pastillas, pues ella no padecía de ninguna enfermedad ni dolor crónico. Me pidió que lo describiera. Le dije que, en realidad, no lo había visto de cerca, pero que se trataba de un hombre rubio, alto y musculoso con barba de candado y el cabello largo y que vestía un chaleco negro de piel con los emblemas de los *Hell's Angels* cosidos en la espalda. Él tomó nota y en eso caí en la cuenta de que sospechaba que yo tenía algo que ver con la muerte de Alma, y que no sabían de la carta póstuma que ella me había enviado.

Me levanté para traer la carta, la cual había yo guardado en un cajón de mi recámara y se la mostré. La leyó con sumo cuidado y me preguntó cómo la había obtenido y le enseñé el sobre estampado en el que me la envió. Me incautó todos los documentos diciéndome que eran piezas de evidencia importantes y me prometió que me los enviaría por correo en cuanto resolvieran el caso. Me dio algunas instrucciones, verificó todos mis datos y se despidió de manera cordial.

Me fui a recostar para intentar tomarme una siesta. Necesitaba descansar pues, aunque me sentía incapacitado, debía ir al trabajo al día siguiente. Pese a que estaba haciendo mucho calor, apagué el aire acondicionado para ahorrar dinero. Me encontraba en una apretada situación y no sabía lo que debería hacer. Había ido a Albuquerque para apoyar a Alma en sus estudios y para perseguir mi sueño de escribir obras de ficción y vivir una vida examinada. Ahora que ya no estaba Alma conmigo, no sabía si debería quedarme allí o irme a otro lado. ¿Pero a dónde? Contemplé y descarté de inmediato la posibilidad de regresar a Juárez, donde tenía la vivienda y la alimentación aseguradas en casa de mis padres. Además de que no estaba dispuesto a seguir siendo visto por ellos como un haragán desobligado, temía que la Santa Hermandad fuera a desaparecerme estando en Juárez. En Albuquerque tenía un trabajo modesto pero estable. Sin embargo, ahora que mi exsuegra sabía dónde yo vivía, me comencé a preocupar, pues la Santa Hermandad podía enviar a algunos de sus agentes para que me secuestraran y me desaparecieran como hicieron con Hermes, el empleado de confianza de los Falcón que los traicionó dándole a Alma información sobre la Santa Hermandad.

Me dije a mí mismo que debería ser más positivo y agradecido con lo que me quedaba en la vida. Me propuse hacer todo lo posible para realizar con más dedicación y esmero mi aburrido trabajo rutinario acomodando libros en la biblioteca. Me acordé de la máxima <<Donde no hay cultura, la libertad no existe>> y reflexioné en la modesta pero valiosa labor que hacía yo en aquel templo del saber llamado biblioteca. En este recinto albergan los egos de sus difuntos autores, aquellos escritos que ellos nos legaron para que los recordemos y para que utilicemos sus conocimientos mientras transitamos por este mundo. Reflexioné que las bibliotecas son los templos más sagrados del planeta y que los libros son como reliquias de santos. Por ello debe tratárseles con reverencia y sumo cuidado, como si se tratara del alma empaquetada de sus autores, quienes para un escritor bloqueado como yo me parecen más dignos de admiración que cualquier beato.

Mi vida laboral es monótona y en apariencia gris y carente de sentido, pero tiene una importancia social y humana trascendental que le da sentido a mi existencia. Desafortunadamente, no todos mis compañeros de trabajo entienden su significado y lo toman como un trabajo más. Lo que es peor, tratan a los artefactos del saber como si fueran ladrillos de cartón o paquetes de cigarrillos. No los tratan con el debido respeto ni la reverencia que merecen sus autores ni se percatan que en las bibliotecas habitan fantasmas hambrientos que dedicaron su vida a la búsqueda de la sabiduría y del conocimiento. Estos fantasmas hambrientos de atención y sedientos de conocimiento utilizan las salas más concurridas de las bibliotecas como si fueran plazas públicas. Algunos se inflan como globos y otros asumen la forma de banderas o pancartas sobre las cuales pintan su nombre y el título de alguna de sus obras, o palabras claves que deberían utilizar los investigadores y los lectores para dar con sus artículos o libros. Circulan por toda la biblioteca como si estuvieran en un desfile, un mitin político o un carnaval. Algunos han creado sus propias estaciones radiofónicas y sitios web en los que presentan y explican sus obras o sus teorías y las contribuciones que han hecho a su disciplina y al saber científico y humanístico, o en el que expresan sus pesares, frustraciones y decepciones de diversas maneras. Algunos se abren de capa como si estuvieran hablando con sus terapeutas, sus confesores, sus más íntimos amigos o sus subconscientes; otros componen poemas y canciones; otros simplemente tocan sus piezas favoritas con la esperanza de que algún lector o investigador se fije en su estación, o en su sitio web, y lo ponga en su lista de sitios favoritos del saber y, una vez que sea público cautivo, le pueda dar a conocer su trabajo. Un fantasma que conozco toca día y noche la canción "Piensa en mí" interpretada por su compositor, Agustín Lara.

Advertí que estaba desvariando y volví a pensar en Alma. Sobre la mesita que estaba junto a mi cama había una antología de textos sagrados del antiguo Egipto que había sacado en algún momento de la biblioteca. Lo abrí en la página donde aparecía el capítulo ocho del relato del Libro de Tot y me puse a leerlo para distraerme y dormirme. Me costó un enorme esfuerzo concentrarme, tanto por las preocupaciones como por el intenso calor. Tuve que releer numerosas veces el primer párrafo para poder adentrarme en el relato sobre Neferkaptah, el hijo del faraón quien amaba la sabiduría sobre todas las cosas y a quien no le importaban los asuntos mundanos del reino. Cuando finalmente la lectura me absorbió, me venció también el sueño y comencé a soñar que era yo Neferkaptah.

Estaba acomodando unos libros en la sección sobre filosofía de la historia y me distraje leyendo unas páginas de un libro intitulado *La búsqueda de la verdad* cuando se me acercó Bill, uno de los custodios de la biblioteca, quien me preguntó:

—¿Te interesa el tema de la verdad? Yo sé dónde está el libro de Tot.

—¿El libro de Tot?

—Sí, el libro que compendia la verdad íntegra y absoluta de todo lo que es, lo que fue y lo que será. Allí podrás encontrar todo lo relacionado con los feminicidios de tu ciudad: cómo, dónde y cuándo ocurrieron estos horrendos crímenes, quiénes fueron las víctimas, los asesinos, los cómplices y los encubridores.

—Yo no quiero saber nada más de eso, pues quien sabe la verdad, o se calla o lo matan, y yo soy un cobarde.

—Allí podrás también saber cuál es tu destino y, si lees tu biografía, podrás regresar al mundo de los vivos cuando mueras o te maten.

—No me interesa la resurrección en este infierno.

—¿Y en el Paraíso?

—Todo depende. Si el Paraíso es un lugar donde todo mundo alaba a Dios de día y de noche sin cuestionar nada, prefiero morir y disolverme en el seno de la madre tierra.

—¿No te interesa adquirir la sabiduría? ¿No quieres saber el origen y el propósito de tu existencia?

—Claro que me interesa.

—Entonces, sígueme, te voy a llevar donde está el libro de Tot. Está en las catacumbas de esta biblioteca.

—Aquí no hay catacumbas.

—Es lo que tú crees, pero toda biblioteca que se precie de serlo tiene catacumbas secretas.

—Está bien. Vamos.

Me condujo hacia el ascensor. En la presilla lateral izquierda del pantalón tenía colgado un llavero retráctil repleto de llaves. Insertó y giró una de estas llaves en el tablero de controles y descendimos al nivel CC de la biblioteca. Era una serie de galerías hexagonales en cuyas paredes de piedra estaban alineadas verticalmente las osamentas de los moradores de este recinto. Dentro de cada galería había estantes con libros y rollos de toda clase y de distintos tamaños.

Caminamos por los pasillos de la catacumba hasta que dimos con la momia de un tal Hermes García Sánchez. Estaba perfectamente preservada y tenía un insólito parecido a un amigo de la secundaria, quien era su homónimo. La momia tenía puesta una tejana negra de fieltro, un traje vaquero negro, chaleco rojo escarlata, una camisa blanca de lino, una corbata de bolo y una gran hebilla de plata grabadas con una triple cruz dorada. Calzaba unas botas negras de piel de caimán perfectamente lustradas.

Bill le dio unas palmadas en la mejilla a la momia y se despertó. Luego le desabrochó los cinturones que la tenían sujetada a la pared. Una vez desamarrada, se estiró para despabilarse.

—¿Hermes? –le pregunté.

Me miró como a un desconocido y le preguntó a Bill:

—¿Qué hace este sujeto en la Casa de la Vida?

—Este hombre profesa ser amante de la verdad y quiere leer tu doctísimo libro, la Verdadera Historia de los Feminicidios de Juárez.

Yo protesté. Le expliqué que Bill me prometió que me iba a mostrar el Libro de Tot.

—Tot es mi nombre secreto. ¿Quién te lo reveló? ¿Fuiste tú Bill?

—No, Hermes. Yo sólo le dije que sabía dónde estaba el Libro de Tot.

De repente caí en la cuenta de que se trataba de Hermes, el empleado de confianza de Rafael Falcón que fue asesinado por haberle divulgado a Alma los secretos de la Santa Hermandad.

—¿Eres tú Hermes, el empleado de Rafa Falcón?

—El mismo.

—¿No te acuerdas de mí? Soy Uriel Romero. Estuvimos juntos en la Secundaria del Parque.

—¿Uriel Romero? El nombre me suena, pero francamente no me acuerdo de ti. Hace mucho tiempo ya de eso.

—Yo estaba en el grupo "F" y creo que tú estabas en el "E."

—No. Yo estaba en el "J", en el turno vespertino –me respondió.

—De cualquier manera, yo sí me acuerdo de ti. Además, no hay muchos Hermes en Juárez, ¿verdad?

—No, creo que no.

—¿Te acuerdas de Alma Mengel?

—Como no me voy a acordar de ella, si por su culpa estoy aquí. Ella fue la primera y única lectora de mi libro. Para mi desgracia, le permití que tomara notas.

—Yo tengo sus diarios.

Cuando le dije esto, sacó un monedero del bolsillo y le pagó a Bill con un centenario.

—Aquí tienes, muchas gracias, Bill. ¡Buen trabajo!

—¡*You betcha*! –le contestó Bill y se fue sin despedirse.

—Entonces, tú ya conoces parte del contenido de mi libro –me dijo Hermes—. Mi libro entero está a tus órdenes.

—En realidad no quiero saber más del asunto de las muertas de Juárez.

—¿Y por qué no? Si leíste los diarios de Alma, tu destino está ya marcado. Mi exjefe tarde o temprano se enterará y te mandará desaparecer.

—Yo no aspiro a ser un mártir de la verdad.

—¿No dijo Bill que te consideras un amante de la verdad?

—Lo soy, pero no de la verdad histórica. A mí lo que me interesa es la verdad absoluta, la verdad metafísica, la verdad del ser y de la existencia, no las verdades relativas y temporales de los mortales.

—¿Acaso ignoras que la sabiduría de los dioses no está hecha para los mortales?

—Es lo que dicen, pero se supone que sólo estando muertos descubriremos la verdad de nuestra existencia y nuestro destino ultraterreno.

—Y entonces, ¿por qué temes saber la verdad de los feminicidios? Sólo muerto podrás saber tu verdad última.

—Es que no estoy seguro si todavía estoy listo para ello.

—Lo estás, Uriel. Créeme que lo estás, si no, no estuvieras aquí hablando conmigo. Así que siéntate en ese cubículo y escucha con atención lo que tengo que revelarte.

—Y el libro de Tot, ¿dónde está?

—No seas ingenuo. Lo quemaron antes de matarme, pero me lo sé de memoria.

Me senté en el escritorio donde había una bandeja de bronce con una pila de hojas de papiro egipcio auténtico y una pluma fuente. Apunté toda la información que me fue dictando lentamente de su portentosa memoria. Escribí sin descansar y, cuando se me acabó el papel, me dijo que había terminado mi heroica tarea y que era hora de celebrar.

De un mueble bar de ébano que adornaba la galería sacó una botella de cerveza oscura y la destapó. Para mi sorpresa, vertió el espumoso líquido en la bandeja donde estaban las hojas de papiro que yo había escrito. Me explicó que, una vez que se disolviera toda la tinta en la cerveza hasta dejar el papiro sin marca alguna, me la tenía que beber hasta la última gota para no dejar traza alguna de lo que había escrito.

—Este es el método de aprendizaje de los magos sabios desde tiempos inmemoriales –me dijo.

Una vez que se disolvió por completo toda la tinta, me bebí la amarga poción. Al terminármela, me pidió que me hincara y que, con la cabeza inclinada y los ojos cerrados, repitiera los rezos a la diosa Isis y a Harpócrates, la deidad griega del silencio y la discreción, que iba a pronunciar, lo cual hice con toda fe y reverencia. Luego me pidió que me levantara y me condujo por un pasillo hacia una sala comedor donde estaba servido un festín con manjares de toda clase.

Mientras cenaba, Hermes aprovechó la oportunidad para explicarme los siete principios de la verdad absoluta, cuyo conocimiento, me aseguró, abre todas las puertas del Templo de la Sabiduría. Lo escuché estupefacto y me dije a mí mismo que éste era sin duda el día más importante en toda mi existencia y que ya podía morir habiendo alcanzado aquel conocimiento eterno y liberador.

Sentí una profunda satisfacción por haber finalmente adquirido la sabiduría que tanto había anhelado obtener desde que leí a Platón por primera vez. Pero pronto comprendí que había sido un simple sueño. No obstante, aunque no había realizado mi fantasía filosófica, caí en la cuenta de que este sueño era un aviso de lo que me podía suceder si no me iba de Albuquerque. La Santa Hermandad sabía dónde vivía y pronto vendrían a buscarme. Tenía que irme cuanto antes. ¿Pero, adónde? Si me quedaba en Albuquerque y conservaba mi empleo en la biblioteca de la universidad, no tardarían en dar conmigo. Necesitaba irme lejos de aquí a un lugar que ellos no pudieran sospechar. Pensé de inmediato en Ítaca. Si mis recuerdos del porvenir no me engañaban, sabía que allí iba a poder rehacer mi vida. Ellos jamás sospecharían que me iría a un pueblo de Upstate New York.

Sin embargo, no conocía a nadie allá todavía y, sin dinero ni empleo, sería imprudente irme. Decidí llamar a mi hermano Pepe para pedirle ayuda. Pese a ser la oveja negra de la familia, de todos mis hermanos era el único en quien podía confiar plenamente. Busqué su teléfono en mi agenda y le marqué. Eran las cuatro de la tarde.

—Bueno.

—¿Carnal?

—¿Quién habla?

—Soy Uriel, Pepe.

—¿Uriel? ¿Qué onda? ¿Cómo estás?

—Pos ahí, más o menos.

—¡Cuánto tiempo! ¿Dónde estás?

—En Albuquerque.

—A ver, espérame tantito, no te escucho muy bien. Déjame cambiarme de lugar.

—¿Y tú dónde estás? Oigo música.

—En La Rueda. Estoy tomándome unos jaiboles con unos compas.

—No hay problema, Pepe, te puedo llamar luego.

—No, no hay borlo, carnal. Sólo tengo que salirme a la calle. Un momentito.

—Está bien, te espero.

Después de un par de minutos, volvió y me dijo:

—Qué bueno que me llamaste, Uriel. Hemos estado preocupados por ti.

Supimos lo de Alma. Siento mucho lo que pasó. Mi más sentido pésame, carnal. Nos hemos estado tratando de comunicar contigo.

—Muchas gracias, Pepe. Sí, lo sé. Ha sido muy duro todo y, la verdad, he preferido no hablar con nadie. Disculpa que no te haya devuelto la llamada.

—No te apures, Uriel. Sólo quería saludarte y decirte que aquí estoy para lo que se te ofrezca. Hace mucho tiempo que no hablamos. Debes estar pasándola muy mal allá solo. ¿Por qué no te vienes para acá por un tiempo? Aquí nos tienes a nosotros.

—Me gustaría, Pepe, pero tú sabes cómo es la familia.

—Te entiendo, a mí también me friegan mucho. Están obsesionados con el qué dirán.

—Mis papás todavía quieren tratarme como si fuera un niño que no sabe lo que hace.

—A mí también, tú lo sabes, pero qué le vamos a hacer, así son. Puedes quedarte en mi casa, si prefieres.

—Muchas gracias, Pepe, te lo agradezco, pero no voy a poder ir a Juárez por mucho tiempo.

—¿Y por qué no?

—Es una larga historia. Prefiero no tocar el tema, tú sabes que hay cosas que es mejor no decir por teléfono.

—Sí, entiendo. ¿Te puedo ayudar en algo, Uriel? ¿Tienes algún problema?

—La verdad, sí. Quiero irme de Albuquerque, pero no tengo lana suficiente para la mudanza.

—¿Cuánto necesitas?

—Dos mil dólares.

—No hay problema, te puedo prestar más si quieres.

—Con dos mil es suficiente, con eso puedo pagar el transporte, el depósito y el primer mes de renta.

—¿Y adónde te vas a mudar? Si se puede saber.

—Preferiría no decírtelo.

—Puedes confiar en mí.

—Lo sé, Pepe. No me lo tomes a mal, pero es mejor que tú tampoco lo sepas. De hecho, debe quedar entre nos que hemos hablado.

—Suenas muy misterioso, Uriel. ¿Pos en qué líos estás metido? ¿Tiene que ver con lo de Alma?

—No, no pienses mal de mí. Alma se suicidó y la policía no me anda buscando.

—¿No?

—No, hombre. Qué desconfiado y qué poco me conoces.

—No, no es eso, pero es que parece que tienes algo qué esconder.

—Para sacarte de dudas, y para que veas que sí confío en ti, te voy a contar lo que pasó. Alma me dejó desde mediados de mayo y se fue a vivir a la casa de una amiga.

— Híjole 'mano, lo siento.

—Desde hace mucho tiempo andaba muy deprimida y con la autoestima por los suelos por sus problemas familiares.

—Sí, para decirte la neta, eso yo ya lo sabía, era obvio.

—Lo que pasa es que se enredó con un drogadicto. Alma murió de sobredosis cuando andaba de viaje con él en una moto. Murió en Utah.

—¡Me lleva la chingada! Discúlpame, carnal, pero ¡Qué hija de puta! ¿Y esto lo sabe su familia?

—Creo que sí, pero no estoy seguro. Tú sabes que Alma había roto relaciones con ellos y a mí sus padres nunca me quisieron. Siempre les parecí muy poca cosa para su hija.

—Lo sé, se creen mejor que todo el mundo. Están podridos en lana y así tienen el corazón, putrefacto. De todas formas, es mejor que les aclares todo, no vaya a ser que te los eches de enemigos. Tú sabes que los Falcón son muy poderosos e influyentes. Son capaces de todo. Ándate con mucho cuidado, Uriel, sobre todo ahora con esto que pasó. No vaya a ser que te quieran echar a ti la culpa de la muerte de Alma. ¿Has hablado con ellos?

—Sí, con la mamá. Ella vino a Albuquerque.

—¿Y todo bien?

—Pues, no, la verdad es que no, pero, como te digo, es mejor no entrar en detalles.

—¿Tiene esto algo que ver con los rollos en los que andan metidos el Luisfer y el Doctor Muerte?

—Sí, Pepe.

—Ah, jijos.

—¿Tú sabes algo?

—Pues, claro. Esas cosas se saben pero no se cuentan.

—Por eso no quiero que le digas a nadie que has hablado conmigo. Ándate con mucho cuidado, carnal. Ellos saben que no estoy en contacto con la familia. Es mejor que lo sigan creyendo.

—No te preocupes por mí. A mí me la pelan. Yo me sé cuidar. ¿Y adónde te mando los dos mil varos?

—A mi cuenta del banco. Hazme por favor un traspaso electrónico mañana mismo, pues quisiera irme cuanto antes. Te voy a dar mi número de cuenta. ¿Tienes con qué apuntar?

—Sí, aquí traigo mi libreta.

—Es el Banco de Alburquerque. El routing number . . .

—¿El qué?

—Routing number. Es el número del banco. Se escribe R-O-U-T-I-N-G.

—Oquei. ¿Cuál es el número?

—Es el 107000666. Y mi número de cuenta es el 592022798.

—Mañana mismo te lo mando.

—Muchísimas gracias, Pepe. Te lo agradezco de verdad.

—Para eso estamos los hermanos, ¿no? Si necesitas más, avísame. Y no te pierdas, llámame de vez en cuando.

—Claro que sí, Pepe. Te llamo cuando me establezca. Cuídate y saludos para toda la familia. Por favor, no les vayas a decir nada de lo que te conté.

—No te apures, en boca cerrada no entran moscas.

En cuanto colgué me puse a hacer los preparativos para la mudanza. Lamenté tener que dejar mi empleo en la biblioteca. No sabía cómo se lo iba a tomar mi supervisora y me preocupó que no me fuera a escribir una buena carta de recomendación. También me preocupó que iba a dañar mi crédito y perder el depósito que le había pagado a la casera, pues iba a tener que romper con el contrato de alquiler. De cualquier forma, esto importaba poco en comparación con el riesgo que corría quedándome en este apartamento y en Albuquerque. Tenía que irme cuanto antes, mañana mismo si fuera posible. Necesitaba empacar todo en cajas y reservar un U-Haul.

Llamé a todas las oficinas cercanas y a otras compañías de mudanzas, pero nadie tenía un camión disponible hasta dentro de ocho días, lo cual me pareció una eternidad. No tuve otro remedio que esperar. Era lo más sensato. Además, todavía no recibía el cheque de mi hermano y, aunque confiaba en que me lo iba a enviar, conocía bien a Pepe y sabía que, una vez que agarraba la borrachera con sus cuates, no había forma de dar con él por varios días, pues era de "carrera larga."

Eran casi las cinco de la tarde cuando llegó el cartero. Entre la correspondencia había una carta de la Oficina del Examinador Médico de Utah en la cual me avisaban que habían concluido sus investigaciones y que la Universidad de Utah iba a enviarme próximamente el certificado de defunción enmendado. Adjuntaron un certificado de defunción provisional. Me dio un alivio saber que la causa de la muerte de Alma había sido aclarada. Releí la carta y advertí que estaba fechada el día martes 26, lo cual me extrañó ya que el agente de la OEM me acababa de visitar. Saqué la tarjeta que me dio el agente y noté que no parecía auténtica: había sido impresa en una fotocopiadora o con una impresora de inyección de tinta. Me alarmé y llamé a la oficina para cerciorarme de que John D. Lewis trabajaba allí. Lamentablemente, ya estaba cerrada. Decidí marcarle a John, pero el número de celular que aparecía en la tarjeta era de otra persona. Volví a marcar para verificar. ¡Maldición! Me cayó el veinte de que los miembros de la Santa Hermandad habían enviado a alguien que se hizo pasar por agente de la OEM para apoderarse de la carta y el testamento de Alma. ¡Maldición! ¡Mi exsuegra se había salido con la suya!

—¿Y por qué chingados permití que se los llevara! ¡Qué pendejo fui!

Me repetí a mí mismo esto no sé cuántas veces. Me consoló por unos momentos mi suposición de que, ahora que ya tenía en su poder estos documentos mi exsuegra, podía yo estar más tranquilo. De ninguna manera, recapacité. Mientras yo tenga los diarios de Alma, la Santa Hermandad no descansará hasta apoderarse de ellos y desaparecerme.

¿Qué iba yo a hacer? ¿Y si estaban afuera espiándome y esperándome a que saliera? Pensé en llamarle a la policía, pero sabía que era absurdo pedirles protección. Me tomarían por un loco. ¿Y si la Santa Hermandad había intervenido mi teléfono? ¿Cómo no pensé en esto antes de llamar a mi hermano? No había manera de verificarlo. Además, si éste era el caso, el daño ya estaba hecho. Temí por mi hermano y por mí. Tenía que buscar una escapatoria. Me cercioré de nuevo de que todas las puertas y las ventanas del apartamento estuvieran bien cerradas y aseguradas.

Tomé la decisión de permanecer en mi apartamento hasta la madrugada siguiente. Me iba a refugiar en la biblioteca a partir de mañana. Sabía dónde esconderme y dormirme sin que nadie sospechara nada. Empaqué mi mochila con todo lo necesario para hospedarme un par de días en la biblioteca. Una vez que recibiera el cheque de Pepe, decidiría lo que iba a hacer con todas mis cosas. En el peor de los casos, huiría sin llevarme nada. Por eso me puse a escudriñar todo y a destruir todos los papeles que pudieran darles pistas a la Santa Hermandad de dónde podría haberme escapado.

Aquella noche no pude dormir. A las tres y treinta y tres de la madrugada salí del apartamento lo más sigilosamente posible. Estaba dispuesto a gritar y pedir socorro a todo el vecindario en caso de que alguien quisiera detenerme o secuestrarme. Afortunadamente, no fue necesario. Salí por el callejón a pie y me fui caminando por el vecindario hasta llegar al centro de la ciudad. Me refugié en un *diner*. Allí desayuné y esperé a que llegara la hora de irme al trabajo.

Fue un día laboral normal. Durante la hora del almuerzo fui al banco, pero no me había llegado el dinero todavía. Cuando terminé mis labores del día, me despedí de todos mis compañeros de trabajo como de costumbre y me fui a cenar a un Wendy's. Después regresé a la biblioteca y me puse a leer en una mesa que estaba cercana del cuarto donde planeaba encerrarme antes de que cerraran la biblioteca.

Repetí esta rutina hasta que me llegó el dinero, cinco días después. Era el lunes 2 de octubre. En tres días más iba a estar disponible el camión de mudanzas que había reservado y tomé la decisión de volver a la casa aquella tarde para comenzar a empacar. Además, estaba agotadísimo de dormir en el suelo y necesitaba darme un baño desesperadamente.

Al llegar al apartamento todo parecía normal. Sin embargo, al escuchar mis mensajes telefónicos recibí una terrible noticia: a mi hermano Pepe lo habían acribillado a balazos el día anterior. Recibí varias llamadas de mi madre y de mis hermanos. Me pedían que fuera a Juárez para acompañarlos y despedirme de Pepe.

Me sentí terrible. Mi sospecha de que la Santa Hermandad había intervenido mi teléfono fue confirmada de la manera más rotunda. Deduje que lo habían asesinado para vengarse de mí y porque sabía demasiado sobre sus operaciones. Desde hacía tiempo temía que algo fuera a ocurrirle a mi hermano por dedicarse al tráfico de drogas, pero nunca imaginé que iban a matarlo por mi culpa. Estaba por marcar el número de mis padres, pero me contuvo el temor de que la Santa Hermandad iba a interceptar mi llamada y localizarme. Todos mis esfuerzos recientes por esconderme no hubieran valido de nada. Vendrían a buscarme de inmediato. Contemplé por unos momentos la posibilidad de ir a Juárez al funeral, pero la descarté por obvias razones. Allá me matarían como a cualquier pato distraído. A él no lo iba a resucitar nadie y, muerto, yo no iba a poder hacer nada por él, por mí, ni por nadie. Mi única salvación posible era yéndome de Albuquerque cuanto antes y comenzar una nueva vida en otro lugar y con una nueva identidad.

Puse manos a la obra. Gracias a Alma, habíamos guardado las cajas de la antigua mudanza y teníamos pocas cosas. Mis más preciadas pertenencias eran mis libros, mis discos y mi estéreo. Y la Jilguera, claro. En memoria de mi hermano puse "Cruz de madera" de Ramón Ayala, su artista favorito, y brindé en su honor escuchando ésta y otras de sus favoritas.

> Lo único que quiero es allá en mi velorio
> una serenata por la madrugada.

Pese a que estaba agotado, triste y emborrachado decidí empacar esa misma noche. La ropa y demás objetos personales de Alma los puse en bolsas de plástico para regalárselos al Ejército de Salvación. Lo mismo hice con todo lo que no me pareció indispensable. Guardé en cajas el resto de mis pertenencias y las apilé cerca de la entrada para agilizar la carga del camión. Pese a que me sentía débil y algo mareado pues no había cenado, me puse a limpiar el apartamento. Vi que tenía una botella casi llena de amoníaco y, como había leído recientemente un artículo que exaltaba sus cualidades limpiadoras, decidí aplicarlo liberalmente para limpiar la tina y los azulejos del baño. Los gases que emanó debieron ser demasiado para mi frágil condición. Lo último que recuerdo es que sentí vértigo y que fui a la recámara.

Labios que exhalan el pegajoso vaho de los recuerdos que quedan atrapados en las ranuras crujientes de las alas del inconsciente; pupilas que se abren al ser heridas por el rayo vespertino que rasga el velo de los pensamientos atrapados en la memoria; nariz que inhala la pestilencia de los despojos de un apóstata que arranca la inocencia de una indigente con ojos de luna; manos que aprietan la delicada tersura de la seda que envuelve la caja de un difunto asesino y que acarician su pálido rostro maquillado con la cutícula pulverizada de su penúltima víctima que reclama el desenlace de sus más insondables sueños; férreas piernas que sostienen la voluntad temblorosa de sus pensamientos y creencias y que se doblan cuando la blanca penuria de su cielo se abre y deja rociar en sus pies la delicada llovizna que anuncia la llegada de las margaritas y los vendedores de perfumes y refractarios que sugieren el estado de su catatónico ánimo; lumbre que ilumina el rostro comprimido por las penurias y desilusiones cargadas en el delicado bulto del alma maculada por la sombra de sus deseos ignotos y perseguidos por las mariposas de sus antepasados muertos bajo la opresiva hecatombe de su mezquina avaricia; esperanza que queda atrapada en el intersticio de una canasta metálica que protege los recuerdos de un espectro desacralizado por las ratas que roen los cimientos del templo de los santos asesinos perturbados por la mierda de los perros que acompañan a sus impecables y respetables tutores; esqueleto que guarda la venerada memoria de un alejado pariente que dejó su fortuna enterrada para los exhumadores de su virtuoso oficio exonerado por las autoridades civiles y eclesiásticas.

Me hundo en un río oscuro. Todo pierde forma y volición. La piedra no quiere ser piedra ni el árbol ser árbol. La serpiente no añora tener alas ni el magma, ser el mar. Nada es lo que parece ni lo que fue. Me sumerjo en el olvido, en lo innombrable. Busco la unidad, la fuente de mi ser. Temo ser arrastrado hacia aquella marisma donde la corriente se petrifica, o a aquella otra donde los muertos reposan. Mis manos líquidas arden en llamas. Una rádula de fuego me lame y me abraza. Su finísima membrana se pliega, se consume a sí misma y luego rueda por un precipicio de brea borboteante. La raya que divide el paisaje se atenúa y se desvanece. Buceo hacia la superficie buscando la luz, mas la corriente me zambulle. Una tenue fluorescencia tiembla y se agita furiosamente tratando de sobrevivir. Quietud fluida. Un haz de luz cae como un telón y se extingue. El tiempo se desplaza en segmentos. Un jinete nocturno se regocija en su propia muerte. Sus restos fluyen, ruedan y se precipitan en el vacío. Caigo en una cavidad. Trato de escapar, pero estoy disperso en un río de lava. Hay una oscuridad prístina. La lava fluye en su quietud meridional. Una flor de cuarzo emerge, se yergue y se defolia. Mi mente erra, deambula y se fragmenta. Busca el reposo. Veo vestigios del sol, distantes y efímeros. Se hunden, se derriten, se condensan y se elevan como globos. No hay arriba ni abajo, tan sólo el vértigo del momento, la vaciedad, la materialidad de la nada. Mi voz se desmorona y se disuelve. Me dejo llevar por la corriente. Me succiona un remolino y me hunde al fondo del abismo. Un glóbulo de luz brota de la profundidad y estalla. Me trato de asir a su fuego derretido. La viscosa masa arrastra fragmentos de lo que fueron mi piel, mis entrañas, mis venas, mis nervios, mis huesos. El magma fluye y me absorbe, pero, antes de fundirme en él, se petrifica. Veo hacia mi interior y miro la cueva donde estoy. Observo la materia sedimentada en el umbral que traza mi contorno. Me hace sentirme tangible, sustancial, sólido como una roca, aunque con huecos y fisuras. Es movimiento inmóvil, estrato de materia inerte. Residuo del pasado. Tiempo materializado. Cruzo el umbral, pero no encuentro la salida. Las mismas imágenes anteriores me persiguen y me atormentan en esta gruta. Una fuerte corriente de aire me arrastra y me sacude. Su terrible fuerza lo jala todo. Me arroja a una galería inmersa en su solitud impertérrita, asimétrica y bella a su manera. Me sonríe, me da la bienvenida con su sonrisa de piedra y me muestra las cicatrices de su granítica existencia. Nubes de color gris ambarino cubren la oscuridad con su velo viscoso.

El bordón reverberante de una tambura y los punteados de un sitar interrumpen mis visiones. Abro los ojos. Estoy recostado en un diván de terciopelo morado. Yazgo de espalda sobre varios cojines con las piernas cruzadas y reposando las manos en el abdomen. La habitación está decorada con tapices de mandalas y deidades tibetanas; tiene alfombras y cojines tejidos con diseños geométricos navajos. Huele a incienso de sándalo. La música proviene de cuatro bocinas que están fijadas en los rincones del techo. Al principio no sé dónde me encuentro, pero poco a poco me percato de que estoy en el consultorio de la doctora Hogan. Me toma un momento reconocer su voz.

—Ésta es una raga matutina interpretada por Nikhil Banerjee –me dice en inglés desde el cuarto contiguo donde tiene el estéreo–. Se llama *Bilaskhani todi.* Sus propiedades curativas son excepcionales, especialmente para combatir la conciencia del yo y sus principales aflicciones.

Sale de aquel cuarto y camina hacia donde estoy. Viste una *chuba* tibetana amarilla con una blusa turquesa y unas sandalias Haflinger. Su largo cabello entrecano lo trae peinado como de costumbre, al estilo navajo: un chongo en la nuca doblado en cuatro pliegues y atado con estambre blanco. Se sienta al filo de una silla que está junto al diván y me dice.

—Cierra los ojos. Respira suave y profundo veintiún veces. Enfócate en el *chakra sahasrara*, el loto de los mil pétalos que está en la corteza cerebral.

Sigo sus indicaciones y, poco a poco, me relajo.

—Fúndete en la melodía, absorbe sus vibraciones medicinales. Esta música es una vía a la iluminación y a la conciencia suprema –me dice con su habitual convicción en un tono dulce y calmante—. Disuelve el ego en la música y eleva la mente al infinito.

Los punteados intensos y a veces repetitivos del sitar y el zumbido hipnótico del bordón cubren la habitación como una capa de niebla matutina.

—Las ragas son un viaje a casa, un viaje con destino al origen. Sus notas musicales son manifestaciones físicas de la Suprema Realidad. Esta raga, en particular, te puede ayudar a poner la mente en sintonía con el sonido primordial del cosmos. Así como el bordón de la tambura ilumina el camino del sitarista al sostener el eje tonal y lo ayuda a no extraviarse, así esta raga matutina puede ayudarte a sintonizar tu destemplada mente con la vibración del sonido primordial del cosmos.

El proemio de la raga tiene un tempo grave y un tono solemne que gradualmente se va tornando lúgubre. En unos cuantos minutos pasa por mi conciencia, como hojarasca arrastrada por el viento, una rápida sucesión de episodios de mi infancia y mi juventud: las felices Nochebuenas cuando todos los niños de la familia cantábamos las melodías navideñas tradicionales antes de abrir los regalos; los juegos de mesa con mis hermanos y mis sobrinos cuando ellos nos visitaban a mis padres y a mí en la casa de los Nogales;

los partidos de futbol que tenía con mis amigos del vecindario en la calle, o en algún lote baldío, bajo el incandescente sol juarense; las aburridas tardes cuando tenía que dejar algún juego callejero para tomar mis clases particulares de guitarra; las mañanas cuando mi padre me llevaba al instituto antes de ir al trabajo; las tardes cuando pasaba en su bicicleta el señor de los dulces, o el de los raspados, o el de los elotes y corría a pedirle dinero a mi madre; los fines de semana nadando y pasando el rato con los amigos en el Campestre; los veranos en el rancho del abuelo trabajando en los corrales, paseando en los tractores, montando a caballo o yendo de compras a San Agustín o a Guadalupe; las largas horas que pasaba con los amigos escuchando música y conversando, primero en la casa de alguno de nosotros y luego, en la adolescencia, dentro de algún vehículo, o en la esquina de nuestro vecindario donde solíamos reunirnos y donde aprendimos a fumar y comenzamos a beber cerveza; los paseos dominicales en el *mall* durante la pubertad y las vueltas en carro por la dieciséis durante la juventud; las broncas callejeras; las choncas en el autocine de la Montana; mis primeros conciertos de rock en el Coliseo de El Paso; mis primeras noches de juerga en el Chaplin's y luego en el Chihuahua Charlie's; las fiestas en el Campestre y el Flamboyant; las noches de disco en el Alive y el Electric Q; las noches de cacería cuando mis amigos cebolleros y yo levantábamos muchachas de la maquila para llevárnoslas a la Arboleda o a dar la vuelta, y luego a veces a lo oscurito o a un motel; las trasnochadas en los bares y los congales del padrino de Tavo que eran los dominios de la Santa Hermandad. El Jardín del Edén era el lugar predilecto de mi exsuegro. Allí nos tomamos mis amigos y yo una cerveza con Luisfer y el Damián, su camote y su cómplice, una noche que su padrino los llevó quesque a que perdieran la virginidad cuando Luisfer recién había cumplido los quince años. Era el '81. Yo tenía diecisiete años. Estaba en el primer año de la universidad en la Hermanos Escobar, la antes prestigiosa y ya para entonces moribunda Escuela Superior de Agricultura donde uno de mis bisabuelos dio clases en los tiempos de Don Porfirio y la Revolución, hacía más de cincuenta años. Allí hice la prepa. La institución siguió abierta a gritos y sombrerazos pese a la profunda crisis en la que se encontraban ella, la agricultura mexicana y Chihuahua en general. Aunque en aquel año todavía no la cerraban, los cebolleros adquirimos una pésima fama pues nos la pasábamos en huelga, de parranda y, algunos, haciendo disturbios y, junto con otros grupos aliados o enemigos, propiciando el caos y la desestabilidad política y social en la ciudad. Fue la época de mi juventud cuando mi camino se estaba de plano torciendo. Por fortuna, en aquella época había comenzado a salir con Alma y, con tal de pasar más tiempo con ella, y con la idea de continuar mis estudios universitarios en Las Cruces, decidí inscribirme en El Community College para tomar clases de inglés como segundo idioma.

Después se me vinieron a la mente, como un velero pequeño que es arrasado por una tormenta repentina y feroz, mi boda con Alma, nuestra partida a Albuquerque, nuestros primeros años relativamente felices de matrimonio y, por último, el abrupto fin de nuestra relación y el trágico final de Alma.

—¿En qué estás pensando, Uriel? Pareces distraído.

Le relaté brevemente mis recuerdos. Me escuchó atenta y, al terminar, me dijo:

—Todas nuestras acciones y las de nuestros antepasados producen semillas kármicas que nuestro inconsciente almacena. Eres el depositario de un pesado legado memorial, Uriel. Algo que comenzó en una época lejana está desenlazándose y concluyendo en tu persona. Por eso hay ciertas acciones que no te son fáciles de entender, pues vienen cargadas de todo un sentido. Es eso lo que tienes que entender y desvelar. Siendo consciente de este pasado, y asumiéndolo, puedes al mismo tiempo efectuar el rompimiento con ese pasado atávico y anquilosante que tanto te abruma e incapacita. Todo rompimiento es el paso a un renacimiento.

—Creo que entiendo lo que usted me está diciendo, doctora. He estado reflexionando en mi diario sobre esto.

—Me alegra que lo hagas. La escritura te ayudará a mejor conocerte a ti mismo y a cultivar la lucidez.

—Espero que así sea, aunque cabe reconocer que sigo teniendo casi puros sueños angustiantes.

—¿Has estado practicando el *trögchod*?

—¿El qué?

—"Those who cannot remember the past are condemned to repeat it."

—No entiendo, doctora.

—¿Has vuelto a tener el mismo sueño recurrente que me contaste la otra vez?

—Sí, doctora. Recientemente soñé que me había vuelto un aprendiz de guerrero apache. Mi maestro era aquel pariente apache que le conté que se parece a usted.

—Seguramente se trata de un sueño kármico. Casi todos nuestros sueños son de este tipo. Tus actos, tus palabras y tus pensamientos pretéritos te persiguen en los sueños, y te perseguirán hasta la muerte como una sombra si no te despabilas. Si quieres despertar de verdad y llegar a la otra orilla de la existencia, necesitas arrancar el karma de raíz desarrollando la conciencia supramundana. Para ello necesitas combatir la conciencia del yo y la conciencia pensante junto con todas sus aflicciones y causas: el deseo, la ilusión, el orgullo, el amor propio, las opiniones, la duda y todas las conceptualizaciones.

—Créame que lo estoy intentando, pero no parezco avanzar ni un milímetro.

—Por eso es importante que sigas practicando la meditación, el *mindfulness* y el yoga del sueño. ¿Qué otra clase de sueños has tenido últimamente?

Le conté como pude las visiones alucinantes que tuve hacía un rato.

—Los sueños están llenos de enseñanzas, Uriel. Nos ayudan a comprender la naturaleza ilusoria de la existencia. Una vez que asimilamos esto, podemos comenzar a ser dueños de nuestro propio devenir y destino.

—Lo entiendo, pero por más que trato de alcanzar la lucidez en los sueños me sumerjo cada vez más hondo en la oscuridad.

—Los sueños pueden ser una práctica y un entrenamiento vital en esta búsqueda de la Luz Suprema. En los sueños andamos a ciegas. Para encontrar nuestro camino necesitamos aprender a distinguir y a seguir la luz del alba en la noche oscura. Necesitamos aprender a reconocer y a permanecer en la luz clara de la aurora para salir de las tinieblas. Para distinguir el resplandor auroral necesitamos abrir los ojos del espíritu. Necesitamos entrenar la vista intelectual, pues estamos habituados a deambular por la existencia como los murciélagos, sin el conocimiento ni la guía de la luz verdadera. Para despertar hay que saber reconocer y permanecer en la luz clara de la aurora. La luz clara de la aurora es el faro que el soñador necesita para no extraviarse en la práctica de la noche. Sólo el conocimiento de la Luz Suprema nos despierta del sueño de la existencia terrenal. Cuando te encuentres con la luz auroral en los sueños es cuando vas a comenzar a despertar.

—Todo lo que usted me dice, lo entiendo. Sin embargo, a la hora de la práctica, la teoría no me ayuda.

—Si practicas el yoga del sueño regularmente te familiarizarás con las distintas manifestaciones de los sueños aurorales. Y, si perseveras, se te hará cada vez más fácil adquirir la lucidez en los sueños. La lucidez ayuda a progresar en el camino espiritual y a arrancar el karma de raíz.

—A veces, cuando me despierto y me doy cuenta de que he tenido un sueño lúcido, me apresuro a anotarlo en mi diario antes de que se me olvide. Tengo un cuaderno especialmente dedicado a ellos. Cualquiera que los leyera pensaría que estoy progresando, pero la realidad es que el viento del karma me sigue arrastrando consigo como cometa de feria.

—Si tienes un sueño lúcido, alégrate y proponte seguir manteniéndote lúcido la noche siguiente. Debes persistir y no darte por vencido. Si fallas en tu intento, no te desanimes. Recuerda que todo es un sueño. Así también recordarás en recobrar la lucidez tanto en los sueños diurnos como en los nocturnos.

Abro los ojos. Estoy de vuelta en Ítaca, finalmente. ¡Qué sueños más vívidos y extraños! Tengo puestos los audífonos y escucho un *tabla tarparan* en el reproductor WinPlay3. Son ya las 12:23 PM. ¿Qué día es hoy? ¿Falté al trabajo? Me alarmo y me levanto. Tiro accidentalmente los audífonos al suelo. Los recojo y los pongo encima del escritorio. Esculco las repisas y los cajones. Por fin encuentro mi agenda debajo de mi diario de sueños. Es el 7 de abril de 1996. Domingo de Pascua. Me tranquilizo. Es mi día libre. Hoy comienza el periodo de ahorro de la luz del día. Lástima, una hora menos de descanso laboral y de sueño. Adelanto una hora el despertador digital. Miro las cubiertas de tela negra de mi diario y recuerdo que lo he dejado abierto a propósito. Anoche dejé algo en el tintero antes de acostarme y era el recordatorio para anotarlo en cuanto me levantara. Trato de hacer memoria por unos instantes, pero desisto. Hay tanto qué recordar de la noche anterior. Ha sido una odisea. No sé ni dónde voy a comenzar cuando intente escribir mi reporte de este increíble viaje. Mejor desayuno y me bebo mi café antes de iniciar esta ardua tarea. Dudo olvidarlos, pues mis sueños han sido tan reales que los recuerdo como si los hubiera vivido y sufrido en carne propia.

Reconozco mi buhardilla en una casona con techo bajo de dos aguas. Está en la calle Aurora, cerca de los *commons*. Miro hacia la calle a través de la persiana. Observo las casas de enfrente: una blanca de un piso, más o menos pequeña y mal cuidada con un viejo roble al frente, y una gris de dos pisos convertida en apartamentos de alquiler con un arce al frente. Está nublado, pero no está nevado ni llueve. Menos mal. Pese a que ya ha iniciado la primavera, abril es todavía mes de nieve y lluvia helada en esta zona.

Reconozco el interior de mi apartamento. Me conforta sentir el agradable calor del radiador que está instalado junto a la ventana. Observo mi estación de viajes nocturnos: el futón cubierto con mi cobija negra de lana que yace en el suelo sobre un tapete tatami. En el techo, arriba del futón, tengo instalado un marco de madera donde inserto periódicamente alguna pintura o imagen distinta para que me inspire a realizar viajes nocturnos premeditados y lúcidos. Al otro lado de la ventana está mi escritorio, el cual es un nicho para escribir al estilo de los *tsukechoin* japoneses con un cojín rectangular (*zabuton*) que utilizo de asiento tanto para escribir como para meditar. Una estatuilla de Tot, una imagen de Seshat y un sello de goma de un ibis dignifican y contabilizan los borrones que produzco en el escritorio.

Mi apartamento es pequeño y modesto pero acogedor pues lo tengo parcamente decorado al estilo tradicional japonés. El piso está casi todo cubierto de *tatamis*. Aunque es de una sola pieza, un biombo de seis paneles divide del resto del apartamento el recinto que tengo reservado para dormir, escribir y meditar. En la sala de estar tengo una mesa de centro y varios cojines que me sirven de comedor y donde se sientan los ocasionales invitados y comensales. En una de las paredes laterales hay dos estantes grandes repletos de libros y, en la otra, una estantería de cubos con el estéreo, las bocinas, los CDs, los casetes y diversos objetos de uso y decorativos. Otro biombo de seis paneles divide la salita de estar de la cocineta. Ésta tiene gabinetes blancos de madera prensada, una pequeña estufa eléctrica con horno, un refrigerador y, sobre la encimera de formica verde limón, hay un microondas. En el vestíbulo tengo dos armarios Ikea: uno modular de madera con cajas de lona y cestas de junco y el otro cubierto con una lona donde guardo la ropa de invierno, los zapatos y objetos de uso diverso.

Después de desayunar y darme un baño me siento a escribir en mi diario. Muevo el ratón para despejar el escritorio y desactivo el protector de pantalla de mi computadora. Aparece en el monitor un cuadro del Greco titulado *San Pedro y San Pablo*. Lo observo y descubro que fray Antonio es idéntico a San Pablo. Sonrío al recordar que su nombre religioso es precisamente fray Antonio de San Pablo. ¡Tanto que me había preguntado en mis sueños: ¿dónde he visto a este hombre?! Escudriño el cuadro y me llama la atención el saludo descortés y desganado que ambos santos se dan uniendo las muñecas sin estrecharse la mano y me pregunto su significado. Entonces me acuerdo de que la noche anterior dejé pendiente esta investigación y que por eso dejé abierto mi diario.

Consulto el internet y descubro que el cuadro hace referencia al desacuerdo que tuvieron San Pedro y San Pablo en Antioquía, donde éste dirigía la primera comunidad mixta de cristianos y paganos en la historia. Su desacuerdo fue sobre la cuestión si era obligatorio o no para los nuevos cristianos cumplir la Ley de Moisés. La postura de San Pablo era que los paganos deberían ser evangelizados y que los cristianos no deberían seguir la Ley de Moisés porque sólo Jesucristo salva. Sin embargo, San Pedro no acepta su postura intolerante y lo reprende. De allí el saludo desatento. Después de este desacuerdo, San Pablo se marcha de Antioquía a emprender una nueva misión. Por eso tiene San Pablo una mirada displicente y por eso empuña una espada de batalla con la mano izquierda. Al final, la propuesta de San Pablo se convirtió en la norma para toda la Iglesia. La espada es, como se sabe, el símbolo de la Roma Imperial y en especial del Emperador Julio César. San Pablo es llamado el Apóstol de los Gentiles precisamente por sus continuos viajes y misiones para propagar el cristianismo por el mundo cual legionario romano. Se le representa con una espada no sólo por ser el arma que lo asesinó sino también por ser el símbolo de su aguerrido proselitismo. No por nada Don Juan de Oñate llamó a las misiones neomexicanas la Conversión de San Pablo de la Provincia de Nuevo México. Lo que no entiendo y quisiera saber es qué relevancia tiene esta disputa entre San Pedro y San Pablo en mi historia familiar.

La luna y el sol son viajeros eternos; el viento, el agua y el polvo lo son también. Nosotros igualmente cuando soñamos.

Antes de mudarme a este apartamento, hace más de seis meses, me propuse seguir el ejemplo de Matsuo Bashō de hacer de mi vida un permanente viaje al interior y que el viaje mismo fuera mi lugar de reposo y mi fuente de inspiración. De modo que compuse estos versos que tengo colgados junto a mi estación de viajes nocturnos:

> aún una choza de ramas
> puede ser transformada
> en un templo.

Me propuse asimismo hacer un reporte diario fidedigno de mis sueños. Como no escribo en verso y sufro de bloqueo cada vez que me propongo componer una obra literaria, decidí buscar otro maestro zen que me enseñara el arte de escribir. Lo encontré en un maestro de tiro con arco (*kyūdō*) cuyo método ha sido explicado y divulgado por uno de sus alumnos, un profesor alemán de filosofía de nombre Eugen Herrigel en un conocido tratado sobre este arte marcial. Allí aprendí que todo arte tiene una meta espiritual y que el escritor, como el arquero, se convierte en su propio blanco: perfeccionarse a sí mismo.

El propósito de mis escritos ha sido desde entonces no producir arte literario, como antes pretendía, sino entrenar la mente: fortalecerla, templarla y depurarla de emociones, apegos, intenciones, ideas y conceptos hasta vaciarla y ponerla en su estado primordial. Aspiro a escribir un diario sonámbulo en el cual la mano del escribidor y los dedos del teclista sean guiados por el inconsciente; una escritura que se escriba sola; una escritura sin fin alguno; una escritura sin arte en la cual el escribidor y la escritura formen una unidad y sean una misma realidad.

¿Quién soy en realidad? ¿Por qué estoy aquí? ¿A qué he venido a este mundo? ¿Qué o quién soy y dónde estoy cuando sueño? ¿Qué o quién era y dónde estaba antes de nacer? ¿Qué o quién seré y dónde estaré después de morir? ¿Tiene algún sentido mi supuesta existencia o mi presunta y eventual inexistencia? ¿Cuál es mi misión en este mundo?

Escribo un diario de sueños porque me he hecho estas preguntas desde pequeño y he llegado a la conclusión de que los sueños son un espejo de la realidad que nos ayuda a mejor conocernos a nosotros mismos, a indagar y a cuestionar la naturaleza última del mundo material y de la realidad. Los sueños son vivencias tan auténticas y significativas como los sucesos de la vigilia y más reveladores que éstos.

Mi diario de sueños me ha estado ayudando en mi desarrollo intelectual y espiritual y en mi afán de conocerme mejor a mí mismo. Me está también ayudando a combatir el bloqueo de escritor, particularmente el padecido a partir del suicidio de Alma. Parece mentira que ya hayan pasado más de diez meses de todo aquello. Siento como si hubiera sucedido ayer. Será por las pesadillas y sueños angustiantes que sigo teniendo sobre aquel fatídico suceso. Me pregunto si habré anotado en mis diarios mis sueños más recientes.

Abro mi diario y veo que en la entrada del día anterior aparece un dibujo del horizonte de Albuquerque idéntico al pictograma que Refugio me mostró en uno de mis sueños. Es curioso que Refugio haya calificado la escritura de un diario como un acto intrínsecamente egoísta. Supongo que se debe a que un diario es privado y que sólo en casos excepcionales son dados a conocer al público lector. ¿Acaso Alma se comportó de manera egoísta al escribir sus diarios y no publicarlos? Sí, en tanto que revelan un horrible crimen presuntamente cometido por su hermano y encubierto por sus padres. El público necesita saber de él para que los investiguen, si es que todavía es posible encontrar evidencias y probar el crimen después de tanto tiempo. Aun si esto llegara a suceder, sabemos que en México los criminales influyentes no van a la cárcel.

Sigo preguntándome si debería concederle la entrevista al periodista de *El Paso Post* que está escribiendo un libro sobre la red internacional de pornografía infantil que opera en Juárez y El Paso, pero tengo miedo. Me ha enviado varios emails y no se los he contestado. Estoy casi seguro de que Luisfer jamás irá a la cárcel ni será investigado y que los miembros de la Santa Hermandad tomarán represalias contra mi familia si los delato. El sueño que tuve anoche sobre el asesinato de mi hermano podría hacerse realidad. No sería justo de mi parte poner en peligro a mis seres queridos simplemente porque quiero limpiar mi conciencia cumpliendo con mi deber cívico, sobre todo cuando yo estoy acá tan tranquilo y seguro. Al fin y al cabo, yo ya he comenzado una vida nueva lejos de todo aquello.

Tengo tanto que escribir en mi diario, pero no sé ni dónde comenzar. Me distraigo revisando mi correo electrónico. Leo el mensaje que me envió mi madre ayer. La demanda hecha contra mi tío Alberto por fraude, despojo y abuso de confianza hecha por mi madre y sus dos hermanas no procedió. Mi tío negó los cargos y el juez de Garantías expuso en su resolución que el agente del Ministerio Público no acreditó que la denunciante, mi madre, tuviera facultades para interponer la querella, ya que mi tío Alberto posee un poder notarial que lo designa como el representante legal del abuelo ante las autoridades. Según mi madre, mi tío obtuvo este poder notarial ilegalmente pues el abuelo lo firmó cuando ya no se encontraba en su sano juicio.

Anteriormente mi abuelo había repartido El Porvenir en partes iguales a todos sus nietos, pero, según mi tío, luego cambió de parecer y le pidió que modificara el testamento heredándoselo a él en vida. Ahora que una inmobiliaria estadounidense ha expresado interés en comprar el rancho para construir un parque industrial, mi madre y sus hermanas se han dado cuenta, quizás demasiado tarde, de los delitos cometidos por su hermano. Quieren invalidar el poder notarial y la escritura pública del rancho. Mas esto va a resultar sumamente complicado ya que mi abuelo padece de demencia senil. Me dice que mañana me va a enviar unos documentos por National Express y me pide que los firme y se los devuelva de inmediato.

Tomo una pluma y escribo la fecha en una página en blanco de mi diario. Intento tomar nota de mis sueños recientes, pero no puedo. Estoy bloqueado. Entonces hago lo que me recomendó la doctora en estos casos: me siento a meditar. Al terminar, me levanto y selecciono la Segunda de Mahler en el WinPlay3; me pongo los audífonos, tomo mi grabadora portátil y me acuesto para tratar de entrar en un estado de ensueño y así poder recordar y grabar mis sueños de la noche anterior.

Cierro los ojos y ocurre el prodigio anhelado. Enciendo la grabadora y comienzo a relatar mi ensueño. Me veo a mí mismo marchando en una procesión fúnebre nocturna. Visto un frac negro y unos mocasines pardos. Camino por un sendero sinuoso en una montaña boscosa. Las imágenes reaparecen tal como las soñé y mis palabras fluyen como agua de manantial. Estoy extático de felicidad. Mi fantasía de poder relatar de manera fidedigna mis sueños se está cumpliendo a la letra. Veo mis sueños como una película y escucho mis palabras como si alguien más las estuviera dictando. Miro mi película y escucho la banda sonora anonadado. El relato y el sueño corresponden, son una misma realidad; no hay distinción ni separación entre lo que veo y lo que narro. Increíblemente, revivo, uno a uno, cada uno de mis sueños que tuve la noche anterior y los narro tal cual los percibo. Narro sin pensar en nada más que en lo que estoy presenciando. Me dejo llevar por el río de imágenes y no me preocupo si lo que estoy narrando tiene sentido o no. Me abandono a mí mismo. Soy un círculo vacío, una tensión sin propósito, un narrador sin intención, un artista sin arte. Así permanezco hasta que se apaga la vela del ensueño, doce horas después. Exhausto, pero dichoso de haber realizado esta hazaña, me quedo profundamente dormido.

Abro los ojos. Estoy en la cuenca de un valle montañoso de colinas ondulantes rodeado por una infinidad de personas. El cielo está estrellado y la aurora polar pinta un arco iris en el horizonte. Aunque es de noche, puedo apreciar perfectamente el relieve del valle gracias al manto de velas titilantes que lo cubren. El ambiente es festivo y plácido. Junto a mí están sentados en un círculo Refugio, la Dra. Hogan, Aurobindo, Herman Hesse, la pequeña Alice, Ibn Arabi, Sor Juana, María Zambrano y el Dalai Lama. Detrás de ellos están pastando tranquilamente el Lucio, la Mora y el Pardo. En medio, sobre un mantel de algodón crudo, hay cestas de yute y platones de terracota con pan blanco y pan dulce, frutas y nueces partidas, tapas vegetarianas y quesos diversos. Comemos en silencio mientras Kokopelli toca en su flauta de carrizo un cántico a la Creación. Estoy desnudo.

—¿Estamos celebrando el *Diwali*? –le pregunto a la Dra. Hogan, pero Refugio me mira con un gesto de desaprobación tapándose la boca con el índice, recordándome que los novicios no podemos hablar todavía.

—*Who in the world am I? Ah, that's the great puzzle!* –dice Alice y suelta una risotada. Luego toma unas rebanadas de manzana, se levanta y va con el Lucio para consolarlo y para conversar con él.

—Has sido aceptado en la Liga, Diego. Vamos hacia el País Matutino –dice Herman Hesse mirándome de soslayo a través de sus espejuelos dorados. Viste un traje de explorador con un sombrero Panamá de ala ancha.

La Dra. Hogan, Aurobindo y María Zambrano asienten y me felicitan inclinando la cabeza. Refugio se levanta, me pone un pequeño gorro de gamuza adornado con un penacho de plumas de águila y me pide declarar que voy a cumplir con mis sagradas obligaciones de hoy en adelante, lo cual hago con solemnidad cerrando los ojos y visualizando el sendero iridiscente. Luego se me acerca el Dalai Lama. Me da de beber agua en una concha marina y, con las yemas de los dedos, me roza la coronilla, la garganta y el corazón. Cuando le devuelvo la copa vacía, reza una plegaria y me insta a que siempre mantenga una disposición ecuánime, tranquila y desapegada.

Después de esta sencilla ceremonia me siento complacido de haber sido aceptado en la Liga y honrado de estar acompañado por tan ilustres personajes. Sin embargo, estoy intranquilo pues Herman me ha llamado Diego. Quisiera hacer la aclaración que mi nombre es Uriel, pero no me animo; en parte para no hacerlo quedar mal y, en parte, para evitar otra discusión desagradable sobre el tema como la que tuve con Refugio. Decido quedarme callado al recordar el pasaje del *Dhammapada* que dice: "Aquel que no se identifica con el nombre ni la forma, y que no sufre por aquello que ha dejado de ser, alguien así es, en verdad, un iniciado."

La pequeña Alice se acerca para tomar otro puñado de rebanadas de manzana. El Lucio camina detrás de ella y obliga a Aurobindo y a la Dra. Hogan a hacerse a un lado.

—Yo te podría contar mis aventuras, comenzando con las de esta mañana -le dice Alicia a Lucio mientras le pone enfrente las rebanadas de manzana -pero no tiene caso regresar al ayer porque entonces yo era una persona diferente.

—Me parece bien, Alice. Y, ya que entramos en materia, ¿podrías servirme un plato de algarrobas de aquella canasta? -le dice el Lucio a Alice apuntando con el morro hacia un cesto de yute que está detrás de mí.

—*Of course*! -Pero en el trayecto una luciérnaga la distrae.

—No los interrumpimos, ¿verdad? -nos dice Lucio mientras Alice se aleja corriendo tras la luciérnaga.

—De ninguna manera, hermano équido -dice Herman Hesse-. Estamos disfrutando en silencio de esta noche mágica y de las divinas interpretaciones de Kokopelli, quien en ese momento está ejecutando con incomparable virtuosismo "Preludio a la siesta de un fauno."

—¿Les molesta si los acompaño? Después de las algarrobas, lo que más me gusta es *bater um papo*.

—¡Claro que no, hermano! -digo yo.

—Entonces, señores, repartid conmigo de lo que vais hablando, no porque yo sea curioso de vuestra habla, sino porque deseo saber todas las cosas, o al menos muchas.

—Justo quería hacerle una pregunta aquí al agasajado -dice Herman Hesse—. Hermano Diego, como creo que estás enterado, si bien todos los peregrinos deseamos llegar al País Matutino, cada uno de nosotros tiene en mente un ideal distinto. ¿Tú qué es lo que buscas en el camino iridiscente?

—Yo busco el despertar perfecto y completo –le respondo con toda naturalidad.

—¡Qué caray! ¿Estás seguro, Diego? –me interpela el Lucio visiblemente alarmado.

—Lo que más deseo en la vida es despertar del sueño de la vida –agrego.

—El despertar privilegiado no ha de tener lugar necesariamente desde el sueño –dice María.

—Quizás deberías ajustar tus altas aspiraciones –dice la Dra. Hogan–. Como te lo he señalado antes, para despertar necesitarás arrancar el karma de raíz.

—Con tu inmensa ignorancia y la sed insaciable de placeres mundanos que manifiestas en cada momento, ¡eso te va a llevar eones en realizar! –me advierte el Lucio—. ¿Por qué mejor no buscamos juntos la Tierra Prometida? Dicen que queda al norte del Río Grande.

—Una vida larga y felicidad para ti y para tu tribu es suficiente, Diego –interviene Refugio, recordándome lo que pide *Áłsé hastiin*, el Primer Hombre, en su ascenso a la Gran Montaña Cubierta de Nubes y Piceas.

—El pensamiento del despertar incluye la resolución de obtener el despertar por el bien de todos los seres –dice el Dalai Lama–. Es un ideal noble e irreprochable.

—La primera y la última aspiración que tiene el ser humano reflexivo es también la más loable e impostergable: la búsqueda de la Vida Divina –afirma Aurobindo.

—El camino y el medio para alcanzar la salvación eterna y la bienaventuranza es acercarse a la Verdad. Lo único que tenemos que hacer es seguir la enseñanza y el ejemplo de Su profeta –dice Ibn Arabi.

—Todo es verdad y nada es verdad –dice el Dalai Lama—. Y todo es verdad y no verdad. Ésa es la enseñanza de los Budas.

—A mí me ha hecho Dios la merced de darme un grandísimo amor a la Verdad y a las letras y siempre proseguí los pasos de mi estudio a la cumbre de la Sagrada Teología, pareciéndome preciso, para llegar a ella, subir por los escalones de las ciencias y artes humanas –dice Sor Juana.

—La mayor lección que yo he aprendido en mi deambular por los claros de bosque de este Reino es que no hay que ir a buscarlos, ni tampoco a buscar nada de ellos –dice María—. Mas si nada se busca, la ofrenda será imprevisible, ilimitada.

—Es un consejo muy sabio que todos los miembros de la Liga deberíamos tomar en cuenta, María -dice Herman Hesse—. Sin embargo, como todos sabemos, para unirse a nuestra peregrinación es necesario buscar algo en concreto. No tiene que ser algo tan grandioso como el Tao, el Nirvana, o la Tierra Prometida. Puede ser algo tan sencillo como hacer una ofrenda en un sitio sagrado.

—Diego, por tu propio bien y por el mío, -dice Lucio—¡vayamos a la Tierra Prometida! No eres sino un ser de carne y hueso sujeto a las pasiones como yo. ¡Tú no estás hecho para pasar la vida en el desierto ayunando, rezando, meditando y haciendo sacrificios de todo tipo para alcanzar la santidad!

—Estoy de acuerdo contigo, hermano Lucio–le respondo–. Yo no aspiro a la santidad; ni siquiera tengo vocación de religioso, mucho menos de asceta. Deseo remediar mi pobreza de sapiencia y atenuar mis apetitos carnales porque aspiro a vivir la vida despierta de la conciencia suprema. Reconozco que es una meta ardua y quizás inalcanzable en mi presente estado, pero estoy de acuerdo con Aurobindo que alcanzar la Vida Divina es la aspiración humana más fundamental y decisiva.

—Si perseveras, alcanzarás tu objetivo -me dice Aurobindo—. El Canto Sagrado de la Liberación lo confirma: "Tan solo fija la mente en Mí, la Suprema Personalidad de Dios, y ocupa toda tu inteligencia en Mí. Así, siempre vivirás conmigo, sin ninguna duda."

—¿Acaso no eres un siervo de Dios? ¡Abre los ojos, Diego! ¡Por el amor de Dios! ¡Te vas a arrepentir!

—Los tengo abiertos, hermano —le respondo, —pero sé que estoy dormido.

—No es a lo que me refiero.

—¿A qué te refieres, entonces?

—Al hecho que eres judío.

—¿Yo judío?

—¡Conócete a ti mismo! Si ignoras lo más fundamental de ti mismo y de tus orígenes, ¿cómo esperas alcanzar la sabiduría y la liberación?

—Quien se conoce a sí mismo, conoce a su Señor -dice Ibn Arabi.

—Pero es que yo no soy ni judío ni cristiano. ¡Soy agnóstico!

—Tu madre y todos sus parientes son cripto-judíos. Tus padres adoptivos lo fueron también, ¿verdad, Refugio?

—Todos somos hijos de la Madre Tierra y del Padre Sol -dice Refugio.

—Para el Espíritu no existe el nacimiento ni la muerte en ningún momento -dice Aurobindo.

-Quien no conoce a su Señor mediante el conocimiento de sí mismo, ignora que su ser no existe ni por su propia existencia ni por la existencia de nada que de sí mismo—dice Ibn Arabi.

—Yo sólo sé que la existencia es una ilusión –afirmo de manera enfática.

—La persona inteligente no debería apoyarse ni en la existencia ni en la no existencia –dice el Dalai Lama.

—Lo que no es real nunca existe; lo real siempre existe –dice Aurobindo—. El Espíritu está en todas partes; es sempiterno, inmutable, inmóvil y eternamente mismo.

—Todo lo que ustedes dicen, puede que sea cierto— respondo—. No obstante, yo creo que "la vida es sueño, y los sueños, sueños son."

—En los sueños, el Ser es uno, Diego, idéntico a sí mismo, sin poros, sustraído al tiempo –dice María.

—Ustedes me están confundiendo. Mi nombre no es Diego, ¡es Uriel! –afirmo irritado—¿verdad, Dra. Hogan?

—Sabes bien que, de hoy en adelante, ya no debes identificarte con el nombre ni la forma –responde ella.

—¿Entonces cómo te llamamos? –dice el Dalai Lama—. No hay nadie que esté libre del yo y del egoísmo.

—Supongamos que estás soñando –dice Ibn Arabi—. Crees que te llamas Uriel, pero en tu sueño descubres que, en realidad, te llamas Diego. Al darte cuenta de que no eres Uriel no dejas de ser quien realmente eres. Continúas siendo quien eras, sólo que dejas de llamarte Uriel. El quitarte el nombre de Uriel no te quita nada a ti ya que nunca fuiste en realidad Uriel. El que sabe y lo sabido son uno y el mismo.

—Hermanas y hermanos –dice el Dalai Lama poniéndose de pie—. Disculpen que interrumpa este ameno coloquio, pero se nos está haciendo tarde. Habiendo ya concluido nuestra anual Ceremonia de la Rueda del Tiempo, y habiéndole dado la bienvenida al novicio Romero en nuestra Liga, ha llegado la hora de despedirnos de él. Necesita regresar al ámbito de la vigilia donde comenzará a poner a la práctica las enseñanzas que ha recibido en su entrenamiento.

Después de dar una breve lección sobre la Rueda del Tiempo y darme algunos consejos sobre cómo mantener prístina y hacer eficaz la práctica nocturna e integrarla a la práctica diurna, me dice:

—Hermano Romero, cierra los ojos y sigue mis indicaciones. Canta en silencio el "Ave Maris Stella" y visualiza a la Madre de la Liberación con una rueda de ocho radios en el pecho tocando el laúd. Ella y los espíritus de la montaña se han encargado de restituir la vitalidad y el equilibrio a tu mente y tu cuerpo que este arduo y penoso periodo de entrenamiento mermó temporalmente. No olvides darles las gracias y hacerles una ofrenda cuando vuelvas al ámbito terrenal por el favor que te han hecho. Tampoco olvides efectuar la ceremonia que los espíritus de la montaña te enseñaron.

—No hay problema por eso –interviene Refugio—. Yo mismo se la dicté. ¿Verdad *shidizé*? –me dice haciéndome un guiño—. Se la administraré en cuanto se reincorpore.

Entonces descubro que Refugio es Todo-cubierto-de-polen y se me viene a la mente la ceremonia y el cántico que me enseñó cuando me desplomé agotado al final de la ceremonia del Fantasma Enemigo:

> El Viento Oscuro aquí está
> el hijo del azabache aquí está . . .

Es un detalle importante que no debo olvidar. Lo anoto mentalmente y me prometo incorporarlo a la novela en cuanto me despierte. Estoy agotadísimo. Visualizo a la divinidad pintada de blanco y tarareo su cántico cristiano. Poco a poco me voy hundiendo en un dulce sopor.

> *Ave, Maris stella,*
> *Dei mater alma,*
> *Atque semper Virgo*
> *Felix caeli porta*
> *Sumens illud Ave*
> *Gabrielis ore,*
> *Funda nos in pace,*
> *Mutans Evae nomen.*
> *Solve vincla reis,*
> *Profer lumen caecis,*
> *Mala nostra pelle,*
> *Bona cuncta posce . . .*

Abro los ojos y estoy de vuelta en el Cañón del Coyote Brujo. Tengo esa sensación extraña que experimentamos cuando nos despertamos en un lugar inesperado, aunque familiar, después de haber pasado una mala noche. Siento también frustración por no haberme despertado en mi apartamento y, sobre todo, una honda angustia porque es lunes y tengo que alistarme para ir al trabajo. No quiero seguir soñando. Deseo grabar el sueño que acabo de tener.

Refugio está afuera cantando y tocando el tambor. Recuerdo que me ha estado efectuando una curación. Supongo que todavía estoy convaleciendo. No tengo idea cuánto tiempo llevo dentro de la choza. Resisto la urgencia de levantarme para orinar, pues recuerdo que no debo salir por ningún motivo hasta que se vayan los montañeses. Me tranquilizo al reconocer la pieza que estoy escuchando: está en un disco de música apache que saqué de la biblioteca y grabé recientemente en el WinPlay3. Efectivamente, estoy soñando. Puedo seguir durmiendo tranquilo. Seguramente no es todavía hora de levantarme para ir al trabajo.

Cierro los ojos e intento descansar un rato más, pero me entra la duda si he puesto el despertador. Caigo en la cuenta de que no. Trato de conciliar el sueño, pero la inquietud y los tamborazos me lo impiden. Después de pasar un largo rato cavilando y dando vueltas y, no pudiendo contener más las ganas de orinar, salgo de la choza.

Refugio está semidormido batiendo el tambor sentado en el suelo cerca de las ascuas de la hoguera. Ha salido el sol y los montañeses se han retirado. Miro hacia la cascada y alcanzo a ver la corona de uno de ellos justo antes de que atraviese el umbral de la ranura del cañón. Es una enorme corona de luz en forma de ventalle. Después de esconderme por un momento detrás de un arbusto, me le acerco a Refugio para darle los buenos días. Él sigue golpeando el tambor y tarareando ya prácticamente dormido. Al tocarle el hombro, se sobresalta y me pregunta, alarmado, si vi a los danzantes. Por medio de señales y gestos enfáticos, le aseguro que no, que cuando salí no había nadie, excepto él. Al escuchar esto se le borra la expresión de alarma y me pregunta cómo me siento. Le indico que cansado y con hambre. Pone el tambor en el suelo y se levanta con el semblante de alguien que acaba de presenciar un prodigio. Me dice que toda la noche danzaron aquí mismo el Santo Espíritu Negro del Este, el Santo Espíritu Azul del Sur, el Santo Espíritu Amarillo del Oeste y el Santo Espíritu Blanco del Norte. Me describe regocijado su trote y sus piruetas de ciervo encelado, su rostro de luna, su tronco de ciprés, su manto de estrellas, sus cascabeles de oro y su corona y espada de fuego. Pese a la evidente extenuación que delatan su desbalance y sus marcadas ojeras, me toma de la mano y me conduce al salto de agua donde nos despabilamos y nos purificamos. Luego me invita a que meditemos y demos las gracias a los espíritus de la montaña y a la Madre Luna por su ayuda y cura eficaces. Al concluir nuestro acto de gratitud, desayunamos en silencio. Al terminar, Refugio me pregunta:

—¿*Shidizé* no sabe que visitante a Tierra Abajo no debe comé' ná'?

La pregunta me extraña. Sé que Río Abajo es la zona sur de Nuevo

México, pero no estoy seguro qué es ni dónde está Tierra Abajo. Hago una mueca de incomprensión.

—¿Por qué comió sopa en casa de Flora y Demetrio?

Hubiera querido decirle, ¡pues, porque tenía mucha hambre! ¿Por qué más? Además, en mi cultura es de mala educación rechazar la comida que le ofrecen a uno sus anfitriones. Sin embargo, dado el voto de silencio que me ha impuesto, no me queda otra que encogerme de hombros manifestando mi ignorancia en estos asuntos y mostrando contrición por haber transgredido las reglas del inframundo.

—Gracia a gente montana pude intercedé' por usté' en Concejo de Ancianos.

Asiento con la cabeza expresando entendimiento y un profundo agradecimiento.

—Esta noche haremo ceremonia que Todo-cubierto-de-polen dictó a usté' anoche.

Asiento esta vez sonriendo, expresándole mi plena concordancia.

—Pero primero debemo' í' a cueva de Coyote Brujo. *Shidizé* necesita escribí visión ahí.

Al decirme esto toma una petaquita de baqueta que carga en su cinturón. Es similar a la que utiliza para guardar el *hoddentin*. La abre y me muestra su contenido.

–Polvo de piedra de sangre.

Es un polvo de color rojo carmesí. Toma una pizca y se pinta en la palma de la mano izquierda un símbolo del sol. Me explica que contiene una mezcla de ocre rojo y resina de pino y que, humedecida con saliva, los *diyis* escriben con esta pintura sus sueños en las rocas de los cañones.

—*Shidizé* está en Cañón de Coyote Brujo pa' ganá' fuerza y pa' tené' visiones. *Diyi* debe escribí en roca conocimiento divino que recibe de gente montana. Conocimiento divino ayuda, protege y salva a su tribu contra enfermedad y enemigo.

Me pide que apague la fogata, recoja los enseres y las sobras del desayuno y empaque lo necesario porque esta tarde vamos a hacer una excursión a los alrededores. Después de grabar mis sueños en la cueva del Coyote Brujo, tenemos que ir a buscar los materiales necesarios para realizar la ceremonia que Todo-cubierto-de-polen me dictó en el sueño.

Refugio me conduce a la cueva, me da unas escuetas instrucciones sobre cómo aplicar la pintura, me ordena que termine el relato de mis sueños antes del mediodía, pues a esa hora volverá, y me deja allí solo. La idea de grabar mis sueños en las paredes de una cueva me parece original y llena de simbolismo. La tarea, sin embargo, me deja abrumado pues ignoro el lenguaje secreto de los chamanes y la esotérica gramática de los pictogramas.

Yo lo que quiero en realidad es despertarme cuanto antes para grabar en una cinta magnetofónica mis sueños antes de irme al trabajo. Deseo también transcribirlos, pero sé que esta tarea me llevará varios meses en llevarla a cabo. Me surge entonces la duda. Los relatos de mis sueños que grabé ayer, ¿habrán sido coherentes o todo habrá sido pura fantasía mía? Quizás ha sido sólo un sueño. Quizás todavía no he vuelto a Ítaca en realidad. Esto me produce ansiedad e incertidumbre. Me digo a mí mismo que, en cuanto me despierte, voy a escribirle un email a mi supervisora avisándole que no voy a poder ir al trabajo. Que me he enfermado del estómago o algo por el estilo. Me siento agotado y quiero dormir, descansar y dedicar el día a la grabación y la transcripción de mis sueños.

No teniendo idea de cómo voy a realizar la tarea que me ha encargado Refugio, me pongo a estudiar las figuras y las técnicas de los pictogramas que cubren las paredes de la cueva. Mientras contemplo fascinado una enigmática escena de cacería escucho unas carcajadas burlonas que retumban en la cámara donde estoy y resuenan en las cámaras contiguas. Es una voz masculina baja y rasposa. Aterrado, volteo a ver hacia todos lados, pero no hay nadie. Me quedo paralizado sin saber qué decir ni dónde esconderme.

—No temas, *nakaiyé*, no te voy a lastimar –me dice con un dejo de insinceridad.

—¿Quién me está hablando?

—Hace un par de horas tuviste la insolencia de ver una parte de mi divina figura. Soy el Espíritu del Norte.

—No fue mi intención verlo. Fue un accidente.

—¿No sabes que los advenedizos no son dignos de verme?

–Le ruego me perdone.

—Te perdono sólo porque muestras un genuino interés en descifrar los misterios que estos pictogramas y petroglifos encierran.

—¿Entonces por qué se burla usted de mí?

—Porque pierdes tu tiempo tratando de entenderlos.

—Lo sé.

—Tú que te jactas de ser una amante del saber, ¿no te gustaría ir directamente a la fuente original de donde provienen todas las enseñanzas esotéricas que estas rudimentarias marcas en la pared balbucean puerilmente?

—Por supuesto que me gustaría.

—¿Y qué estarías dispuesto a dar a cambio?

—Todo depende.

—¿Depende de qué?

—Del valor de las enseñanzas.

—¿Y si te dijera que la fuente a la que me refiero te dará poderes curativos y comunicativos ilimitados? Quien conoce los códices de *Da'its'inzhá* conoce todas las fórmulas mágicas y medicinales habidas y por haber para curar cualquier enfermedad y para comunicarse con cualquier ser o espíritu.

—¿Existe algún mortal que no quisiera tener estos poderes?

—No son pocos los faltos de voluntad de saber y de poder.

—¿Y por qué un *nakaiyé* como yo habría de tener acceso a este conocimiento privilegiado?

—Por las mismas razones que Refugio y el Concejo de Ancianos han aceptado ayudarte.

—Pero usted sabe mejor que yo que *Da'its'inzhá* odia a los *nakaiyés*, especialmente a los religiosos.

—Es verdad. Detesta a los cristianos y, en particular, a sus ministros. Mas tú no eres ni ministro ni cristiano. Debes saber que *Da'its'inzhá* es enemigo de todos los adeptos a la Luz. Por eso, y otras razones que no viene al caso revelarte, él y yo no nos entendemos. De cualquier manera, *Da'its'inzhá* no tiene por qué enterarse de que voy a dar a conocer el contenido de sus códices a un miembro de la Liga.

—¿Y qué espera usted recibir de mí a cambio? No soy sino un neófito inconstante y pusilánime.

—Eres demasiado duro contigo mismo. Si no te considerara capaz de realizar el encargo que tengo para ti, se lo encomendaría a otro miembro de la Liga. Conozco perfectamente tus capacidades y potencial y el de los otros miembros de la Liga que habitan en estos territorios y sé que nadie entenderá mejor que tú la importancia de la misión que tengo para ti.

—En tal caso, le ruego me diga en qué consiste esta misión.

—Un grupo de bibliófilos entusiastas de la Liga está organizando una expedición a la Casa de la Vida de la Heliópolis. Quiero que vayas con ellos y que espolvorees *hoddentin* en el pequeño altar que tiene la Estrella Polar en este recinto del saber. De paso puedes depositar allí los códices de *Da'its'inzhá*. Así le darás reconocimiento y divulgación universal al saber de tu némesis y, por consiguiente, aplacarás su ira alimentando su vanidad e incrementando su prestigio.

La propuesta del Espíritu del Norte me parece no sólo fantasiosa y fuera de lugar sino extremadamente peligrosa. Ya Refugio me ha advertido que no hay peor enemigo que el Desollado. Además, no estoy seguro si puedo confiar en este espíritu de la montaña, pues sé que lo he agraviado. No obstante, me parece evidente que a él también lo motiva la vanidad: desea ser honrado vicariamente en aquella ciudad donde la Estrella Polar es vista como una divinidad menor. Y, como sé que estoy teniendo un sueño lúcido y no quiero desaprovechar la oportunidad de poner en práctica las enseñanzas de la Dra. Hogan, decido aceptar. Recordando que sólo Hércules ha sido capaz de ir al inframundo dos veces, y tomando en cuenta la historia de Neferkaptah y mis limitaciones de tiempo, le expreso mis reparos.

—Como usted sabe, acabo de regresar de Tierra Abajo. Mi ignorancia me hizo romper una regla de cardinal importancia que todo visitante a este territorio debe conocer y respetar. Pese a ello, gracias a la mediación de Refugio y a la misericordia y la bondad de ustedes los Espíritus de la Montaña, pude regresar al mundo de los vivos después de haber visitado el país donde no sale el sol. Imagino que los códices de *Da'its'inzhá* están escondidos en algún lugar recóndito de Tierra Abajo dentro de varias arcas indestructibles y que bandadas de soldados y fieras inmortales los resguardan.

—Entiendo tu aprensión, Diego, pero lo tengo todo previsto. No va a ser necesario que emprendas un viaje peligroso ni que realices una gran hazaña para posesionarte de los códices. Tampoco tendrás que aprender ningún lenguaje arcano ni dedicar largos periodos de tu escaso tiempo para copiar su contenido y asimilar su conocimiento.

—Así cambia la cosa.

—Sé que tú estás familiarizado con el vetusto método que yo he utilizado para destilar la esencia de los códices y ponerlos a tu alcance y disposición. Pasa por favor a la cámara que está cruzando el umbral donde están pintadas esas manos. Allí encontrarás una vasija de barro en un nicho. Bébete su brebaje hasta la última gota. Es todo lo que tienes que hacer para hacer tuyo el conocimiento que compendian los códices de *Da'its'inzhá*.

—¿Eso es todo?

—Sólo eso. Así de fácil te la pongo.

Hago lo que me indica. Cruzo el umbral y busco la vasija a tientas. En cuanto localizo el nicho, tomo la vasija cuidadosamente con ambas manos y pruebo el brebaje. Pese a que me sabe y me da un olor a sangre, me bebo todo el denso líquido y limpio la vasija con la lengua para no desperdiciar ni una sola gota del elixir. Inspirado y como en un trance, vuelvo a la cámara donde estaba y tomo el cuenco con la pintura para poner manos a la obra, pero el Espíritu de Norte me interrumpe.

—¿Qué haces?

—Voy a escribir mis sueños.

—¿No te das cuenta de que éste es el taller de los novicios? Esta sala no es digna de tu arte.

Miro los pictogramas y petroglifos y confirmo que no son más que borrones de aprendices.

—Los maestros escribanos exhiben y divulgan sus conocimientos en sitios más vistosos y sublimes: en grutas, cuevas y cavernas más fastuosas y accesibles que esta cavidad inmunda; en las paredes de acantilados, cañones, picachos, formaciones rocosas, riscos, peñascos y salientes de roca que protegen y adornan las márgenes de los ríos, los arroyos y los manantiales. Todas las excelsas esculturas y las majestuosas construcciones de la Madre Naturaleza que abundan en este valle están a tu disposición para que las engalanes con tu arte y disemines la sabiduría de *Da'its'inzhá*.

—¿De verdad? El problema es que no sé cómo salir de aquí y se está haciendo tarde. Necesito terminar esta tarea lo más pronto posible porque Refugio y yo vamos a salir a buscar los materiales para hacer la ceremonia de curación que ustedes me enseñaron.

—Es obvio que todavía no has asimilado las implicaciones del don que acabas de recibir. Quítate la mentalidad de novicio servil. Puedes convertirte en el dueño y el señor del mundo si aprovechas los conocimientos que contienen los códices de *Da'its'inzhá*. Con ellos podrás domeñar al viento, a las nubes, a las bestias y a todas las criaturas que vuelan y se desplazan en la superficie y en las entrañas de la tierra.

Recuerdo las enseñanzas de la Dra. Hogan. En efecto, ella me ha dicho que, cuando dominamos el yoga de los sueños, podemos realizar cualquier prodigio imaginable mientras soñamos. Es vez de estar sujetos a los caprichos del viento del karma, podemos manipular los sueños a nuestra voluntad y aprovecharlos para perfeccionarnos y, eventualmente, alcanzar la Liberación.

—En realidad yo no tengo grandes ambiciones en este mundo ni en ningún otro. Mi mayor ambición es alcanzar el despertar perfecto y completo.

—Lo conseguirás si perseveras y sabes cómo aprovechar las enseñanzas que acabas de recibir. Ahora, manos a la obra. Sigue tus instintos y encontrarás la salida de este laberinto.

Recapacito y comprendo que, en este momento, lo único que deseo es despertarme de *este* sueño. Cierro los ojos. Me concentro y pienso en mi apartamento en Ítaca. No pasa nada. Lo intento de nuevo. Sigo parado allí. Visualizo los *commons*, las cascadas, el sendero del arroyo Cascadilla, el campus de Cornell, la biblioteca, el apartamento de Minh en College Town, el lago Cayuga. Tampoco sucede nada. Entonces evoco distintas partes de

Albuquerque, Santa Fe, Las Cruces, El Paso, Juárez, la Ciudad de Chihuahua, la Ciudad de México, Guadalajara, Monterrey. Nada. Visualizo la choza de ramas, la cascada del Coyote Brujo, el estanque, el arroyo, el sendero en la montaña, la misión y el pueblo de Senecú. Todo en vano.

Aunque me da vergüenza, le pregunto al Espíritu del Norte por qué mis poderes no funcionan. Sin embargo, no me contesta. Le ruego que me responda. Me sigue ignorando. Puesto que ya no me fío de mis sentidos y temo perderme si intento salir de la cueva, decido permanecer allí hasta que Refugio vuelva. Entonces una voz interior me comienza a dar instrucciones precisas de cómo relatar con símbolos pictográficos el sueño que tuve en el campo de batalla y en la casa de Flora y Demetrio. Cuando termino el mural, lo contemplo satisfecho y orgulloso y me siento en el suelo a esperar a Refugio, ansioso de mostrárselo.

Estoy tan agotado como cuando terminé de grabar mis sueños en la micrograbadora. Decido tenderme en el suelo para dormitar. Aunque de piedra sean la cama y la cabecera, a buen sueño no hay cama dura. El WinPlay3 está tocando en estos momentos una canción del álbum *Into the Labyrinth*:

Dream on, my dear
It's a sleep from which you may not awaken . . .

Quisiera descansar un poco más, pero sé que es la hora de levantarme para ir al trabajo. La angustia de pensar que jamás me voy a despertar de este sueño me induce a entreabrir los ojos. Miro el despertador y veo que son las 7:06 AM. Menos mal. Puedo dormitar cinco minutos más. Ya casi me estoy quedando dormido de nuevo cuando una voz cavernosa me despabila bruscamente:

—Alguien se robó la médula de mi sabiduría y ¡tú te la bebiste! ¡Miserable! ¿Acaso no sabes que la sabiduría de los dioses no está hecha para los humanos? ¡Devuélvemela! ¡Me chuparé hasta la última gota de tu sangre!

El Desollado se me echa encima, pero en cuanto abro los ojos se esfuma. Me incorporo aterrorizado. Creo que me va a dar un infarto por los golpeteos violentos que da mi corazón. Intento recuperarme del susto. Sin embargo, me alarmo cuando me percato de que ya no estoy en la cueva. Estoy tendido en el suelo de una celda. Tengo todavía las manos y los antebrazos manchados con pintura roja y estoy totalmente desnudo. Afuera de la celda hay alguien profiriendo injurias y tronando un chicote con gran furia. Mi terror aumenta cuando descubro que estoy en el calabozo de Senecú y que están aplicándole a Refugio la "Ley de Bayona" en el patio. Su verdugo es fray

Salvador Guerra. Lo está azotando e insultando ensañadamente. Lo llama <<brujo traidor>>, <<hechicero>>, <<ministro de Lucifer>>, <<engendro del Demonio>>, <<perro faldero de Satanás>>, <<crío del enemigo infernal>> y <<cómplice de todos los enemigos de la Santa Fe.>> Le pregunta dónde están escondidos los rebeldes, quiénes son los cabecillas y cuándo planean atacar las misiones y la villa de la Santa Fe. Le pregunta también qué ha hecho para hacerme uno de ellos; qué me ha dado para embrujarme; si hay otros <<perros>> implicados; de quién es el catecismo pictórico que encontró en nuestras alforjas; si es de fray Antonio; si él es nuestro cómplice; si él estuvo con nosotros y dónde se ha escondido el maestro.

Refugio aguanta el suplicio con entereza. No dice nada ni emite ruido o quejido alguno. Esto sólo provoca que fray Salvador se encarnice aún más con él. Después de cansarse de azotarlo, le rocía aguarrás o alguna sustancia ardiente en las heridas. Y, al cabo de un rato, frustrado y encolerizado por el absoluto silencio de Refugio, amenaza con quemarlo vivo si no confiesa su <<culpabilidad>> y sus <<tratos con el demonio y con los enemigos de Jesucristo>>. Ordena que traigan leños y los arrojen en torno a él. Continúa azotándolo, insultándolo e interrogándolo hasta que se harta. Finalmente, pide que le traigan una antorcha encendida y le ofrece una última oportunidad de salvar su alma declarando que <<sólo Jesucristo es Señor y Salvador.>> Refugio permanece callado hasta ese momento. Mas, cuando fray Salvador enciende la pira, arroja un alarido escalofriante que me produce un shock nervioso. Grito como un loco hasta perder el conocimiento.

Abro los ojos. Es de noche y sigo en el calabozo tirado en el suelo. Ahora me cubre el cuerpo un sayo. Estoy esposado y tengo puesto un grillete en el tobillo izquierdo. La migraña y las náuseas me atormentan. Recuerdo el asqueroso brebaje que me bebí en la cueva y siento ganas de vomitar. Se me contraen los músculos del estómago. No tengo nada que expulsar. Ni siquiera saliva. El llanto y la intensa sed me han resecado por completo la garganta y la boca. Intento dar un gemido suplicándole a mis carceleros que me traigan agua. La debilidad y el agotamiento me lo impiden. Quiero incorporarme. Desisto. Permanezco tirado en el suelo y me pongo a cavilar.

—Fray Salvador Guerra es el Secretario del Santo Oficio de la Inquisición en Nuevo México. Seguramente nos ha capturado la Santa Hermandad. Me tendrán encerrado y aislado hasta el último día del juicio y me condenarán a muerte por hereje, apóstata y no sé qué otras cosas más. Me darán a escoger entre muerte en la hoguera o, si declaro públicamente mi fe en Jesucristo, a garrote vil. No sé cuánto tiempo permaneceré en Nuevo

México, pero seré transportado en algún momento a "la cárcel del secreto" en la Ciudad de México. Allí pasaré varios años en confinamiento solitario. Mis únicos interlocutores serán mis interrogadores y el abogado defensor que el Tribunal me asigne. Hasta el día del juicio no sabré los cargos que se me imputan. Se me considerará presuntamente culpable. No podré carear ni tachar a ningún testigo, aún si su declaración es patentemente infundada y motivada por la animadversión. Me interrogarán una y otra vez por meses, si no es que años, hasta hacerme confesar todos mis presuntos pecados y delitos. Luego me torturarán hasta exprimirme cualquier información que por la vía interrogativa no pudieron sacarme. No tendré acceso a ningún libro o material de lectura ni de escritura. Mi único recurso será guardar un silencio absoluto como hizo Refugio, pero sé que mi debilidad y cobardía me instarán a confesarlo todo, lo cual no hará sino asegurar mi caída en el insondable abismo al que me van a arrojar.

—¿Sabes o presumes la causa porque has sido encarcelado? —me pregunta el padre custodio fray Juan de Paz, quien es asimismo el Comisario del Santo Oficio de la Inquisición. Tiene unos cuarenta años de edad. Es delgado e inexpresivo, pero sus ojos grandes y saltones y sus patas de gallo prematuras delatan su dureza y celo religioso implacables. Tiene fama de intransigente e intolerante y de utilizar al Santo Oficio para aplastar a sus enemigos y a todo aquel que cuestione su autoridad y la de la Iglesia. En cuanto asumió su cargo en 1665 solicitó al arzobispo de la Ciudad de México que enviara a un agente del Santo Oficio para que investigara a fray Antonio. Lo hizo a instancias de fray Salvador Guerra, quien lo tacha de alumbrado y judaizante. También abrió un expediente en contra de mi padrino a instancias de fray Antonio. El único acto congraciante que ha realizado en su breve mandato, por el cual se ganó el respeto del propio fray Antonio y de otros religiosos que discuerdan con sus métodos, es haber iniciado una investigación de los abusos cometidos por los frailes en contra de los indios cristianos. Entre los investigados destaca el propio secretario del Santo Oficio, fray Salvador Guerra.

Yo estoy decidido a no responder a ninguna de sus preguntas. Fijo la mirada en el vacío que encuentro en un punto del fragmento de cielo azul que se ha infiltrado por los barrotes de la pequeña ventana del calabozo.

—Todos los que andan vagando fuera de la religión cristiana están errados y caminan infaliblemente al precipicio. Nuestra cristiana obligación es apartarlos del mal camino por cualquier medio, y aun contra su voluntad. De no hacerlo, no cumplimos con nuestro sagrado deber que es alejar a los paganos de sus falsas creencias y llevarlos al conocimiento de la verdad y del Dios verdadero.

—...

—Descarga tu conciencia, Diego. Confiesa tus pecados y delitos.

—...

—Confiesa de una vez todo lo que has hecho, dicho y cometido contraviniendo a la profesión hecha en el santo sacramento del bautismo y contra lo que cree, tiene prédica, sigue y enseña nuestra santa fe católica y ley evangélica.

—...

—¿Acaso no hiciste unos votos y un juramento de dedicarte totalmente a Dios, a la edificación de la Iglesia, a la salvación del mundo, a servir a Nuestro Señor en esta Santa Religión y de perseverar hasta la muerte?

—...

—Vayamos al grano, fray Diego. ¿Cuándo fuiste circuncidado?

—

—¿Desde cuándo profesas secretamente la Ley de Moisés?

—

—¿Con qué propósito has trabado amistad con Refugio?

—...

—Sabemos que Refugio era un maestro de dar y hacer hechizos y tenía un pacto expreso con el demonio para todas sus cosas, consultándole en ellas y siguiendo su consejo y parecer en orden a sus maldades y hechizos. ¿Qué remedio te dio para embrujarte y hacerte su aliado?

—...

—¿Con quién más has trabado amistad?

—...

—¿Con quién más has hecho pactos o tratos?

—...

—¿Qué rito, ceremonia o adoración estabas realizando en la cueva?

—...

—¿Qué ídolo estabas adorando?

—...

—¿Qué otros actos de idolatría has cometido?

—...

—¿Hiciste un pacto expreso con el demonio?

—...

—¿Qué le pediste a cambio de tu alma?

—...

—Veo que persistes en mantener una actitud de reo negativo. No hay problema. Tenemos mucho tiempo por delante y la evidencia material que poseemos de tus mortales pecados y tus transgresiones capitales es contundente. No hay cosa que ofenda más a Dios que la idolatría. A los idólatras y a los dogmatistas se les debe forzar a que acepten la verdadera religión. Si se rehúsan a aceptar la religión cristiana deben ser compelidos por la fuerza. Pues no hay mayor beneficio en esta vida que recibir la fe de Cristo. Con la espada del César en la mano derecha y el Evangelio en la izquierda, los españoles nos hemos lanzado a hacerle la guerra a los paganos en estas tierras que eran dominios absolutos del Infernal Enemigo.

—...

—Quienes conocemos tu expediente ya sospechábamos que eres un dogmatista contagiado por el mal luterano. Vosotros creéis que la guerra que los españoles les estamos haciendo a los bárbaros es injusta. Sin embargo, es evidente que lo mejor que pudo llegarles a suceder a estos bárbaros idólatras es que los españoles hayamos venido a cristianizarlos, civilizarlos y humanizarlos. Nosotros somos sus señores por naturaleza, pues la ley natural establece que lo superior debe imperar y dominar sobre lo inferior. Los españoles somos superiores a los indios en todos los aspectos: en prudencia, ingenio, virtud, humanidad y armas. Por ello el sumo pontífice nos ha otorgado el legítimo derecho de conquistar, pacificar, cristianizar, civilizar y humanizarlos. Nosotros somos los amos y señores de estos territorios por ley natural y por ley divina y nada ni nadie nos va a impedir que estas gentes incultas, bárbaras, contaminadas de impiedades y torpezas sean sometidas, conquistadas y dominadas por nosotros.

—...

—No olvides lo que dijo San Pablo a los romanos: "la potestad es otorgada sólo por Dios, y quien se rebela contra la potestad se opone al orden establecido por Dios y se condena a sí mismo." Tú te has condenado a ti mismo de distintas maneras y tu juicio en la Ciudad de México será de lo más breve y sencillo. No será siquiera necesario que hagamos uso del deplorable pero necesario recurso de la tortura, pues la mutilación que ha sufrido tu miembro desde la infancia es razón suficiente para enviarte a la hoguera. Y esto sin tomar en consideración el hecho de que la apostasía y la traición a la patria son penados con aun mayor severidad y con contumaz inclemencia. Tu caso está ya decidido. El único recurso que te queda para evitar que seas quemado en la hoguera y que tu alma vaya a dar al infierno es que admitas tus graves delitos, abjures el judaísmo y aceptes la religión verdadera.

—...

Sé que el procedimiento judicial de la Santa Inquisición que te he resumido no es una novedad para ti. Antes de venir a Nuevo México tus superiores en el convento ya te habían advertido el gran riesgo que correrías si reincidías en tus errores o si transgredías alguna de nuestras leyes, prácticas o principios. Sólo he venido aquí para cumplir con mi deber eclesiástico y cristiano. Dudo que haya poder o fuerza terrenal que sea capaz de evitar el fatal e ineluctable destino de tu cuerpo. Lo que no dudo en absoluto, sino que tengo plena certeza de ello, es que todavía estás a tiempo de salvar tu alma abjurando el judaísmo y aceptando la Santa Fe Católica, Apostólica y Romana que es la única religión verdadera y que verdaderamente salva. Si así lo deseas, puedo llamar al padre fray Juan del Hierro, quien es lector de teología, para que me ayude a persuadirte a que entres en razón y aceptes la verdadera religión. Esto agilizará el engorroso trámite y el dilatado y complicado proceso que te espera.

—- . . .

—No hace falta que tomes esta decisión ahora mismo. Volveré mañana a la hora de laudes, pues a las siete vendrán a recogerte para llevarte a ti y a otros reos a Paso del Río del Norte. Pero te advierto, una vez que abordes la carreta que te transportará a Paso del Norte y de allí a la Casa de la Inquisición de la Ciudad de México, no habrá posibilidad alguna de detener la lenta y arrolladora marcha del aparato inquisitorial.

¿Cómo pude haber terminado aquí de esta manera? No quiero morir todavía, y menos quemado o ahorcado, humillado tan horriblemente y sin la menor posibilidad de defenderme o evitarlo. ¿Cuándo me voy a despertar de esta pesadilla? Mi intención era sólo dormitar unos cuantos minutos. No quiero llegar tarde al trabajo. Necesito levantarme y alistarme. Tengo mucha sed y frío. Estas esposas y este grillete me están lastimando. Esta bola de hierro pesa demasiado. ¿Cómo me los quito? ¿Para qué me los han puesto si ni siquiera tengo fuerzas para levantarme? ¿No les basta con tenerme aquí encerrado? ¿Por qué además me quieren tener encadenado? ¿No se dan cuenta de que no tengo adónde ir ni fuerzas para escaparme? Yo lo único que quiero es despertarme.

¿Y si no estoy soñando, qué voy a hacer? ¿Romper mi silencio y admitir todos los cargos? ¿Qué me quiso decir el custodio al final? ¿Que si abjuro el judaísmo y acepto el catolicismo me va a retirar los cargos y dejar libre? ¿Y qué carajos voy a inventar sobre mi supuesto judaísmo? Va a querer saber detalles de todo y yo no sabré qué decirle. Dirá que estoy escondiendo la verdad o que estoy mintiendo. Querrá que implique a otros. Me hará preguntas sobre mi pasado y sobre muchas otras cosas y personas de las que no sé absolutamente nada.

¿Por qué me está sucediendo esto a mí? ¿Qué he hecho yo para merecérmelo? ¿Por qué Dios me está castigando de esta manera? ¿Qué quiere de mí? ¿O acaso es el Espíritu del Norte quien me está castigando y quien maquinó esta trampa y esta terrible forma de morir? ¿Tanto lo ofendí por haberlo visto? ¿Tanto me odia por ser mexicano y norteamericano? Sé que mis compatriotas de antaño fueron crueles y despiadados con los apaches, que esclavizaron a muchísimos de ellos, que les hicieron una guerra genocida hasta prácticamente desaparecerlos. Pero no fui yo. Yo, por el contrario, he tratado de evitar que los españoles los conviertan e invadan sus dominios negándome a cumplir la misión que fray Antonio y mis demás superiores me impusieron. Yo sólo quería huir de aquí. Yo no quería causarle ningún daño a Refugio. Si hubiera sabido que iban a torturarlo y quemarlo vivo, no habría aceptado ni solicitado su ayuda. No sé qué interés pudo haber tenido en ayudarme ni porqué se mostró tan generoso conmigo. Quizás por eso me está castigando el Espíritu del Norte. ¿Pero por qué lo castigó si él lo único que hizo fue tratar de curarme, hacerme su hermano espiritual y enseñarme algunas cosas para escapar de Nuevo México y sobrevivir en el desierto? No, mi enemigo no puede ser el Espíritu del Norte. ¿Y si es el Desollado? ¿Será él quien me está atormentando? Si es así, ¿por qué me ha entregado a sus adversarios? No, mi atormentador tiene que ser alguien más. El Desollado puede servirse de sus propios guerreros y verdugos para torturarme y matarme.

Tengo los ojos abiertos. Me los restriego. Me pellizco el brazo. Me concentro y visualizo mi apartamento en Ítaca, mi futón, mis muebles, pero no me puedo despertar. Sigo en este calabozo. Sé que estoy dormido pues estoy escuchando el Réquiem de Fauré. ¿Por qué no me puedo despertar? ¿Qué me estará pasando? ¿Estaré en estado de coma por el accidente? ¿Estaré presenciando mi propio funeral? ¿Cuándo van a traerme algo de comer? ¿Piensan matarme de hambre?

La campana de la iglesia ha comenzado a repicar. Es extraño. Deben ser las diez o las once y a esta hora no hay misas. ¿Será día de fiesta? Escucho gritos lejanos e ininteligibles. Parece como si una muchedumbre se estuviera congregando en la plaza. ¿Qué será todo ese alboroto que se escucha? ¿Qué estará ocurriendo? Quisiera poder treparme a la ventana y asomarme para ver qué está pasando, pero con este grillete y esta debilidad a duras penas me puedo arrastrar.

Ahora redoblan los tambores de una banda de guerra. Un clarín toca la misma diana que escuché la mañana en que convocaron a los milicianos del pueblo de Senecú para participar en la expedición punitiva contra los apaches. Supongo que algo semejante estará sucediendo. Quizás los apaches han vengado la muerte de Refugio atacando algún pueblo, o quizás se están preparando en el pueblo para un inminente ataque de los apaches.

Se ha callado la muchedumbre y alguien comienza a dar un discurso. Es el padre custodio. Debe estar en el atrio pues alcanzo a escuchar algunas frases y palabras aisladas. Primero repite las fórmulas ceremoniosas acostumbradas en los sermones conminatorios. Gradualmente me voy dando cuenta de que está denunciando a varios <<hechiceros y traidores>>. Está pidiéndole a los fieles cristianos que colaboren con el Santo Oficio en sus investigaciones y que denuncien y no colaboren con <<los rebeldes>>, pues esto los condenará en este mundo y en el otro. Reza el Credo y algunos miembros del público presente le hacen coro. Al terminar la oración le manifiestan su apoyo mediante vítores a Jesucristo Redentor, la Virgen María, la Iglesia y el Papa.

Toma la palabra mi padrino, el Teniente Gobernador Don Juan de Mendoza. Habla de unos hechos sangrientos ocurridos recientemente en la Sierra de la Magdalena. Fueron asesinados el alcalde mayor de Socorro, cinco soldados españoles y seis indios cristianos. Afirma que los culpables son unos piros de Senecú, quienes recibieron apoyo de los apaches de Gila. Afirma que tenían planes de asesinar al gobernador Villanueva y de instigar un levantamiento general en la provincia. Entre los acusados nombra a Roque Gualtoye, a Pablo Tzitza, a su nieto Martín y al Tambulista. Declara que los líderes de los rebeldes serán ahorcados y luego quemados <<por traidores y hechiceros>> y que los demás rebeldes capturados serán azotados y purgarán su crimen y conspiración con seis años de trabajo forzado en las minas de San José del Parral.

El público reacciona vociferando y se arma un pandemónium en la plaza. De repente alguien comienza a darle unos martillazos a la puerta y me entra el pavor. Imagino que el custodio ha cambiado de parecer y que vienen para llevarme al quemadero. Me arrastro hacia un rincón y espero a los agentes del Santo Oficio encorvado de miedo. Escucho varios disparos. El vocerío que proviene de la plaza disminuye, pero continúa el desorden. El golpeteo del martillo se camufla con los ruidos del zafarrancho que se ha desatado en la plaza. Dos sujetos encapuchados abren la puerta con un golpe violento y se dirigen hacia mí. Uno de ellos empuja una carretilla. Cierro los ojos. Una serie de disparos y un cañonazo sofocan el disturbio de la plaza. Me da un ataque de pánico y comienzo a temblar de miedo. Alguien me sacude el hombro y me dice:

—No tengas miedo, Diego, soy Pepe, tu hermano, vamos a rescatarte.

Me ayudan a subirme a la carretilla y me conducen de prisa hacia la tapia posterior del patio. La Casa Real está desierta. Me informa Pepe que todos los miembros de la milicia, incluyendo los celadores del calabozo, están en la plaza presenciando el juicio sumario y resguardando el orden en la plaza. De todas maneras, debemos apresurarnos pues alguien puede asomarse en cualquier momento.

El custodio ha vuelto a tomar la palabra. Está leyendo los nombres, los presuntos delitos y las sentencias de cada uno de los condenados.

Al otro lado de la tapia nos esperan dos hombres. Nos dan asistencia y nos ayudan a trepar la pared. A mí me cargan entre los cuatro. Me sorprende y me alegra darme cuenta de que, entre los rescatistas, están Pascual Baxcajay y el mulo Lucio quien, en cuanto me ve, alza la cabeza y relincha de alegría.

—¡Ñiiiiiiiiiiijjjrrrrrrr! ¡Jñiiiiiiiiiiiijjjrrrrr!

—¡Chitón, Lucio, que nos vas a delatar! -lo reprende Pascual.

—Nosotros nos encargamos del resto, Pascual -le dice Pepe—. Será mejor que te regreses al convento ahora mismo. Mi tío Bartolomé y todos los Romero agradecemos infinitamente lo que has hecho por Diego.

—Estamos para servirlos. Don Bartolomé siempre ha sido generoso con mi familia. Además, tanto el mulo Lucio como yo le guardamos aprecio a fray Diego. ¿Verdad, rucio?

—¡Wuuuuuuuuujjjjrrrrrrrrr! ¡Gjuuuuuuuuuuuurrrrrr!

Pascual se aleja corriendo sin despedirse de mí y sin darme la oportunidad de agradecerle debidamente su valiente y generoso acto.

—¡Gracias, Pascual! —le grito con las pocas fuerzas que puedo sacar de mí. Al llegar a la tapia del patio del convento, trepa el muro, nos dice adiós con la mano y desaparece.

Estamos en el lindero de las tierras ejidales de los piros. Es un terreno agreste y accidentado donde sólo herbajan las cabras montaraces. Por fortuna, no hay nadie a la vista. Pepe y uno de sus ayudantes me acomodan en la silla del mulo Lucio y colocan la bola de hierro del grillete en una pequeña canasta que cuelga del estribo. Una vez que enganchan la carretilla al atalaje de un burro y que todos montamos nuestro respectivo mulo o caballo, descendemos la cuesta, alejándonos del pueblo.

Cuando llegamos a un montículo, tomamos un breve descanso. Pepe me da agua y una barra de pan blanco que me saben a gloria. Mientras devoro el pan, uno de mis libertadores saca de una alforja unas tenazas enormes y con ellas rompe las cadenas de las esposas y el grillete. Pepe saca de una bolsa unas prendas de vestir y me dice:

—Ponte estas ropas.

Son unas bragas, unos calzones holgados de color marrón, una camisa blanca de mangas anchas, una cuera parda de piel, unos zapatos mocasines negros, un gabán y un sombrero de labrador.

—En cuanto llegues al rancho de la Chupadera te quitarán las argollas. Allí te estará esperando nuestra madre y varias tías y primos que no has conocido todavía. El tío Bartolomé y yo llegaremos más tarde. El tío Bartolomé prometió sacrificar el ternero más gordo de su rancho en tu honor. Habrá una comilona y celebraremos tu liberación y tu llegada a casa.

Luego me dio también una cantimplora con agua y un zurrón con provisiones.

-Adentro hay carne seca, nueces y más pan. También hay algarrobas para el Lucio, pues dice Pascual que le encantan. Hay que premiarlo por ayudarnos a rescatarte y llevarte a casa. Nosotros lamentablemente no podremos acompañarte para no despertar sospechas. Aquí nos dispersaremos. Cada uno de nosotros se irá por un rumbo distinto para su casa. Yo volveré a Senecú donde el tío Bartolomé me estará esperando para que le dé la noticia y los detalles de tu liberación. Juntos organizamos tu rescate. Se pondrá muy contento de que la operación ha sido exitosa.

—¿Y cómo voy a llegar al rancho de la Chupadera?

—Por eso no te preocupes, el Lucio se sabe el camino de memoria y él sabrá llegar hasta allá sin que lo dirijas. Sólo dale unas algarrobas, suéltale la rienda y dile <<vámonos a la Chupadera, Lucio>> y él te llevará directito al rancho. No queda lejos de aquí. Si te vas aquí recto hacia el sur, te toparás con el Camino a Senecú. De allí tuerces a la derecha y sigues el poniente. Lucio sabrá cómo, ya lo verás. Bueno, hermano, debo despedirme. Nos veremos de nuevo esta noche y celebraremos tu rescate.

—Gracias, carnal.

—¿Carnal? -me mira extrañado.

—Hermano, digo. Es como decimos hermano en jerga fronteriza.

—Ah, ¡comprendo! - me dijo perplejo, aunque sonriendo. Nos dimos un fuerte abrazo y se subió a su caballo. Me despedí de él y de mis demás libertadores con llanto en los ojos y profundamente agradecido, aunque falto de palabras.

El sol vespertino alumbra y abrasa el desierto por donde andamos el Lucio y yo. El cielo zarco está parcialmente cubierto de cirros y, el pedregoso arenal, de gobernadoras y rodadoras. Pese al agreste paisaje y al sol calcinante, el Lucio galopa loco de contento como si fuéramos por una verde y fresca pradera rumbo a la Tierra Prometida. Va cantando y bailando al ritmo de "La morenica:"

> Morena me llaman
> yo, blanca nací,
> de pasear, galana,
> mi color perdí.

—Y ¿por qué andas tan contento, Lucio?

—Porque rescaté mi cuerpo de las llamas y salvé mi alma de la eterna condena.

—¿No fui yo quien se salvó?

—¿Olvidas que tú reencarnaste en mi cuerpo? Tú eres sólo un viajero astral que está purgando una condena.

—¿Yo?

—¿Que no lo sabes?

—No.

—Es que eres un ignorante de sí mismo. ¡*Sapere aude, incipe*!

—Créeme que ganas no me han faltado.

—Conocer el origen es hallar el camino.

—¿Y yo qué tengo que ver contigo?

—Eso no me lo preguntes a mí. Pregúntaselo al que te envió. Todos los que estamos en este reino estamos purgando una condena.

—Y, ¿qué delito cometiste?

—Traicioné a mí fe y a mi pueblo. No cumplí con la misión que el Señor me encomendó.

—¿Qué misión?

—Proteger a mi pueblo de la persecución y anunciarle la inminente llegada del Mesías.

—¿Qué dices?

—Mis parientes y muchos otros siervos de Dios españoles y portugueses vinieron a Nuevo México y fundaron la villa de la Santa Fe para escapar de la persecución religiosa de que fueron objeto en la Ciudad de México. Vinieron a esta remota región en busca de la Tierra Prometida. Mi padre adoptivo me mandó al convento para que me hiciera religioso y así pudiera ocupar un puesto en la Iglesia que protegiera a los siervos de Dios de la persecución, la suspicacia y el escrutinio del Santo Oficio. Me encomendaron también la delicada misión de anunciar la inminente llegada del Mesías a Arzareth y la consiguiente fundación de la Nueva Jerusalén en estos territorios.

—¿Arzareth?

—Al norte de Nuevo México está la Tierra Prometida llamada Arzareth en las Escrituras. Cuando aparezca el Mesías, un hombre joven de gran estatura, los siervos de Dios fundaremos una ciudad en los llanos que están al norte del Río. Allí residirán y gozarán de todos los bienes terrenales los siervos de Dios que se salven del Apocalipsis que está por suceder. Allí, Dios mediante, podré entrar yo únicamente si expío mis culpas salvando a un siervo de Dios y llevándote conmigo en el lomo. Sólo entonces perderé el cuerpo de alboraico que me impuso el Señor de castigo.

—¿Qué es un alboraico?

—Alguien que no guarda ninguna Ley: ni la de Moisés, ni la de Mahoma, ni la de Cristo, ni la de ningún otro Dios o profeta.

—Y, ¿cuáles fueron tus pecados?

—Me hice un informante del Santo Oficio con tal de salvar el pellejo. Abjuré del judaísmo. Levanté falsos testimonios contra fray Antonio. Colaboré con los inquisidores y con los esclavistas. Por mi culpa muchos indios fueron esclavizados y encarcelados. Ayudé a capturar niñas y niños de tribus nómadas y de todo indio que se mostrara reacio a la conversión y rebelde contra la autoridad de la Iglesia y de la Corona.

—Entiendo.

—Tampoco cumplí la tarea que me encargaron mi superiores franciscanos.

—¿Qué tarea?

—Investigar y denunciar los abusos y la corrupción en las misiones de Nuevo México. Para mi desgracia, no denuncié la sociedad criminal que tienen algunos franciscanos corruptos con los esclavistas. Debí haber investigado la desaparición de Lupita y Chayito. No lo hice por cobardía y negligencia, como tú lo sabes bien, pero debí hacerlo. Era mi deber moral, civil y religioso.

Por alguna razón, al escuchar esto se me ilumina el entendimiento y vislumbro un resplandor en el horizonte, una especie de espejismo en el desierto. Debo estar teniendo un ensueño diurno, me digo a mí mismo. Aquel destello debe ser lo que la doctora Hogan llama "la luz clara de la aurora."

Fijo la mirada en aquel resplandor y experimento la separación del cuerpo y la mente que es propia de los sueños aurorales lúcidos. Veo las entrañas, las venas y el esqueleto de Diego. Miro hacia el cielo y distingo claramente el huso de la Necesidad y los ocho cielos concéntricos de la Esfera Celestial. Me elevo y contemplo desde arriba la llanura del Olvido y el río de la Despreocupación. Allí abajo está el alma de Diego. Está esperando su turno para recibir el número de orden que le dará otro destino y otro cuerpo portador de muerte. El alma de Diego escoge una vida sin relieve alguno: la de un escribidor deseoso de conocerse mejor a sí mismo y la de un soñador empecinado en adquirir el despertar perfecto y completo.

Supongo que me he vuelto a dormir y que sigo soñando. Sólo recuerdo que me desperté, fui al trabajo y, a la salida, me encontré y cené con el periodista de *El Paso Post* que me ha estado escribiendo emails desde hace tiempo. Mi último recuerdo es el accidente que tuve en Ítaca al día siguiente. Esto fue lo que me sucedió. Mi madre me había pedido que le devolviera unos documentos por National Express lo más pronto posible. Como quería ponerme a transcribir las cintas en cuanto saliera del trabajo, decidí aprovechar el descanso del mediodía para hacer esta diligencia. El único problema era que había dejado el sobre con los documentos en el apartamento. Necesitaba ir en la bicicleta por el sobre, depositarlo en el buzón de la oficina de NatX que está en el centro, y regresar a la biblioteca de Cornell en menos de treinta minutos. Calculé que podía hacerlo en veinticinco minutos si me apuraba y no me distraía. En cuanto dieron las doce, salí de la biblioteca corriendo al lugar donde había dejado mi bicicleta. Sin embargo, cuando la montaba ocurrió algo extraño. Unos tipos de lentes oscuros que estaban dentro de una Suburban negra con vidrios polarizados se me quedaron viendo sospechosamente y, en cuanto emprendí la carrera, me comenzaron a seguir. Quise escapármeles bajando a toda velocidad la cuesta de la calle Búfalo, pero no sé cómo perdí el control de la bicicleta. Lo último que recuerdo es que me estrellé contra un árbol de cabeza.

No sé si estoy muerto o sólo dormido. Mi WinPlay3 se ha callado. Lo único que escucho es la vibración del sonido primordial del cosmos. He desistido de practicar el yoga del sueño. En mi actual condición sólo puedo practicar el *nada* yoga. Ansío poder despertarme sólo para escribir mi novela y así cumplir la misión que me encomendó mi divinidad tutelar, la Honorable Señora de los Libros, cuando me rescató del Purgatorio.[10]

10 *Nota del editor*: Uriel murió el martes 9 de abril de 1996 en Ítaca, NY. Transitaba por la calle Búfalo cuesta abajo en su bicicleta. Perdió el control y se estrelló contra un árbol. Murió instantáneamente. Su hermano Virgilio me pidió de favor que recopilara y editara sus escritos en un solo volumen. La tarea me hubiera resultado imposible sin la ayuda de las cintas que Uriel grabó los dos últimos días de su vida. *Donde se acaba el Norte* es una transcripción fidedigna de estas cintas. Sólo he retocado el relato para hacerlo más comprensible y vívido. En el epílogo reproduzco íntegramente la última entrada que Uriel escribió en su diario la noche antes del accidente.

Epílogo

(Lunes, 8 de abril)

Hoy llegué tarde al trabajo y la supervisora me llamó la atención. No es la primera vez que sucede. Me entretuve escuchando las cintas mientras desayunaba y perdí la noción del tiempo. Necesito ser más puntual y también más cuidadoso al acomodar los libros en los estantes. A veces me distraigo y no los pongo en el lugar que les corresponde. El trabajo de acomodador de libros exige concentración constante. Cualquier descuido puede mandar al limbo (o al infierno) al libro más pío.

Sé que no debí haber escuchado en el trabajo las cintas que grabé ayer, pero me moría de ganas de saber si voy a poder utilizarlas para mi novela. No resultaron del todo coherentes. Tendré que revisarlas una vez que las transcriba, pero son un buen comienzo y, sobre todo, me ayudarán a superar el bloqueo.

Antes de salir del trabajo se presentó en la biblioteca el periodista de *El Paso Post* y me pidió que le concediera una entrevista. No sé cómo dio conmigo ni quién le dijo dónde trabajo. Se lo pregunté y me respondió que preferiría no decírmelo. Debió ser algún amigo o conocido que tenemos en común. Estudió criminología en UTEP e hizo el bachillerato en Catedral, donde asiste mucha gente de Juárez. Me habló de su libro, *The Den of Evil*, a grandes rasgos sin darme detalle alguno de su contenido. En sus investigaciones sobre la red internacional de pornografía infantil que opera en Juárez y El Paso ha obtenido testimonios y evidencia material de diversas fuentes

<<confiables>> que indican que Luisfer no sólo es uno de los capos de la banda sino el autor intelectual y material de varios infanticidios. Es algo que mucha gente sospecha y dice, pero que nadie se ha atrevido a investigar. Hizo un sacrificio económico y laboral considerable al hacer este viaje hasta Ítaca. Lo pagó de su propio bolsillo por tratarse de un proyecto personal. Además, trajo un Acuerdo de Confidencialidad y Protección a los Testigos notarizado en el cual se compromete legalmente a no implicarme en el asunto ni revelarle a nadie mi identidad. Me pareció una persona honesta, comprometida con la verdad y dispuesta a arriesgar el pellejo por una causa noble y peligrosa como lo es denunciar estos horribles crímenes e infanticidios. En otras circunstancias yo me hubiera negado a hablar con él, pero ya no puedo soportar más el cargo de conciencia. Ha llegado el momento de dar a conocer al público el crimen de Luisfer y Damián.

Fuimos a cenar y luego nos tomamos un café. Le hablé de los diarios de Alma y los videos de Luisfer y el Doctor Muerte y le conté todo lo que sabía sobre las operaciones de la Santa Hermandad sin escatimar nombres ni detalles. Anotó en una pequeña libreta mi relación. Hablamos sobre la necesidad de denunciar y encarcelar a los criminales de cuello blanco y a los políticos, policías, abogados, periodistas y miembros del clero que los protegen y defienden. Hablamos de la corrupción que hay tanto en México como en Estados Unidos y de la intricada red social y política que existe entre los criminales de cuello blanco de ambos países, algunos de los cuales pertenecen a los más altos estratos de la sociedad mexicana y norteamericana. Hablamos por más de tres horas. Tuvimos que interrumpir nuestra conversación pues tenía que llegar a Syracuse antes de las 8 para tomar su vuelo de regreso a El Paso. Nos despedimos y me prometió que me enviaría dos ejemplares de su libro en cuanto fuera publicado, uno para mí y otro para la biblioteca de Cornell.

Al regresar me encontré con un paquete de National Express que me envió mi madre. Contiene unos documentos que me pide que firme y le regrese mañana mismo en el sobre que pagó por adelantado e incluyó en el paquete. Estoy agotadísimo. Necesito irme a dormir.

Sobre el Autor

Hugo Moreno nació en Gallup, Nuevo México y creció en Ciudad Juárez, Chihuahua. Obtuvo su doctorado en literatura hispánica en Cornell. Ha sido profesor en las universidades de Michigan, Western Ontario, Reed y Lewis & Clark. Ha sido también investigador visitante en Harvard. Recibió el premio de ensayo latinoamericano de la Asociación Filosófica Americana. Ha publicado y editado artículos sobre literatura y filosofía hispánica en revistas y libros especializados de los EEUU y Canadá. Es además autor de un libro académico, *Rethinking Philosophy with Borges, Zambrano, Paz, and Plato* (2021). Reside con su familia en Portland, Oregon.

Lightning Source UK Ltd.
Milton Keynes UK
UKHW010637280521
384539UK00001B/143